当代文学史研究丛书

程光炜 主编

文化的转轨

『鲁郭茅巴老曹』在中国（1949—1981）

程光炜 著

图书在版编目(CIP)数据

文化的转轨:"鲁郭茅巴老曹"在中国:1949~1981/程光炜著.—北京:北京大学出版社,2015.11
(当代文学史研究丛书)
ISBN 978-7-301-26401-0

Ⅰ.①文… Ⅱ.①程… Ⅲ.①文学家—文学评论—中国—现代 Ⅳ.①I206.6

中国版本图书馆CIP数据核字(2015)第244483号

书　　名	文化的转轨:"鲁郭茅巴老曹"在中国(1949—1981)
著作责任者	程光炜　著
责任编辑	张雅秋
标准书号	ISBN 978-7-301-26401-0
出版发行	北京大学出版社
地　　址	北京市海淀区成府路205号　100871
网　　址	http://www.pup.cn　新浪微博:@北京大学出版社
电子信箱	pkuwsz@126.com
电　　话	邮购部62752015　发行部62750672　编辑部62757065
印刷者	北京中科印刷有限公司
经销者	新华书店
	965毫米×1300毫米　16开本　21.5印张　300千字
	2015年11月第1版　2015年11月第1次印刷
定　　价	52.00元

未经许可,不得以任何方式复制或抄袭本书之部分或全部内容。
版权所有,侵权必究
举报电话: 010-62752024　电子信箱: fd@pup.pku.edu.cn
图书如有印装质量问题,请与出版部联系,电话: 010-62756370

"当代文学史研究丛书"总序

从1949年全国第一次文代会算起,中国当代文学的建史和研究,已经足足60年。在中国历史上,这60年是社会最为动荡又充满历史机遇的一个年代。但放在一百七十多年来的视野里,人们并不会为它离奇剧烈丰富的故事而惊诧。"当代文学"就发生在我们共同记忆的这一历史时段中。在当代文学史研究中,我们无法无视历史的存在,将文学看做一个"纯文学"的现象,也无法摆脱文学与历史的无数纠缠,将作为研究者的自己置身事外。明白了这一点,就能懂得中国当代文学学科为何迄今为止都没有像中国古代文学和现代文学那样建立学术的自足性、规范性,反而屡屡被人误解和贬低。更容易看清楚的是,如果当代史观到今天还没有在幅员辽阔的大地上成为一种"社会共识",那它势必会不断动摇与该史观息息相关的当代文学史的思想基础和学科基础。

当代文学史学科自律性一直缺乏的另一个原因,是它的下限始终无法确定。2000年后至今,当代作家的大量新作有如每年夏季长江的洪峰一样奔腾不息,即使声名显赫的老作家也未曾歇笔,对自己的思想头绪稍作整理,并对历史作更深远的瞭望。对新作的关注,仍然是最热门的事业。这就使当代文学很多从业者不得不放弃寂寞的研究,转入更为丰富多彩的当代文学批评之中。当代文学批评在慷慨地为文学史研究提供新鲜视角和信息的同时,也在那里踩踏涂抹着"文学批评""文学理论"与"文学史研究"的界限。著名作家的新作,还会冲刷、改写和颠覆当代文学以往历史的文学价值,"超越"依然是当代文学批评最动人的词汇,正是它造成了当代文学观念的不断的撕裂。这种情况下,当代文学的标准和研究规范经常被挪动,也就不难理解。

本丛书提倡从切实材料出发,以具体问题为对象,对当代文学史的

"史观"展开讨论,据此观察中国当代文学史为什么会以这种方式展开,影响文学思潮、流派、文学批评和作家创作的历史因素究竟是什么。将这些因素综合在一起,我们就能逐渐知道,它的研究在中国学术环境中问题的症结之所在。

本丛书主张当代文学史研究的"历史化",认为先划出一定历史研究范围,如"十七年文学""80年代文学"等等也许是有必要的,它会有利于研究问题的分层、凝聚和逐步的展开。对具体历史的研究,可能比宏篇大论更有益于问题的细致洞察,强化研究者对自身问题的反省,所谓的历史化也只能这样进行。

本丛书以文学史研究为特色。丛书作者以国内一线学者为主,但不排斥年轻新秀优秀著作的加入,更欢迎海外学者的加盟。既为文学史研究丛书,自然希望研究者以经过沉淀的、深思熟虑的文学现象为对象,不做简单和草率的判断;它强调充分尊重已有的成果,希望丛书的风格具有包容性,也主张收入本丛书的著作对不同于自己观点的研究拥有包容性。

本丛书是对60年来当代文学史研究多次努力的又一次开始,这是一项长期和耐心的工作。它并不奢望自己的出版能改变什么,但也相信当代文学史研究的前途并不糟糕。

丛书主编　程光炜

目 录

"当代文学史研究丛书"总序 ……………………… 程光炜/1

第一章　找一个根据 ……………………………………… 1
　一　1938 年的武汉 …………………………………… 5
　二　毛泽东的评论 ……………………………………… 10
　三　周扬的出场 ………………………………………… 16
　四　学者王瑶 …………………………………………… 24
　五　现代文学研究各家 ………………………………… 34
　六　文学史方案 ………………………………………… 43

第二章　怎么办 …………………………………………… 52
　一　表态 ………………………………………………… 53
　二　展望 ………………………………………………… 59
　三　在苍茫大海间 ……………………………………… 69
　四　重编和排序 ………………………………………… 76

第三章　鲁迅的塑造 ……………………………………… 85
　一　文化转向 …………………………………………… 88
　二　"毛选"与《鲁迅全集》 …………………………… 95
　三　"故居""纪念馆"中的鲁迅 ……………………… 101
　四　"鲁学" …………………………………………… 109
　五　许广平、周作人 …………………………………… 116
　六　鲁迅与当代 ………………………………………… 128

第四章　郭沫若之路 ……………………………………… 134
　一　处境和心态 ………………………………………… 135
　二　文化观和历史观 …………………………………… 144

三　《蔡文姬》的创作和演出 …………………………… 153
　　四　政治抒情诗、纪游诗及其他 ………………………… 162
　　五　"中国歌德"现象之追究 ……………………………… 173
　　六　郭氏思想述略 ………………………………………… 184

第五章　茅盾、老舍的问题 …………………………………… 192
　　一　茅盾的"矛盾" ………………………………………… 194
　　二　老舍与北京 …………………………………………… 201
　　三　茅盾的文艺观 ………………………………………… 213
　　四　《茶馆》 ……………………………………………… 223
　　五　茅盾的批评和批注 …………………………………… 230
　　六　茅盾、老舍之异同 …………………………………… 237

第六章　巴金和曹禺的激情 …………………………………… 246
　　一　"我是来学习的" ……………………………………… 246
　　二　巴金水平的滑坡 ……………………………………… 255
　　三　"人艺"的舞台 ………………………………………… 262
　　四　小说《团圆》叙事的艰难 …………………………… 269
　　五　《雷雨》的修改 ……………………………………… 274
　　六　文学内外的现实 ……………………………………… 282

第七章　"文革"与晚年的双重变奏 …………………………… 288
　　一　边缘与闲居 …………………………………………… 290
　　二　"大字报"与"牛棚" …………………………………… 298
　　三　投湖与苟活 …………………………………………… 304
　　四　"复出"之后又怎样？ ………………………………… 311
　　五　迟到的《随想录》 …………………………………… 315
　　六　对辞世仪式的解读 …………………………………… 321

参考文献 ………………………………………………………… 328
后　记 …………………………………………………………… 334

第一章 找一个根据

将"鲁郭茅巴老曹"树立为中国现代文学史中心作家的做法,最早可能出自1951年9月上海开明书店出版的王瑶《中国新文学史稿》一书,但直到1979年唐弢、严家炎的《中国现代文学史》出版,学者们对现代文学史的辛苦布局才被落实并传布开去。按照一般常识,作家之正宗地位总是说明他与一定的历史有密切的联系,也许还是多方面因素合作促成的结果。处在20世纪中国文学政治化的大过程中,其中的头绪就显得驳乱复杂。不过,"鲁迅之死"应是诸多线索中的一个值得梳理的起点,是我们讨论问题的第一个落脚处。

1936年10月19日,曾以小说参加五四文学革命,后经厦门和广州逃亡到上海并在该城寓居十年的作家鲁迅病逝。他与苏联作家高尔基和老师章太炎死在同一年。躲在家中不敢出门的左翼作家冯雪峰打电话向孙中山夫人宋庆龄求助,宋委托沈钧儒律师事务所在虹桥公墓买了一块墓地。鲁的遗体当日下午3时移至万国殡仪馆,21日下午入殓。一个人的生老病死本是极普通的事,鲁迅生前也从未视自己为伟大。这些表面虽似末端细节的人生故事,不想却被不少人的想象力放大,在以后半个多世纪里经常与一些大事勾织连结。其因果关系,直至许多年后才渐看明白。

这些类似古代悼文的文字,略带夸张地记录下了作家们眼中的鲁迅之死:"像散沙一般,正要团结起来;像瘫病一般,将要恢复过来;全民族被外力压迫得刚想振作,而我们的思想界和精神界的勇猛奋进的大将忽然撒手去了。"①"这消息像闷雷似的,当头打了下来,呆坐在那

---

① 孙伏园:《哭鲁迅》,《潇湘涟漪》(长沙)第2卷第8期,1936年11月。

里不言不动。"① "没有伟大的人物出现的民族,是世界上最可怜的生物之群;有了伟大的人物,而不知拥护、爱戴、崇仰的国家,是没有希望的奴隶之邦。因鲁迅一死,使人们自觉出了民族的尚可以有为,也因鲁迅之一死,使人家看出了中国还是奴隶性很浓厚的半绝望的国家。"② "旁边花圈上一条白绸带写着'先生精神不死。'然而我心上的缺口却是永不能够被填补的了。"③

报人曹聚仁的回忆,又把这一切拉回到日常化的情景中。他说,我们赶去吊唁时,看见他安详地躺在卧室靠左的一张床上,身上是一条粉红色的棉质夹被,脸上蒙着洁白的纱巾。他的口眼紧闭,头发里夹着几根白丝,面容虽消瘦了些,却并不怎么难看。我一眼看去,一张半旧半新的书桌,上面杂乱地放着书籍、原稿、两支金不换毛笔,旁边有一只有盖的瓷茶盅。房中显得比较凌乱,桌子尽头是他在文章里经常提到的藤躺椅。壁上挂着些木刻和油画。海婴是鲁迅唯一的儿子,那时才七岁,这天真的孩子,还不懂得人生的忧患,在那里跑来蹦去的。这庸常生活的气息与普通人家的举丧没有什么不同。

他还用近于诙谐的笔触写道:有人建议国民政府把绍兴县改为鲁迅县,但没有下文。为了鲁迅县的搁浅,连改绩溪县为胡适县也作罢论。倒是那位官方发言人王平陵,在他的家乡溧阳县,首先有了平陵路了。为了纪念鲁迅,中共在延安设立了鲁迅艺术学院,训练了抗战时期的革命青年。中共是懂得政治宣传的。他们中间值得纪念的并非无人,而独纪念了鲁迅,这种聪明做法超过了当局。

曹氏临末还不忘添上一笔。他知道鲁迅和郭沫若之间是不怎么和谐,他们生前从未见过面。鲁迅死后,郭沫若开始说他的好话(和《革命春秋》中所说的话大不相同),意思是:"考虑到在历史上的地位,和那简练有力,极尽了曲折变化之能事的文体,我感觉着鲁迅有点像'文

---

① 郑振铎:《永在的温情》,《文学》(上海)第7卷第5期,1936年11月1日。
② 郁达夫:《怀念鲁迅》,《文学》(上海)第7卷第5期,1936年11月1日。
③ 巴金:《一点不能忘却的记忆》,《中流》(上海)第1卷第5期,1936年11月5日。

起八代之衰而道济天下之溺'的韩愈,但鲁迅的革命精神,他对于民族的荣誉贡献和今后的影响,似乎是有过之而无不及。"郭也是当代的能文之人,这些话,却使我们看不明白,既非违心之论,必是敷衍了事的纪念文字。曹聚仁知道鲁迅平生是最讨厌韩愈的,两人风格相去甚远。①

如果从"文人圈子"的角度读这些文字,没有人觉得奇怪。即使有一些文学修辞的成分也是能够理解的。第一,鲁迅毕竟是五四一代离世的重要作家。第二,追述者都是与鲁迅亲近的人,这种"剧烈"反应在情理之中。第三,与五四时代相比,上海时期的鲁迅已经有了某种象征的意味,尽管各方面的看法莫衷一是。

在历史长河中看,1930年代当是中国的"多事之秋"。洋务运动之后的第二次"现代化"进程正在全国城乡上下全面铺开(茅盾的小说《子夜》《春蚕》描述的就是现代化所引起的社会矛盾及各阶层利益冲突),日本人借助"9·18事件"开始对中国虎视眈眈,国内各种矛盾也在持续激化。这个民族的历史时运并非丝毫未见。各种历史可能性会随时发生。不管鲁迅的拥戴者有意还是无意,他们的举动都与这个"大历史"做了联系。透过鲁迅之死,人们还可以将眼光在中国现代化进程之外发生的这些"社会故事"上稍作停留:1927年大革命失败,在国民党政权的血腥镇压和疯狂迫害下,中国革命遭受了很大损失。1931年底,中共临时中央成员被迫分批转移到江西中央苏区。1934年10月,在取得四次反围剿胜利后,中央红军开始长征。一年后,历经坎坷的红军抵达陕北,但又陷入国民党中央军和张学良东北军的重重合围之中。1931年2月,革命青年作家柔石、胡也频、殷夫、李伟森、冯铿被秘密杀害于上海龙华。此后几年,应修人、洪灵菲、潘谟华等相继遇害。1933年,丁玲被绑架,传言"已由某机关判处无期徒刑"。② 上述情形,使得远在延安的毛泽东有充分理由不把"文学"与"政治"看作两个没有联系的因素:"在我们为中国人民解放的斗争中,有各种战线,

---

① 曹聚仁:《鲁迅评传》第146—148页,东方出版中心,1999。
② 渡:《丁玲的近讯种种》,《社会新闻》第7卷第1期,1934年4月3日。

就中也可以说有文武两个战线,这就是文化战线和军事战线……而且前者是团结自己、战胜敌人必不可少的一支军队。"①实际情形也与这著名的"后设"大致相符,国民党从文化和军事两个方面剥夺了左翼文化存在的合法性,这就使一向反感、抵制思想文化专制的鲁迅,在无形之中与中国反主流文化思想的斗士结成了盟友。有事实表明,鲁迅与被捕杀的共产党员作家中的一些人曾过往甚密。柔石被捕时口袋里还藏着鲁迅在北新书局印书的合同。鲁迅这时有些紧张,也在情理之中。他不得不烧掉一些朋友的书信,匆忙离开自己的寓所。他在友人内山完造的帮助下,隐匿在日本人开设的花园庄旅馆避难。在副楼楼梯底下一间小屋里,儿子海婴和女佣使用一张大床,鲁迅和许广平在靠门口的小床上暂住。这里的过道上摆着火盆,鲁迅常常坐在火盆边的椅子上取暖。这样的情形,当然十分危险而狼狈。他未必以为自己是在从事"革命"事业,但他这样做却能够使人们在"革命"的范畴中来思考鲁迅的历史命名问题。另有消息传出,刚刚得知鲁迅辞世的消息,毛泽东就通过冯雪峰把自己列入治丧委员会名单②,延安等地还举行了一系列的纪念活动。鲁迅周年忌日,延安又发起隆重的纪念大会,毛泽东亲自到场讲话,这个讲话,后来以《毛泽东论鲁迅》为题发表在1938年3月1日出版的《七月》杂志上。如果警省的鲁迅还活着,对这种文学之外的宣传不知该做何感想。显然,"鲁迅之死"已超出上海滩一个孤立文学事件的范围,而变成了大历史的一个部分。与此同时,这个事件也提出了如何评价鲁迅——即对鲁迅做历史命名的要求,它不光是文学史的命名,同时也包括对政治文化的命名,虽然它比最终的文学史命名早发生了将近20年的时间。

我这样说,不是有意把研究对象串连到大历史的线索当中来构建这本书的逻辑基础,而是意在表明,所谓文学史命名与这些大大小小的

---

① 《在延安文艺座谈会上的讲话》,参见《毛泽东选集》第3卷第847页,人民出版社,1991。
② 当时上海、南京、广州和武汉的主要报纸都作了报道,成为引人瞩目的"新闻"。

线索并非毫无牵涉。当然,"鲁郭茅巴老曹"的经典化除此主要线索之外,还存在着许多别的次要线索,我将会对它们另作讨论。我想借此声明,鲁迅在"当代"的经典化除大历史层面外,还存在着若干大大小小的层面,这些问题不可能在一本书中全部解决。

一　1938年的武汉

请允许我仍把我的研究对象放在1930年代。理由是,虽然对郭沫若的文学史命名始于创造社时期,他因大战文化名流胡适、鲁迅,写出名噪一时的《女神》而进入文学经典化的程序,但他更高的文坛与政治声望,却是在他流亡日本十年之后重返中国的1930年代奠定的。如果故意忽视1930年代,那么郭沫若成为比一般创造社作家更大的文学史经典,或说"鲁郭茅巴老曹"之一员,就是无从解释的。

在20世纪20至80年代这一漫长的历史中,郭沫若是一个比较复杂的人物。我们看看当年他与胡适等人闹得不可开交时,徐志摩专程跑到杭州见创造社诸将,想调和矛盾,以及徐后来对这件事的记述就可知道。在1920年代一代作家中,他是唯一集"从文""从军""从政"等丰富经验于一身的人。1926年,由于受到蒋介石的欣赏,他在北伐军中由宣传科长升任为政治部副主任。一年后因公开加入共产党遭通缉,秘密流亡日本,开始了长达十年的《诗》《书》《易》和甲骨文研究。1937年7月27日,郭沫若应邀从日本横滨乘"皇后号"客轮回到陷入战火的故国。作为北伐战争中的风云人物,郭沫若的身份已由"创造社文人"变为"文化界领袖"。时势需要他把北伐时娴熟运用的"全民总动员"方式,拿到烽火连天的抗日战争当中,要他以一个"公众人物"的号召力参与民族救亡的社会实践,而这一角色,恐怕只能由郭沫若来担当。虽然当时文化界领袖蔡元培、胡适比郭声望更高、名气更大,但他们却难与政界、军界和战事建立如此直接和深入的联系。1930年代的国难情事,决定了郭沫若将会以这种方式登上历史舞台。所以,郭沫若"归来"的讯息,很快成为上海、南京、武汉和广州等重镇各大报刊的

"号外"。① 人刚登岸,他那首步鲁迅原韵的七律已经在朋友中不胫而走,被上海滩的各家报刊竞相登载:

> 又当投笔请缨时,别妇抛雏断藕丝。
> 去国十年余泪血,登舟三宿见旌旗。
> 欣将残骨埋诸夏,哭吐精诚赋此诗。
> 四万万人齐蹈厉,同心同德一戎衣。

今天看来,鲁迅之死与郭沫若的归来仿佛是1930年代故事的开头和结尾,它极像一个隐喻,昭示着左翼文学阵营正在展开的历史性格。鲁迅之死是"文人之死",他即使晚年加入左翼文学阵营,卷入文艺论争和文坛是非,但由他开始的左翼文学故事很大程度上仍然可以看作是一个"文学故事";而郭沫若的归来则意味着这种"文学故事"的历史终结,他的为文、交友方式和历史心境都标示着与鲁迅的断裂,左翼文学从此带上了战争、政治的浓厚气味,与此同时也将留下与鲁迅时代不同的历史痕迹。

但是,史家不忘打断这些想象,把我们的思绪拉回郭沫若当年繁忙的迎来送往的活动中。不过,这不像是一般朋友的往来应酬,透过这各不相同的礼节,人们注意到有一种力量正在悄悄地把郭沫若从"文学界"推到"战争文化"里面。不管他是否愿意,都无法拒绝那只无形的手对他的选择,他只能以这种方式进入我们所讲述的1930年代:1937年春,党国要人张群、何应钦忽然想起郭沫若与日本政界元老西园寺公望的关系可以利用,于是敦促蒋介石取消对郭的"通缉令"。接着不久,由福建省主席陈公洽托郁达夫转告郭沫若,口气是以委婉恳切的方式来表达的:"委员长有所借重,乞速归。"又及,"此信到日,想南京必已直接对兄有所表示,万望即日整装"。② 当年7月27日下午,官家的礼遇果然不同。郭沫若的船刚停靠上海公和祥码头,国民政府行政院政务处长何廉便受命前来接驾。郭沫若说他当时借机"逃脱",到别处

---

① 参见龚济民、方仁念:《郭沫若传》第187页,北京十月文艺出版社,1988。
② 同上。

去会老友故知了。读者都不在现场,此种说法当然无法证实。但我们知道,后来郭沫若还是陷入当局"迎来送往"的车轮大战中:被上海市教育局长潘公展宴请;8月,赴昆山叩访陈诚、冯玉祥、薛岳和黄琪翔诸将领;9月下旬,在南京受到蒋介石的接见,蒋"希望我留在南京,希望我多多做些文章,要给我一个相当的职务"①;当日,受周至柔宴请;后见张群,并由他出面约见孙科、汪精卫、邵力子、陈铭枢等人;1938年元旦,正在广州紧张筹备《救亡日报》的郭沫若,又收到陈诚"力邀"他北上武汉的电报。遥想郭沫若十年前从上海化装仓促登船逃至日本的尴尬经历,此景彼景真是天壤之别。试与创造社同仁比较,郭的身份此时也非同一般,在中国,文人只要进入这种历史螺旋过程,他就无法再宣布自己是"普通的文人"……

在当局紧锣密鼓地拉拢郭沫若的同时,其他方面也在主动与他接洽并做相应安排。潘汉年在郭归国三天后得知消息。据夏衍回忆,"沫若回到上海大约十天后",潘汉年"向我传达了恩来同志的口信,由于当时已经考虑到《新华日报》不可能很快出版,所以明确地决定,由上海'文救'出一张报纸"——这就是后来郭沫若担任社长的《救亡日报》。而且,除潘经常叩访外,"我和阿英轮值,几乎每天都去看他一次,并把他的情况随时告诉汉年"②。《郭沫若传》和《郭沫若自传》等也为读者留下了郭由广州北上武汉后与共产党人频繁往来的翔实记录,现抄录如下:1938年1月9日晚,在武汉参加了叶挺、王明、叶剑英、博古、邓颖超等在八路军武汉办事处举行的欢迎会;次日,被叶挺邀往太和街26号新四军筹备处下榻;29日,收到周恩来"请您们明天晚上来和我们一起过年"的信函。有趣的情形还在后面。郭因不满国民党在第三厅安插特务,去长沙不归。但领导方面很有耐心,他们派与郭关系日益紧密的于立群女士前去接迎,郭在《郭沫若自传》中追忆:"我

---

① 《郭沫若自传》第236页,江苏文艺出版社,1996。
② 夏衍:《懒寻旧梦录》第379—381页,(北京)三联书店,1985。

禁不住心子急跳,同时我也看见立群的脸忽然涨得通红,把头埋下去了。"①领导方面甚至还想到:"我在这两天将各事运用好后,再请你来就职,免使你来此重蹈难境。"②当然,对十年前曾在国、共两党之间穿梭,且都有故朋旧友的郭沫若来说,有这故事一点也不奇怪。但是我们却知,作为"文坛领袖"是不能只在"文人圈子"这个小范围内活动的,他的交际面应该扩大到社会各界才行。

可惜的是,中国现代文学史几乎不记载郭沫若的这些史迹。我当然也不以为这是"文学的故事",但却相信它参与了中国现代文学史"文学故事"的建构,成为它的一个组成部分,可能还是更为重要的一个部分。所以,如果说五四文学是对郭沫若的第一次文学史命名的话,那么1930年代的战争文化则是对他的第二次文学史命名,这对于我们今天理解现代文学的经典化问题是至关重要的。

上面说过,在历史上鲁迅和郭沫若从未视对方为自己的文学"同志",当然也不认为大家同属左翼文学阵营。在郭沫若及盟友批评鲁迅的言论中,他们把自己的时代理解成与鲁迅时代的"断裂",所谓的"封建余孽""二重反革命",即是这种"断裂论"的思想基础。但令人吃惊的是,历史通过对文学史的参与和建构,却不经意地填平了这种断裂的鸿沟,使郭沫若成为鲁迅精神的正宗继承者,这是人们都熟悉的著名的文学史经典结论。1938年夏,在郭沫若从国民政府军事委员会政治部第三厅厅长的职位上出走的同时,人们听到了另一个消息:"党内决定:以郭沫若同志为鲁迅的继承者,中国革命文化界的领袖,并由全国各地组织向党内外传达,以奠定郭沫若同志的文化界领袖的地位。"③这个通知传布范围很小,还具有机密性质,却释放出两个重要信息:一是郭沫若对"鲁迅传统"的继承关系被正式命名;二是他的"文学身份"被纳入道统的轨道上来,这就对"现代文学"的郭沫若与"当代文

---

① 《郭沫若自传》第260页,江苏文艺出版社,1996。
② 参见《周恩来书信选》第138、140页,中央文献出版社,1988。
③ 吴奚如:《郭沫若同志和党的关系》,《新文学史料》1980年2期。

学"的郭沫若之间实际存在的差异性进行了更为合理的解释。就后一个问题而言,"厅长"可能只是一个官僚职务,任何人都可以干,有时还给人某种"不干净"的感觉;而文化界"领袖"则是社会公议的裁决者也即道统的化身,它很大程度上只能在社会公认的少数比较"干净"的知识精英中间产生。因此,"文化领袖"往往比"厅长"更容易获得人民大众的尊敬,在社会伦理和心灵的层面上得到普遍认同。三年后,在重庆举行的郭沫若50寿辰庆典上,有关人士就这样把鲁迅的文学叙事与郭沫若的政治文化叙事巧妙地衔接了起来,他在《我要说的话》中指出:"郭沫若创作生活二十五年,也就是新文化运动的二十五年。鲁迅自称是'革命军马前卒',郭沫若就是革命队伍中人。鲁迅是新文化运动的导师,郭沫若便是新文化运动的主将。鲁迅如果是将没有路的路开辟出来的先锋,郭沫若便是带着大家一道前进的向导。鲁迅先生已不在人世了,他的遗范尚存,我们会感觉到在新文化战线上,郭先生带着我们一道奋斗的亲切,而且我们也永远祝福他带着我们奋斗到底的。"①这种论断不光对文坛怨恨做了转移、隐匿、稀释,更重要的是它证实了我前面说过的历史参与文学史建构的非凡能力,以及人们对战时中国社会道统的重新解释。正如有人敏锐指出的那样:"道统即是一个王朝、一个政治集团据以立足的基本理念:你凭什么统治?你要把人民、国家和社会带到一个什么地方、达成一种怎样的境界?任何一个想传诸久远的政治集团都必须重视道统,而任何有力量的道统都必须是民族最源远流长的文化与时代最先进文化的结合。道统往往同大文化人、大思想家连在一起,文化人往往成为一种道统的化身。所以共产党先是推举鲁迅,鲁迅之后周恩来又选中郭沫若。"②纯粹从文学史的角度看,它则意味着中国左翼文学从此有了前仆后继的内容,包含着"再次经典化"的意义。与此同时,也指出左翼文学所从事的文化使命,已经不再限于在上海街头撒传单抗议的概念范畴,它通过自觉转型

---

① 见1941年11月16日重庆《新华日报》。
② 李书磊:《1942:走向民间》第34页,山东教育出版社,1998。

开始直接介入到社会变革的实践当中。这样,文学的概念便被更换为政治文化的概念。从抗战爆发后发表的大多数文学作品看,五四文学的审美目标已经成为历史,它的终结中正包含着这种"再次经典化"的特殊意义。

对1930年代的左翼文学来说,关于它历史命运的最重要的两幕就这样完成。鲁迅之死成为它历史合法性的真正起点,之后半个多世纪中对它的诠释、争执和定位都是以此为依据的;而郭沫若是左翼文学由思想文化领域转向政治文化实践的标志性人物,无论是历史选择还是个人秉性都决定了他要担当此任。当然今天看来,左翼文学的"发生史"线索固然繁多,有多种解释的可能,但由鲁迅到郭沫若的这条线索仍然无法规避,如果我们想要进一步了解"左翼文学"与"五四文学"的复杂纠缠和精神联系的话。

二 毛泽东的评论

如果这样去理解作家的经典化过程,我们会发现中国现代文学的"历史叙述"并不尽然是在"文学"范畴中完成的。人们今天所看到的现代作家形象,虽然明显受到不同时期的文学史著作观点的影响,它的最终完型,却是在当代社会和当代学术中进行的。根据这种特殊的文学史状况,今天的文学史研究就不能只在文学的层面讨论问题,也应该在当代文化的层面讨论问题,包括对一些与权威叙述相关的各种现象和历史线索的重新梳理。按照这一理解,走进"当代"的鲁迅研究应该吸纳进毛泽东的评价眼光及其重要观点。作为鲁迅经典化的一个最主要的历史源头,这种眼光和观点对延续了六十余年的"鲁迅研究史",构成了重大的支配性的影响和启示。

毛泽东是接受过五四新文化洗礼的政治人物,他创办的新民学会和《湘江评论》是那种带有鲜明五四色彩的社团和期刊。可他当时的兴趣主要在政治、哲学上,不在新文学方面,所以鲁迅当时没有进入他的阅读视野。不过,从毛青年时期的《讲堂录》(1914—1915)、《伦理学

第一章 找一个根据

原理批语》(1917—1918)和《体育之研究》(1919)等著作来看,①他的"动"与"斗"的宇宙人生观,这时已渐露出端倪。这决定了,鲁迅之走进他的精神世界将是必然的,他早年先验色彩的哲学观、人生观,也会因他与现实环境关系的剧烈调整,从而形成看待这位作家的特定视角。

1931年,毛泽东的身边来了一批由苏联培训的高官,面对他们,毛的权威开始失效,并于1932年2月负气上了东华山。

东华山位于瑞金附近。此起彼伏的山丛中坐落着一个庙宇,掩映在郁郁葱葱的水杉松柏之中。毛和妻子贺子珍、一个警卫班在此落脚。庙堂又大又空,阴气逼人。毛的卧室狭小,泥地上是幽幽的青苔。门外,冬天的风卷起残存的树叶,不时还有冷雨飘来。年轻的贺子珍经常与他吵架,原因是由毛抱怨吃饭时她不给自己准备辣椒引起。他的心情在此期间坏到了极点。

毛泽东在心情郁闷的情况下接触了鲁迅。冯雪峰是鲁迅晚年最信任的学生之一,当时正好随临时中央在此逗留。他拿着鲁的书来找毛聊天。鲁迅的受压与毛的遭遇极其相似,由"动"与"斗"组建的鲁迅哲学与他的反抗哲学在此秘密约会,显然激起了他内心世界很深的共鸣。对鲁迅的斗争、写作、身体状况、交友问题以及生活习惯,毛泽东都非常关心,仔细再三地询问。毛泽东与鲁迅从不曾见面,也没有任何个人来往,但两人居然如此心有灵犀,倒也令人吃惊。毛对冯雪峰等给鲁迅出题目写文章感到讶异,但听冯雪峰说道"有一个日本人,说全中国只有两个半人懂得中国,一个是蒋介石,一个是鲁迅,半个是毛泽东"时,眉头紧皱的他马上"哈哈大笑"起来。② 这么单薄的旁证自然说明不了任何问题,它只是一个问题的起点,我希望由此逐层推进。

毛泽东对鲁迅的评价,当然不会仅仅凭借个人喜好。到达延安后,他心中已经逐渐萌生国的意识,也许这时他开始从这个角度思考鲁迅

---

① 以上材料参见李泽厚《中国现代思想史论》第123页,东方出版社,1987;《新民学会资料》,人民出版社,1980。
② 陈早春、万家骥:《冯雪峰评传》第15页,重庆出版社,1993。

的问题。一篇由大漠记录、后来刊于《七月》杂志第四集第二期,题为《毛泽东论鲁迅》的讲话中指出,鲁迅"并不是共产党的组织上的一人,然而他的思想、行动、著作,都是马克思主义化的"。他把鲁迅的思想归纳为三点:"第一个特点,是他的政治的远见,他用显微镜和望远镜观察社会所以看得远,看得真";"第二个特点,就是他的斗争精神","他在黑暗与暴力的进袭中,是一株独立支持的大树,不是向两旁偏倒的小草,他看清了政治的方向,就向着一个目标奋勇地斗争下去,决不中途投降妥协";"第三个特点是他的牺牲精神。他一点也不畏惧敌人对于他的威胁利诱与残害,他一点不避锋芒地,把钢刀一样的笔刺向他所憎恶的一切。他往往是在战士的血痕中坚韧地反抗着,呼啸着前进!鲁迅是一个彻底的现实主义者,他不丝毫妥协,他具备了坚定决心",这几个条件综合起来,就"形成了一种伟大的'鲁迅精神'"。紧接着,他又把"国统区语境"中的瞿秋白对鲁迅的评论挪移到"根据地语境"的鲁迅评论中。1939年5月1日,他在一篇纪念五四运动20周年的文章中进一步指出:"在中国的民主革命运动中,知识分子是首先觉悟的成分,辛亥革命和五四运动都明显地表现了这一点,而五四运动时期的知识分子则比辛亥革命的知识分子更广大和更觉悟。然而知识分子如果不和工农民众相结合,则将一事无成。"认为全国的青年和文化界对于民主革命和抗日战争,应该"负有大的责任"[①]。三年后,在延安整风运动中,毛借鲁迅敌视"八股文"的观点指出,"党八股也就是一种洋八股。这洋八股,鲁迅早就反对过的"[②]。在另一篇对解放区文学有重大指导意义的文章中,他认为,"文艺是为资产阶级的,这是资产阶级的文艺。像鲁迅所批评的梁实秋一类人,他们虽然在口头上提出什么文艺是超阶级的,但是他们在实际上是主张资产阶级的文艺,反对无产阶级的文艺的"。同时,他提出了文艺如何与新的群众和时代结合的

---

① 毛泽东:《五四运动》。这是毛泽东为延安出版的中共中央机关报《解放》写的纪念五四运动二十周年的文章。参见《毛泽东选集》第2卷第559、560页,人民出版社,1991。
② 《反对党八股》,参见《毛泽东选集》第3卷第830页,人民出版社,1991。

唯一样板,认为只有这样才能彻底解决个人和群众的关系问题,"鲁迅的两句诗,'横眉冷对千夫指,俯首甘为孺子牛',应该成为我们的座右铭。'千夫'在这里就是说敌人,对于无论什么凶恶的敌人我们决不屈服。'孺子'在这里就是说无产阶级和人民大众。一切共产党员,一切革命家,一切革命的文艺工作者,都应该学鲁迅的榜样,做无产阶级和人民大众的'牛',鞠躬尽瘁,死而后已"①。接着,毛泽东1940年在他的著作《新民主主义论》中明确提出:"二十年来,这个文化新军的锋芒所向,从思想到形式(文字等)无不起了极大的革命。其声势之浩大,威力之猛烈,简直是所向无敌的。其动员之广大,超过中国任何历史时代。而鲁迅,就是这个文化新军的最伟大和最英勇的旗手。鲁迅是中国文化革命的主将,他不但是伟大的文学家,而且是伟大的思想家和伟大的革命家。鲁迅的骨头是最硬的,他没有丝毫的奴颜和媚骨,这是殖民地半殖民地人民最可宝贵的性格。鲁迅是在文化战线上,代表全民族的大多数,向着敌人冲锋陷阵的最正确、最勇敢、最坚决、最忠实、最热忱的空前的民族英雄。鲁迅的方向,就是中华民族新文化的方向。"②观之毛所有公诸于世的著作,对一位中国现代作家,一口气连用了9个"最"的措辞,并冠之以"文学家、思想家、革命家"三个头衔,这种现象是非常少见和令人吃惊的。人们注意到,从上海的文化时空到延安的文化时空,鲁迅的文学史形象开始发生了某种历史性飘移。鲁迅的经典化,几乎在上海和延安同时展开。前者对《鲁迅全集》的整理和出版,后者对它的历史性评价,都可视为这种经典化的一种尝试,当然它们使用的是不同的叙述方式。

如果把这种评价看作政治人物对经典作家的"利用",即使不是简单无知,至少也暴露出历史认识的轻浮。拉长半个多世纪的时空距离,在更加复杂的历史经验中加以体悟和分析,当会注意到以下一些因素:

---

① 《在延安文艺座谈会上的讲话》,参见《毛泽东选集》第3卷第855、877页,人民出版社,1991。

② 毛泽东:《新民主主义论》,(延安)《解放》第98、99期合刊,1940年。

一是对鲁反抗哲学的认同实际来自毛本人内心世界的需要。人们看到,它已经在漫长斗争实践中被内化为毛对历史、社会和理想的深刻认识,这种精神上的相互扶持几乎贯穿了毛泽东一生的革命实践。二是鲁迅精神对根据地知识分子具有权威的"示范作用",而革命如果离开知识分子的参与很可能将会前功尽弃,所以需要建构一个"标准"来凝聚这个群体的巨大力量。因为在根据地,没有一个人的知名度高过鲁迅。宣传了鲁迅,就等于把从国统区来根据地的知识分子团结到了鲁迅的身边。更应该注意,颂扬鲁迅精神不只是根据地的话语,也是国统区流行的话语,也就是说是一种"公共话语"。作为中国抗日主战场的一个部分,根据地话语不可能与公共话语完全脱节;或者说正是它们的密切结合,根据地话语的合法性才能得到全社会的认可,从而为根据地的理想服务。三是鲁迅话语与战争文化的关系。鲁迅话语是五四文学的产物,但如果放在20世纪中国文化最根本之特征即革命、战争文化的大视野中来认识,五四文学中实际也包含着某种革命、战争文化的因子,而鲁迅话语的反抗与批判哲学,正是五四文学中这最极端部分的典型体现。毛是接受过五四影响的知识分子,不能因为他走上革命道路就认为他的精神生活与五四传统出现了断裂,恰恰相反,他的革命实践实际是五四传统(其中的激进部分)的进一步延伸,他的政治理念中的民粹因素可能只有在五四资源中才能找到根据。毛是在抗战这种典型的战争文化语境中评价鲁迅的。所以,他之评价鲁迅不光表现出他与五四、鲁迅精神关系的思想连贯性,他个人思想发展的连贯性,当然也会有某种政治的需要。正是这种需要改变了根据地评价五四和鲁迅的方向,同时在它们经典化过程中植入了现实的复杂性,文学史因此而急剧地增加了与思想史更多的关联点。正是这些关联点,大大增加了文学史研究的疑惑和难度。

在上述考虑中,我们才能从一定的范围内理解这一问题。在外敌当前、国民党重重围困的背景中,毛泽东欣赏的绝不只是鲁迅"动"与"斗"的性格气质,而是在对1930年代的主流意识形态也即他最痛恨的国民党统治理念的激烈批判和否定上,鲁迅做了他想做而又不能做的事:在言论上颠覆蒋政权的政治合法性。所以,在鲁迅的评价上,他才会推出这个著名的命名公式:"政治远见——斗争精神——牺牲精神",他在组织上虽然不是共产党的人,但思想、行动和著作却已经"马克思主义化"了。根据这一公式,他又极富创造性地把鲁迅这位革命文化圣人,与中国共产党正在进行的对外反抗日本帝国主义、对内推翻国民党统治的斗争实践做了天衣无缝的"缝合",不仅使后者拥有了鲁迅那样文化道统意义上的合法性,还巧妙地把他纳入到中共领导的中国革命道路上来。恰如陈晋在一本研究毛泽东与文艺传统的专著中指出的,毛泽东毕竟是政治家,是开创新历史的富有想象力的革命实践家,"从实践的需要出发来引申,或反过来用它们来推进实践的发展,是毛泽东沟通历史文化传统的目的所在。在大多数情况下,他都是根据自己终生追求的事业目标和不同时期的中心任务,来谈论和评判历史文化中的某些具体现象的。在许多观点的背后,我们不难体会到一条主脉:从传统到现实、从理论到实践"①。这一思想习惯和运文方式,对后来数十年的鲁迅研究产生了极其显著的影响。

  需要注意的是,毛泽东对鲁迅的评价不仅具有"政治化"意味,而且这时已相当地"当代化"。确切地说,它反映了左翼文化试图整合中国现代文学中鲁迅这笔"精神遗产"的主观能动性;而所谓当代化,即指左翼文化是按照自己的价值目标重新"叙述"鲁迅的,而不是按照鲁迅的思想和文学原貌来评价他的。在鲁迅经典化的过程中,左翼文化表现出对鲁迅的双重态度和标准:一方面,是把鲁迅作为代表着道统的一面旗帜,因此会有"鲁迅的骨头是最硬的,他没有丝毫的奴颜和媚骨,这是殖民地半殖民地人民最可宝贵的性格"②的高度评价,有"鲁迅的两句诗,'横眉冷对千夫指,俯首甘为孺子牛',应该成为我们的座右铭"③的道德教益;另一方面,是把鲁迅当做革命阵营的一个战士,作为

---

① 陈晋:《毛泽东与文艺传统》第 26 页,中央文献出版社,1992。
② 毛泽东:《新民主主义论》,《解放》第 98、99 期合刊,1940 年。
③ 《在延安文艺座谈会上的讲话》,《毛泽东选集》第 3 卷第 855、877 页,人民出版社,1991。

"向着敌人冲锋陷阵"的猛士,这其中自然包含着"与工农兵相结合"的问题。但这种经典化认定的矛盾,也在威胁着将其文学史形象统一化的目的。在五六十年代的鲁迅研究中,这双重标准被认为是非常正确的结论。但到八九十年代,后一种标准就被认为是鲁迅精神的损害,他们要求允许鲁迅回到"思想革命"的轨道上去。也就是说,这种矛盾不仅在怀疑统一化的预设,实际也暴露出了"当代化"的非学术目的,它的历史的短暂性。

应该说,作为人文精神之象征的道统,与作为政治斗争武器之一的战士,是两种含义不同的所指,被同时放在文化人身上恰恰不是因为它们之间有必然性的联系。但这个问题却是理解左翼文化关于文化人政策的一把必不可少的钥匙。通过评价鲁迅,1942 年的左翼文化亮出了它对现代中国文化人的基本政策:把文化人作为同日本人和国民党斗争的道统旗帜高高举起来,但又强调把他们在精神和感情上"改造"成与工农兵一模一样的人,要文人文化去迁就和迎合工农兵的民间文化。这场宣传运动注定了前者与鲁迅本人关系的基本格局,我们发现当代的鲁迅经典化其实就面临着这种困局:他的战士角色是作为支持现代民族国家的道统象征而存在的,但鲁迅话语所批判的恰恰是作为这种道统之社会基础的民间习气、意识和文化。换句话说,鲁迅当年所反抗的对象已不存在,因此他的思想和文章之存在的前提也就成为一个被抽空的事实。鲁迅经典化的过程,也可能正是他的复杂性逐渐丧失的过程,这可以在毛泽东更欣赏他的反抗哲学,却对他彷徨、挣扎和自疑的成分视而不见的评价中看到。

三 周扬的出场

周扬与鲁迅的"关系",反映着左翼文学本身的复杂性,也是左翼文学之狂飙突进的文人习气的鲜明呈现。由于周扬死前没有留下任何回忆录性质的文字,好像也不记日记,他本人的复杂一面,可能将永远停留在人们对他的相当矛盾的"他述"上。

第一章　找一个根据

"周扬之形象",是靠"1930年代""延安时期""十七年文学"和"新时期"几个历史阶段串连起来的。而鲁迅对周扬所谓"四条汉子"形象的讽刺性描绘,会经常因它随时势而变的放大和缩小,增加着人们认识周扬的障碍和难度。不过,夏济安又在他的著作中,为我们描绘了一个四面受敌并受辱的鲁迅的形象。他表面虽是左联领袖人物,却始终为左联新生小辈所操弄。①

我们对周、鲁关系之阐释,可能离不开对周扬历史形象之还原。1933年前后,周扬到上海光华大学参加活动,偶遇活泼爱动的大一女生苏灵扬。"她以少女的敏感觉察到周扬认真地注视了她一眼,后来就常到光华找她。"②从此,两人生活在动荡不安之中,要时刻警惕特务跟踪,生活完全依赖周的稿酬。一次女同学王作民去苏灵扬家,邀请两人到电影院看美国电影。他们舍命陪君子,办法是电影开始放映后才入场,结束前就退场。周扬的帽子遮住半个脸,行走得紧张而迅速。1936年王作民从浙江大学转学去清华,见已怀孕的苏灵扬正开心地啃着从里弄口摊贩那里买到的酱鸡爪。周扬取笑道:"瞧瞧,她现在也不怕不雅观了,当初我们在马路上走着,她连咖啡也不喝,说是喝出声来怕不雅。"

1946年,张光年初识去美国访问因护照问题滞留北平的周扬。他记得有一次谈到延安整风中的抢救运动,周扬忽然对他说:"幸亏你当时不在,不然你也逃不了。"听得出他对抢救运动有意见。1948年几个边区合并,张光年与周扬再次见面,周当时任华北中央局的宣传部长。"我有一个印象,他很客气,但有官气。极力想表现得轻松一些,开开玩笑,但总觉得不自然。"但张光年承认,周扬的阅读很广泛,也注意创作现状,爱护和支持作家的创作。周的英文很好,很注意搜集国外的美学理论。对欧美当代的文学思潮,他不是一概不知,更不会一概鄙弃。

---

① 夏济安:《黑暗的闸门》,华盛顿大学出版社,1968。
② 王作民:《三十年代结识在上海》,王蒙、袁鹰主编《忆周扬》第39—42页,内蒙古人民出版社,1998。

他读马恩的书,直接读的是英译本。像他和胡乔木那样的文化素养在党内是少有的。①

"周扬形象"之丰富性,有利于人们对他宣传鲁迅的历史性的理解。前面已经说过,周扬与鲁迅在上海滩沸沸扬扬的恩怨,是众所周知的文学史事实。然而在"鲁郭茅巴老曹"经典化实践中,他能抛弃与鲁的前嫌而成为具体组织者,说明他已在精神层面理解和接受了后者。也许正如我前面所述,作为文学界的政治性人物,他必须要围绕鲁迅讲一个关于左翼文学的"政治故事",而不是那个"文学故事"。鉴于当代社会已与苏联模式接轨,学术生产方式发生了很大变化,所以由他领导的文学史书写实际是一个国家工程项目,他对鲁迅的评价也不具有书斋研究的意味。

准确地说,当代文学"十七年"的一线人物已不是郭、茅、巴、老、曹,而换作了幕后的推手周扬。② 这不光因为他同样是"资深作家",具有并不比前者低的文坛名望,还因为他作为当代文学最重要的组织者,要具体实施和落实最高层对社会主义文化的规划。文学史书写,就是这种规划的一部分。周扬1949年7月2日在第一次全国文代会上的报告《新的人民的文艺》,是他解放后对鲁迅所做的正式评论。这种评论明显留下了"规划"的意图和痕迹。他说,五四以来,以鲁迅为首的一切进步的革命的文艺工作者,为文艺与政治结合、与广大群众结合,曾作了不少艰苦的探索和努力。这种"以鲁迅为首"不是简洁的比喻,其重要性是它建立了另一条撇开胡适、周作人等历史作用的现代文学史线索。这条线索显然由于建国的原因,而获得了"正统地位",被人视为文学史的主线。他接着说,1930年代的左翼文学运动,始终把"大众化"作为文艺运动的中心,在解决文学与人民群众的关系上作了不懈的尝试。但由于历史条件的限制,当时革命文学的根本问题——为

---

① 张光年:《回忆周扬——与李辉对话录》,王蒙、袁鹰主编《忆周扬》第1—6页,内蒙古人民出版社,1998。
② 此说出自周恩来1941年在重庆举行的郭沫若创作25周年暨50寿辰庆贺会上的讲话。

什么人服务和怎样服务的问题——并没有真正解决,广大文艺工作者同工农兵还没有很好结合。而在解放区,由于有了1942年召开的延安文艺座谈会,由于有了毛泽东文艺方针的具体指导,由于有了人民的军队和人民的政权,"先驱者们的理想开始实现了"。人们由此想到,"五四"——"鲁迅"——"左翼文学"——"解放区文学"的历史链接和叙述框架,尽管最早出自这篇文章,但它实际反映出最高层对那段历史的基本规划意图。了解这一点,就不会对建国后现代文学史的叙述框架感到意外了。然而我们看到,"五四"和"鲁迅"由此成为了中国现代文学历史故事的"两个基本点",它们直到今天都还为现代文学的研究者和讲述者所遵守。1950年3月,在对燕京大学师生发表的关于新文化运动的讲演中,周扬把鲁迅与五四运动否定中国旧文化的偏激加以甄别,肯定了鲁迅对五四传统的"超越",认为:"鲁迅的《狂人日记》是很受果戈理、尼采的影响,但到《呐喊》《彷徨》却是中国作风与中国气派了。鲁迅自己把这摆脱外来的技巧影响,当作一种进步的表示。的确,不摆脱外来的影响,一个人是没法成为真正民族的作家的。"他告诫人们,"不要认为鲁迅抛弃了民族传统,恰恰相反,正是鲁迅继承了民族传统"[①]。在我看来,这种规划的目的之一,不是让文学经典化按照它本身的逻辑发展,而是要将经典工作纳入规划允许的范围。它的效果是,把鲁迅对人民群众结合的部分予以强调和扩充,将他身上那些不适应性的因素通过甄别清理出去。

　　由于启动了"当代"对"现代"的历史重评,我们便可以看到很多现代重要作家不再列为文学史研究的对象。这一"文学史真空"就需要具有同等分量的作家去填充,这是"鲁郭茅巴老曹"在当代被经典化的主要原因之一。当然,另一原因也来自他们在现代文学史上已具有足够的影响和地位,所以我们不能因为今天又有了新的评价视角而不愿意承认这一点。不过,由于他们的创作反映的是中国20世纪二三十年代的社会生活,并不具备当代所要求的那种"时代"先进性,这就需要

[①] 周扬:《怎样批判旧文学》,1950年4月15日《大刚报》。

在他们作品中重新安装"解释系统",使之与当代思想发生"必然性"的联系。这是"现代文学重评史"最为重要的特征之一。这种"联系性"的作品诠释,在对许多现代文学作品的重新评价中已十分常见,不过,它在鲁迅和老舍身上表现得更加典型。例如,在一次宣传工作会议上,周扬发言说,什么叫为人民服务?"怎么能说他是为人民服务呢?"鲁迅的"'横眉冷对千夫指'",就是"要跟人民的敌人作斗争,然后才能是'孺子牛',对敌人没有仇恨,对人民就没有爱"①。在谈到鲁迅年轻时与农民接触并不多,为什么却创造出中国农民"典型"的问题时,他认为是"因为鲁迅观察得深刻,对于那些农民有感情,同时他自己有新的思想"②。同时指出,鲁迅小说的意义首先在于它的"反帝反封建"的主题,"他作为一个启蒙主义者,提出了一个严重的问题——如何启发农民的革命性,提高农民的民主主义觉悟"③。并进一步认为,他的作品之所以对当代读者仍有启发,"主要表现在他对于旧中国的黑暗的仇视和对于新中国的热望和追求"上。④ 我们还应注意,是否赞同"社会主义现实主义"的文学理念,在一个时期内是检验中国现代作家是不是真正在思想上跨入新中国门槛的试金石。但因为不少作家的创作都发生在"社会主义时期"之前,所以需要把作品的"发生史"与"社会主义解释学"拉到一块儿来。周扬指出:"毛泽东同志早在《在延安文艺座谈会上的讲话》中就曾指出工人阶级的作家应当以社会主义现实主义作为创作方法。从'五四'开始的新文艺运动就是朝着这个方向前进的,这个运动的光辉旗手鲁迅就是伟大的革命的现实主义者,在他后来的创造活动中更成为社会主义现实主义的伟大的先驱者和代表者。我们杰出的作家郭沫若和茅盾,都是三十几年来新文艺运动战线上的

---

① 《在中国共产党第一次全国宣传工作会议上的报告》,《周扬文集》第 2 卷第 82 页,人民文学出版社,1985。
② 《关于当前文艺创作的几个问题——在中国作协文学讲习所的讲话》,《周扬文集》第 2 卷第 421、422 页。
③ 《发扬"五四"文学革命的战斗传统》,《周扬文集》第 2 卷第 273—275 页。
④ 周扬:《社会主义现实主义——中国文学前进的道路》,1953 年 1 月 11 日《人民日报》。

老战士。"①但他表示,上述作家包括鲁迅掌握社会主义现实主义的创作方法并不是一蹴而就的,其中有一个曲折的过程,为此他援引毛泽东《论人民民主专政》中的话说,人民的国家是保护人民的,然而即使是人民也应该在"全国范围内和全体规模上,用民主的方法,教育和改造自己",因为只有"改造自己从旧社会得来的坏习惯和坏思想",才能向着社会主义和共产主义社会发展(这里大概有一个不便说出,但可以"读"出的潜台词:即使鲁迅也不"例外")。他说:"一个作家,他从民主主义到社会主义现实主义,这中间是没有一个不可超越的界线,他可能开始的作品是民主主义观点的,但到第二部作品就可能是社会主义的,这是一个发展过程。鲁迅的道路就是这种过程,今天的作品也是这样。"②在他看来,老舍是改造自己并很快实现"转型"的一个典型。老舍解放后在创作上显示出的积极和主动,都说明他确实适应社会主义现实主义的创作方法了。为此,周扬亲自撰文《从〈龙须沟〉学习什么?》予以表扬:"老舍先生所擅长的写实手法和独具的幽默才能,与他对新社会的高度政治热情结合起来,使他在艺术创作上迈进了新的境地。《方珍珠》是一个成功,紧接着《龙须沟》又是一个成功,而且把《方珍珠》赛过了。这是值得我们大家高兴的、庆贺的。"他总结其中有两条经验:一是"老舍先生是以高度的政治热情来拥护人民政府的,正是这种热情,给了他一种不可克制的创作冲动",二是老舍十分熟悉自己的人物,他有意识地避免描写他不熟悉、不清楚的人和事,"但他并没有停留在自己已有的经验范围内,他尽量去接触和理解新的环境,并且让他的人物放到这个新的环境中去成长、去发展"。③

周扬所做的另一经典化工作,是对大学文科教材的组织和领导。了解文学史秘密的人都知道,仅仅停留在政治人物的号召、评论阶段,一个作家的经典化是很难完成的。一个作家最后的历史归宿就是文学

---

① 周扬:《为创造更多的优秀的文学艺术作品而奋斗》,1953年第19期《文艺报》。
② 《在全国第一届电影剧作会议上关于学习社会主义现实主义问题的报告,《周扬文集》第2卷第217页。
③ 见1951年3月4日《人民日报》。

史。也只有通过文学史的记述,他才真正进入了"历史"。更重要的是,在当代,通过文学史作家可以真正联系广大的青少年,联系人民群众,被最终纳入"灵魂工程师"的国家工程当中。所以,无论对国家还是作家,大学文科教材也即文学史都是很重要的。有材料显示,编选文科教材的任务是1960年9、10月间在中央书记处的一次会议上确定的。会后,书记处书记彭真受总书记邓小平委托向周扬下达了这一任务,并要他立下军令状,限期解决教材问题。1961年4月,周扬主持北京高等学校文科和艺术院校教材编选计划会议,并作了长篇讲话。事后,对教材的编写他都亲自过问,具体指导,大到确定国内第一流的学者专家作为主编人选,敲定文科7种专业和艺术7类专业,小到为个别教授旧作的修改和重版"开绿灯",周扬都抓得很细、很到位。但另一件事,又可以反映出周扬不同于一般文艺领导者、组织者的复杂性。由此我们也可以延绵地看到文学经典的"当代化"过程,并不是一次性、无障碍地完成的。它还要经历很多矛盾和痛苦。这种矛盾既来自"当代"重评"现代"时的种种困难,它们之间的历史阻隔,两套不同话语的互换、磨合问题,同时还来自重评者早已形成的"文学积淀",这种积淀就曾影响到周扬面对经典时的某种理解的方式,比如他的"专家意识""文学遗产意识""大作家意识"等等。有时候出于"爱才",而对某些"著名专家"的"网开一面"就是其中一例。据"文革"中一篇"揭批"周扬的文章称:"在'文科教材会议'上,周扬又决定将冯友兰解放前出版的《中国哲学史》重新出版。这本书在国民党时代已出版过八版,至今仍大量充塞于旧书市场,周扬唯恐不能引起人们的注意,竟利用无产阶级专政的出版机构,来继续国民党的工作。冯友兰还因此得了一笔一万多元稿费的意外之财。工人、农民所创造的财富,就这样通过党内资产阶级代理人之手,'孝敬'了资产阶级'权威'。"[①]具有讽刺意味的是,这篇声色俱厉的批判文章却反衬出周扬真实的形象,他在参与社会主义文化规划进程中偶尔会出现的犹豫不决的微妙心绪。

---

① 郭罗基:《清算周扬毒化大学文科的罪行》,1966年7月17日《光明日报》。

第一章　找一个根据

据说,从文科教材编选计划会议到1965年6月底,总共出版新编选教材68种165本,完稿和已付印的有24种33本,加上正在编选的教材总计156种367本,约占计划编选教材总数的一半。难怪有人评价说,"以马克思主义作指导,有计划地组织调动全国学术界、教育界的力量,编选文科教材,这在中国历史上还是破天荒第一次"①。一些材料还显示,在组织教材编写的过程中,周扬比较注意强调文学创作与文学遗产的传承关系,这对形成尊重文学大师的风气、建立稳定的文学秩序起到了一定作用。譬如,他在1959年的宣传工作会议上说:"什么叫作文化高潮,也得和外国和古代比较,没有大作家、大科学家很难叫作文化高潮。"由此可知,周扬相信文学大师在社会主义建设中能够起到精神上和文化意义上的"示范"作用。1950年代,他曾借评论赵树理的机会,称鲁迅、郭沫若、茅盾、巴金等是"语言大师"。1978年,郭沫若病重时,周扬到病房与之长谈,称赞他:"您是歌德,但您是社会主义时代的新中国的歌德。"这种极高的评价虽然令郭沫若不免汗颜、不知所措,但确实说明了周扬当时的某些想法。1980年代初,研究界曾对"十七年时期"的周扬有过尖锐批评,认为他迫害了很多有作为的作家。但当他写出那篇认为社会主义时期也有"异化"现象的长文,因此而受到激烈指责的时候,人们又把他看作维护新时期文学人道主义思潮的领导者,给予了很多同情。这样,频繁变动的周扬形象就有点令人不知所措。洪子诚教授希望人们了解周扬与他周边历史关系的复杂性。他认为,周扬虽然很长一个时期内以毛泽东文艺思想的正确阐释者自居,但有时候,他的文艺观点与胡风、冯雪峰等人的看法又比较接近。② 为此,他还援引周扬派大将张光年1959年一篇文章中的一段话,来证实自己客观评价周扬观点的必要性:"当有人以'藐视古典'的态度,声称托尔斯泰等古典作家'没得用'的时候,《文艺报》主编著文反问道:'谁

---

① 郝怀明:《周扬与大学文科教材建设》,《忆周扬》第359页,内蒙古人民出版社,1998。

② 洪子诚:《中国当代文学史》第40—52页,北京大学出版社,1999。

说托尔斯泰没得用？'他不能认同这种对遗产的一概'漠视'的态度。他在文章中肯定地说：'不但我国古代的优秀遗产不容否定，而且外国古代的优秀遗产也不容否定；不但对自己民族的伟大先辈不容漠视，对别的民族的伟大先辈也不容漠视。'"洪子诚认为张光年的观点实际反映了周扬一向的看法。而这种看法与毛泽东的观点是不一致的。① 由此可见，在领导新中国文艺的长期实践中，周扬不仅积极响应了政治领袖评价鲁迅、郭沫若的政治文化策略，也始终认为，他们作为文学大师比作为别的象征对于一个时代或许更加重要。也就是说，在文学经典与社会主义文化相结合的历史进程中，周扬的角色是不可忽略的，但他与权威叙述者在对文学经典认识上的差异性，也必须看到。

四　学者王瑶

我们的叙述到王瑶这里出现了转折，它开始由政治人物转向学术人物。这也是作家经典化的一个紧要之处，由此我们可以观察到经由文学史家之手"现代作家"是如何"被经典化"的详细的过程。因为政治人物是无法完成对一些作家的经典化指认的，政治话语只有落实到学术层面并被隐蔽地转换成一般读者所熟悉的文学史话语，经典化的生成才有可能实现。

王瑶，字昭琛，1904年生，山西省平遥人。1934年入清华大学中文系，曾任《清华周刊》总编辑，热衷社会活动，因参与救亡学运而被捕和辍学；1942年复学，1946年毕业于清华研究院。据友人回忆，王瑶1940年代参加民盟，"'一二·一运动'后，我们在昆明北郊山地里，曾在一次民盟小组会上碰头，共同学习毛泽东主席的《新民主主义论》"，"虽不记得王瑶学长在会上说些什么，但我相信，他对毛主席这篇光辉

---

① 洪子诚：《1956：百花时代》第262页，并参见该书"七、'胜利者'的悲剧"部分的相关描述，山东教育出版社，1998。

的著作,一定深有体会和受益"。① 《中古文学史论》是王瑶的成名作,但奠定其学术地位的是 1951 年 9 月由上海开明书店出版的《中国新文学史稿》。他这时的身份是清华大学中文系的年轻教授。

这份"个人履历"尽管简单,但它散发着值得辨析的历史气息:一是王瑶的求学与治学道路;二是他对政治所怀有的特殊兴趣。在 20 世纪三四十年代,很多同龄人都有过这种"复合"式经历,他的人生道路其实并不特殊。不过,如果不是受特殊环境刺激,王瑶也许只止步于一个古代文学研究者的生涯,不会以文学史参与当代的政治生活。但是,一旦有这种历史机遇,他之成为现代文学领域推动"鲁郭茅巴老曹"经典化的第一人,也就成为了现实的必然。

以下的史实和描述,能够支持我们对王瑶的某种历史直觉:1949 至 1951 年,来自国统区的作家的创作普遍出现滑坡,但解放区作家的新文艺创作却分外活跃。② 其实不光文学界,来自国统区的文学批评与文学研究也显示出与一派光明的社会风气不太协调的沉闷。在莫名慌乱之中,很多大牌教授和学者都不知道怎么"调整"自己。这就给了三十多岁的年轻教授王瑶一个出道的机会。在清华强大的文科教授阵容里(这时的清华文科力量远远强于北大),论资历、声望都轮不上王瑶,然而他意识到,刚转行教的中国新文学课,可能与新时代的意识形态比较容易发生密切的联系。何善周后来回忆说:"昭琛经常来研究室打个转,我们交谈几句,便转到图书馆的地下室或书库去了。地下室里积存着'五四'以来的报纸和杂志。他用了三四个月的时间,翻遍了图书馆所有的现代文学资料。昭琛早年在清华就参加了左翼文艺运动,对 1930 年代的文艺思潮和斗争是熟悉的,而且他异于常人的是记

---

① 季镇淮:《回忆四十年代的王瑶学长》,参见孙玉石、钱理群等编:《王瑶和他的世界》第 19 页,河北教育出版社,2000。
② 据仲呈祥编《新中国文学纪事和重要著作年表》(四川省社会科学院出版社,1984),这两三年间公开出版的文学作品和研究著作,作者多为来自解放区的作家和学者,如陈涌、田间、李季、孔厥、袁静、杨朔、刘白羽、柳青、孙犁、曾克、康濯、欧阳山、张志民、何其芳、蔡仪、丁玲、艾青、葛洛、郭小川等;即使来自国统区,也主要是受到特殊信任的作家如郭沫若、茅盾、老舍、黄药眠等人。这种情况,足以说明 1949 年前后中国文学所处的"转型"状态。

忆力特强,在翻查资料时并不需要抄录下来,只在原处作个记号,写作过程中用什么才借什么","终于在不数月内收集了一部现代文学史所需要的全部原始资料",而且"文思敏捷,文笔犀利,1949年暑假以后他便在清华中文系开出'中国新文学史'这门新课,年终便基本完成了《中国新文学史稿》的上卷,1952年初又完成了下卷。从搜集资料到完稿,这部首创的近60万字的巨著,才用了两年多一点的时间"。① 这段话事实上向读者透露:王瑶身居书斋,但他仍然热爱社会活动,并且像过去那样关心时局。② 他有参加过左翼文艺运动的基础,是朱自清的亲传弟子,但与老师一辈的为人处世毕竟不同。人们看到,中华人民共和国成立的隆隆炮声还未在天安门广场轰响,"1949年暑假以后"他便已在清华园开出"中国新文学史"这门课,并做了颇有眼光的历史命名——《中国新文学史稿》。他1955年成为声望很高的《文艺报》编委会编委,此后在该报和《人民文学》等杂志上经常露面。③

当然,我们对问题的判断不能仅仅依赖这些事实,那样将无法建立研究对象与历史之间的真正联系。所以,为了把问题营造得更加结实,我们得对这部文学史加以细读,猜测著述原委,推敲话语逻辑,看看文学经典是如何落实到现实层面的,对经典作品的读解方式又发生了什么显著变化。重要的是,这种变化如何从根本上改变了学术研究的传统习惯,搭起了现代文学与现实政治之间的桥梁,借此奠定了中国现代文学史研究的路向和基础。

《中国新文学史稿》被学术界认为是中国现代文学学科的开拓性著作。它的突出标志恐怕是最先运用毛泽东新民主主义的政治理论来探讨中国现代文学的外部发展和内在规律,并对其作出符合这一理论

---

① 何善周:《怀念昭琛》,参见孙玉石、钱理群等编:《王瑶和他的世界》第32、33页,河北教育出版社,2000。

② 在《王瑶和他的世界》这本主要由王瑶的同窗、友好及学生写成的回忆录中,众人几乎不约而同地谈到他的"政治敏感""有政治判断力"等等,从一个侧面反映了王瑶的思想世界及人生世界的兴奋点,这对研究他与同时代知识分子的精神状况不失为重要启示。

③ 从1955年第1期起王瑶成为《文艺报》编委,到1958年第19期因受"批判"被免。

的整体性概括。在这一点上,他确实很坚决地走到了清华文科的"老先生"们的前面。① 这部著作的"绪论"用相当肯定的语气说:"中国新文学的历史","是中国新民主主义革命三十年来在文学领域上的斗争和表现,用艺术的武器来展开了反帝反封建的斗争,教育了广大的人民;因此它必然是中国新民主主义革命的一部分,是和政治斗争密切结合着的","成了新民主主义革命底有力的一翼"。根据这一新的认识,他认为"从开始起,中国新文学就是一贯地反帝反封建的","从理论上讲,新文学既是新民主主义革命的一部分,它的领导思想当然是无产阶级的马克思列宁主义思想"。这种结论在 20 世纪以来的现代文学史著作中从未出现过,它用语的直接和大胆,恐怕连当时活着的左翼文学批评家们看到后都会感到惊讶。但这种结论式话语的出现和对文学史叙述的强力渗透,说明当代学者的治史环境和个人历史处境已然发生根本变化。作者采用流行话语来营构文学史框架,效果在于将政治化思维内化为一种文学史的思维,无论从个人还是学科来讲都意味着,文学史家与大历史坐标的关系已开始出现剧烈的调整。

另一触目的现象是《中国新文学史稿》的"分期"问题。由于按照毛泽东《新民主主义论》的思想框架和视野来重新定义中国现代文学史,那么它对现代文学史的"历史分期"就必然会服从于中国革命史的划分方法,即第一时期"1919—1927"、第二时期"1927—1937"、第三时期"1937—1942"、第四时期"1942—1949"。不过,如果"重返"当年文学史料,人们会发现各个"文学期"之间的交替并没有像叙述者所言有如此清楚的界限和职能分工,和那么多的"规律",不同流派和集团之间的人事关系,也许远比这种叙述要模糊和错综复杂,那些浪漫随意的文人的大脑里从未产生过这么明确的"当代史"意识。例如,鲁迅激烈

---

① 从《新民主主义论》发表到 1951 年,先后出版的中国现代文学史有:李何林的《近二十年中国文艺思潮论》(1939 年,生活书店版)、李一鸣的《中国新文学讲话》(1943 年,世界书局版)、任访秋的《中国现代文学史》(上卷,1944 年,河南前锋报社版)、蓝海的《中国抗战文艺史》(1947 年,现代出版社版)、老舍、李何林、蔡仪、王瑶等人的对话本《中国新文学史研究》(1951 年,新建设杂志社版);明确以上述理论为指导思想的,却是这部文学史。

批判"第三种人""自由人"的文章,是与这些人交情不浅的《现代》杂志主动约去的。鲁迅与其中一些人还曾有过密切来往,下馆子喝酒是经常的节目,"阶级仇视说"不知从何而来。再例如,从"文学革命"到"革命文学"的历史叙述,只是左翼文学批评家的一厢情愿,这种宏论在当时文学界没有多大市场。由此去看,这就是作者根据现实环境而提出的一种先验性的预设,不见得都是从对史实材料的认真阅读中得出,虽然如何善周所说王瑶在写史前曾在资料上下很大的功夫。然而,这种"我注六经"的研究方式与"分期"说的同时诞生,意味着文学史材料将主动脱离它原来语境,它们一起进入为先验性历史预设服务的程序,早在预料之中。至此,中国现代文学史完成了与《新民主主义论》历史叙事的接轨,并入政治轨道,从而完成了对原来那种众声喧哗的现代文学史格局的整顿。现代文学史的历史分期由此而来,无论经历多少历史变故,这一基础都没人敢去撼动。凭此可知王著对他弟子和许多后学者们的影响至深至远。

由于确立了上述历史观,"鲁郭茅巴老曹"的专章叙述模式尽管还未正式出炉,但对这些作家的评价已开始渗透了"新民主主义论"的眼光。在绪论中,作者根据毛泽东《新民主主义论》中的一段论述,认定鲁迅是"新文学的方向",并在第三、五和第六等三章中做了进一步的发挥。他说:"鲁迅,从他的创作开始起,就是以战斗姿态出现的;他一面揭发着社会丑恶的一面,一面也表现了他的改革愿望和战斗热情。在这二者的统一上,不只是他作品的艺术水平高出了当时的作家,就在思想性的强度上也远远地走在了当时的前面。当作文化革命的旗帜,三十年来多少进步的作家都是追踪着他的足迹前进的。"这就把对一个作家思想是否正确的看法,带入到确定他作品是否具有意义的认识系统之中。这种方法也被运用到对郭沫若创作成就的评价当中。作者认为,郭沫若的"诗里面有对社会的诅咒(如'凤凰涅槃'),也有强烈的反抗精神的歌颂(如'胜利的死'和'匪徒颂'),都喊出了那时的时代精神"。借着这种看法,王瑶认为到了《瓶》和《前茅》时期,主题虽然还是浪漫主义的,但绝没有感伤颓废的色彩,已经是革命的了。按照新民主主义论对知识分子的新的定义,王瑶还认为,茅盾前期小说"写的主人公多是男女青年知识分子,穿了恋爱的外衣写出了大革命时期的青年心理和革命失败后的迷惘,人物和故事结构都写得很费心思,特别是女子心理的描绘","我们也得承认作者那时目睹革命失败,心境是不大愉快的,因而书中过多地布满了悲观色彩和幽怨的情调"。也就是说,他认为作家对知识分子"小资产阶级情绪"的揭示,并不是很成功的。而他之所以认定作者的长篇小说《子夜》是"'呐喊'以后最成功的创作",是"这一时期创作中的重大收获",根本原因就在茅盾"未尝敢忘记文学的社会的意义"。换句话说,一种"社会"优于"文学"、"内容"优于"艺术"的思维方式,正在影响着王瑶文学史书写的认知模式。人们注意到,对老舍、巴金、曹禺这些"民主主义作家",王瑶的研究结论也明显取法于"思想"是否"正确"这一政治思想准则,尽管他对作家创作个性的掘发,对作品的细读功夫令人惊叹。但由于前者的"限定",我们不能不说他在书稿中所完成的明显是关于中国现代文学的新民主主义革命的叙事。换言之,由于前者被作为唯一的判断尺度,后者的叙事空间已经十分窄促,面貌已被扭曲,它的文学史价值因此而有了被怀疑的理由。

其实,很值得讨论的还是王瑶个人在1940—1950年代之间的"转型"。也就是说,我们不能把一个知识者的转变,一部文学史的写作,看作是一个"理所当然"的简单事情。要知道,"新生活"与"清华传统"在衔接的过程中必然有一个属于"桥梁性"的东西。这种"桥梁性"的东西,既可以看作"当代文学"的"起源",也可以看作是已被"当代化"了的"现代文学研究"的"起源"。我们知道,王瑶是朱自清的学生,清华不只是一所著名的大学,而且有自己深厚和自律的学术传统。对一个求学者来说,母校的传统不仅会影响他的最初,也会影响他的一生。在1940年代,清华教授闻一多、朱自清身上浓厚的书生意气是颇被世人赞赏的:"闻一多自己是一个文豪,一个大知识分子,他嗜文化而爱学问。抗战初期他曾毅然辞谢教育部友人的为官之邀而甘于清贫淡泊的书斋生涯,在联大他经常是足不出户地苦读,被戏称为'何妨一下楼斋主人'",①"他短暂的47年生涯中,除了求学和后期投身民主运动,绝大部分光阴和精力都倾注在学术研究与教书育人的岗位上"②。"1942年的冬天格外地冷,朱自清没有钱去买棉袍,却别出心裁地在附近的'街子'上买了一件赶马人披的毡披风。这毡披风倒是实惠,居家可作褥子,出门就是衣服;不过一个大教授穿着赶马人的行头总显得有点怪模怪样,惹得熟人们笑谈,朱自清自己却不以为意,自得其乐。他每周二下午步行18里路程去联大授课,周五下午再步行回来,也算远足了。在穷困而孤单的生活中朱先生心情平静淡然,不急不躁,显出一种少见的大家风范","他以一种柔顺而又积极的姿态过度着这文化人的艰难时世"。③ 这种"清华风骨"或说"清华传统",不可能不使王瑶受到极深的熏染。闻、朱在艰难世事中的精神自守,显然是中国传统文化精神在1940年代的又一次复活。青年王瑶,何尝不也是如此呢?很长一个时期里,他都是按照老师们的风范来规划自己的人生的,他对学术事业的虔诚,几乎到了圣徒般的地步。清华研究所时期的王瑶"住在堂屋的大厅里。大厅无窗无门,阴暗潮湿;东西两头老鼠打洞,浮土成堆",环境极为恶劣。即使如此,"他一天伏案可十五六个小时,躺在床上睡觉的时间并不多,每至夜深下楼,倒身便睡",且"能在这风吹鼠闹的厅堂里'安之若素'"。④ 有人甚至惊叹说,1946年上半年,"清华、北大的研究生,或在城内,或在东郊的龙头村、司各营,大概也有人在写论文,但据我所见,如王瑶学长那样胸有成竹,那样有计划、不急不忙、一篇一篇地写,我不知还有什么人;而写成之后,能在解放初出版有王瑶所写《中古文学史论》似的成绩,我不知还有什么的著作。就这点说,王瑶学长的研究生论文是卓越的,独高一等的"⑤。但学术和政治

---

① 李书磊:《1942:走向民间》第84页。
② 闻黎明:《闻一多传》第186页,人民出版社,1992。
③ 李书磊:《1942:走向民间》第88页。
④ 何善周:《怀念昭琛》,参见孙玉石、钱理群等编:《王瑶和他的世界》第31页,河北教育出版社,2000。
⑤ 季慎淮:《回忆四十年代的王瑶学长》,参见孙玉石、钱理群等编:《王瑶和他的世界》第19页,河北教育出版社,2000。

的关系是这么复杂,以至使我们很难从中抽出一条线索,来思考王瑶是怎样把清华传统接续到政治文化上的这个困难的问题。显然我更感兴趣的是,作为从1940年代知识分子精神传统中走出来的一员,王瑶是怎样完成了文学叙事向政治叙事的转换?而这种转换对建国后的中国现代文学研究又具有怎样一种深长的意义?我们应该把思考的起点建立在哪里?

我意识到,1940年代在知识界盛行的"人民性意识"就是王瑶从"清华传统"走向"新生活"的一个"桥梁性"的东西。这就必须提到一个"1940年代"。一部题为《转折年代——中国的1947年》的著作,以"后设"的笔调这样写道:"在这不到一年半的时间里发生了哪些变化?最重要的有这样几件事:一、国民党政府在全国范围内,特别是广大沦陷区内迅速地丧失民心;二、中国民众和平建国希望的破灭;三、全面内战的爆发。"①如果觉得这种"后设"视角会影响我们对历史的感觉,那么,当时正在重庆的美国记者西奥多·怀特和安娜·雅各布的记述相信有更多"客观"的色彩:"胜利降临了,战争结束了。但是,陈腐的政府、累积的苦难、由来已久的恐惧,所有这些都依然如故。与以往相比,中国不仅没有进行任何改革,而且国内和平变得更加遥远了。"②什么叫作"1940年代"?我们以为这就是"国家"面临全面危机,而"人民自救"成为一种普遍"历史共识"的一个年代。当然,这种"共识"后来被证明是非常虚幻和无法落实的,但正是由此产生的"人民性"的文化意识形态,对王瑶这代人从"学院传统"转向"新生活"的思想逻辑产生了至深的影响。在我看来,《中国新文学史稿》通篇都贯穿着这种"1940年代"意识和"人民性"的视角。如在第三章中,他认为鲁迅《呐喊》《彷徨》的意义在于,它们"不但使读者增高了文学革命的信心,而且更重要的,使革命的知识分子扩大了他们的视野,注视到在农村生活的老

---

① 金冲及:《转折年代——中国的1947年》第2页,(北京)三联书店,2002。
② 〔美〕西奥多·怀特、安娜·雅各布:《风暴遍中国》第311—312页,解放军出版社,1985。

中国的儿女。这里有麻木状态的负着生活重担的农民闰土,也有浮浪的农村无产者阿Q。这正是那时中国百分之九十以上的人民的生活,他们负着几千年因袭的重担,麻木无知地活着,而鲁迅,正是抱着'毁坏这铁屋的希望',力图唤起这些昏睡的人的。因之,即使在那个启蒙时期,他的思想和作品必然也是清醒的现实主义的"。这是对"人民性"的重新认知,想必已给读者留下深刻印象。这种典型的"人民性"的眼光,也被用于对郭沫若、茅盾、巴金、老舍和曹禺创作的观察当中。例如,在评论郭沫若的诗作《匪徒颂》时,他更看重作品"强烈的反抗精神",那种"为大众请命"的自我牺牲的决绝态度;认为茅盾小说的价值主要在他"透视现实"的自觉上,茅盾在反省与审视大革命时期青年的人生追求时紧扣其现实内涵,既"采取了批判的态度,也指出了革命的前途",而不是将青年的彷徨与现实社会剥离开来;在他看来,巴金作品在青年中之所以有广泛影响和号召力,不光是"作者文笔流畅,有很圆熟的技巧",原因还在他"对提示青年正视现实走向革命,起了相当的好的作用",况且"他是鼓励人牺牲自己去追求大众的幸福的";从上述角度看,第九章第二节"《雷雨》及其他"就不能不引起人们格外的注意。在这里,王瑶一反他赞赏和推崇曹禺的态度,对作者这部力作表现出一种少见的挑剔和指责。他说:"'雷雨'的题材本来是极富于现实意义的",作品人物的悲剧命运本来是"社会制度的残酷"造成的,但作者却将其归咎于"宇宙里斗争的残忍与冷酷",而采取一种"悲天悯人"的态度,这样就使得他对题材的把握"不能深入",减弱了思想的力量;在《日出》结尾,"没有组织的工人社会运动而只有辛苦地为资本家盖洋楼的工人也就很难具象地代表光明",作品的"爱憎的强度"也会受到削弱,这类问题在《原野》中也同样存在。在1940年代,"人民至上"是一个相当重大的时代命题,是非常流行的意识形态,它也是当时大多数知识分子高度趋同的价值观和真理观。正是在这里,王瑶对曹禺对人物命运深层原因的抽象解释表现出不安,他甚至因原作对鲁大海等劳动人民的冷淡而感到懊恼。进一步观察,出现在知识界的"人民性"讨论显然正在被一种改朝换代的目的所利用,有历史眼光的人已经看出，这时候大谈所谓的"人民性"问题对当局的形象实际是非常不利的。1945年11月，就有作者在《国民党进攻的真相》一文中指出：国民党声称不打内战的谎言是不能相信的，"中国人民被欺骗的已经够了，现在再不能被欺骗。现在的中心问题，是全国人民动员起来，用一切方法制止内战"①。这种社会批判情绪，与国统区学生运动的思想出发点有什么区别？与普通民众的愤慨是否已经并轨？凡有历史知识的人当会心知肚明。但腐败遍地、物价飞涨的时局已令教授们寝食不安，他们决定走出书斋"向圈子外喊去"。五四运动26周年时，闻一多发表了批评时局的文章《人民的世纪》，他大胆质问："叫人民献出一切，缩紧腰带，拼了老命，捍卫了国家，自己却一无所得。"这离他心目中"人民的世纪"和"国家"的理想目标已经相隔万里："只有土地和主权都属于人民时，才讲得上国家，今天只有'人民至上'，才是正确的口号。"②就连一向性情敦厚的朱自清教授也忍不住在《新诗杂话》中批评说："国家意念是抽象的"，"诗应该是政治改革的一部分"，因为只有诗才是"大众的力量的表现"。③ 尽管与政治人物"人民观"的深沉策略相比，教授们的清议未免迂阔和空洞，但确实标示着他们（包括这一群体的大多数人）从"书斋"走向"社会政治"的关键性转折，让人发现搭建学术与政治之间的"桥梁性"的东西有时候竟然会这么容易。某种程度上，它构成了王瑶写《中国新文学史稿》的一个历史起点。它不外是1940年代故事的结束，1950年代故事的开始。在此背景中，可以觉察王瑶秘密加入民盟的思想动机，他这一阶段的文章，被认为是"最能显示作为革命者的王瑶先生的政治热情，政治敏感和政治判断力的"④。《新文学史稿》所内含的潜在性叙述结构，只有在这一时代框架中才可能被认识。

---

① 《毛泽东选集》第4卷第1169—1170页，人民出版社，1991。
② 闻一多：《人民的世纪》，昆明《大路周刊》创刊号。
③ 朱自清：《新诗杂话》第52、116、41页，生活·读书·新知三联书店，1984。
④ 钱理群：《"挣扎"的意义——读〈王瑶全集〉》，孙玉石、钱理群等编：《王瑶和他的世界》第319页，河北教育出版社，2000。

当然,一个学者的"学术转型"与"桥梁性"东西是否都有必然性联系,还有待进一步观察,它的复杂性也许还远未被我们这个时代的人所认识。不过,如果说帮助权威性历史叙述在文学史中建立起一个落脚点,并由此结为同盟的,王瑶却无疑享有第一人的声誉。季镇淮说,王瑶"解放后在教学改革中著成的《中国新文学史稿》,叙述新文学源流和作家作品,网罗无遗,建立了庞大的系统,自'五四'新文学运动以来,中国有新文学史,始于王瑶"①。何善周说,当时大学的现代文学教材奇缺,"困难不少",这"是我们的第一部重要参考书"。② 钱谷融指出:"《中国新文学史稿》一书,为全国高等学校开设中国现代文学史课程提供了必要的教材",更重要的是"为教育事业做出了可贵的贡献"。③ 这一"贡献"可以归结为:一、在现代文学史研究中,王瑶首次实验性地将政治性思维运用到文学史思维之中,证明这种文学史写作千真万确是一种真理性的追求。二、文学经典化的实现,其意义不在如何评价作家和作品,它还牵涉到如何确立文学研究的规范性,研究者应有的立场、观点和感情的问题。三、新民主主义理论借助王瑶的研究,成功地运用到现代文学史研究中,它意味着现代文学史的课堂讲授内容和方式。

五　现代文学研究各家

举凡中外文学史经验,人们知道仅仅靠一部文学史是无法完成文学的经典化工作的,它需要更多的文学史家来声援,这种声援和效果即构成了我们所说的文学史研究的环境。

1950年代的最初几年,学者们好像突然对"文学史"有了浓厚兴

---

① 季镇淮:《回忆四十年代的王瑶学长》,参见孙玉石、钱理群等编:《王瑶和他的世界》第19页,河北教育出版社,2000。
② 何善周:《怀念昭琛》,参见孙玉石、钱理群等编:《王瑶和他的世界》第32、33页,河北教育出版社,2000。
③ 钱谷融:《哭王瑶先生》,《王瑶和他的世界》第62页,河北教育出版社,2000。

趣,先后有中国人民大学、北京师范大学、武汉大学和东北师范大学等学府的诸公投入此事业。从历史角度看,这群书生之所以情绪高涨,其原由并不奇怪。中国两千年历史上,每次"开国"之初的气象总是令人振奋的,这也让一般民众和读书人对自己的"未来"怀着过分天真和浪漫的期待,这种历史心绪我们多能从图书馆收藏的文字文献中阅读到。1952年蔡仪(1906—1992)的《中国新文学史讲话》出版。他原名蔡南冠,湖南攸县人。1925年考入北京大学预科文学部。早年写过一些作品,曾是沉钟社的一员。1929—1937年留学日本,先后毕业于东京高等师范学校文学部和九州帝国大学法文学部。1937年回国参加抗日救亡工作。不久,开始美学理论和文艺理论的研究。抗日战争胜利后到上海参加青年运动,主持《青年知识》杂志。1948年任华北大学教授,1950年任中央美术学院教授,并先后兼任北京大学、中国人民大学教授。1953年调中国科学院哲学社会科学部任研究员,以主要精力从事美学和文艺理论的研究。著有《新艺术论》《新美学》《中国新文学史讲话》《唯心主义美学批判》《论现实主义问题》等十多种专著,还主编高等学校教材《文学概论》和《美学原理》,主编《美学论丛》《美学评林》等刊物。对马克思主义的美学理论和文艺理论多有阐述。1955年张毕来的《新文学史纲》付印。张是文学史家、教授,原名张启权,生于1914年,贵州省户山县人。1929年考入贵州省立师范学校。1936年入杭州国立浙江大学文学院教育系学习。抗日战争爆发后,留在浙东参加抗日工作。1938年加入中国共产党,在金华协助一些台湾同胞组织台湾抗日义勇队,并任该队秘书及中共地下党支部书记。以后曾到上海、桂林、南宁、香港等地任教和从事革命工作。解放后,先后在东北大学、东北师范大学、上海华东师范大学任教。1954年,调北京任人民教育出版社中学语文编辑室主任,主持全国中学语文课本的编辑工作。1962年以来,任民盟中央宣传部副部长。他是政协全国委员会委员、民主同盟中央委员、中国作家协会会员。他的主要作品有:《欧洲文学史简报》《新文学史纲》第一卷、《漫说红楼》《红楼佛影》。译著有:长篇小说《亚丹·比德》《小北半村》等。1956年刘绶松的《中国新文学史初稿》出版。刘绶松1912年生,湖北洪湖县人,文学史家。1938年毕业于西南联大。解放后历任武汉大学中文系教授、作协武汉分会副主席、《长江文艺》副主编等职。著有《中国新文学史初稿》等。"文革"中遭受迫害,1969年3月16日与妻子一起自缢身亡。丁易的《中国现代文学史略》和1957年孙中田、何善周的《中国现代文学史》也相继问世。这些事实说明现代文学史研究的环境正在悄然形成。这种环境大概是"开国"之宏大乐章中的一段最令人感兴趣的乐谱。

正如上面所言,这种环境的出现与时代的总体气氛有很大的关系。黄修己指出:"1955年前后,这是建国初期最为辉煌的一段时期。由于建国初期各条战线的重大成就,使得中共在人民中享有崇高的威望。广大人民认为中共不仅是夺取政权中的胜利者,而且更是改变国家面貌的保证,只要跟定共产党,便能'从胜利走向胜利'。因此不仅在文学创作中,歌颂党的领导是主旋律,而且在文学史上,同样会注意突出中共的领导作用,描述在其领导下文学战线上的胜利。这在当时是理所当然的,顺理成章的。"他认为这是上述文学史写作及大量出版的共同"背景"。① 当然,在漫长的中国史上,不同的历史之间既有许多相似点,也有不少差异性。所以,历史之曲折迂回也能在解放后的一些会议中隐约地感知到。1952年8月30日,出版总署和《人民日报》召开的王瑶《中国新文学史稿》的座谈会,即是一个值得注意的事例。叶圣陶、孙伏园、孟超、袁水拍、吴组缃、李广田、李何林、林庚、杨晦、黄药眠、蔡仪等人在发言中认为,《中国新文学史稿》取得了一定的成绩,但它的问题仍是"政治性、思想性不强","主流、支流、逆流"不清,对无产阶级对新文学的组织影响"说得很不够",等等。② 近年来,人们发现1950和1960年代文学组织和会议的控制作用,是"十七年文学"研究不可或缺的内容。这种会议所发出的信号,显然与一般的文学会议明显不同。相信这些实际来自王瑶的朋友圈的意见,对这位作者的打击

---

① 黄修己:《中国新文学史编纂史》第151、152页,北京大学出版社,1994。
② 该座谈会上的"笔谈"和"发言",参见1952年第20期《文艺报》。

委实不小。这些发言已经脱离开"学术"层面,它的意义可能暗示着国家对经典化认定权力的回收。这次座谈会发出了一个明确信息:文学史虽然表面上可以由个人来写,但它并不等于是个人行为,而应该是一个集体或国家的行为。也就是说,它应该通过国家愿望对个人愿望的压抑,使文学史实现比原来的文学史"更集中、更强烈、更典型"的现实目的。文学史在很大程度上反映的是国家修正与再造"历史"的文化冲动。这一信息,与上述文学史家的"兴奋"无形中构成了某种"复调"性的关系。这种文化政策上的"收收放放",相信会使那些试图以笔撰史的人们有时感到振奋,有时又忽觉沮丧,谅所有经历过这历史一幕的人都会付之一哂吧。当然也难免会有对历史的无奈之叹息。

所以以下我将会讨论到几本文学史在"鲁郭茅巴老曹"经典化过程中的共性问题,但我也得注意他们之间的差异性。共性回答的是"如何经典化"的问题,而差异性则使读者意识到,历史之经典化所要面对的不仅是当代叙述的权威性和强制性,还要面对每位作者的经历、背景和气质,正是后者造成了经典与现实结合过程中的一些困难和问题以及作者与历史的张力。

蔡仪作为马克思主义文艺理论家的形象,大概是由他那本在一代人中间广泛传播的高校教材《文学概论》塑造的。不过,他波澜不惊的"经历"倒让我们感到失望。他1925年考入北大预科,1929到1937年在日本东京高等师范学校和九州帝国大学就读,1937年回国参加抗日救亡活动,人生轨迹与胡风和周扬颇为相似。他在解放初期就参与清算朱光潜的"资产阶级美学思想",并把这种角度一直带入撰写那本著名的充分马克思主义化的《文学概论》中时,也的确令人愕然。世界上的万事万物就是这样,你难以按照预先的逻辑去判断一个人的必然选择;相反,某些偶然性反而能让你看清楚现象的深刻。我想,正是这些我们无法解释的原因,决定了蔡仪看问题的方式,会与"纯粹"的文学史研究者有所不同。1950年,当《中国新文学史讲话》还只是一部在华北大学讲授的记录整理稿时,他就把撰史的宗旨明确定位为"通过这几个问题","进一步去理解毛主席《在延安文艺座谈会上的讲话》"的精神,并声称借此理论去把握新文学史的主导方向,"是我的讲话的主要意图"。① 尽管这部书稿不是严格的中国现代文学史,而只是文学史的开篇——绪论,但仍异常鲜明地表露出作者用"讲话"精神来统驭文学史和重新塑造鲁、郭、茅、巴、老、曹形象的意图。他把鲁迅等作家的思想追求置于毛泽东对新民主主义的分析和发展的预言当中,再通过具体作品的剖析,去证明这一预言的历史正确性,从而将作家作品对思想理论的顺从贯穿于这部两三万字的文学史简要本的始末。他这种叙述风格,人们大概在重庆左翼文学批评和解放区文学批评中已经见到,只是到了当代文学中才被大量地运用罢。

  由于解放初期意识形态岗位人员奇缺,国家陆续地将受到信任的文科教授抽调充实到中国文联、中国作家协会、中国科学院哲学社会学部、中央美术学院、中央音乐学院等单位。因此,从解放区迁来,有三百多教职员工之众且人才济济的中国人民大学文艺学院,就这样被"蚂蚁搬家"的方式弄空了。待元气大伤的该校中文系以"文研班"的形式重新组建时,时间已经转到1960年,与许多历史悠久的中文系相比,它只能甘居"小弟弟"的地位。于是我们发现,在人文知识分子群体中,"受信任"与"不受信任"人群之分化在当代中国的文化机构、大学中产生出等级化的现象。张毕来和丁易就是两位留在大学任教的教师。在我看来,这种人文环境对他们的撰史方法及其结果,想必会产生不小的影响。解放后当有些大学教师被抽调到中国作家协会、全国文联和中国科学院哲学社会学部(后改为中国社会科学院)等关键岗位后,留在大学教书会被看作很平常的工作,这种平常工作一定程度会影响他们参与更重大的国家文化建设。另外还有作者的"地域"问题,如果在京津沪等中心城市,可能即使不在作协、文联,但也有机会受到注意。张毕来是既不在关键意识形态岗位,又未在中心城市的情况下从事文学史研究的。他《新文学史纲》的写作或许还早于王瑶的文学史。早在

---

① 蔡仪:《中国新文学讲话·序》,《中国新文学讲话》,新文艺出版社,1952。

第一章 找一个根据

1949年他就在"东北大学讲新文艺运动史";①正因为他在长春,《新文学史纲》(第一卷)自然就没有"首创"的机会,更没有中心城市学者那样的发言权。再看丁易。他原名叶鼎彝、叶丁易,安徽桐城人。1930年代就读北京师范大学时,参加过"一二·九"运动。1945年在四川三台东北大学任教,因支持学运被解聘。1947年后,先后在解放区的北方大学、华北大学担任教授,解放后留在北京师范大学教书而未赴他任。他的《中国现代文学史略》只是一部"未定稿",直到1954年客死莫斯科大学任上,这本书仍未最后杀青。上面这些因素一定程度上昭示了,他们在评价文学经典时有时会采取比较温和的态度,但有时也会采取更为激进的立场。例如,张毕来和另一位东北师大教授杨公骥就不同意王瑶关于文学革命时期即有"无产阶级思想"的说法,他们并没有对前者提出公开的挑战。不过,这无法证明当情况允许时他们不会比前者走得更远。②

也不要以为会出现所谓文学史的"个人化"写作,诸公是在与当代叙述拉开某种距离。如果秉持这种天真的看法,那么他们的文学史著作与经典化的复杂关系我们就无从谈起。但是,他们与蔡仪和王瑶的不同点仍然值得注意。在张毕来等人看来,王瑶将新民主主义思想作为一条红线贯穿于文学史始末的做法是有新意的,不足之处是没有想到将某些专属词、概念和作家的历史命名提上日程。我们知道,文学经典化工作乃是一种命名的工作。在王瑶本中,除鲁迅一人,其他经典作家均未出现在专章专节目录上,而处在犹豫不决的状态。读者注意到,张毕来开始有意识地在《新文学史纲》(第一卷)的专章专节目录中采用"鲁迅的现实主义的革命性及其历史根源和社会根源""鲁迅的创作态度及其所体现的文学观""郭沫若的积极的浪漫主义的历史评价""革命的小资产阶级文学家的反帝反封建的进步作品和他们的开始共

---

① 张毕来:《文章与友谊》,孙玉石、钱理群等编:《王瑶和他的世界》第56页,河北教育出版社,2000。
② 同上。

产主义的方向转进""茅盾的《三部曲》"等倾向性的概念表述,这说明作家姓名的经典化程度已有一定程度的提高。在丁易的文学史中,不仅作家姓名的经典化问题受到重视,对作家创作的"意义"也有了更具历史感的阐述。比如,第五、第六章使用了"中华民族新文化的旗手——鲁迅(上、下)"的称谓,第七章、第九章有了"郭沫若和'五四'前后的作家""茅盾和'左联'时期的革命文学作家"等评价性结论,老舍、巴金和曹禺也被正式列入"进步作家"专节中。如果说王瑶是要改装现代文学史的历史叙述装置,用新民主主义理论来改造五四话语的话,那么张毕来和丁易则是要拿出"鲁郭茅巴老曹"这份主流作家的名单,进而对"现代文学"做"主流文学"与"非主流文学"这一具有新时代意义的区分和命名。当然"非主流"作家、作品的人选和选目,这时并没有确定的目标,由于当代语境的激烈和无常变化,文学史家所能开展的工作就是对它们不断地认定和重选。所以,一般人都把张、丁的文学史著作看作是王瑶和蔡仪的某种调整性的进展。①

在鲁迅研究中,其思想发展的"阵痛期",因为容易威胁到他的革命文学盟主形象而只把它轻描淡写地说成是一个"过渡性"的阶段。这一看法可能始于张毕来,他说:"鲁迅初期作品中的高度的革命性,是社会现实中的革命性在现实主义文学作品中的反映,也是鲁迅整个人格和一生行事中的革命性在他的创作中的反映,同时,这又是他一生的革命文学事业的基础和出发点。这种革命性,在'五四'以后继续发展。"他认为,鲁迅在"《在酒楼上》《孤独者》《伤逝》《秋夜》《腊叶》等篇中,感伤、怀疑、失望的心情都是有的",但"根源在于他当时的小资产阶级立场和他当时的尚未跟革命主力——工人阶级及其政党——紧密地结合起来"。② 这种对经典作家的"彷徨期"的"跳过式"处理,在丁易的茅盾研究中也有所反映。在文学史中,丁易确实显示出与众不

---

① 张毕来:《文章与友谊》,孙玉石、钱理群等编:《王瑶和他的世界》第56页,河北教育出版社,2000。
② 张毕来:《新文学史纲》(第1卷)第2章第3节,作家出版社,1955。

同的眼光与功力,一方面他看出《蚀》力图揭示大革命失败前后"政治上经过剧烈分化"的青年知识分子群体充满矛盾的精神世界的叙事意图,认为他对静"分析得非常精细,解剖得也极为广大";另一方面,虽然作品有些悲观、失望,但他相信小说所勾画的时代巨变,具有不可动摇的"历史意义"。在这个意义上,他明确地把《子夜》定位为"革命文学巨著",认为它之所以"显示了左联的业绩",就在"作者通过这些巨大、矛盾、复杂、繁多的事件和人物,十分形象地把他写作《子夜》的企图表现出来了。他有力地说明了当时中国的一个最重要最基本的问题:那就是帝国主义为了挽救自身的危机,它就要加紧侵略殖民地半殖民地国家","决不容许他们走向资本主义道路"。其次,他认为该小说的突出成就即在他对中国的政治性描写,作者既生动地指出了中国民族资产阶级的动摇性、买办性和反动性,同时也形象地描写了中国革命的主要动力——中国共产党领导的工人运动和农民运动,"虽然这一些写得还不够深入,但作者却有力地指出了中国革命的主力必须是中国共产党领导下的工人和农民,只有他们才能够坚决彻底执行反帝反封建的任务","明确"中国的"前途"。① 在文字风格上,张毕来和丁易是感伤的作者。虽然他们在思想观点上紧跟那些调入关键意识形态部门的学者,有时候会比王瑶表现得还要激进,但心理状态仍然是"边缘"的。他们与王瑶的细微差别,可能在对作品文本的某些分析中隐约地看到。

刘绶松在年轻时代也有鸿鹄之志,因此被闻一多所欣赏。闻写信允他到昆明的西南联大读研究所,可战事频仍,高山阻隔,这份感人的师生缘分终未兑现。解放后,刘在陕西一直郁郁不得志,1950年代初他调入武汉大学中文系后,也受到那里"桐城派"势力的冷落(参考《王瑶的世界》和《苏雪林自传》)。这份郁闷心境,大概是他发愤写出《中国新文学史初稿》,在这所资深学府站稳脚跟的极大动力。虽然运气不属于这位心气不凡的学者,但他的文学史著作受到周扬的欣赏,据说

---

① 丁易:《中国现代文学史略》第9章第1节,作家出版社,1956。

还附带着"红色专家"的评价。细究起来也不奇怪,刘绶松研究现代文学史用字之简洁、眼光之深湛,来自他长期研究《文心雕龙》的心力和文字功底,只是无心插柳柳成荫而已。《中国新文学史初稿》的观点今天能否再用当然是个问题,它在鲁迅作品经典化过程中的作用却不可小觑。当然,文学史家评价文学经典的方式是多种多样的,他的评价尺度和认定标准到底取决于什么因素也很复杂,硬要推断下去恐怕也无收获。该文学史的最大特色,就像"内容说明"所提示的那样:"书中论述革命文学的战斗业绩和成长过程,和文艺思想与理论斗争,评介了主要的作家与作品,并且把文学事业上所反映的阶级斗争的发展,作了一些描写。"①

在解放初年的鲁迅研究中,刘绶松文学史的主要贡献是把他确定为"战士"。这种经典化的意义不能小觑。因为,经过这种特殊的历史叙述,鲁迅就从一般先进的作家的框架中走出来,而进入到中国革命的阵营当中——工农是拿着枪战斗的,鲁迅因此就变成一个拿着笔冲锋陷阵的文艺战士。作者认为,鲁迅不能再待在一般性的文学史中,他只有被放置在中国社会革命中才更出彩,因为他与这历史本来就有着深广的联系。这是对鲁迅之"意义"的一个急躁同时也很大胆的提升。刘绶松指出,《彷徨》时期的鲁迅其实一方面以更加顽强的姿态,在客观上代表全民族的大多数,继续执行着思想战线上反帝反封建的战斗任务;另一方面,他又在不停地做着"无情地解剖自己"的工作,探索个人的战斗力量与中国人民大众的革命主力紧密结合的正确道路。在本时期,"探索与战斗"对鲁迅既是一个"不能分割的实践的整体",也是他战斗历程中"最主要的特色"。惟其如此,他把鲁迅1920年代与章士钊、"现代评论派"的笔墨官司,1930年代对"第三种人"和周作人、林语堂的批评,看作"始终是在运用文艺武器来进行反对帝国主义、封建主义及其走卒们的长期而艰巨的工作",把一般的文人意气之争、文学观念的冲突强行提升到"阶级斗争"的层面之上。因此,鲁迅精神世

---

① 刘绶松:《中国新文学史初稿·内容说明》,《中国新文学史初稿》,作家出版社,1956。

界中的思想意义被置于"屏蔽"状态,而其中的政治意义被做了放大和夸张的处理,他与中国共产党的历史联系和资源共享关系,也被作者解说为"因为中国共产党成立后中国革命形势的迅速发展,因为燃烧在鲁迅内心的日益强烈的主观战斗要求,这种情况,在鲁迅身上,就越来越显著了"①。仔细披阅这部文学史,笔者想到,是它把鲁迅的"价值"拿到文学史之外,放到了"民族脊梁""社会楷模"的认识层面,这就使他的文学经典意义,远远要高于其他作家。经过对作家的这种浪漫历史想象,鲁迅思想和作品的"文学史价值",于是进入到简化、收缩和单质性的历史循环之中。在半个世纪的历史纵深中观察,鲁迅之成为中国现代文学史的"头牌"作家想必有他自身的合理性,这是毋庸置疑的,但也预示着对他意义的阐释将进入一个漫长而麻烦的复议期。

"战士"说的最早版本出自瞿秋白的《鲁迅杂感选集序言》。然而,把这一观点较早运用到建国后中国现代文学史的叙述中的,应该是刘绶松。在瞿秋白眼里,鲁迅是中国共产党势孤力单时期最理想和最坚定的同情者、同路人;而在刘绶松眼里,鲁迅已经被发展成受共产党影响并乐意接受其领导的共产主义战士了。这种叙述的差异性显然不可能只是两人所处的不同历史语境造成的,但是通过这种差异性,我们会发现文学的经典化到了刘绶松时代,所服从的已经不再是文学史的需要。这正如对照1949年以前的鲁迅、郭沫若、茅盾、巴金、老舍、曹禺评论,蔡仪、张毕来和丁易等的文学史研究是一个明显的变动与进展一样,文学史叙述与国家利益的接轨这时已经成为必然。这一事实是在几十年后才看清楚的。

六 文学史方案

之所以花费一番气力,对"鲁郭茅巴老曹"的经典化过程做一番历史溯源,详细讨论战争、政治对这一过程的参与,包括文学教材建

---

① 刘绶松:《中国新文学史初稿》第2章,作家出版社,1956。

设对它的制度性保障,以及分述几位文学史家从不同角度将之落实为一个文学史的方案等,意在从错综复杂的线索中理出一点头绪,观察作家们是怎么被历史命名的。笔者感兴趣的是文学经典与文学制度的关系,我们也许还会把这一问题延伸到作家创作的危机等问题,更试图了解,作家创作危机是否与文明之衰落等命题有更深的关联,等等。

正如瓦尔特·本雅明指出的:结果历史总是成为战胜者的历史。因为这样的历史有助于认定上帝的意愿是要在欧洲逐渐形成一种更加高级的文明状态。[①] "文化唯物论"的提出者雷蒙德·威廉斯20世纪70年代谈到另一个观点,他认为,马克思主义批评策略的特色之一是返回历史:"把历史当作重要的出发点来理解文化生产、批评概念、意识形态、政治和社会的范畴"[②]。这就是几位作家的经典化历史的复杂性之所在。也许令人感慨的是,新历史的建构者并不认为自己是在促使"文明之衰落",相反,他们认为这是在将社会推向一种"更加高级的文明状态","新民主主义论"对五四前后新旧文化的自信讨论是其思想观念之基础。按照雷蒙德·威廉斯的说法,马克思主义批评策略是以"重返历史"为前提的,他们会"把历史当作重要的出发点来理解文化生产"。与我们理解的文学经典化是从"文学内部"总结出来的明显不同,这种批评所理解的经典化,首先关乎"会议""报告""组织"等的经典化,这是把作家经典布置在前者的"出发点"和"理解"之中的一种经典化。像本节题目所昭示的,为考察这"文学秩序的初步建立"的历史机制,我试图以"第一次文代会"和全国文联、中国作协之成立为个案,呈现文学内部开始形成的分层次的权力关系。因此,"鲁郭茅巴老曹"经典化面临着与"文学组织"的协调,它将在这一考察中有所体现,也许它更清楚的脉络只有在后面各章的分述中才能被落实。

---

① 瓦尔特·本雅明:《历史哲学论文集》,参见《启示》,汉斯·佐恩译,纽约,1869。
② 张京媛主编:《新历史主义与文学批评·前言》,《新历史主义与文学批评》,北京大学出版社,1993。

第一章　找一个根据

　　这种"文学社会学"研究使我们有机会把考察视点推及半个多世纪之外,借以勘探历史的存在方式:1949年夏,各种文艺从业人员从不同地方汇集北京,来自不同区域、形形色色的文学艺术家准备接受新时代的"收编"——酝酿召开全国第一次文代会,及成立相关文艺组织。在3月5至13日中共于河北平山县西柏坡村召开的第七届中央委员会第二次全体会议上,毛泽东的报告已有敏锐的布置:"从一九二七年到现在,我们的工作重点是在乡村,在乡村聚集力量,用乡村包围城市,然后取得城市","从现在起,开始了由城市到乡村并由城市领导乡村的时期。党的工作重心由乡村移到了城市"。在谈到城市政治、经济工作的同时,他强调要把"其他各种民众团体的工作,文化教育方面的工作"抓起来,一切工作都要围绕巩固人民政权"这个中心工作服务"而展开。这一动向说明人们开始把"城市工作"理解为一种"组织工作",同时"文艺"又是为这"组织"的落实从事宣传、鼓动的。这种"社会结构雏形"已开始浮现,这种关系加深了同时也激化了"文艺"与"社会"的联系。①

　　容我们再回到历史的一幕。中国革命的"城市化"由此而展开,它的想法是把清王朝终结后一盘散沙的中华民族重新聚拢和组织起来,并有意识地将这一伟业建筑在"工商业改造""社会单位化"等一些具体的细节上。1949年3月22日,根据有关方面的指示,郭沫若在北平原华北文协举办的文化界茶话会上提议,召开全国文学艺术工作者大会并成立新的全国性的文学艺术界组织。两天后,全国第一次文代会筹委会举行第一次会议,推选郭沫若、茅盾、周扬等42人为筹委会委员,郭任筹委会主任,茅盾、周扬为副主任,沙可夫为秘书长。这是我们能够看到的一个有意思的步骤。熟悉历史的人都知道,在现代文学史上出现过各种各样也许还相当随意庞杂的"文学组织",如"南社""文学研究会""创造社""莽原""狂飙社""全国文协"(自然"左联"除外)等等,它是现代文学之具有"现代"的特征之一。但它没想到要控制文

---

① 《在中国共产党第七届中央委员会第二次全体会议上的报告》,《毛泽东选集》第4卷第1428页。

艺家的文学活动和日常活动,没有与大历史相联系的明确意识。就是说,这些"文学组织"只是在"文学圈子"中活动的,尽管有"文学势力""文学权力"的野心,却没有想到要对整个文艺界实施"文化领导权"。上述历史动向,显然意味着1917年以来的"文学史"的重要改写。"组织"的形式和思维方式(其实是"特殊权力"),将会渗透到文学史之中,它还会对研究文学经典、文学史的方法产生重大影响。以至在几十年后的今天,我们都无法说真正远离了这种影响。往下的时日,人们注意到文代会的筹备在紧张地进行:4月30日,文代会"临时常务委员会"商定由茅盾、周扬分别负责组织起草国统区、解放区文艺工作的报告;5月13日,百忙之中的周恩来,分身出来召见周扬、夏衍、沙可夫和阿英等人,对党的统一战线政策及文艺方面的具体方针亲自做了指示;5月4日(也许是个"巧合"),筹委会主办的《文艺报》(周刊)试刊期出版;22日,《文艺报》召开以《新文学的任务、组织、纲领及其它》为题的座谈会;6月27日,郭沫若发表讲话,阐述全国第一次文代会的方针和任务……这种繁忙工作一直持续到6月30日第一次文代会举行预备会议;7月1日,党中央向全国第一次文代会发去贺电,次日,大会隆重开幕……对大多数文艺家来说不胜其力的繁重的组织工作才告一段落。[①]

很多研究都提到,在第一次文代会上出现了"解放区文学"和"国统区文学"的说法,这些看似寻常的说法中实际隐含着不寻常的内容。既然马克思主义批评的策略是把自己创建的历史作为理解一切问题的出发点,并重新组织历史叙事,那么这种说法就势必带来对新社会文艺从业人员的挑选和甄别。人们将看到,现代文学的组织形态(文人圈子)即将更替为以"文艺工作者"为身份特征的组织形态,这种"文艺工作者"虽然从事的仍然是文艺性的工作,但他们已经有了明确的人身隶属关系,如隶属于文联、作协等社会单位的专业作家和工作人员等。这就意味着,现代文学史上的那些大大小小的"文人圈子"将不复存

[①] 仲呈祥编:《新中国文学纪事和重要著作年表》第1、2页,四川省社会科学院出版社,1984。

在。显然,这种由"作家身份"而重组的"文学组织形态",成为"当代文学"的一个最根本的特征。

另外需要注意的,是全国第一次文代会三个重要报告者"身份"的微妙变化。三个人的挑选包含着历史玄机。由"现代作家"为"当代文学"做报告,可以看作一个历史衔接和过渡,但它更预示着"现代文学"与"当代文学"将在这里分手。郭沫若的报告是《为建设新中国的人民文艺而奋斗》,茅盾的报告是《在反动派压迫下的斗争和发展的革命文艺》,周扬的报告是《新的人民的文艺》。郭的报告是文代会这篇大文章的开头,实质内容却是茅、周分别报告的国统区和解放区的文艺运动。在会议上,鲁迅、郭沫若等被尊称为"先生",然而实质上这称谓的象征意义已明显大于现实意义,在文艺管理者心目中,他们与其是寻常文人,不如说是文学界泰斗,这种特殊身份是作为维系文艺界团结的稳定性因素而存在的。端坐主席台的周扬,是延安解放区文艺运动的具体领导人。在毛泽东、中共中央的多年直接领导下,他早不是1930年代上海那个敢向鲁迅叫板的莽撞文学青年,而是卓有建树的新时代文艺的开创者之一。"随着新的社会制度的建立,随着人民解放军的步步胜利,他将成为整个中国文艺工作的领导者。"① 当时的郭沫若,"凡是文联的事,他都按周扬的意见(他认为也就是毛主席意见)办","他把自己放在民主人士跟党走的位置上,党说什么就是什么"。② 不过,这种身份和文学组织形态所改变的,不单单是1917年新文学诞生后形成的格局,和众多文学艺术家的生存环境,也会暗中促使一个人对这身份和文学组织形态看法的改变。举例来说,1966年元月27日,也就在第一次文代会召开的17年后,郭沫若致信中国科学院党的负责人张劲夫,称其所以要辞去中科院院长一职,原因是"视力衰退""耳聋"等身体上的困难。③ 联系致信人十几年的心路历程,和文化环境对当事人

---

① 李辉:《胡风集团冤案始末》第13页,人民日报出版社,1989。
② 丁东编:《反思郭沫若》第269、271页,作家出版社,1998。
③ 同上书,第5、6页。

的影响,这一请辞原因中恐怕有某些更难以说出来的理由。在茅盾儿子、儿媳妇韦韬和陈小曼的记忆中,父亲解放后即萌生"退意"想专心写作,是很早就有的想法:"爸爸本来就不想当文化部长。还在建国之初,周总理动员他出任文化部长时,他就婉言推辞,说他不会做官,打算继续他的创作生涯。"①我们当然不能据此就作出"未卜先知"的推理,否则就不能对茅盾在小说与政治之间的漫长生涯作出有效的解释。不过,却可以说这正是茅盾之所谓"矛盾"的地方,因为他毕竟与周扬有所不同。在通过文艺形式重新组织历史的第一次文代会的主席台上,我们虽然无缘真正走进三个报告人的内心世界,但借助上面间接的材料,仍然可以推知他们当时曲折复杂的心态。可惜仅仅依据当年的老照片和回忆性的只言片语,所谓重返现场、呈现历史真实恐怕只是某种研究的姿态。

　　对文代会背景、作家身份、文学组织形态的简略分析,有助于对茅盾和周扬大会报告的进一步阅读。读者当会发现,它们对历史的总结,已经不再是对文学发展史的原封不动的叙述,而是把这叙述变成更有利于这历史的总结,它是通过"删节"和"增加"的方法来达到的。于是笔者敏锐注意到,茅盾报告对国统区文艺"成就"的"删节"是随处可见的,而对其"问题"和"缺点"的检讨,则因为要与新语境相适应而"增加"了许多篇幅(按照大会内容,它本应该以总结"成就"为主题)。报告指出,国统区文艺创作上的主要缺点是"不能反映出当时社会中的主要矛盾与主要斗争",这是"国统区文艺创作中产生各种缺点的基本根源"。何以如此?他认为除了"种种客观条件的限制外","主观上的原因"是"文艺作品的题材,取之于小资产阶级知识分子的占压倒的多数,而对于知识分子的短处则常常表示维护,即使批判了也还是表示爱惜和原谅。取之于工农生活的,常常仅止于生活的方面,人物往往只是表面上穿着工农的服装,而意识情绪,则仍然是小资产阶级知识分子"。他把文艺理论上的错误倾向推给胡风等人,说:"1944 年左右在

---

① 韦韬、陈小曼:《父亲茅盾的晚年》第 3 页,上海书店出版社,1998。

重庆出现了一种强调'生命力'的思想倾向,这实际上是小资产阶级禁受不住长期的黑暗与苦难生活的表现。……然而有人以为革命理论的学习是足以使作家'说谎',以为发扬作家的'主观'才会有艺术的真实表现","想依靠抽象的生命力与个人的自发性的突击来反抗现实",其实"正是游离于群众生活以外的小资产阶级的幻想"。唯有意识到精神上的"弱势",茅盾才会着重强调:"一切问题只在于我们能否学习——向时代学习,向人民学习。在从旧时代到新时代的飞跃过程中,需要我们能够明确地辨别新与旧的不同。……如果我们由于长期生活在国民党反动派统治之下,因而习惯于一套适合于旧的社会关系的看法,到现在仍旧继续用这种看法来对待新的社会关系以及文艺工作在新社会中的地位与作用等等,那么,我们势必落后于时代,乃至为时代所唾弃。"[1]我们所说的"文学秩序的初步建立",由此也见端倪。它不光只有作家身份、文学组织形态等内容,更意味着将"过去历史"叙述的枝枝蔓蔓修剪得干干净净,以一种简单扼要的叙述使人相信,这就是"本来如此"的文学的"历史"。在这种阅读视野里,周扬的报告就具有了"参照"的作用。国统区文艺的"问题",反衬出解放区文艺的"成绩",解放区文艺的"正确性",于是成为衡量国统区文艺"不正确性"的标尺。这种标尺,后来逐步发展成"当代"的现代文学史在历史认识、审美评价和作家作品经典研究上被普遍遵循的思想艺术标准,这是后来人们都意识到的。周扬声称,毛泽东同志《在延安文艺座谈会上的讲话》中提出的文艺为人民服务并首先为工农兵服务的方向,就是"新中国的文艺的方向","解放区文艺工作者自觉地坚决地实践了这个方向,并以自己的全部经验证明了这个方向的全面正确"。对"解放区的文艺""是真正新的人民的文艺"这一命题,周扬从几个角度进行了论述。他以"新的主题、新的人物、新的语言和形式"为题,介绍了解放区文艺创作的崭新变化;以"人民文艺丛书"选入的178部作品为例,强

---

[1] 茅盾:《在反动派压迫下斗争和发展的革命文艺——十年来国统区革命文艺运动报告提纲》,参见《中华全国文学艺术工作者代表大会纪念文集》,新华书店,1950。

调"民族的、阶级的斗争与劳动生产成为了作品中压倒一切的主题,工农兵群众在作品中如在社会中一样取得了真正主人公的地位"的现实;他强调,解放区文艺的上述贡献,必将给新中国未来的文学灌注"新的血液,新的生命"。① 另外,这两份报告还开创了"当代"文学后来各种"文学报告"的形式的先河,它在报告主题、题材、形式、文体和语言上的贡献,是研究当代文学史的文学制度的一个重要的案例。

文学秩序的形成,最终要落实到文学组织的建设上,具体地说,要落实到具体人头,人人把关,相互牵制,以此形成文学的网络。按照埃斯卡皮的说法,在商业社会里,文学秩序一定程度上要依赖文学作品的流通来实现。而在非商业社会,我们知道它主要依赖人事的关系和对这种关系的有效的控制来体现。这是我们考察文学经典化的另一个侧重点。根据已披露的材料,读者当知,从全国文联及各个协会的组成成员,到文联及各协会章程的形成过程,都是按照毛泽东所说的"中心工作"进行的,有许多公开的文件可以支持这一观点。全国第一次文代会后,文联和大多数专业协会相继成立:7月23日,选举郭沫若为全国文联主席,茅盾、周扬为副主席;中华全国文学工作者协会正式成立(后改为中国作家协会),茅盾为主席,丁玲、柯仲平任副主席;嗣后,文联所属各协会陆续组建。中华全国戏剧工作者协会由田汉任主席,张庚、于伶为副主席,中华全国电影艺术工作者协会由阳翰笙任主席,袁牧之任副主席。据说名单是由周恩来亲自过问和推敲,毛泽东最后批准决定的。名单显然是经过一番精心安排才最后出台,它显示了高超的政治艺术和深远的统战谋略:第一、由国统区作家担任文联及各协会正职,解放区党员作家出任副职,表面上看是由前者领导后者。第二、同时,全国文联及各协会设立了"党组"或"党支部",由解放区党员作家任书记。这又表明,在党的一元化领导的政治格局和历史习惯中,真正的掌权者显然不是"正职"的主席们,而是"副职"的主席们。第三、

---

① 周扬:《新的人民的文艺——在全国文艺工作者代表大会上关于解放区文艺运动的报告》,参见《中华全国文学艺术工作者代表大会纪念文集》,新华书店,1950。

由"国统区"作家和"解放区"作家共同"执政",虽说是三四十年代"命名活动"的一种习惯性延伸,但实际构成了对这一"历史"内涵的修改——文学大师们已不再是牵制国民党专制政权的制衡因素,而变成新时代开明政治或者说落实某种政策的一种象征。再从文代会为广大文学艺术家"规定"的各项任务看,新的文学政策在这里也开始出炉:大会作出决议,把文艺为人民服务并首先为工农兵服务的方向,确定为发展新中国的人民文艺的基本方针,要求全国文艺工作者努力贯彻执行。这些任务和课题概括起来主要是:一、过去的革命文艺是为新民主主义革命服务的,现在的人民文艺则要求为社会主义革命和社会主义建设服务了。这要求在贯彻文艺为人民服务并首先为工农兵服务的方向时必须有所发展,也要求文艺工作者在同新时代的群众相结合的问题上必须有所前进。二、当代人民文艺如何与社会主义的经济基础相适应,如何丰富多彩地反映这个历史时期人民新的生活和斗争、思想和感情,这是新中国的人民文艺必须正视和加以正确解决的重要课题。

以上叙述的是从1936年到1949年的文学的历史。对"鲁郭茅巴老曹"在当代的经典化来说,它大概只是一个"前史"。不过,后来围绕着"经典化"的许多重复事件的线头,却都与这13年牵扯着,它们有时是交叉的关系,但更多只有在型塑与被型塑的视野里,才能找寻到更重要的答案。"鲁郭茅巴老曹"之经典化,是现代作家经典化过程中最漫长的一幕,也是对现代文学史和当代文学史影响最深的一个历史过程。于是人们发现,这一经典化过程反映的除了作家与当代文学制度的关系的变化外,还揭示了"现代文学"向"当代文学"转型的另一条途径。我想,在以"左翼文学"为维度考察"文学转型"的学术成果已被研究界所接受的同时,以"重要作家"为维度来研究"文学转型",也似乎具有了某种可能性。这是我写作此书的一个基本出发点。

第二章　怎么办

　　从研究当代史的角度看,1948年的价值显然是不能忽略的。这年元旦,发生了两件不寻常的事情。当日上午,蒋介石率文武百官拜谒中山陵墓,并在《对全国国民广播词》中宣称:"我们当前剿匪的军事就是救民与害民的战争",是"自由对奴役的战争,光明对黑暗的战争"。① 就在同一天,新华社和《人民日报》发表了毛泽东在陕北米脂县杨家沟中共中央会议上所做的报告,作者用预言家的口吻宣告了国民党历史的"终结":"中国人民的革命战争,现在已经达到了一个转折点","这是蒋介石的二十年反革命统治由发展到消灭的转折点"。② 笔者无意把这两件事嫁接到一起,虽然作者都称对方为"匪",都在宣布对手命运的终结,但它们显然是完全不同的历史叙事。作为历史研究者,不必过于探究其中的内容,但他们必须意识到,就是这时代皱褶中发出的一点非常微妙的信息,将会迎来影响未来几十年中国社会面貌的深刻巨变。这是历史的一次转轨。

　　这些旧材料令我想到,1948年,大概是国民党在大陆时期最不得人心的一年。战乱不止,特权横行,贪污遍地,物价飞涨,自由知识分子前所未有地发出了愤怒指责,表现出唾弃政府的动向。储安平在刊于《观察》杂志的《中国的政局》中指出:"现政权的支持层原是城市市民,包括公教人员、知识分子、工商界人士,现在这一批人,没有对南京政权有好感的。国民党的霸道行为作风使自由思想分子深恶痛绝。"③为腐败和专制所激怒的学生运动,已发展到无法控制的地步:1947年10月

---

① 参见于劲:《上海:1949大崩溃》(上)第4章,解放出版社,1993。
② 《目前形势和我们的任务》,《毛泽东选集》第4卷第1243、1244页,人民出版社,1991。
③ 储安平:《中国的政局》,1947年3月8日《观察》。

29日,浙江大学学生自治会主席于子三被害,校长竺可桢在现场"睹此惨状,立即晕了过去,注射强心针后,始能起来,立即严词质询";1948年1月29日,同济、交通、圣约翰、大夏等大学徒手请愿的学生,在上海美其路遭到镇压;当年6月9日,北大、清华、燕京、南开、中法学生为援助上海学运,发起总罢课;与此同时,昆明三万学生举行了声势浩大的反美大游行;8月19日,南京各大报纸开始披露首都高等特种刑事法庭传讯和拘捕的"匪谍分子名单",而学生竟占去了163名之多。各种迹象表明,这个社会已经失控。① ……不管我们多么不愿意把文学史纳入政治史的框架里来观察,都无法在研究作家历史心态时对上述社会事件置之不理。这次历史转轨确实加快了人们对去留的抉择,而作家的去留虽是历史的些微痕迹,但也是极应该注意的一部分。对此,我将在以下的文字中有所叙述。但是,我不想将历史转轨作为作家后来文学转向的唯一逻辑和立论基础,因为他们只是众多作家中的少数人。我只想将那段故事重现在读者面前,在1948、1949纪年性的参照中,领略历史沧桑,借此打开作家被封存多年的精神世界。

一　表　态

　　1948年,是"当代文学"开始前的一个特殊奏鸣曲,这在文学史叙述中常被人提及。但文学史很少对郭沫若、茅盾在香港的社会活动流露过兴趣,原因是堆积在他们身边的这些"非文学"社会思潮,会严重阻碍对作家内心独特性和文学道路的认识。然而,有时候作家作品经典化的实现又必须将作家的历史活动纳入其中,比如,没有辛亥革命,没有创造社的活动,鲁迅和郭沫若的经典化能否成立将是一个问题,这是我们必须看到的事实。以此为理由,我希望在香港建立一个研究的观测点。

　　1948年元旦,流寓港九的郭沫若、茅盾在华北和东北大地隆隆的

---

① 施惠群:《中国学生运动史:1945—1949》第3章,上海人民出版社,1992。

炮声中等来了非同寻常的一年。《大公报》《华商报》等报刊对时局的报道，一定程度上描画出两位作家真实的生存环境。1月8日，《大公报》在第二版以"平保线临决战阶段""保定西郊北郊激战进行"为题，传达了空前激烈的前线战况；2月1日，该报又传出"关外战事向锦州逼近"的紧张消息；据《华商报》1月10日消息，国民党精锐之师"新五军两师覆没"，"蒋介石将飞沈召开会议"；3月7日，该报发表"上海米价奔腾不已跃升一二六零万"的惊人新闻；5月6日，继而报道："豫西南全线大战蒋军连失两城"。这些迹象表明，解放军在战场上已逐渐占据主动，国民党军队的溃败指日可待。受国民党钳制多年的民盟、民革、民主促进会、农工民主党、三民主义同志联合会、中国人民救国会等民主党派在香港的成员，在本地报刊发表反蒋言论，使人感到历史天平好像马上将要明显倾斜。与民主党派来往频繁的郭、茅两人，内心深处将会发生什么变化，已经多少可以预知。我在中国人民大学图书馆旧馆二层的过刊阅览室翻看《华商报》，除感叹历史之兴亡外，也希望借这些消息报道从某种角度走进主人公的内心世界。不过，由于他们后来都不愿意记录这些丰富的生活，未像胡适博士成名后刻意整理他的《留学日记》，有心为世人留下一部个人"信史"，这就使我的研究充满了曲折。

再回到我对旧报纸的阅读中。当时，"民主党派"在香港这块任何中国的政治集团都难控制的弹丸之地，正在结成声势够大的反蒋统一战线。从社会身份看，郭沫若、茅盾被认为是他们的一员。但郭、茅在中国现代政党史中的"身份"都有些特殊，对他们在政党与作家之间身份的多次置换，人们都不陌生。一般而言，被普通人看作"民主人士"的郭、茅二人，应该是中国共产党早年的参加者和忠实盟友；然而，在中国共产党人眼里，他们又经常被看作可以倚重和利用的"民主人士"。不过我想，他们此时的行动绝不是个人行为，可能已含有某种被组织的色彩。他们的言论不仅仅是为争取民主而发出的，一些文章的"社论"话语特征，足见他们的个人行为这时已经"转型"。在香港文委控制的《华商报》《大众文艺丛刊》上，郭沫若、茅盾开始发表日益激烈的文章，他们在主动斩断与国民党的"关系"的同时,宣布了对新中国的公开拥戴和忠诚。茅盾一篇题为《祝福所有站在人民这一边的!》的文章中兴奋地预告:"反帝反封建的革命事业,有在本年内完成的希望了。"为此他号召人们:"革命事业,这次必须一气完成,我们要有决心。革命事业如果为了缺乏决心而不能在我们这一代彻底完成","那么,我们将是历史的罪人"。① 1月8日,郭沫若发表了《我为什么离开上海》的文章。该文对"新旧社会"的断裂式的告别引起人们的注意:"住在上海,也就和十年前住在日本一样,一切自由都被剥夺了。我只卑鄙地在那儿呼吸着血腥的空气","因此,我感觉着:我多留在上海一天,便对中国人民多犯了一天的罪"。② "新社会"当然还在作者的想象之中,不可能有更多、更具体的描述。不过,这种断裂式的思考方式,可以看出作者与"新社会"将要发生的深刻精神联系。我们还可以把它理解成是在突破"民主人士"社会身份和历史框架的限制,也就是说,他们已经不愿意再从民主人士的平台上参与历史。这是我读当年报纸时获得的印象之一。

1948年,就在民主党派激烈否定国民党政府统治合法性的同时,寓居香港的左翼文学对内部异质因素的清算也在展开。有意思的是,郭沫若没有像邵荃麟、乔冠华、胡绳、林默涵那样把批判锋芒直指胡风等人,而是选择了较为弱小的自由主义文人。它可能根源于文人们的某些意气之争,有乘机推下水的意思。萧乾夫人文洁若回忆说,郭沫若在批判中捎带到萧乾是因为他1947年在《大公报》上写过一篇批评"称公称老"现象的社论引起的,"四个字恨上一辈子"。③ 但联系激进文艺思潮与自由主义文艺思潮的长期恩怨,它显然又不是一桩简单的文坛笔墨,而实与1940年代知识分子阵营的不同历史认知有更深厚的联系。在《斥反动文艺》中,郭沫若开门见山地说:"今天是人民的革命

---

① 参见1948年1月1日《华商报》。
② 参见1948年1月8日《华商报》。
③ 文洁若:《我与萧乾》(上部)之二"四十年代愿望",广西教育出版社,1992。

势力与反人民的反革命势力作短兵相接的时候,衡定是非善恶的标准非常鲜明。凡是有利于人民解放的革命战争的,便是善,便是正动;反之,便是恶,便是非,便是对革命的反动。"郭沫若运用他在文坛之争中擅长的修辞能力,创造出几个著名的形容词:红、黄、蓝、白、黑。红、黄色指沈从文,蓝色指朱光潜,黑色指萧乾,郭氏特别为他们画了流传甚广的几幅像。他解释说:"什么是黑?人们在这一色下最好请想到鸦片,而我想举以为代表的,便是《大公报》的萧乾。""作文字上的裸体画,甚至写文字上的春宫,如沈从文的《摘星录》《看云录》","他一直是有意识地作为反动势力而活动着"。而所谓朱光潜的蓝,则更戏剧化了,是因为"人们在这一色下边应该想到著名的蓝衣社之蓝,国民党的党旗也是蓝色的"。① 在笔墨官司中,这些比喻很难说得上厚道。不过,在严重峻急的政治形势下,尤其是个人与命运之关系犹如以卵击石的背景中,郭沫若的比喻又绝非一时戏言,他的批判可以说是既格外逼真,又扣人心弦。谁都知道,在历史兴亡关头,它发挥的是一石两鸟的作用。这样一来,它就不是人们常见的文坛纠纷,而引入了政治性的内容。有人敏锐地感到,正因为如此,"郭沫若这篇檄文"才会"写得如此激烈"。② 就连外国学者也明察秋毫,认为那绝非一时的意气用事,而是有意运用"马克思主义的'常识'"肃清"自由主义"对中国社会的影响,为新的时代"清理障碍"。③ 不过,郭个人浪漫丰富生活的小插曲也在紧张的鏖战中发生。不知是谁的恶作剧,与他阔别十年的日本夫人安娜带着几个儿女找上门来,这种突然场面令所有人大吃一惊。已另有家眷的郭先是尴尬地躲着不见,后由冯乃超对安娜好言相劝,动之以情晓之以理,后者终于答应组织上的条件去大连定居。这种人生故事的起承转合,多少缓和了前面郭氏决战的严厉之态,它似乎还增添了一点点家庭生活的庸常本色,让我们理解郭沫若真不容易。

---

① 参见《大众文艺丛刊》第 1 辑,1948 年。
② 钱理群:《1948:天地玄黄》第 30—32 页,山东教育出版社,1998。
③ 〔日〕丸山昇:《郭沫若与萧乾》,译自日本《中国现代文学论集》,1990。

"表态"的形式是多种多样的,比如"歌颂"解放区文学。与郭沫若、茅盾在各种"庆祝""团拜"场合频繁出场恰成同趣的,是他们对革命通俗文学如歌剧《白毛女》和小说《小二黑结婚》的大加赞赏,虽然这些作品与他们的文学旨趣南辕北辙,两人一辈子都没有写过此类作品。1948年5月至11月,随着中共在战场上逐渐占据主动,左翼文艺界在香港兴起了"白毛女热"和"小二黑热"。5月25日至27日,《华商报》连续推出刘尊棋和欧阳予倩的文章《〈白毛女〉在解放区》《祝〈白毛女〉上演成功》。当月29日至6月9日,由建国剧艺社、中原剧艺社和新音乐社联袂的歌剧《白毛女》在九龙普庆戏院"联合公演",一时盛况空前。① 看过演出的郭沫若热情表态:"《白毛女》这个剧本的产生和演出","标志着悲剧的解放。这是人民解放胜利的凯歌或凯歌的前奏曲"。他似乎比创作者和演出人员还了解歌剧深邃的弦外之音:"单是欣赏故事的动人或旋律的动人,是不够的。故事固然动人,但我们要从这动人的故事中看出时代的象征。旋律固然是动人,但我们要从这动人的旋律中听取革命的步伐。"② 茅盾则适时使用了《赞颂〈白毛女〉》这种政治意味浓厚的标题。在文章中,他一改创作小说和文学批评时的自律严谨,使用了排比句,他称赞道:"《白毛女》是歌颂了农民大翻身的中国第一部歌剧。这是从一个十七岁佃农的女儿的身世表现出广大的佃农阶层的冤仇及其最后的翻身。这是从一个地主的淫威表现了封建剥削阶级的反动,无人性,及其蹂躏人民,出卖祖国的滔天罪行。"另外,作者还对怀疑《白毛女》不是"中国歌剧"的批评进行了辩解。③ 对小说《小二黑结婚》的历史意义和现实意义,郭沫若学会了悄悄将其扩展:"故事虽出在北方,但中国的封建社会,无分南北,都是一样。我们倒希望南方的无数小芹,与小二黑都得凭集体的力量来获得人生的自由,欣欣向荣的永远的春天。"④ 在《新社会的新人物》一文中,茅盾指

---

① 见这几日《华商报》上的各类"宣传广告"。
② 郭沫若:《悲剧的解放》,1948年5月23日《华商报》。
③ 文见1948年5月29日《华商报·周末版》。
④ 文见1948年11月4日《华商报·茶亭》。

出了小二黑不同于五四以来文学形象的时代意义,并把这种新的美学原则、创作模式与"新的事物"相提并论。①

　　正像这两部作品一开始就不是按照文学的规律来创作,而是为了形象地演义中国革命的历史一样,郭、茅的文学评论当然也不是纯粹的文学评论。但应该注意,二者的差异也是存在的。如果说,两部作品的创作与它们的社会环境是一种同质性的关系,是理所当然的,那么这些评论因为写在香港,它们对作品的认同更大程度上是来自作者本人的文学转型的需要,不一定就证明他们的文学审美态度与评论对象必然是同质性的。由于没有看清楚这一点,1980年代学术界对郭沫若现象进行"反思"时,人们最乐于引用的"批评证据"就是萧乾在《拟 J. 玛萨里克遗书》中批评郭沫若的这段话了。他批评郭道:"整个民族是在拭目抉择中。对于左右我愿同时尽一句逆耳忠言。纵使发泄了一时的私怨,恐怖性的谣言攻势,即便成功了,还是得不偿失的,因为那顶多造成的是狰狞可怕,作用是令人存了戒心。为了不替说谎者实证,为了对自己忠实,为了争一点人的骨气,被攻击的人也不会抹头就跑的。你们代表的不是科学精神吗?你们不是站在正义那面吗?还有比那个更有力更服人的武器吗?今日在做'左翼人'或'右翼人'之外,有些'做人'的原则,从长远说,还值得保持。"②这牵涉对"人格"的评价,严重性也不亚于郭文。但这样理解人在特殊历史下的特殊行为仍然显得简单。如果说郭沫若的文章对沈从文、朱光潜和萧乾的批评过于激烈,那么我们为什么不可以举出沈从文当年激烈批评郭沫若、甚至有点过分的例子?这样的证据与反证在现代文学的文献库里实在储存得太多。然而,我觉得无论当时还是今天,将文学道德化,或把道德文学化的做法,都是不理智的。在这个意义上,我以为萧、郭二人的不同,恐怕在于他们是在不同历史层面上看待文学的转型的。而今天,由于人们更愿意从文学的层面认同当年的批评者,这就使萧乾的观点陡然升值,郭沫若

---

① 1948年11月4日《华商报》。
② 1948年4月16日《观察》。

的观点迅速贬值,从而遮蔽了后者与国家民族关系之间那种多维度的复杂性。应当看到,郭沫若、茅盾的政治意识是明显于沈从文、萧乾等人的,有的时候,似乎还有点"功利"性的目的,这也不应该忌讳;但当这种功利心态导致外部因素强行进入文学超出他们的精神底线时,那么他们又自然地会成为文学精神的守护者,并因此而面临凶险,这在以后的叙述中不难看到。因此在我看来,在揭示文学史经典的复杂性上,郭、茅的文学活动可能要比沈、萧等人更具有代表性,只是由于人们更多把历史的同情给予后者,而它不被承认罢了。

二 展 望

我使用"迟疑"和"展望"这种文学修辞,很容易被人误解是受了新时期"启蒙论"的影响。但我不想把这本书写成"讨论的历史",而想写成一部"被描述的历史",所以,我自觉要回到当时的环境中,至少是把当事人比较真实的心态、情况和问题尽量给描述出来。不过,为避免历史评价一边倒的局限,我会加上一点讨论的眼光和视野。

多年后,通读江苏文艺出版社出版的《老舍自传》,我们才得以与1948年时的老舍发生历史性相遇,深入他当时生活的细脉之中。据这本书介绍,老舍那年正在美国纽约一座"园林极美、地方幽静"的作家书屋雅斗里写作。① 两年前,他和曹禺应邀来这里访问和写作,后者按期回国,他却因为要写《四世同堂》和《鼓书艺人》滞留下来。有些研究著作为讨上面欢心,通常喜欢把这一时期的老舍描绘得异常苦闷,好像毅然摒弃一切投向祖国怀抱才是唯一的选择。② 但近来翻看《老舍自传》,发现实际情况与研究结果原来竟有歧出。1948年2月4日,他在致友人高克毅的信中说道:"'四世'已快写完,因心情欠佳,殊不满意。

---

① 《老舍自传》第216页,江苏文艺出版社,1995。
② 王惠云、苏庆昌:《老舍评传》第252、253页,花山文艺出版社,1985;甘海岚编:《老舍年谱》第236、237页,书目文献出版社,1989;以及舒乙:《我的思念——关于老舍先生》,中国广播电视出版社,1990。这些研究,异口同声地赞扬了老舍热爱新中国的态度。

定于三月中回国,是否能按时回去,当不可知。"3月4日又致函高克毅:"我又申请延展留美六个月,尚无回音,假若得不到允许,即将回国了。"①两封信,令人知道作家没有归国的真实原因。有迹象表明,因国外优越的生活和写作环境,还因作品版税与人发生纠纷,作家此时并无"立刻归国"的打算,至少还没有想到这个问题。从信中,我们读出了另外一个故事:"心情欠佳"的直接原因是《骆驼祥子》的译者、美国人伊文·金不仅曲译和随意删改原作,而且拒绝付给老舍应得的版税;"延展"则是为了继续寻找《离婚》的译者,并促成电影《骆驼祥子》拍摄,扩大自己在美国的影响。对此,沃尔什夫人(即著名美国女作家赛珍珠)在致版权新代理人劳埃得的信中对原作作者老舍的境遇颇多同情:

> 亲爱的劳埃得先生:……目前,他正在翻译一部长篇小说,名字叫《四世同堂》。由于下面一些原因,他的事情正处于混乱状态。或许,我最好先给你简单谈一下问题的症结所在。他的作品的译者伊文·金(笔名),在没和他打招呼的情况下,翻译了《骆驼祥子》,该书经雷诺和希契克公司出版后,你可能也知道,入选为"每月佳书"。但在相当一段时间里,舒先生没有收到任何报酬。我猜想,当时他可能不知道那本书取得了这么好的效果,甚至可能根本不知道这本书已经出版了。后来,还是在朋友们的帮助下,他才分享到百分之五十的版权税。
>
> 去年,林语堂的二女儿林太乙想翻译舒先生早期的一本小说《离婚》,因为约翰德不知道他们此举和舒先生与雷诺和希契克公司的出版计划相冲突,结果这一设想流产了。与此同时,伊文·金返回中国后生了一场大病,在住院恢复期间,他着手翻译了《离婚》。开始的时候,翻译工作似乎进行得还顺利,他好像也很为舒先生着想,但后来,使舒先生十分不安的是,他发现伊文·金的译文有许多重要方面大大偏离了原著,结尾则和原著完全不同。事

---

① 《老舍自传》第217、218页,江苏文艺出版社,1995。

实上,他对伊文·金在翻译《骆驼祥子》时擅自进行改动本来就十分不满。因此,当他发现伊文·金又故伎重演时,他感到无法容忍这件事,并且拒绝承认伊文·金的工作。伊文·金先生变得极为粗暴,他告诉舒先生他(伊文·金)有权获得全部版权收入。他还说,照他看来,要不是他在翻译过程中对原著做了进一步完善,舒先生的著作根本一文不值。他还通过律师恫吓过舒先生……①

沃尔什夫人的亲笔信,为我们观察老舍周边情况提供了一个有趣的视角。人们禁不得问,它也许正是作家在历史转折期之所以"迟疑"的理由?如果往下读《老舍自传》,读者会有更重要的收获:他1948年4月6日到1949年9月12日间致代理人劳埃得及友人高志毅、楼适夷的信,几乎全与"翻译""与译者商讨稿酬""电影拍摄"等事有关,国内震耳欲聋的枪炮声,似乎对这里发生的一切毫无影响。比如,他原打算支付《四世同堂》译者浦爱德小姐"百分之十五的分成比例",但当对方坚持"百分之二十五的分成"时,为了成交只好让步;又比如,为打赢与伊文·金的经济官司,出口恶气,他仓促安排郭小姐出任《离婚》的翻译,并为终于赢得原著版权的法律协议而兴奋不已;他还在文中盛赞雅斗这座各国作家写作的"天堂",称赞它"园内有松林、小湖、玫瑰圃、楼馆,与散在松荫下的单间书房"的幽雅环境,以及"下午四点,工作停止,客人们才到一处,或打球,或散步,或划船"的闲散和优越的生活。②经历八年颠沛辗转的抗战生活,老舍发现自己的最爱仍然是脚踏实地和务实的日常生活。他曾声称:"我自幼贫穷,作事又很早,我的理想永远不和目前的事实相距很远。"③这些材料,也许能够支持我们的假设:如果不是签证到期和周恩来盛情相邀,老舍说不定还会在美国这样漫游下去而不思归期罢。尽管拘怨美国"不太舒服",但他毕竟在生活上是个"现实主义者","理想"永远不和目前的事实"相距很远"。更

---

① 参见《老舍自传》第218、219页下面的"注释",江苏文艺出版社,1995。
② 参见《老舍自传》第216—231页,江苏文艺出版社,1995。
③ 《我怎样写〈赵子曰〉》,《老舍文集》第15卷第171页,人民文学出版社,1990。

何况国内的战乱刚刚结束,谁知道是否还有雅斗这样优雅安静的写作环境？老舍毕竟是老舍,没有郭沫若、茅盾那种自觉的党派意识和政治参与意识,他只是一个职业作家,一个比较纯粹的写家。在个人和历史都将发生转折之际,既没必要刻意掩饰他在行期上的犹豫不决,也没必要将他的进步过分拔高。当然,读到这里,人们也会对他面临时代大事变时的游离态度略微感到吃惊。

1948 年的巴金在做些什么呢？这是我感兴趣的问题。读过他小说的人,大概都会对作者为人为文的单纯留有印象。虽有二十余年的写作经验,但他实在缺乏小说家洞悉世事的世故,更像是一个满脑子充满好奇和耽于幻想的诗人。在小说里,巴金经常和他的人物一起流下感伤的眼泪。按照小说规律,作者主观感情显然不适合与主人公的生死病痛混杂一起,但他常常这样违规操作。这就使人们对他驾驭小说的能力产生了怀疑,比如美籍华裔学者夏志清认为他直到《寒夜》问世前都还算不上一个成熟的写作者。现实生活中的巴金,实际也强化着人们的这种印象。1948 至 1949 年初,当国共两党交火的炮声震耳欲聋,他依然在唱着"诅咒旧时代"的老调,埋头尽心尽职地做他的文艺杂志编辑。他关注的"社会现实"是:"小孩子在哭,中年的主妇在跟卖西瓜的人高声论价,一个女性的带病的声音在乞讨残饭,一个老年人在咳嗽吐痰"[①];决定他做出判断的是这样一些具体的人间冷暖:"今天天气的确冷得可怕,我左手边摊开的一张《大公报》上就有着'全天在零度以下,两天来收路尸一百多具'的标题。"[②]巴金精神生活的价值取向是书卷式的,不像鲁迅是那种贴着现实生活的沉痛和清醒。他的思想状况是"翻译体"的,是在半空中的不确定的飘浮体,在那个年代,旧中国相当一部分知识分子大概都是这种"不到位"的状态。所以,他倾心于俄国革命党人和法国民主知识分子争取个性自由的思想传统:"谁都知道主要的斗争是为了'权力','权利'和'阶级'的利益。"他宣称:

---

① 巴金:《序跋集》第 355 页,花城出版社,1982。
② 巴金:《〈寒夜〉再版后记》,《寒夜》,上海晨光出版公司,1948。

第二章 怎么办

"一部法国革命史实际上就是一部争取自由的历史。"①而不可能去理解,即将到来的大革命与他殷切期待的那种大革命,在性质上其实没有多少相似之处。1948年前后的上海,让读者记着的是巴金全神贯注做杂志编辑和校对工作的踪影。他留在历史键盘上的声音,可能还带有巴金特殊的音容和气质:1948年4月29日的作家,仿佛与紧张的战事相隔两世,更令他不安的是出版问题:"现在上海很少有书店愿意接印新稿(要是长篇,赵家璧还肯接印),唯一原因是排印新书,难有赚钱希望。肯出适当价钱买版税的,可说是没有。"5月5日,又致信沙汀说:"您问起去年二月以后您的版税结过没有,这事情我已打电话到书店去查问过了。据说您的书已早售完,去年二月的版税是旧版书的最后一次版税。《淘金记》、《还乡记》都是去年年底重印的。书店会计部另有回信寄给您。"7月25日,他在给范泉的信中写道:"收据寄上,请查收。原稿收到,谢谢。要是方便,请您再寄一本刊载《惩戒室》的那期《文艺春秋》。"8月14日,接着告诉敬之:"版税这期有四十多万,已嘱书店通知重庆分店转汇。"10月26日,再嘱敬之:"我已与会计科讲好,预支版税五十万元,由渝转来,今天同时寄一信给济生,请他照办。"12月21日,还对来约稿的《文艺春秋》杂志主编范泉诉苦道:"近日仍忙着看校样,新春随笔之类无法写,请原谅。稿费当于见面时奉还。"12月29日,另信又写:"版税已嘱书店早汇,大概仍由重庆分店划付,不过书店办事难免不拖几天。"翻阅巴金1949年6月至8月的书信,内容多是与"编辑""写作"与"人事"有关的苦恼。如6月10日致作家田一文书:"我一直忙,《安娜》也有几十页待OK。房子问题弄得我头痛。我实在无法写信给你。"又如8月29日致友人书:"我去北平前几天朗西夫妇约了几个朋友跟我吵,要我交出文牛社,我答应回沪后办交代。现在是康嗣群做总经理,朱洗做董事长。我无权请你回来了。"……

"敬之"是作家沙汀隐居四川安县家乡的化名,他当时用岳母黄敬之的

---

① 巴金:《〈静夜中的悲剧〉后记》,《静夜中的悲剧》,上海文化生活出版社,1948。

名字与外界联系,包括向巴金催讨版税都用此名。① 沙汀的幽默俏皮与巴金的忠厚木讷,在这里恰成异趣。

显然不能认为,巴金就是不食人间烟火的历史隐居者。像早年中国很多想入非非的无政府主义者一样,一旦现实发生巨变,他们也会跟着完成断裂式的人生转型,他们思想的转变不像一般人那么拖泥带水。"早给千百万读者留下深刻印象的巴金,他才四十五岁。如果人生以百年计,无疑这是他一生中最佳的年龄。"②这是有人提醒注意作家思想发生"转变"的内在逻辑,他相信正是这种逻辑深刻影响了作家几年后的生活和写作。解放军进入上海市区之前,有人劝巴金移居海外。5月的某天,一位"不速之客"的突然到来,打乱了巴金日常生活的秩序:"有个戴着眼镜穿着解放军制服的中年瘦个子来霞飞坊五十九号,他径自跑到楼上巴金家中,用双手紧握住巴金的手不放。原来他不是别人,正是巴金在一九三四年认识的在鲁迅身边工作过的黄源。"③黄源这位前上海滩的文人,在抗战中投身新四军,他现在身份是上海军管会文艺处的负责人。有常识的人都知道,在革命史的光谱上,这种颇具戏剧性和断裂跳跃性的人事剧变实在不少其例。像创造社文人郭沫若与后来的北伐军总政治部主任郭沫若,革命创始人沈雁冰与后来的作家茅盾,像新女性丁玲与后来的延安革命小说家丁玲等等,我们可以毫不费力地从现代文学史中搜索出几十人之多……于是没必要对突然出现在巴金家台阶上的黄源感到讶异。我们却可以在这个现实细节里做小心翼翼的推想,如果说巴金对从土地革命、抗日战争、解放战争的腥风血雨中走来的中国共产党人完全陌生的话,那么他却非常熟悉老朋友黄源。某种意义上,黄源对巴金就是1948年的中国共产党人,他是一个具体亲切和可信的存在,几乎不需要加上什么歌曲过门。他就是一个无形的"资信"。正如鲁迅通过瞿秋白、冯雪峰、胡风等人逐渐认识

---

① 《巴金书信集》第90、91、296、297、298、299、364、365等页,人民文学出版社,1991。
② 徐开垒:《巴金传》(续卷)第2、4页,上海文艺出版社,1994。
③ 同上。

第二章 怎么办

并信任了许多中国共产党人一样,巴金就这样通过文坛老友黄源认识了一个新时代。按照这种历史推断,我们在巴金建国时期的文章中似乎也找到了某种根据。但我们无法推断它们究竟是与黄源所携带的历史信任感有关,还是由于作家生活语境的变化所作出的自然而然的文字反应。在《一封未寄的信中》,他第一次称那些党员作家为"朋友",他说:"我称你们做朋友,你们也许不认识我","虽然我叫不出你们每个人的名字","可是站在你们旁边,我没有一点陌生的感觉"。① 他学会了用这样的词语来表达感情:"我从中国的上海来。上海,这个国际闻名的城市,有人称它是罪恶的城市,有人称它是冒险家的乐园","在这里小孩挨饿,妇女受辱","劳动力毫无原因地被浪费,被糟蹋。这就是帝国主义 百年来的成就"。② 看到有人陷入彷徨茫然,他还劝其与人谈谈自己的"思想问题"。③

当我抄完上面几则作家通信,心里竟生出了几分疑惑,以至对研究对象与历史巨变的所谓必然性联系产生了一丝怀疑。我以为这大概是史家为完成自己的案头工作,不得不采取的一种策略。虽然得承认历史学家都有集中、提炼和整合琐碎生活细节的嗜好,他们甚至乐见平常人生与大历史一定会发生联系,但是,在整理作家们的这段特殊历史时,我更愿意看到它芜杂、暧昧、交叉和混合的讯息状态,看到他们的历史选择并不都是所谓自觉的决定,而带有一点点盲从、跟着走,如同大多数人那样的社会从众心理。否则,巴金在大兵临城之际,与人磋商稿酬问题,苦苦支撑风雨飘摇的书店业务,与普通人一板一眼地居家过日子又有什么区别?我们看不出有什么人生逻辑深藏其中。在这样的解释层面,我们才能够看清楚,那场决定着民族生死命运和未来走向的战争,也许只是作家巴金文学生涯之外的一个故事。通过这故事之窗,读者应当注意到当上海城破,浓厚、刺鼻的硝烟还在街道上弥漫时,我们

---

① 《巴金选集》第9卷第217页,四川人民出版社,1982。
② 《给西方作家的公开信》,《巴金选集》第9卷第208页。
③ 《致田一文》,《巴金书信集》第366页,人民文学出版社,1991。

的作家仍然陷于文学作品出版问题,"版税""写稿""人事纠纷"和其他一些看似琐碎的编辑业务之中。

在叙述巴金的间隙里,我们不要忘了另一位作家曹禺。这是一个一出场就令人终生难忘的文人。在《〈雷雨〉序》中,曹禺曾这样分析自己:

> 我不知道怎样来表白我自己,我素来有些忧郁而暗涩;纵然在人前我有时也显露着欢娱,在孤独时却如许多精神总不甘于凝固的人,自己不断地来苦恼着自己,这些年我不晓得"宁静"是什么,我不明了我自己,我没有希腊人所宝贵的智慧——"自知"。①

这段自白让人难忘。他显然是与鲁迅、郭沫若、茅盾、老舍和巴金有些不同的一种特殊人格类型。虽然是在说"戏",我们不妨拿来观照作者本人。或者再通过作者来比照他的戏剧,这真是一种浑然难分、彼此混杂的生存的状态。在了解曹禺的人的心目中,"胆小怕事"和"惶惶不安"在他性格中占去相当部分,同时,还夹杂着经常性的"自卑感"和"自暴自弃的思想"。② 作为现代话剧大师,曹禺又是舞台上的强者,是左右并安排他笔下的人物命运的艺术主宰。戏剧与生活,是曹禺必须面对、却又大相径庭的两重世界——生活中的"被动性",与写戏导戏中的"主动性",这面镜子可以照见作家的当下,大概也可以用来观察他的一生。出于这种"被动性",1947年初从美国回国,刚受聘为上海实验戏剧学校教授和上海文华影业公司编导的曹禺,就被他的旧日学生兼秘密地下党员刘厚生、方琯生和任耀德等人包围起来了:"他们关心着他们所敬爱的老师,这一方面是师生的情谊,同时,也是接受了党组织交给他们的任务。"③这也没有什么奇怪。在中国,师生、兄弟、上下级和同乡关系乃是人际交往时最为常见的方式。民国时期,明知对方是某某党人,却会一起吃酒、应酬甚至相帮的事情也很常见,如沈从

---

① 见《雷雨》,文化生活出版社,1936。
② 梁秉堃:《在曹禺身边》第24、25页,中国戏剧出版社,1999。
③ 田本相:《曹禺传》第351页,北京十月文艺出版社,1988。

文写文向当局抗议,还从北京跑到南京去营救丁玲即为一例。曹禺虽胆小怕事,但也是有正义感的读书人。所以,眼见国民党接收大员以接收之名大发横财的劣迹,他想都没想就接受了这些特殊学生两周一次在育才中学参加政治学习的建议,去读艾思奇的《大众哲学》和其他革命书刊,这恐怕是对当局明显表示不满的举动,但若说他那时就想加入恐怕也未免过早。正如他在回答为什么执导电影《艳阳天》的问题时所表白的:"中国人有一副对联,叫作'各人自扫门前雪,不管他人瓦上霜',横额:'莫管闲事'。这,我认为不对。我们必须明辨是非,必须恳切做事,不怕麻烦,不怕招冤。"①从《艳阳天》的导演意图和剧情看,曹禺在艺术世界中又是相当自觉和清醒的:主人公阴兆时是一个明辨是非且敢于为弱者打抱不平的律师。魏卓平所办的孤儿院因为靠近码头,而且比较偏僻,被当过汉奸的巨商金焕吾看中,并强行收买做了秘密仓库。阴兆时明知金焕吾有钱有势,但不畏强暴,挺身而出为魏卓平辩护。最后,因魏卓平早已被迫在契约上签字,官司终于落败。不久金焕吾因囤积居奇被人揭发,秘密仓库遭到查封。他迁怒于阴兆时,指使恶人在阴四十寿辰当天殴打了他并在其家中大砸一通。最后,经阴兆时激烈抗争,法庭判决金焕吾犯汉奸罪,孤儿院房产也完璧归还。剧情一波三折、波涛汹涌,由于有著名电影演员石挥(饰阴兆时)、李健吾(饰金焕吾)、崔超明(饰杨大)、石羽(饰魏卓平)等加盟,影片打出"好人没有活路"的鲜明主题,电影一开演即在国统区各大小城市引起了轰动。这是曹禺归国做的最具亮点的一件事。

  影片在各电影院上映是在1948年的春天。时局与曹禺刚回国时的情形相比,已经大变。地下党同学在加紧工作,这时曹禺也已不能专心写戏导戏。"我不明了我自己",作家十几年前说出的一段自评,眼看就要被现实验证。如果在特殊年头对它"望文生义",可以说这是对在时代抉择中必须有所行动,但又矛盾和彷徨的中国知识分子群体在1948年前后的真实写照。在分析老舍思想的矛盾时,有人曾指出:"其

---

① 居垒:《曹禺和他的〈艳阳天〉》,上海,1948年4月28日《大晚报》。

实很多人都是这样,对国民党失望,同时渴望共产主义的那种自由才去投身革命,他渴望着一种个人精神自由也才去参与共产主义运动。"①在这种心理支配下,曹禺晚上开始偷听解放区的广播,就像所有关注股市行情的人们一样,战场胜负成为他生活中的一个兴趣点。地下党同学的工作果然奏效。曹禺的心理防线正在松动。据他老同学孙浩然追忆:"他说,他经过多年的探索,逐渐明确了一条道路,那就是共产党才真正是为人民的,他要走这样一条为人民的道路。他说:'我要走了!'希望我留下来,等待全国解放的到来。他谈得很深,也很严肃,他同地下党的关系,主要是由金山负责联系的,他去香港的票,也是金山为他搞到的。"②在根本意义上,无论是"戏里戏外"也好,"被动与主动"也罢,决定着曹禺去留的,很大程度上还是时局的骤变,是同学的工作,是戏剧界朋友的相劝。在深层次的潜在心理上,则是对于很多人来说都会遭遇的"势"与"道"的博弈。曹禺不是一般的战争难民,他会站在更高一些的历史山坡上看问题。如前所述,1948年的蒋家王朝已处于风雨飘摇之中,由于全面的贪污腐败、连年征战不止,它不光在读书人心目中,更在社会民众心目中失去了最后一道光环,其统治的合法性基础正受到普遍质疑。"道"与"势"在中国知识分子的文化选择中经常处于激烈的冲突之中,但知识分子以"道"自重依然是历史上一种普遍的现象,曹禺也不例外。知识分子之所以受到尊重,基本上是由于他们代表了"道",而政治权威也要具备某种合法性(或曰"合道性"),"合道"可以说是古今中外一切政权都必须遵守的通则。正因为如此,1940年代末大多数知识分子是持"道"来批评政治的,他们把"弘道"的担子放到了自己肩上——曹禺的思想行为应该说就是这一历史传统的真实体现。1948年前后,在历史最后"谢幕"之前,曹禺的黄泛区之行,有一个耐人寻味的插曲:应救济总署之邀,他与著名电影导演张骏祥乘飞机视察处于水深火热之中的黄泛区,对当地老百姓濒于生存极限的生活状

---

① 傅光明:《老舍之死采访实录》第287页,中国广播电视出版社,1999。
② 转引自田本相:《曹禺传》第357页,北京十月文艺出版社,1988。

况十分震惊。出于义愤,曹禺对同行的美国救济分署官员当面予以谴责,原因就是后者用粮食支持当局打内战。显然,曹禺对当局的遗弃,是一种"道义"上的遗弃,而不像郭沫若、茅盾那样是政治上的遗弃。

三 在苍茫大海间

中国现代文学史的故事就此翻开了新的一页。对这幕故事的开端和结局,不单现代文学的开创者,即使连它的研究者也无法预知。这正是现代文学本身充满了想象性和解释性的一个地方。

我修改这部分章节时,正在澳门大学担任客座教授。那半年,生活在与香港隔海相望的澳门,使我有机会展望两岸四地(中国的大陆、香港、台湾和澳门)历史的旋流和迁徙,也得以用从容宽松的历史心态去重温和整理这个发生在中国现代文学史上的特殊故事。这个孤悬海外的岛屿城市,将与广阔纵深的中原腹地发生什么样的历史关联,是我感兴趣的问题所在。

我所知道的是,如果1926年的南迁意味着现代中国作家的第一次迁移,第二次迁移发生在1937年,那么在1949年前后则是第三次迁移的开始。这次迁移,将会深深刻画现代中国文学的历史归宿及命运。据《胡适传论》作者介绍,这时中共地下党也在做胡适的工作,条件是只要他不离开,将允诺北平解放后请他担任北京大学校长和北京图书馆馆长。但胡博士毅然登上国民党派来的专机,临行前抛下了三句话:"在苏俄,有面包,没有自由;在美国,又有面包,又有自由;他们来了,没有面包,也没有自由。"[①] 几乎同时,陈寅恪也乘国民党的专机南飞,不过他不像胡适去美国,而是留在北京与美国之间的广州。1948年12月13日,另一位著名的自由主义作家兼学者梁实秋,乘火车离开北平,选择台湾作为他最后的栖息地。[②] 在此前后,中共地下党加大了把大

---

① 胡明:《胡适传论》第932页,人民文学出版社,1996。
② 鲁西奇:《梁实秋传》第174、175页,中央民族大学出版社,1996。

批民主人士和著名作家转移到解放区的力度,他们似乎与国民党展开了一场虽然激烈、却没有裁判的竞赛。而就在这场势均力敌的大决赛中,郭沫若、茅盾、曹禺等人再次成为引人瞩目的主角。

1948年末某夜,香港码头风急浪高,气氛有点异常。因为此夜,郭沫若将化名丁汝常,秘密与一批民主人士乘中华轮离港北上。但行程果然像正史叙述的那么风平浪顺吗?读者诸君大概就像在大海中盲目翻转的舟子,只能顺从于史料的铺陈暗示。郭氏表示:"决心摒除一切的矜骄,虔诚地学习、服务,贡献出自己最后的一珠血,以迎接人民的新春。"①12月1日,轮船抵达丹东石城岛。这是郭35年前留学日本时的途径之地,睹物怀旧,不免感慨万端且想象丰富,一时兴起,居然与人结伴到西郊的五龙背温泉大洗了一番。五天后,改乘火车安抵东北解放区首府沈阳,受到官方优厚的接待。在中共东北中央局主持、各界参加的盛大欢迎会上,郭沫若放声朗诵了刚完成的诗作,其中有"我来仿佛归故乡,此日中行亦似狂"的句子,表示要"以毛泽东主席的意见为意见","决心为实现人民的公意,争取真正的和平"。② 此间,淮海战役告捷、国民党军队主帅杜聿明被擒、天津解放、蒋介石下野等消息从各个渠道纷杂传来。1949年刚翻开新的一页,又传来北平守军放下武器接受收编的新闻,郭沫若当即与李济深、谭平山、茅盾、许广平等联名致电毛泽东、朱德,并告知行踪:"同人等已先后进入解放区,迭奉捷音,不胜振奋。窃愿竭力追随,加紧团结,为中国之建设奋斗到底。"毛、朱那边也急驰电文,内云:人民解放军之所以进展顺利,与"各民主党派各人民团体一致奋起,相与协力"关系甚大,表示欢迎诸公前来解放区。③ 从1925至1949年的24年间,郭沫若的生活道路可谓一波三折,其凶险复杂恐怕自己也没料到,它给世人的"在途中"的印象却难以磨灭:1926年他以北伐军总政治部副主任的身份随大军北征,一路上,对中

---

① 郭沫若:《岁末杂感》,《文化生活》海外版第9期,1948年12月25日。
② 参见1949年2月1日《东北日报》。
③ 电文均见1949年2月5日《东北日报》。

国这场新式革命不遗余力地热情鼓吹;一年后,忽又写下像骆宾王声讨武则天的檄文那样大胆激烈的文章《请看今日之蒋介石》,这令欣赏他文才的蒋氏颇为光火,所以他不得不逃到日本隐居起来;1937年,他返国与蒋介石"握手言和",出任国民党军事委员会政治部第三厅厅长之职,几年后又与蒋闹翻,创作出讽世之作《屈原》,令共产党人大为快慰而国民党人恨之入骨……然而,读者自当体谅,以中国现代史的复杂残酷,郭沫若以文人之躯参与政治斗争也会险象环生,有传主自己都力所不逮的传奇性。在中国现代作家的眼里,他是精明能干且适应各种政治风云的政治家;而在各种政治家心目中,他仍然是虽热衷政治但实际是局外人的一介书生。这注定了他在政治与文学夹板中的处境,某种程度上,也暗示了他走进新社会之后的"开局"和"结局"。需要附带提一笔,郭沫若迈进新时代的历史瞬间是以正剧形式展开的,他享受的礼遇超过了同时代的很多文人。1949年2月底,他与李济深、沈钧儒、马叙伦等35人到达北平,中共数名高官前来迎接,计有林彪、罗荣桓、董必武、聂荣臻、薄一波、叶剑英和彭真等。半个多月后,又赴西苑机场迎接毛泽东、朱德、刘少奇、周恩来等,并随同检阅了十万解放军将士。只见西苑机场上礼炮隆隆,尘土翻滚,万马嘶鸣,情形自然是非常壮观。①

据《周恩来年谱》记载,周恩来1948年11月5日替中共中央起草致香港分局电,曾要求分局和钱之光在"十二月内"务必万无一失地将李济深、郭沫若、马叙伦、彭泽民、李章达、马寅初、孙起孟、茅盾、张炯伯、陈嘉庚等几十名重要人士转移至解放区,并对沿线的安全措施做了周密布置。② 茅盾在众多"重要人士"中列名第八,可见他的特殊"分量"。查国华所编《茅盾年谱》证实,茅盾启程日期应在1948年底,稍晚于郭沫若,同行者有二十余人之多。为迷惑国民党方面,掩护真实行踪,行前大家还装模作样地在《华商报》"元旦签名团拜,全部签名刊于

---

① 见龚济民、方仁念:《郭沫若传》第381—385页,北京十月文艺出版社,1988。
② 中共中央文献研究室编:《周恩来年谱》第795页,中央文献出版社,1989。

当日的《华商报》"①。茅盾回忆:"我们于1948年除夕秘密上船,在北行的船上迎来了新的一年。元旦那天,李济深在我的手册上写了这样的一段话:'同舟共济,一心一意,为了一件大事,一件为着参与共同建立一个独立、民主、和平、统一、康乐的新中国的大事……',李任公这段话道出了我们共同的心意。"②从香港登船到大连,茅盾时年53岁。在中国人的生命观念中,茅公此时已步入老年阶段,到了五十知天命的年纪。虽不能如小说《家》中的高老太爷严肃端坐于高堂,接受儿孙辈每天礼拜问安,也不至于像这样辛苦奔波。这个年纪的中国男人按理讲是不应该这么情绪外露的,何况茅盾素来性静,一向以稳重见于世人。但中国经验里还有"老夫聊作少年狂"一说,意思是说若情况特殊,老年做少年状浪漫或夸张一下也是无伤大雅、入情入理的。有趣的是,茅公这一阶段的文章十分罕见地频繁出现了极具这些心理特征的字眼,例如"春天""新中国""新时代"等等。他作于1948年末的短篇小说《春天》,为读者描述了一个"未来的故事":全国解放后,某农场场长、原国民党起义将军郑洞国忽然"青春焕发",决心在人生的"春天"里全身心地投入"为人民服务"的工作当中。故事架构戏剧而离奇,恍若加入若干三言二拍的成分,与茅盾过去的小说明显不同。所以,日本评论界评价它是一篇"幻想小说",茅盾则不以为然,坚信它是"我的'预言'"。③在《迎接新年,迎接新中国》一文中,他又抒情地写道:"新中国诞生了,这是五千年来中华民族的第一件喜事,这也是亚洲民族有史以来的第一件喜事!""中国人民渴望这样一个新中国,差不多有百年之久了,中国人民为了新中国的诞生,曾经牺牲了无数宝贵的生命。"他甚至放言说:"新民主主义的新中国将是一个独立、自主、和平的大国,将是一个平等、自由、繁荣康乐的大家庭。"④当然,我们也了解,建立在"进化论"思想基础上的时间观,即直线向前的时间观,不仅

---

① 查国华编:《茅盾年谱》第334、335页,长江文艺出版社,1985。
② 茅盾:《我走过的道路》(下)第637页,人民文学出版社,1997。
③ 同上。
④ 茅盾:《迎接新年,迎接新中国》,1949年1月1日《华商报》。

是茅盾本人的观念,同时也构筑了整个五四时代知识分子群体的精神状态和行为模式。作家虽偶有游戏心理,但在时间长河中仍有其相对不变的思想观念的内在逻辑性。这种观念,不仅深刻支配着他们的思想追求,同样也影响着他们的生活与创作。从这个意义上看,确如茅盾所说,它不是"幻想",而是"预言"中的"现实"。茅盾和他同时代人,都是为了"预言"而生活和奋斗的,他们后来的人生悲欢也源于此处。在这一角度上看茅盾的香港—大连—北平之行,我们大概可以望见现代中国一部分作家人生历程中的必由之路,在某种意义上,它更是昭示了自晚清以来中国许多思想先驱者们难以摆脱的历史归宿。为便于问题进一步展开,我们把茅盾之后的行程和活动记叙如下:1949 年 1 月 7 日,轮船抵达大连,张闻天亲往迎接;2 月 1 日,出席东北各界欢迎大会,发表题为《打到海南岛》的讲话;当月 26 日,应邀出席北平欢迎到达解放区的民主党派和民主人士的大会;3 月 22 日,与郭沫若、曹禺、柳亚子、郑振铎等人共同发起组织全国文学艺术界联合会。……在一篇文章中,他对自己的要求已经是:"我们个人的生活也应当努力'除旧布新','跟上时代',为此,必须注意克服阻碍知识分子进步的两个缺点:一、'优越感';二、'幻想太高'。"①二者表面看似"矛盾",如果放在更长远的时空视野中,它却是一种高度智慧的"整合"。

  从香港经山东烟台转道解放区的曹禺,秘密兴奋的心理中不免夹杂着狼狈。许多年后,事主对当时情形仍记忆犹新:"在香港通过地下党员的安排,我们坐了一条北欧的船回国。我们这批人里头有老一辈的叶圣陶、马寅初,不过十来个人,还有新闻界的赵超构。我们上船的那天晚上,换了六七家旅馆,躲避国民党特务。我们都穿唐装,英国海关问是谁,带路的地下党员就说都是做买卖的,塞了二百元港币给他,就'好、好、好'。"②狼狈中又有点"特殊待遇",当轮船驶出香港,便有国民党的炮舰在后尾随,轮船只得假装改道驶往韩国,最后再经韩国去

---

① 茅盾:《岁末杂感》,《文艺生活》海外版第 9 期,1949。
② 赵浩生:《曹禺从〈雷雨〉谈到〈王昭君〉》,《七十年代》1979 年第 2 期。

烟台。自15岁起,曹禺就登台扮演角色,他演戏、导戏然后又写戏,与现代话剧结下了不解之缘。然而在生活中遇上这种"戏剧性",在他还是头一遭——虽然此行颇具某种浪漫骑士的意味。1949年3月5日,运气不佳但最终有惊无险的华中轮靠近烟台港,前来迎接的是当地解放军某部贾参谋长。次日,中共华东局秘书长郭子化、宣传部副部长匡亚明特地从青州远道来迎,并到曹禺等人住处寒暄。晚间,召开欢迎大会,之后还有京剧演出。这让半生都与戏相伴,而从未与武将交往的曹禺感到陌生和新鲜。后来有人问他对新局面有何感想时,曹禺答曰:"那真是高兴。知道国家站起来了。"①虽然访谈不能作为思想之佐证,但仍可以循此观望到其心态。这是因为,中国知识分子的"弘道意识"和由此延伸出来的国家至上主义观念,对曹禺这代作家的思想世界有着支配性的影响。作为五四精神的后继者,新与旧、前进与倒退、封建与反封建、专制与民主的二元对立模式,根深蒂固地决定着他们的人格操守和人生选择。从这里看,曹禺的香港—烟台—解放区之行与其是现实政治性的,莫如说也是文化象征性的;说它包含有特殊的政治含义,毋宁说也有寓言的意义。诚如杰姆逊断言:"所有第三世界的本文均带有寓言性和特殊性,我们应该把这些本文当作民族寓言来阅读",这是因为,"他们执着地希望回归到自己的民族环境之中。他们反复提到自己国家的名称,注意到'我们'这一集合词:我们应该怎样做、我们不应该做些什么"。② 值得注意的是,杰姆逊是从西方的他者视角讨论东方问题的,这一视角容易忽略掉对研究对象文化语境和历史传统的深切感受,而这恰恰是我们今天讨论曹禺思想选择的主要着眼点。由于这种中国式的观察,才使我们在讨论那一代人的思想遗产时生发出更深刻的意义,使得时代性的问题由此展开更纵深的视野。沿着这一思路,就不难理解,当曹禺一行由潍县改乘火车到济南,受到解放军

---

① 赵浩生:《曹禺从〈雷雨〉谈到〈王昭君〉》,《七十年代》1979年第2期。
② 〔美〕杰姆逊:《处于跨国资本主义时代的第三世界文学》,引自张京媛主编《新历史主义与文学批评》第234、235、230页,北京大学出版社,1993。

高级将领许世友、姚仲明设宴招待,邓颖超亲自从北京赶来迎接时,他为何这么"感动",并视之为"难忘的日子"了。一个人平生不过几十年,他怎么会老是要焦虑千年的忧愁呢?我们如果同时也从一个"普通人"的角度去贴近地理解这代作家的决定,也就把事情的讨论摆放在更合情合理的位置了。笔者由此看到,曹禺在一种民不聊生的大环境中否定了国民党的政治"道统"之后,认同了中国共产党的政治"道统",从而建构了他自己精神追求上的完整性,并借此在过去与今天之间巩固了文化的信仰。而且,"他离开北京15年了,如今又回到她的怀抱,怎能不使他激动万分!"①北京是曹禺读书求学的地方,他在那里写出了成名之作《雷雨》,从而确立了人生追求的目标。北京不是简单的"旧地"和"第二故乡",而是曹禺生命的出发地,也将是他生命的归宿。写到这里,笔者也不免随同事主发出了人生和历史无常的唏嘘。

恐怕,在民族的大乱与大治之际,中国一代代读书人是在自觉和不自觉中延伸着前辈们所开创的独有的"南渡"和"北迁"的传统罢。随着女真族的入侵,北宋灭亡,大批慷慨激昂的中原志士仁人南渡长江。他们面对惨痛的现实,无力回天,只能委婉隐晦地表达压抑的愤恨与家国之思、黍离之悲,形成了悲哀沉痛的主调。② 明代即亡,顾炎武、黄宗羲等便蓄发明志,一直潜踪息影,辗转于太湖沿岸,或晚年北游,决心"笃志经史",有的还与义师合谋,挺而抗争。他们以衔木填海的精卫自况,发出了"我愿平东海,身沉心不改"的呐喊。诚如有人评价的:"晚明的经世思潮,是一个旨在挽救社会危机的学术潮流,它具有日趋鲜明的救世色彩。因而一时学术界中人,无论所治何学,救世都成了一个共同的论题。"③1940年代末现代中国文人集团的大分化与重新组合的形态,虽然表现各异,结局不同,但情理上却多少与上述人背景有一些藕断丝连的联系。无论后人怎么评说,这代作家身上浓厚的救世色

---

① 参见田本相:《曹禺传》第358页及相关内容。
② 参见王水照主编:《宋代文学通论》"体派篇"第2章,河南大学出版社,1997。
③ 陈祖武:《清初学术思辨录》第49、107、17、18页,中国社会科学出版社,1992。

彩是无可非议也是不能简单否定的。"南渡"或"北游"都是一种寻找，是一种对人生价值的浮士德式的大胆探寻，其中包含的巨大的精神意义，值得今天的人们特别珍惜与讨论。我们注意到，晚年的胡适、郭沫若、茅盾和巴金有一种共同回到五四的思想倾向，他们先后回复最初的思想起点，而这一起点正是现代中国知识分子之所以成为"现代"知识分子的根本理据。据唐德刚的《胡适杂忆》，胡适在"骨子里他同周作人一样厌恶古老中国的'非人文学'"，认为《红楼梦》《水浒传》所刻画的中国社会都是极不人道的"，因此坚持标榜个性解放与个性自由的精神。①1973年前后，茅盾以旧诗词针砭现实，坦率地流露了对"文革"的不满。而他的诸如《读〈稼轩集〉》中"浮沉湖海词千首，老去牢骚岂偶然"的句子，②起源于传统知识分子的救世传统，在这里参照的正是五四时代的批判精神。巴金晚年以五卷本厚重的《随想录》而名世，他宣称：它"不是我个人的私有物"，而是一座鲜血淋漓的"'文革'的'博物馆'"③。笔者由此观察，他们虽经历了时代的乱离和个人的戏剧性剧变，却始终没有偏离那条"救世"和坚持"批判精神"的思想主线，对个性自由思想的暗中维护，恰恰说明他们还是五四中人，是中国知识分子精神传统中人。在此意义上，回到"北上"话题，我们不由得对当年的郭沫若、茅盾和曹禺生出了历史的理解和同情，我们不想再把他们摆在胡适等人的历史对立面上，因为那样，它所隐含的沉重和深远的话题，就会在文学史研究中变得轻浮和简单起来。

四 重编和排序

1949年夏之后，鲁迅、郭沫若、茅盾、巴金、老舍和曹禺被官方逐渐确认为新中国的六位首席作家。中国现代文学的传统版图就此打破，

---

① 唐德刚：《胡适杂忆》第26页，华文出版社，1992。
② 韦韬、陈小曼：《父亲茅盾的晚年》第108页，上海书店出版社，1998。
③ 巴金：《随想录·合订本新记》，生活·读书·新知三联书店，1987。

自由主义的、消极的文人纷纷被逐出文学史殿堂。虽然翻阅旧杂志时，笔者心中对此仓促安排颇有些不以为然，但事已至此，谁都无法改变。不过，这也为30年后的"重读"留下契机。其中，美国的夏志清等人在1960年代著的《中国现代小说史》一书实际是最早的"重写"。此为后话。

从最早的信息中显示，新文学的重编和排序已是变局的必然。因为社会秩序的重编也都在进行，而文学不过是其中的一个小小的组件。在1949年10月19日向全国各界发布的"中国人民政治协商会议第一届全国委员会的主席、副主席、常务委员和秘书长名单"中，政协主席是毛泽东，郭沫若是位列周恩来、李济深、沈钧儒之后的副主席，但排在最后一名副主席陈叔通之前。茅盾（他在政界通常以"沈雁冰"的本名露面）虽与副主席无缘，却荣幸地当选为常务委员，与刘少奇、朱德、林彪、王昆仑、张澜、章伯钧、黄炎培、章乃器等中共和民主党派高级人士享受同等的政治待遇。另据"中央人民政府委员会第三次会议任命政府各项负责人员名单"，郭沫若被宣布为政务院副总理、中国科学院院长，沈雁冰为文化部长，巴金为文化教育委员会委员。① 在新政协筹备会上谈到为什么要吸引众多民主党派和文人担任一定的政协和政府职务的原因时，周恩来解释说：革命胜利后，"需要动员各种力量参加工作，到处都要碰到合作的问题"，因此要加强同党外各界民主人士的合作。而搞好合作的关键"在于到他们中间去，领导他们"。他告诫做具体工作的下属说，我们"不应该有拒绝领导的思想"，但决"不是摆着一副领导的面孔"去领导，领导工作"很复杂，原则要抓得紧，但要善于运用，要有灵活性"。所以，他信心满满地相信，如果"我们领导得好，可以不流血过渡到社会主义"。②

在此背景中，学习苏制的浓厚风气在向文艺界蔓延。其中一个表

---

① 中共中央文献研究室编：《中华人民共和国开国文选》第402—426页，中央文献出版社，1999。

② 参见《周恩来年谱》第840页，中央文献出版社，1989。

现是成立"组织"。文学组织最早在五四时期初现雏形,如"新潮""狂飙""文学研究会""创造社"等等,但它仍然难改中国旧文人的积习,聚散是朝夕之事,组织对个人难有约束。左翼文人在上海、延安也曾有过成立左联、文抗的机构实验,大多属于临时性质,最后都不了了之。而此时引入苏制,这就为文艺家组织的成立提供了制度化的环境,组织在社会上的堤防被大大加固。文人与社会的关系,从此而发生巨变。1949年7月,在召开全国第一次文代会后,各种文艺组织相继成立。经过事先协商,郭沫若被指定为新成立的全国文联主席,茅盾担任副主席,他同时兼任中华全国文学工作者协会主席一职(即今中国作家协会前身)。老舍虽然回国较晚,也没有受亏欠,他被补选上许多重要职务,例如全国文联委员、中国民间文艺研究会副理事长、北京市文联主席、国家政务院文化教育委员会委员等。曹禺入选全国文联委员、中华全国戏剧工作者协会常务委员,国立戏剧学院成立时(中央戏剧学院的前身),被任命为副院长。对过世的鲁迅,则公开确认其为"'五四'以来","一切进步的革命的文艺工作者"之首,认为他"为文艺与现实结合,与广大群众结合,曾作了不少苦心的探索和努力"。① 有心人会察觉,五四以后不同时期的重要作家和新锐文人,在这些组织计划中开始模糊和消失,如周作人、朱光潜、沈从文、废名、张爱玲、师陀、李健吾等等。这说明"文学标准"正在改变,文学家在新社会重获的身份是能否进入新的现代文学史版图的一个前提。而这正是"历史的密钥"。但1990年代以后,大陆的很多文学史家也在此处大做文章,为文学史"翻案"之风日盛。文学史研究的史识,更有用"断代史"的方式,以"后代"否定"前代"的习气之兴起。这与中国历史上的"翻案传统"究竟有什么两样,不得而知。所以我们也要引起警觉。接着我们往下叙述。上述作家的社会身份和地位被提升到其他作家之上,加之宣布一切进步的革命的文艺工作者要以"鲁迅为首",新中国文学作家的排序就这

---

① 周扬:《新的人民的文艺——在全国文艺工作者代表大会上关于解放区文艺运动的报告》,参见《中华全国文学艺术工作者代表大会纪念文集》,新华书店,1950。

样以鲁迅为首,郭、茅、巴、老、曹为次的形式确定了下来。作家由文学写家转变为社会组织的助手,转变成建立新秩序的辅助力量。古今中外的社会变动,莫不如此。所以,今天历史的深度,只有在以往历史的深度中才能够真正见到,而文学史研究,哪有离开既有的文学史传统来另辟蹊径的道理?唯有这样,研究者才能够心平气和、放下身段地去阅读史料文献,用纵深的眼光再给予耐心的和较为长久的评价。1948 年 11 月 30 日,《中共中央关于新解放城市中组织各界代表会的指示》明确了进城后为确保政权稳固而建立由党直接领导的各界代表大会及与之呼应和配合的"方针""政策"及"具体办法"。它明确指示,各界代表会,是军管会初期"传达政策""联系群众"的协议机关,对政府无"约束之权",而军管会和政府的委员则"均有权参加各界代表会会议。如查明某人系属反动分子如已聘请,亦得取消"。另外,各界代表会可选出"主席副主席",组织秘书处"执行日常事务",但强调,各界代表会的"职权",是由军管会等方面"付与"的。① 1949 年 9 月 4 日,中共中央在各地召开各界代表会的指示中虽然强调要使各界代表避免"束缚于党内狭小圈子",注意"推派"和"聘请"这一中间环节,但仍要求"保证会议由我党领导"②,严格限定了"党内党外"的界限。9 月 7 日,中共中央再次就召开各界代表会问题发出指示,"代表会的成份,应包括党政军的代表,农民及工人的代表,革命知识分子及妇女的代表,工商业的代表,及若干开明绅士的代表。其中,共产党员及可靠的左翼人士,应超过二分之一保证决议的通过。中间分子及必须拉拢的少数右翼但不反动的分子,可让其占三分之一左右的数目,以便孤立反动派,利于政令的推行和群众的发动,且可发现问题及发现积极分子"③。

　　以上不过是对解放后文艺管理思想及其体制略加叙述,对其中复杂情况的检视,还得依赖更多档案的曝光,和史长的岁月时日,仅仅用

---

　　① 中共中央以上各项指示,均出自《中华人民共和国开国文选》第 435—439、473—477 页,中央文献出版社,1999。

　　② 同上。

　　③ 同上。

二元对立的急切办法去理解,显然已经远远不够。虽然近年来这方面取得了很多成果,但对形成这些成果之知识资源和知识结构的不断反省,也应在考虑之中。所以,作为新中国文化领导者的鲁、郭、茅、巴、老、曹在此体制内的实际意义,已经不能仅仅站在文学/政治的视野中来估衡了。不过,如想了解上述体制对于中国当代文学的掌握与主导,还需对它在中国政治文化环境和文人文化传统中的独特作用和特殊价值做进一步的考察。只有这样,"鲁、郭、茅、巴、老、曹"现象之谜,及当代政治文化对其文人价值空间的充分发掘和利用,才可能走出历史之迷雾,为人们逐渐地认识。

  在中国人固有的政治理念中,文学艺术家尽管有诠释真理的义务,却很难以独立、傲然的心智存于浩大的现实社会之中。相反,它总是历代政权关照的对象。所以,它的生死荣辱和浮沉曲折无不关联着现实态度和功利策略。文学艺术行使着诉说、刻画、反映与表现政治风云的特殊功能,却不能决定政治的走向和文化性格;政治则能"付与"文学艺术家们高于普通人的地位,并加以掌控和利用。"'士'的地位处于贵族与平民之间,在社会流动十分剧烈的时代,恰成为上下升降的汇聚之所。在封建秩序解体的过程中,这是最薄弱的一个环节",①"知识分子因为不成其为一固定的社会阶级或团体,而发展出一种自由批判的精神",②所以,它只能把自己安身立命的立足点建立在政治势力强大的社会基础上,得以将"君子之道""推己及人"和"拯救天下",勉强而有条件地去追索和实现自己的人生理想。③ 由此可见,文学艺术家(即士)与政治现实乃是一种不平等的"供需关系",政治需要文学艺术家维护和赞颂其道统存在的历史正当性,而进入更高阶层的文学艺术家,则以文化领袖的身份高蹈于一般文学艺术家之上。不过,想想魏玛时期屈居人下的歌德,想想留传于今世的莫扎特的乐曲多是他做宫廷

---

 ① 见余英时《道统与政统之间》《中国知识分子的古代传统》《儒家"君子"的理想》等文章,引自《内在超越之路》,中国广播电视出版社,1993。
 ② 同上。
 ③ 同上。

乐师时谱写的作品,也就释然了。

　　从文学巨匠们当时的文章、通信、日记和别人的追述中,我们不难捕捉到这一微妙而复杂的心态。据茅盾儿子、儿媳韦韬和陈小曼回忆,解放后茅盾不愿做文化部部长,周恩来做工作,被他婉言谢绝,自称不会做官,打算重回创作生涯。"后来毛主席亲自出面找爸爸谈话,说文化部长这把交椅是好多人想坐的,只是我们不放心,所以想请你出来。爸爸问:'为何不请郭老担任?'毛主席说:'郭老是可以的,但他已经担任了两个职务,一个是文化教育委员会主任,一个是中国科学院院长,再要他兼文化部长,别人更有意见了。'"于是双方达成一个折衷办法,由茅盾出任部长,周扬做助手担任副部长。① 查找茅盾这一时期的讲话和文章,如此礼遇,他不能不有所表示。针对有人所谓向艺术要求直接的政治效果是亵渎艺术的观点,他认为,在成功的艺术作品中,"政治效果不仅是一时的,而且能保持久远,但是其所以有长远的效果正因为它最深刻地表现了现实的政治性的原故"② 当然这与他1920年代以来的文学主张,并不矛盾。在被正式任命为文化部长的5个月前,他也曾在一篇文章中说,革命已在全国胜利,此后的建设事业千头万绪,新社会的主人翁工人阶级现在已经发挥了他们那伟大的劳动创造力,我们文艺工作者必须把他们作为写作的最主要的对象。他给自己的"定位"是,为新时代做好"服务"工作。

　　说起来人终究是人,即使身贵之人在人性方面也与常人无异。这正像农人向往城里的繁华,而城里人却偏偏喜欢幽静的农村一样,这种精神分析学的人格补偿理论让我们看到他们心态中的另一侧面。在20世纪五六十年代的私人书简中可以看出,由于社会事务过于繁忙,常常坐不下来读书和著述,郭沫若也有过抱怨:

　　　　自从建国以来担负了国家行政工作,事务繁忙;文艺女神离开我愈来愈远了。不是她抛弃了我,而是我身不由己、被迫地疏远了

---

① 韦韬、陈小曼:《父亲茅盾的晚年》第3、4页,上海书店出版社,1998。
② 《小说月刊》第3卷第1期,1949年10月1日。

她。有时候内心深处感到难言的隐衷。(1955年10月23日)

尽管《百花齐放》发表后博得一片溢美之誉,但我还没有糊涂到丧失自知之明的地步。那样单调刻板的二段八行的形式,接连一百零一首都用的同一尺寸,确实削足适履,倒像是方方正正、四平八稳的花盆架子,装在植物园里,勉强地插上统一的标签。天然的情趣就很少了!……现在我自己重读一遍也赧然汗颜,悔不该当初硬着头皮赶这个时髦。我何尝不想写出像样的新诗来?苦恼的是力不从心。没有新鲜的诗意,又哪里谈得上新鲜的形式!(1959年11月8日)①

话虽这样说,但人在江湖,苦闷只能一掠而过,或一笑了之。古今中外,政治人物即使退休也难以去做苗圃花匠,冲杀疆场的将军只能在战争间隙里去乡下别墅暂时赋闲。而牢骚那是全职文人的特权,这怎能混淆一处?基于这种考虑,笔者还是辛苦抄下郭氏建国初期的"繁忙国是",以就教于有兴趣的读者。1949年3月底,他率最早出访的代表团之一赴巴黎出席世界拥护和平大会;5月底,他数次与人同赴毛泽东香山住所和中南海勤政殿,求教国是方针,亲聆有关指示;6月中旬,在新政协筹备会上代表无党派人士讲话,表示拥护毛主席的报告,"学会为人民服务";②7月1日晚,为纪念中国共产党成立28周年,郭沫若在北京先农坛体育场冒着狂风暴雨发表演说;次日,以大会总主席身份出席全国第一次文代会,他在报告中号召广大文学艺术家今后当以毛泽东的《讲话》为"文艺运动的总指标";9月21日出席新政治协商会议;当月29日,再至颐年堂毛泽东住所,与毛泽东、周恩来、李立三、李济深、沈钧儒、陈叔通、黄炎培等一起讨论、修改毛泽东自拟的就职公告稿。……庆幸在于,辛苦归辛苦,社会回报也在增加。随着地位的变化,作家居所的档次在不断攀升,先在北京西城缸瓦市大院胡同5号落

---

① 转引自李辉:《沧桑看云》,花城出版社,1998。
② 赵风:《回忆郭老的一些片断》,参见《悼念郭老》,生活·读书·新知三联书店,1979。

户,最后搬入前海西街 18 号。此为清朝王府豪邸,1950 年代初为蒙古共和国驻华大使馆,继为国母宋庆龄寓所。按照规定,这是高级领导人才有资格享受的宅邸。"它基本上仍是四合院结构,但是其高大、宏伟、厚重、精美,远非一般四合院可比拟。"初次看到此宅时的一位郭氏传记作者不由得惊叹道:"假如居住其中的郭沫若不是诗人,我们只能如实把它看作一座官邸而不是诗神缪斯的殿堂,更不用说杜甫的秋风所破的茅草屋了。"此话如让房主听到,不知他心里会作何感想。这是历史学家研究逝去的当事人,常常感到为难的地方。

  对自己在文学组织中的位置,老舍很想得开,当然也近于自嘲。他常对人说:"到了我这儿,就点点点了。"①从创作情况看,他是勤奋、多产和数量惊人的。虽然在有人看来,"老舍在解放后写了很多,很多都是废品",②"从《龙须沟》、《方珍珠》开始,老舍共写了三十多部剧本,其中发表的有二十二部,包括话剧十五部、歌剧三部、曲剧一部、京剧三部、翻译剧一部"。另一些不太满意,被作者弃之一边,"那些未出笼的半成品、反复修改的草稿量更是无从计算,不为外人所知"。③ 但老舍认为,他有如此高的写作热情,原因就在看到人民政府"真给人民服务","是由热忱激发出来的行动"。④ 这些也都出自内心。老舍与郭、茅、曹等人有所不同,他是一个从社会底层奋斗上来的作家,认为自己其实就是平民阶层中一员。他是老北京人,对解放后北京市容市貌的变化有一种感同身受的亲切,他真是出自自觉而不是因思想改造才去拥抱眼前这一切的。据林斤澜追忆,"老舍当年作为市文联主席是积极参加解放初几项政治运动的,天天来机关上班,连编辑部发稿时间都

---

① 林斤澜:《〈茶馆〉前后》,参见《老舍之死采访实录》第 120 页,中国广播电视出版社,1999。
② 黄裳:《老舍解放后一直一帆风顺》,参见《老舍之死采访实录》第 187 页,中国广播电视出版社,1999。
③ 陈徒手:《人有病天知否——一九四九年后中国文坛纪实》第 63 页,人民文学出版社,2000。
④ 老舍:《〈龙须沟〉写作经过》,1951 年 2 月 4 日《人民日报》。

管,还在机关吃顿午饭"①。更何况抗战以来他在主持文协杂务后就一直保持着做人的低调,比如对来渝作家迎来送往,安排吃住,全没有名作家的矜持和自傲,竟一时在文学圈子中传为佳话。所以,在论列这些作家与新文学秩序的关系时,我更愿意指出老舍与其他人的某种差异。正是这种差异给北京市市长彭真留下了好感。

平心而论,给一些作家以社会礼遇,这在任何时代和国家在重建自己的文化秩序过程中都是无可厚非的。它不过是"官师政教合一"和以"劳心者治人"利用读书人治理国家等传统思想,在当代中国社会的复杂转换和折射罢了。不过确实得承认,中国传统的统治者在示读书人以"礼"的同时,(除非他参与谋反)尚能尊重其精神和思想的自由,并不夺其志、夺其心。武则天在骆宾王写声讨檄文之后,尚为他留下生存和发展空间便是一例。遗憾的是,战争年代形成的文艺思想和体制在建国后却没有及时调整,对文化和文化人群的态度至少造成了两个负面效果:一是影响到在五四时期奠基的中国新文学在当代社会的精神积累和储备;二是文学艺术家失去了职业热诚。本来百家争鸣的良好文化期待和具体设计,不断为国内外的政治剧变所冲击所打断,而一连串的政治运动则使文学艺术家进一步退向了自己的内心。隔阂正在增加,它似乎没有任何可以缓解、协商和解决的可能。文化的重建本来是要带来另一轮文明的出现,可惜整个布局都不在这里。本书并不是为与我们失之交臂的另一轮文明的建设扼腕叹息,我的兴趣在于观察整个布局与文学史观念形成、发展和最后急变之关系。而我们论列的作家和经典作品就在上述历史视野之中,我们只是拿几位稍有代表性的作家的历史机遇,来反观并重新回到中国现代文学史坎坎坷坷的章节之中罢了。

---

① 引自陈徒手:《人有病天知否——一九四九后中国文坛纪实》第47页,人民文学出版社,2000。

第三章 鲁迅的塑造

一个人生前大概不会预料到他死后的事。

鲁迅没想到自己竟是70年来最受争议的作家之一。他的历史形象被各位史家竭力描红，有的为此毕其一生，其执着程度犹如陕西户县每天做剪纸的农妇。关于他的传闻也经常成为社会事件，甚至2010年某地中学课本减少他文章的数量也会令人大惊小怪。安息在上海万国公墓的鲁迅先生，对此大概不会觉得心里痛快。

迄今为止为鲁迅描红的是，亲属学生朋友圈子，敌人圈子，鲁迅研究圈子，和呼吁恢复鲁迅本来历史面貌的圈子。在不同圈子笔下，"鲁迅形象"自然难以统一，以至于南辕北辙：诲人不倦的青年导师、世故老人、社会批判家、战士、诗人、生性多疑、倔强执拗、尖刻狭隘或思想深邃，如此等等。由于相互反差极大，而且都声称能找到自己叙述的根据，这就使后来关心阅读他的著作的人常觉疲惫不堪，有时比一艘颠簸在茫茫大海里左右打转的帆船要用指南针确定自己的位置，还要艰难。而到当代，尤其是1990年代后，关于鲁迅形象塑造所牵涉的问题，已经远远超出这位杰出作家所隶属的"文学范围"。这一繁重工作，恐怕邀请众多哲学、史学和文学的名家前来会诊，长达数月数年也无济于事，所以我们只能把它暂时搁置一边。

不过70年间，鲁迅被人们塑造得最成功的，还是他作为中国传统文化的批判家的形象。其实，他也坦然接受过太阳社给他专门缝制的"堂·克蓄德"的帽子。

堂·吉诃德是西班牙现实主义作家塞万提斯塑造的人物形象。在作品中，堂·吉诃德面对封建传统及势力，手执长矛、携带着啤酒桶冲锋陷阵，以四两拨千斤的罕见勇气，向强大敌人发起了纯粹无谓、却非常悲壮的攻击。堂·吉诃德的形象，为现代文明史遗留下一个十分可笑也极为深远的话题。《堂·吉诃德》是五四时期翻译到中国的。有趣的是,这个在欧洲大陆异常孤独的滑稽人物,竟然在遥远的远东找到了众多知音。① 其实翻遍各种版本的现代文学史,中国现代作家身上都多或少、或隐或显有着堂·吉诃德的情结,这一点我们显然无须避讳。最早称鲁迅"堂·克蓄德"的,是太阳社的战将钱杏邨等人。鲁迅告诉许广平:"至于'还要反抗',倒是真的,但我知道'所以反抗之故',与小鬼截然不同。你的反抗,是为了希望光明的到来罢?我想,一定是如此的。但我的反抗,却不过是与黑暗捣乱。"②他还表白:"我对他们也并没有什么仇。但因为他们是代表恶势力的缘故,所以我就做了堂·克蓄德,而他们却做了活的风车。"③面对心仪的女友,鲁氏幽默地把反抗比喻为"捣乱",说明他不相信反抗能改变社会现状,而他之所以存在就是要与黑暗捣乱到底。郭沫若也坦承,我"近来很起了一种反抗的意趣,我想中国现在最多的人物,怕就是蛮都军底手兵和假新诗的名士了"④。虽然他们反抗的对象都偏于抽象,缺乏具体所指,但还是一直乐此不疲。汪晖的博士论文对鲁迅的反抗精神进行了升格,称之为"反抗绝望",这一观点后来被现代文学研究界扩展为对中国所有作家人生价值的普遍观察。他有点夸张地称:"鲁迅的人生哲学与他的社会思想一样,从不同的方面把鲁迅引向了他所生存的世界。对于个体来说,这是一种不思未来的创造和反抗","这里只有一个并不完全'同一'的统一点:反抗——对社会生活,对个体生存"。⑤

在很多研究者看来,堂·吉诃德的反抗精神是与改革社会、重造新人的目标联系在一起的。首先,它是对个人判断能力的肯定,是对个性

---

① 在今天北大西门内的校园中,矗立着一尊西班牙作家塞万提斯的铜像。表面上看,是在"纪念"这位曾塑造了堂·吉诃德不朽形象的伟大作家,但深层次上却另有深意,因为它与"反抗"和"探索"所共同熔铸的北大精神实际有某种深切的关联。
② 《鲁迅全集》第11卷第79页,人民文学出版社,1991。
③ 郁达夫:《回忆鲁迅》,(上海)《宇宙风乙刊》,1939年3—8月。
④ 致友人陈建雷书,转引自龚济民、方仁念:《郭沫若传》第57页,北京十月文艺出版社,1988。
⑤ 汪晖:《反抗绝望——鲁迅及其文学世界》第111页,河北教育出版社,2000。

自由与独立的张扬;其次,它认为个人与社会的矛盾,是现实社会的主要矛盾,社会之所以不公正就在它否定了个人本身。为此,他们特别喜欢举成仿吾这个例子。1928年,成仿吾在左翼杂志《文化批判》的"祝词"中指出:"《文化批判》当在这一方面负起它的历史的任务。它将从事资本主义社会的合理的批判,它将描出近代帝国主义的行乐图,它将解答我们'干什么'的问题,指导我们从那里干起",并说"这是一种伟大的启蒙"。① 虽然对左翼作家的做派历来反感,萧乾1948年在《自由主义者的信念》一文中的观点却与他们有异曲同工之感。他说,自由主义也是"一种理想,一种抱负,信奉此理想抱负的,坐在沙发上和挺立在断头台上,信念得一般坚定"。而自由理念中最要紧的是,"政治自由与经济平等并重",迪俗地说,就是既要思想、政治的"自由",又要大家有饭吃,既要满足精神的自由欲望,又要解决生存问题,不能"舍二求一"。②

　　书生不懂政治,这恐怕是他们的一个通病。鲁迅与瞿秋白、冯雪峰、胡风等人过从甚密,还悄悄翻译起了马列文论。实际上,他的一举一动早在当局的监视之中,军统特务沈醉有一段时间专门负责此任务,他的观察哨就设在鲁迅家对面。鲁迅住在大陆新村,他已经不是普通的上海市民,一个普通作家,而不自觉地卷入到政治的漩涡之中。③ 这也使大陆解放后始终不把他看作一个普通作家而要对其做庄重的"历史重评",以致1990年代后留下他在"文学家"和"文化圣人"两种形象之间争议不断的根源。钱杏邨之所以给鲁迅戴上"堂·克蓄德"的帽子,恐怕也是敏感于性格深处这一隐秘的精神痕迹而做出的评论罢。

　　现代文学史上出现堂·吉诃德式的思想行为也是势所必然,明眼人可以观察到20世纪50年代后知识界中的这种人物基本绝迹。一个原因是,它是在从清末到民国社会转型的空档中出现的,共产党人和各

---

① 成仿吾:《祝词》,载《文化批判》创刊号,1928年1月。
② 见1948年1月8日《大公报》。
③ 参见沈美娟:《戴笠主宰我父亲的命运——沈醉女儿回忆(上)》,《环球人物》2010年第23期。

个民主党派的存在,日本人的频繁挑衅之分散精力,都使国民党当局一直未能构筑起自己严密的文化思想体系和规章制度。鲁迅不断变换笔名的斗争策略并不高明,相反,倒说明当时的检查制度漏洞百出。这就使得更多的堂·吉诃德主义者即使没有真正的写作自由,毕竟还能在一个狭小的生存空间中左右逢源。①

一　文化转向

说起鲁迅与当代社会的关系,还得对许广平母子的故事略作补叙。这是一个不可或缺的中间环节,是使鲁迅故事在社会上流传的基本保障。周海婴的一篇短文,有趣地将1930年代的鲁迅与1950年代的鲁迅这两个不同的故事连接了起来,他回忆道:

> 到了一九四八年秋,形势益发紧张,国民党的假民主面目已彻底暴露,母亲作为"鲁迅夫人"的社会地位已保障不了她的安全。……曾经有两次,便衣一敲开门就直冲我家三楼亭子间,来查看我的无线电设备。一到香港,使我们骤然有了轻松之感,毋须要时刻警惕什么了。……当天晚上,方方、潘梓年、连贯来探望……从谈话中我们才知道,此行并不是暂居香港,而是要等待机会北上。
> ……
> 我们一行抵达沈阳,被安排住在铁路宾馆。连贯、宦乡、翦伯赞这几位,已在安东(现丹东)与我们分手,转道去了大连。
> ……
> 由于沈阳的治安很好,领导上允许大家分批出去逛逛商店。警卫人员自然是要跟随着的,但不摆阵势,属于"微服"出访性质。有一回我跟郭老和马老、侯外庐几位先生去逛古玩店(文物商店这名称好像是后来才有的)。进入里边,似乎生意极其清淡,老掌

---

① 以鲁迅为例,1930年代国民党曾以"堕落文人"之罪名通缉过他,但短暂避难之后,鲁迅照样住在租界的家中,秘密与共产党友人瞿秋白、冯雪峰等往来。

柜坐在不旺的火炉边,一脸的寂寞和凄凉,店里也不见伙计,大概都辞退了。郭老的目标是青铜器,马叙伦先生却热衷于搜集"哥窑"之类古瓷。①

对上述文字的转抄颇有"文抄公"之嫌,有违历史著作简洁、明了的宗旨,不过,它却对了解鲁迅一家终于回到当代社会并成为其中一员的史实不无助益。而且这种插叙,也能避免历史故事缺乏情趣和人间味的局限,它使本章的叙述整个生动了起来,犹如鲁迅先生还活在当世一般。更重要的是,这样,我们方能对中国当代社会的起点和背景稍微地展开。

随着新政权的建立,以知识分子为对象的思想文化改造工程开始启动。1949年10月3日至19日,全国新华书店第一次出版工作会议在北京召开,除暂时保留少数私人书店外,将大多数书店收归国家所有;10月11日,华北地区高等教育委员会颁布《各大学、专科学校、文法学院各系课程暂行规定》,开始约束课堂教学的内容,也就是那种随心所欲自由表达自己见解的授课方式很难再在大学立足。为此,新任教育部长马叙伦在全国教育工作会议上阐述了新民主主义教育总方针;1950年7月11日,文化部发布电影新片领发上演执照、国产新片输出、国外影片输入、电影旧片清理等暂行办法,开启了电影的甄别和入境程序。这等于说,从前上海十里洋场那样随便输入西方影片,时髦影片与欧美同步的风气,不再受到鼓励;10月12日,教育部宣布接收私立辅仁大学;据新华社12月14日消息,商务印书馆、中华书局、开明书店、三联书店和联营书店5家私营和公私合营书店,联合组建中国图书发行公司;1951年1月8日,鲁迅纪念馆在上海成立;2月12日,根据教育部关于处理接受外国津贴的高等学校的精神,著名的教会大学燕京大学被接管,紧接着私立沪江大学、广州大学、国民大学、文化大学和广州法学院等多所私立大学,被接收或合并,②虽然这些大学曾为国

---

① 周海婴:《鲁迅与我七十年》第207—228页,南海出版社,2001。
② 参见新华月报编辑部编:《新中国五十年大事记》(上)第2—35页,人民出版社,1999。

家培养过大批杰出人才,那里自由治学的空气早已深入人心。教育乃立国之本,不同的教育体制将会孵化出不同的社会人才,它从教育理念、文化理想到人格精神都将对受教育者产生终生的影响。但这个历史将发生大变,这是人人都心知的事实。在新闻出版、电影、大学被改造、限制和调整接管的种种迹象中,我们已经预感到一个文化总"转轨"时代的到来。

随着许广平母子被接回内地,人们能隐约感到,鲁迅和鲁迅的所有作品已不再是他们的私有财产,尽管很多年后,周海婴虽是公家之人,但仍然把它视为私产而与出版社大打官司。这对母子的处事风格略有不同。许广平显然是女中豪杰,做事大气,目光辽远,她慷慨地把大部分的鲁迅书籍和遗物捐出,这就为在上海、北京和绍兴先后成立鲁迅纪念馆准备了丰富内容,而不至于让展厅空空如也。可能是出于与周扬等人争夺文艺权力的隐晦目的,鲁迅昔日学生胡风这时的举动却与许广平不同,让人诧异。他先上三十万言书争取毛泽东的支持,受到冷遇后心怀不满,而被他攻击的周扬等人反而地位愈加巩固。为表示自己的傲气,他故意在上海一再延宕,对在他看来地位声誉都偏低的《文艺报》主编等职务始终不肯赴任。眼看建国前为左翼事业奋斗的文艺界诸同仁一一在关键文化岗位上就任,胡风难免心生焦虑,不免又犯了当年鲁迅批评的"急躁"的错误。他与年轻朋友之间用"匿名信"的形式影射周扬等人,并四处找人,包括求见周恩来,希望对不利局面有所扭转。可惜的是,那些年轻朋友比胡风更缺乏城府。1950年10月6日,阿垅在致胡风、路翎的信中声称:"在纯防御中,在挨打主义中,是沉闷而苦痛的","但他们是无力的,不讲理可恼,但不讲理正是无力",在此情况下,"连一寸土地也放松不得"。胡风告知路翎:"有人谈到时,应表示正面的意见,甚至不妨以嬉笑的态度否定它,以试攻来,以试攻去。"张中晓致胡风书中称:"这书,也许在延安时有用,但,现在,我觉得是不行了。照现在的行情,它能屠杀生灵,怪不得帮闲们奉之若图腾。"这种游戏至此显然已经超出好玩性质,它正在把火烧大,并引向自身,然而书信往来者竟浑然不知。1952年2月,胡风再致绿原:"在

第三章　鲁迅的塑造

深入浅出的甘苦之言,并不片面。因为为了真理,这个'主动'就特别艰难","问题就是这么一个责任感,要不然不是可以心平气和地例行公事做太平犬么?"①不肯与人和睦相处,沿用旧时代的春秋笔法固然不能苟同,但言路不通,也是造成这一现象的一个原因。然需要补上一笔的是,他们中的有些人,如胡风、阿垅,都曾是在文化战线上与国民党浴血奋战的共产党人,是文人气十足而且散漫自由的职业作家,他们只知像堂·吉诃德那样勇猛地反抗,而不知道作为共产党员他必须"少数服从多数""个人服从组织"。这应该与他们没有受过解放区的训练有关。所以,当他们还像过去那样站在个性主义立场反抗主流文化的压迫并怀疑文化调整的历史合理性的时候,实际上已为后来的悲剧埋下了伏笔。

请允许我把笔再次转向许广平。从史家角度讲,如果在这里用许广平来衬托胡风,用扬胡抑许的笔墨记述历史史实,恐怕有有失公平之嫌。加以稍微区别则显然更有必要。一是许广平的鲁迅夫人身份,无论从哪个角度看都是正宗。二是她已有合适的社会地位安排,不像胡风的位置那样令他难堪。这就使两人的历史处境和现实感受大有不同,并决定了他们与新政权的关系和言论之差异。当然许广平的表现也略微夸张。在萧红记述中,她在与鲁迅的上海"携手十年"中,始终尽着一个忠实、明理和贤惠的家庭主妇职责,每天忙忙碌碌,帮助丈夫迎来送往,有时留客还亲自下厨。按照萧红个人观感,从早到晚,几乎到了团团转的程度。②从一个默默无闻的家庭主妇而为建国初年的妇女领袖之一,无论姿态、言论、口气都随之大变,这种角色转换真的挺大,所以有必要抄录她的许多文章如下,以就教于读者——自然也能供人做更纵深的研究:"由于对祖国和人民的热爱,由于对革命事业的无限忠诚,鲁迅在最后几年中不但没有放松自己的工作,反而怀着'赶着

---

① 李辉:《胡风集团冤案始末》第62—92页,人民日报出版社,1989。
② 萧红:《回忆鲁迅先生》,生活书店,1940。

做'的心情,做了许多事情。"①她说,"自从他学习了马克思主义的理论,相信了这个真理以后,就不但用它来'煮自己的肉',而且也执着地以之教育他周围的人,使真理之火从自己的身边燃起。当时,正是大革命失败之后,白色恐怖极其严重,但鲁迅一见马列主义是真理,就不但要自己学习,而且还要宣传,教育别人"。②她还指出,鲁迅之所以保存瞿秋白的文稿而不事先付印,"充分显示出他对党的尊重",因此,"充分觉得鲁迅服从党的精神,绝对相信党,肯定党领导的革命事业必然在不远的将来获得胜利!"她以为鲁迅的意义,就在于"一切交给党,听命于党,这就是非党的布尔什维克的鲁迅给后人留下的一个必须遵照的范例"。③假如勉为其难地做到"知人论世",我想这里面的原因是许广平已脱离上海时期的家居生活,而重新投身到时代的潮流之中的缘故。如果说,过去她是作为叙述对象被写进萧红的文章的,是一个被动者,是一个鲁迅晚年生活的影子,那么如今,由于身份转变,她是在"代表鲁迅",以鲁迅的人间代表出现在新社会的前台,就自然变成了像萧红一样"写文章"的人了。所以,我们要把许广平放在新的背景中来看待、评价、认识。我们能知道的事情是:1949年3月,许广平作为国统区妇女代表团团长参加中华全国妇女第一次代表大会,被选为妇联执行委员。10月,她被任命为政务院副秘书长。1950年代,她先后任全国政协常委、中国妇联副主席、中国文联委员、中国民主促进会副主席。1960年加入中国共产党。许广平对自己的晚年道路及选择在不同场合有过解释,认为这是因为受了"革命者为了人民的利益贡献一切,连自己的生命在内"的英勇行为很深感染的缘故,"不然怎么叫作革命!"④还因为自己和鲁迅一样,"看到伟大的中国人民,还有中国共产

---

① 许广平:《鲁迅的日常生活》,1956年10月4日《文汇报》。
② 许广平:《我又一次当学生》,引自《十年携手共艰危——许广平忆鲁迅》第200页,河北教育出版社,2001。
③ 许广平:《瞿秋白与鲁迅》,引自《十年携手共艰危》第222、219页,河北教育出版社,2001。
④ 同上。

第三章　鲁迅的塑造

党的真诚为国,眼界大了,希望也大了"。① 如果做文章都有自己的角度,许广平做文章是因身份的转变而发生角度的变化的话,她自然就与胡风的牢骚满腹有了本质的区别。她后来当众指责胡风,当然有失厚道,也曾被人诟病,但我们是否可以做一个假设,如果换上胡风又该怎么样,他一开始不也曾经上书么?也曾"时间开始了"么?因此,以叙述对象最后的历史遭遇来设定重评标准,这种历史评论实在不能服人。

对胡风和许广平来说,以知识者思想改造为主轴的新文化调整,是他们完全陌生的,也是做梦都不曾想到的。这种改造曾在延安时期实验过,胡、许都没有机会接受训练,它的预期目的是要求较高层次的精英文学迎合低层次的工农兵文学,最终结果已经是大家熟悉的事情。对《武训传》的批判是毛泽东1949年后在文化思想上指挥的第一场大战役,以指挥者的旗开得胜而告终。毛在1951年10月23日召开的全国政协一届三次会议的开幕词中,提到自己发起的知识者自我教育和自我改造的运动有了可喜的进展:"思想斗争改造,首先是各种知识分子的思想改造,是我国在各方面彻底实现民主改革和逐步实行工业化的重要条件之一。因此,我们预祝这个自我教育和自我改造运动能够在稳步前进中获得更大的成就。"所以,与后来很多被改造者相比,胡风也不应该自叹命苦。最近几年,有些"现代民族国家"合理论者企图对其动机加以辩护,但这种辩护实在无力,因为在以下的史实面前它不免苍白。我们不过稍举几个例子。人们在图书馆发黄破旧的报章中看到,当时众多文学艺术家和学者纷纷在《人民日报》上撰文检讨否定自己,从开始的吞吞吐吐发展到淋漓尽致,各有千秋。例如朱光潜的《最近学习中几点检讨》、游国恩的《我在解放前走的是怎样一条道路》、梁思成的《我为谁服务了二十余年》、罗常培的《我究竟站在什么立场为谁服务》、蔡楚生的《改造思想,为贯彻毛主席文艺路线而奋斗》,等等。文字表面都诚诚恳恳,好像发自内心。不过,有些材料实在显得悲观:"1951年11月11日他在《光明日报》发表检讨式的长文《我的学习》,

---

① 许广平:《回忆鲁迅在广州的时候》,《鲁迅回忆录》第1卷,上海文艺出版社,1979。

其中谈到1949年的困顿:'北京城是和平解放的,对历史对新中国都极重要,我却在自己作成的思想战争中病倒下来。'沈从文不自觉地使用了当时流行的'思想战争'这几个字,恰好表达了情感枯竭、崩溃的真实状态。"①

以上所述,似乎暗示了鲁迅在当代中国的文化命运。作为"鲁迅精神遗产"继承者的许广平、胡风安能超然物外?他们的不同反应或许正是强烈刺激的结果。他们应懂得,鲁迅的文学创作已经脱离了产生它们的现代文学的环境,它在今天文化中只是被"利用"而已。他们渐渐能看得明白,在政治权威眼里,鲁迅也许是一个"被团结"对象。要想对文化思想界开展思想改造,必须自对鲁迅精神世界和文学世界的改造始。因为作为五四新文化运动先驱者阵营中唯一"幸存者"的鲁迅,②所代表的是五四以后中国现代文学这笔丰富的遗产,鲁迅恰恰又是大多数现代作家的偶像和精神寄托,他的思想节操和文章风骨仍对后者的创作发挥着潜移默化的作用。因此,在对鲁迅精神的宣传和赞扬中,就必然包含有"利用"的成分,包含有对鲁迅思想的改造,目的在于使鲁迅精神对社会主义文化有利,对改造深受鲁迅影响的大多数现代作家的思想有利。这一改造工作,在解放初期的鲁迅研究中已有反应。在《鲁迅论俄罗斯文学·序言》中,冯雪峰有意淡化尼采超人哲学对鲁迅早期思想的影响,他指出:"对于人民力量的探索者的鲁迅,尼采的超人哲学,虽然有过影响,但终于成为在鲁迅那里不算重要,不能生根,而不久就被鲁迅自己看轻,后来是由他自己完全清算了。尼采和鲁迅发生了一度的姻缘,仅仅由于如下的原因:尼采的那种主观的和悲观主义的号叫,以及那种诡辩式的警辟的表现方式,曾经和拜伦与叔本华的厌世主义一同投合着青年鲁迅的某种孤傲的、反庸俗主义的情绪,主要的是当时的鲁迅很中意尼采对于资产阶级的平庸性的那种猛

---

① 陈徒手:《午门城下的沈从文》,引自《人有病,天知否》第13页,人民文学出版社,2000。

② 五四新文化运动的思想先驱者如陈独秀、胡适、周作人、刘半农、钱玄同等,解放后都曾受冷落或否定,唯有鲁迅是个例外,从这个意义上说,他是他们中唯一的"幸存者"。

烈的攻击,却没有足够的能力去发现掩盖在那种攻击之下的尼采自己的庸俗性。"①陈涌认为,鲁迅早期思想的局限性在于,他"当时还没有接触到马克思主义,他心目中的'十九世纪大潮'还只是尼采、叔本华、易卜生这些人的思想,他对于资本主义根本矛盾的所在,对于中国应该选择怎样的道路,他暂时还是无法知道,或者不很了然的"②。在这里,是否真正接受马克思主义成为评价鲁迅意义的重要标准。基于这一标准,鲁迅思想世界中的个性主义理路受到研究者的质疑和挑剔,而另一条革命人道主义和文学阶级性的思想理路,则被放大为他必然性的思想道路:"就这样,革命的人道主义,破天荒地在古老中国大地上奔涌出来了","对鲁迅或人民革命派说来,不管在逻辑性的主观认识上如何,却是诞生在无产者这一边,满怀着劳动人民的火热的渴求,带着初生的集体主义的精神冲上前线的"。③ 值得考量的是,"重评"鲁迅的不少是他的学生和追随者,这就意味着对鲁迅思想和文学创作的整理,隐含着对自己价值标尺的整理,实际也涉及与鲁迅历史关系的整理。整理带有重新备案的意思,这样鲁迅和评论者原来思想中重要的东西开始下降,而一些过去认为不重要的东西则在增容、放大、扩充,因为新历史档案需要整理和规训。

二 "毛选"与《鲁迅全集》

至1970年代末,在地域辽阔的中国大陆能反复发表和重印著作的只剩下两位作者,毛泽东和鲁迅。北京朝内大街的人民出版社和人民文学出版社则是他们的两家签约单位。左翼人士虽然反对用"百花凋零"来形容中国出版业,但他们确实也无力用别的华丽辞章来掩饰。毛泽东的个人趣味厚古薄今,而写文章却厚今薄古。现代文人中他独

---

① 参见冯雪峰为罗果夫编《鲁迅论俄罗斯文学》一书所写的"序言",北京时代出版社,1949。
② 陈涌:《一个伟大的知识分子的道路》,《人民文学》第3卷第1期,1950年11月1日。
③ 胡风:《不死的青春》,收入《为了明天》,作家书屋,1950。

对鲁迅有好感,晚年双眼失明后,老人家仍然经常让人给他吟读鲁迅著作的某些片断,说明他们之间确有精神相通之处。而毛个人的偏爱,却确保了鲁迅著作出版在建国后的畅通无阻,以及他一生的荣誉,这一现象的确值得掂量。

各种版本和修订版的《毛泽东选集》,无疑是解放后发行量最大的出版物,笔者电话询问过有关人士,答曰据说累计在三四亿册左右。这个数字可能倾向于保守。我想那个特殊时期的中国大概都人手一册,有的家庭可能还藏有四五卷之多。那些各种品种、大小不一的红宝书,也许还未计算在内。文人著作中,发行量最大的出版物首推《鲁迅全集》。据不完全统计,仅1981年至今先后5次印刷,有3万套之多。此数字还不包括1951年后出版的各种鲁迅著作版本。① 在用纸质量、编校质量、社会影响和传播等方面,现代作家与政治领袖的个人著作享有同等的待遇和盛誉,这一现象,可列为中国现代出版史的奇观。

在1930年代末,鲁迅著译从编辑到出版的过程确实不易。家属、友人和学生悉数投入,他们并不理会鲁迅在《死》一文中"赶快收殓,埋掉,拉倒"和"不要做任何关于纪念的事情"的请求,反而四处筹措资金,拼命加快著作收集、整理和出版的步伐,好像是担心被人夺去首发权。不过,其中一些老故事插曲也生动盎然。周海婴回忆:

> 编校场所设在客堂和亭子间两处。亭子间本来不宽敞,坐在里面的人却不少,我记得有林珏和他的夫人周玉兰,以及吴观周、蒯斯曛等几位,以至桌椅相接,空间很小,凡有人进出,都得相互起坐相让,为此还闹出了不愉快。这事起因于吴观周先生开了个玩笑。因大家都面对面贴近而坐,吴先生便幽了一默,说:"我这个观周的周,就是观看周玉兰小姐。"不想这话传到林珏先生那里,竟认真起来,大概以为这是在吃他老婆"豆腐",于是兴师问罪,闹了起来。幸亏蒯斯曛先生(我记得还有唐)等几位出面劝解,又将

---

① 据笔者2001年5月23日对垄断出版和发行这两种著作的人民出版社、人民文学出版社发行部门所作的电话采访确认,发行量为以上数字。

第三章　鲁迅的塑造

座位做了调整,此事才得平息。

全集的日常编校相当忙碌。校对按流水作业,初校二校大家做,未校定稿由王任叔和母亲等人负责。印刷厂打出校样,印在一种薄质纸上,半透光,背面粗糙不能印刷的。校对错字用红墨水,也有用毛笔、沾水笔的。改正后速送印刷厂修改。在校对过程中,有时会遇到具体问题,比如文章有些用字,父亲有他的习惯和历史因素,而校对的朋友也有他的习惯用法,往往按自己的理解改"正",这样,末校的负责人就比较辛苦,若不对照原稿,只顾一路顺畅地看下去,比错别字更难发现。这些校对过的旧纸,最终的贡献是置于厕所当手纸了。

……

《鲁迅全集》很快就出版了。分为木箱精装纪念本和没有木箱的精装本;再有一种,是红色布封面装帧,这是普及本,便于低薪阶层购买。因为收集了父亲的翻译作品,全集共有二十卷,堪称洋洋大观。鲁迅生前未曾出版过他的全集。1938年母亲将鲁迅的全部文稿(包括译文)编成《鲁迅全集》。这就是大家通常说的一九三八年版。①

出版条件确是局促,工作环境类似街道作坊。不过,也应注意因官方阻挠破坏和书商的投机取巧,鱼目混珠,1938年出版的《鲁迅全集》很不完善,而且遗漏甚多,错讹百出。以几位热心之士和许广平寡母幼子的微薄力量,自然是孤掌难鸣。这种惨淡经营的局面,直到新中国成立后才有改观,这与冯雪峰的大声呼吁与积极奔走不无关系。1950年10月7日,为确定鲁迅在中国现代文化史上的地位,中央人民政府出版总署作出部署,决定以政府行为组织这一浩大工程:由出版总署代表鲁迅家属向各私营书店收回鲁迅著作版权,建立鲁迅著作编刊社,任命冯雪峰为社长兼总编辑,主持编辑、注释、校订工作。冯接任后,迅速选调了林辰、孙用、王士菁、杨霁云等专家组成工作班子,不久,该班子又

---

① 　周海婴:《鲁迅与我七十年》第124、125、126页,南海出版社,2001。

因他调任人民文学出版社社长兼总编辑迁往北京,成为出版社的"鲁迅著作编辑室"(简称"鲁编室")。有人指出,该班子在短短几年里就做了大量工作:"一、鲁迅的全部创作(包括书信、日记)都根据手稿,第一次所载报刊,各版单行本作了校勘;二、以普通初中毕业生能大致看懂为标准,对全部创作和书信作了注释;三、搜集和征集到大量鲁迅的佚文和新发现的书信,计佚文 106 篇,书信 301 封;四、初步整理了鲁迅辑录校勘的古籍和译著;五、搜集了部分鲁迅传记材料;六、对鲁迅日记中牵涉到的全部人物作了初步调查;七、编写了简单的鲁迅年谱;八、编了鲁迅文学词汇的索引草稿"等等。① 因政府积极牵头、资金充足、人员齐备,出版工作取得了令人惊叹的进展。1951 年影印出版了 24 本《鲁迅日记》(1959 年又排印出版过一次),1956 年 5 月至 1958 年 10 月出齐 10 卷《鲁迅全集》注释本,1956 年 9 月至 1959 年 8 月出齐 24 种鲁迅著作单行本(注释同全集本),1958 年 4 月至 9 月 10 卷《鲁迅译文集》相继问世,同时还出版了一些回忆鲁迅的著作。正如冯雪峰为编辑部写的"出版说明"中所说:"这次出版的《鲁迅全集》是一种新的版本。它同 1938 年由鲁迅先生纪念委员会编辑和鲁迅全集出版社出版的全集的最大不同,是这个新版本专收鲁迅的创作、评论和文学史著作等","此外,本版新收入现在已经搜集到的全部书信"(据说书信当时已搜集到 1165 封,但经过整理和注释后刊行的仅为 334 封),而且全部作品"都经过了一番校勘,凡在过去各版中印错的字或标点为我们所已经发现的,都已经加以改正"。历经十余年的风雨沧桑,解放后新版《鲁迅全集》的最大变化是:它变知识分子群体的操作而为政府的操作,鲁迅思想的独立性开始受到相关机构的审视、诠释,进入到政府所掌控的出版发行渠道。这一变化,集中体现为"注释"对全集思想倾向和价值所作的"重新"解释,"它们是在占有大量资料的基础上,用历史唯物主义观点,对鲁迅的思想、作品的时代背景、重要人物、重大的思想斗争、文化斗争等等作了介绍和评价,对作品中引用的典籍、出现的疑

---

① 陈早春、万家骥:《冯雪峰评传》第 457、458 页,重庆出版社,1993。

难词句也都作了解释"。①

　　这种整合工作,与《毛泽东选集》的出版程序颇为相似。为统一全党思想,1946 年刘少奇在中共七大上大胆提出以毛泽东思想作为全党的指导思想。1951 年 10 月 12 日,《毛泽东选集》第一卷由人民出版社出版,之后,刘少奇亲任中共中央毛泽东著作编辑委员会主任。正像《鲁迅全集》出版的曲折经历一样,《毛泽东选集》的问世也有一个相当艰难复杂的过程。据毛选第一卷的《本书出版的说明》,解放前"各地方"曾有几种版本的《毛泽东选集》仓促印刷,因未"经过著者审查","体例颇为杂乱,文字亦有错讹",而"这部选集,是按照中国共产党成立后所经历的各个历史时期并且按照著作年月次序而编辑的";又据《第二版出版说明》,它还经过了一个"修订"与"注释"的过程:"这次修订,对有些文章误署的写作时间或发表时间,对正文中的某些史实以及少量错字、漏字等,作了校正","对有些题解,作了少量史实和提法方面的修正"。另外,"《毛泽东选集》第一至四卷的修订工作,主要是校订注释","注释校订工作是根据毛泽东同志的意见,从一九六二年起着手进行的,后因'文化大革命'而中断",到"文革"后才恢复工作。② 因此,它呈现的不仅是毛泽东作为政治家完整的思想发展和个人奋斗历程,也囊括了中国共产党由不自觉到自觉的一部奋斗史,和由在野党变为执政党的发展史。显然,除了毛泽东个人的爱好、激赏与推崇外,《鲁迅全集》之所以与《毛选》同样著名,其深层的历史文化原因是:一、从反传统、反中心、反权威到反对政府的正统统治,坚持文化立场的边缘地位和批判主流意识形态的激烈彻底,以及把这种批判与个人的思想追求以及广大人民群众的切身利益密切结合,与现代民族国家的目标相结合,是鲁迅与毛泽东共同的现实处境和思想出发点;二、由非正统的、叛逆的思想,最终发展与确立为社会的正统思想,成为中华民族一个时期思想、行为、伦理的规范和楷模,又是两人极其相似的

---

① 陈早春、万家骥:《冯雪峰评传》第 457、458 页,重庆出版社,1993。
② 《毛泽东选集》第 1 卷第 1—4 页,人民出版社,1991。

文化命运。在这个意义上,整理、修订与注释与其说是两位作者对中国社会的解读,不如说是现代中国对他们的解读。现代中国按照自己的现实功利和愿望重新塑造了两位特殊作者的形象。

历史上,在特殊时空中突然在一两位作者身上加重出版容量,使之在社会上迅速广泛传播,这种现象大都与振兴出版事业无关,它要树立文化思想样板的用意却暴露无遗。毛泽东给予了鲁迅至高无上的评价:"鲁迅在中国的价值,据我看要算是中国的第一等圣人。孔夫子是封建社会的圣人,鲁迅则是现代中国的圣人。"①与此同时,"毛泽东对人的评价一向很有保留和分寸,在他的一生中,得到他热烈评价的恐怕只有鲁迅一人"②。这说明他具有总揽全局之宏大纵深眼光。从中国近代史的角度看,这是完全合理与符合历史本身的逻辑的。晚清以降,中国社会陷入了全面危机,一方面是社会体制即王权统治的危机,但更为尖锐的,则是思想信仰的危机,或说"圣人"缺席的危机。北伐前后,孙中山暂时成为中国革命的精神领袖和监护人,但他的死最终导致了国、共两党的彻底分裂。在很长一段历史时期内,处于弱势的中国共产党及其军队在胡适等主流派知识分子集团眼里,始终是被当作影响社会发展的不稳定因素看待的。胡适明确指出,"现在统一的最大障碍是在各地割据的局面之上绝没有一个代表全国或全省人民的机关",虽然他不赞成蒋介石武力统一的手段,却支持他"制裁割据军阀的势力"。③ 抗战后,他还致信毛泽东放下武器参加国民合法政府。毛泽东后来把胡适列为"战犯",1954 年又发起"批判胡适资产阶级思想运动"。对势单力薄的中共,鲁迅则抱以同情和偏袒的态度。他冒着危险掩护中共领导人瞿秋白、陈赓等人,闻知红军胜利抵达陕北,又致电支持这支已经所剩不多的疲惫之师:"英勇的红军将领和士兵们,你们的勇敢的斗争,你们的伟大胜利,是中华民族解放史上最光荣的一

---

① 毛泽东:《论鲁迅》,1981 年 9 月 22 日《人民日报》。
② 李书磊:《1942:走向民间》第 137 页,山东教育出版社,1998。
③ 胡适:《统一的路》,《独立评论》第 28 号。

页。"①鲁迅一生都讨厌政治,但他坚定地同情少数的叛逆者。他不一定真正理解中国共产党人,然而国民党政府却把他视为持不同政见者。或许正是鲁迅的这一态度,让毛泽东始终铭记在心。

正如胡适在台湾被当做圣人一样,鲁迅在大陆的圣人地位也无人望其项背。他们的存在,可能弥补了中国晚清后圣人之席的空缺,尽管两人的形象在两岸都存有争议。鲁迅著作冷战时期在台湾被列为禁书,解除戒严后一度在书店中露面,但很快又渺无踪迹。没听说过台湾有什么鲁迅研究专家,更遑论有鲁研界的说法,而大陆有鲁迅博物馆等常设机构,还有《鲁迅研究月刊》等学术杂志,与之恰成异趣。位于台北南港的"中央研究院"内的胡适纪念馆,和公园里的胡适墓,是游人经常光顾的景点,犹如位于北京的鲁迅博物馆。胡适在大陆长期被禁,1980年代他的著作和对他的研究逐渐开放,在一些对鲁迅不抱好感的人士中一度似乎还涌动着"扬胡抑鲁"的潮流,但从未获得鲁迅研究人士的认可。笔者光顾过台北的众多书店,发现鲜有大批胡适著作在那里陈列、堆积,而鲁迅著作仍然在北京西单图书大厦、中关村图书大厦的文学区域中占有相当的位置,虽然已今不如昔。这大概是图书公司和读者对鲁迅先生的一抹历史想象。

三 "故居""纪念馆"中的鲁迅

更令鲁迅亲朋好友没想到的,是建国后诸多"纪念馆"在全国各地的竞相兴建,鲁家"故居"扩充了几十倍之多,这些建筑还为政府部门所管辖。众所周知,以鲁迅的敏感辛辣性格,他对各种体制从未有过好感,如北京时期对大学绅士阶级的厌恶,上海时期对左联未来形态的警觉,都可以看作他自视为与当局不和的民间人士的心态。所以,在他死后兴起这么多建筑,对传主本人大概是一个讽刺。

而许广平正是这一轮故事的启动者之一。1949 年 10 月 1 日,新

---

① 1936 年 10 月 28 日《红色中华》(陕北)。

中国刚刚成立,许广平将北京阜成门西三条21号的鲁迅故居按照生前原样布置,于10月19日鲁迅13周年忌辰当天向外开放。许先生的最初意思,是想丈夫遗物交给国家,优于个人的保存条件,不过她很快发现,如果还像操办家事那样张罗鲁迅的事情,显然已不可能。这里就有一个潜台词。鲁迅已不是周家的文物,而成为国家的文物。两年前的6月,朱安病故不久,当时还是北京地下党工作者的王冶秋通过北平高等法院,将故居查封,实施了保护。① 有意思的是,居然就是这位王先生就任国家文物局局长,分管鲁迅是其职责范围。故居对外开放当天,连《人民日报》记者都到了现场。据当日《今日鲁迅忌辰——北大等校将举行纪念晚会——先生故居定今开放》的一条消息称:"今日是革命文豪鲁迅先生逝世十三周年纪念日,华北高教会文物处在北京图书馆布置了一个纪念鲁迅先生的展览会……同时许广平并将鲁迅先生故居(阜成门内宫门口内西三条二十一号)依照鲁迅先生生前之居住情形加以布置。"看到这种阵势,许广平明白丈夫的事情已经超出了家事的范畴,但她表现得十分豁然,还特地援引一位苏联学者的话说:"人民解放军的力量,不但解放了中国的土地和人民,连死了的鲁迅也被解放了","所以现在充分研究鲁迅、批评鲁迅、介绍鲁迅,都应该由中国人民起来广泛从事。因为这工作是属于大众的,不单是那一部分人的事,更不是我们少数几个人可以做得了的",她希望"依照毛主席的指示,以'实事求是'的精神,把这位文化革命巨人,更完整,更真确的介绍给读者"。② 这就不需要许先生操心了。事实上,即使许先生不说出来,连普通读者也能看懂:1920年代至1930年代的鲁迅的故事已经结束,1950年代的另一个鲁迅故事正在开始。但它们之间绝不是相互断裂的关系,而是一种相互接轨的关系。这就是,将鲁迅的个性主义与正在

---

① 此人解放后长期任文化部文物局局长,直接领导全国各地鲁迅故居及纪念馆的兴建和管理工作。相反,他却对另一个著名的现代文人沈从文,抱着极其冷漠和鄙视的态度。参见陈徒手《午门城下的沈从文》这篇文章,引自《人有病,天知否》一书,人民文学出版社,2000。

② 许广平:《胡今虚〈鲁迅作品及其他〉读后感》,上海泥土出版社,1950。

发展的革命话语勾通,将他(及同类知识分子)的精英意识与已成工农兵主流的文化沟通。通过鲁迅故居这个特殊符号,人们原来记忆中的那个鲁迅被注入了社会主义文化的丰富内涵。

一年后,中华人民共和国文化部文物局正式接管了鲁迅故居。当年2月,文物局派人对许广平捐献的鲁迅遗物进行了清点,在保持原貌基础上对故居彻底修缮,9月初竣工。2001年5月28日,我冒着炎炎烈日,在鲁迅博物馆书店查到了该馆1996年内部印行、现在外面已很难见到的《北京鲁迅博物馆四十周年》这本图册。这本图册,在我们面前展现了"鲁博"建馆的"历史"踪迹:1954年初,文化部决定在鲁迅故居东侧筹建鲁迅纪念馆(后更名鲁迅博物馆);1955年11月20日,文化部召开会议,审定批准了第13次设计方案,会议由沈雁冰主持,郭沫若、周扬、夏衍、冯雪峰、许广平和林默涵到场;1955年12月,北京第五建筑公司承接建筑任务;1956年10月18日,纪念馆"预展",参观者甚众,其中有郭沫若、沈钧儒、吴玉章、沈雁冰、胡乔木、周扬及日本友人内山完造等;到1980年代,它有了更踊跃的表现。国家领导人叶剑英为该馆题词;该馆还被确定为"北京青少年思想教育基地",成为对广大青少年进行政治思想教育的一个重要窗口。1994年底,博物馆新建成了一座具有浓厚民族风格的新陈列厅。新陈列厅集主展厅、专题厅、文物库房和服务用房为一体,建筑面积达3390平方米,成为一座具有先进的防水、防火、防盗和恒温等设施的现代建筑。①

请允许我暂停北京的叙述,把笔墨转向远在南方的上海。在中国文学版图中,北京与上海原本就是姊妹城市,现代文学在北京发源,继而在上海续写新篇并呈现出丰富局面,关于鲁迅的故事也在两座城市

---

① 与这座豪华的现代民族建筑相比,"真实"的鲁迅故居则显得寒碜、窄促。据蔡升曾、郑智编《鲁迅知识入门》,故居只"是个普通的小四合院,南北房各3间;东西房各2间,通过小院西北端的一条小夹道,可到北房后面的小花园。北房东侧一间是鲁迅母亲鲁瑞的卧房;西侧一间住着鲁迅的原配夫人朱安女士;中间堂屋后面接出了一间灰棚,人称'老虎尾巴',鲁迅自称'绿林书屋',是鲁迅的卧室兼工作室。在这仅有8.4平方米的斗室里,鲁迅写下了《野草》《华盖集》《华盖集续编》《彷徨》的大部分及《坟》《朝花夕拾》中的大部分文章"(文化艺术出版社,1996)。

之间进行着紧张的接力。就在北京鲁迅纪念馆翻修之时,上海鲁迅纪念馆也破土动工。它位于鲁迅故居左侧,标明街道号码为大陆新村10号。与北京馆相比,它的建筑起点或许更高。1956年在虹口公园内建成具有绍兴民俗风格的新馆,馆额由周恩来题写,题匾人的身份明显已超过北京。而且与北京狭窄的故居不同,鲁迅的上海故居本来就是一幢砖木结构的3层楼房。鲁迅和许广平1933年迁入大陆新村之前,曾先后在闸北横滨路景云里23号、18号和17号,四川北路2093号北川公寓等处辗转移居。大概是经济情况日益雄厚,大陆新村更适宜著名作家的身份。在外表上,鲁迅故居是按原貌布置的,处处都流露出舒适惬意的气息。会客厅里摆放着当年的书橱、手摇留声机、海婴的小书柜、小桌椅。穿过会客厅的花玻璃门是餐室。餐室正中放着八仙桌,周围是4只雕花草圆坐椅及双层碗柜、衣帽架。二楼是鲁迅的卧室兼工作室。东墙边是黑漆铁床,床的南侧是书柜、藤椅。西墙边放着梳妆台、茶几、藤椅、大衣柜等物品。南窗下,是陪伴了鲁迅十个春秋的书桌,上面放着纸、墨、烟缸等——虽然一切都充满了浓厚的生活、书卷气息,但它却有意突出斗争的主题,"纪念馆的鲁迅生平事迹展览,重点是反映鲁迅在上海光辉的十年"。与原居略有不同的是故居陈列的照片和宣传性质的介绍文字,它昭示参观者:"鲁迅非常热爱劳动人民,认为自己是劳动人民队伍中的一人,所以鲁迅的一生,都是为人民的解放事业而奋斗。"[①]照片的拼接方式,也在巧妙地展示主人波澜壮阔的战斗的一生。但令人不安的是,坐落在上海虹口公园中的鲁迅墓,却向着大尺度的规格"攀升"。据记载,鲁迅的生活衣着原本是朴素简陋的,他死后也是如此。1936年10月22日,鲁迅葬于上海西郊万国公墓。当时的墓地很显局促,只是一个土堆,后面立了一块高71.2厘米、顶宽31.5厘米、底宽58厘米的梯形水泥墓碑,碑的上端是普通镶瓷烧制的鲁迅遗像。1949年9月后,经进步人士及鲁迅生前友好资助改建的鲁迅墓有了明显改观。改建后的墓地,占地64平方米,全部用苏州

---

① 许广平:《纪念鲁迅》,1956年10月19日《劳动报》。

金山花岗岩建造。迎面是供瞻仰者插花的四个石花瓶,中间稍后是墓椁,已显巍峨之态。1956年,国务院又作出鲁迅墓迁建于虹口公园的决定。现在的鲁迅墓,已经旧貌换新颜,发生本质的巨变。它占地1600平方米,只见周围青松环绕,翠竹掩映,花岗石的墓台上矗立着巨大的墓碑,上面镌刻着毛泽东亲自题写的"鲁迅先生之墓"6个大字。墓前还赫然立有鲁迅坐姿铜像。新中国成立后周作人对上海鲁迅墓的议论,至少可以作为另外一种角度来看待。他曾讽刺说:"死后随人摆布,说是纪念其实有些实是戏弄,我从照片看见上海的坟头所设塑像,那实在可以算作最大的侮弄,高坐在椅上的人岂非即是头戴纸冠之形象乎?即使陈西滢辈画这样的一张相,作为讽刺,也很适当了。"[①]当年知堂老人力挫陈西滢君的余墨,又偶露利锋。

说完上海,笔者禁不住要去被上海人说成"乡下"的浙江绍兴游历一番。与鲁迅在北京、上海的光彩形象相比,绍兴时期的鲁迅生活遗迹较为暗淡。但是,作为进军北京上海的前哨站,绍兴却不能不说。鲁迅对家乡的感情冷淡,人所尽知,虽说他的小说大多取材于此,而且他据此演绎的各种人生故事,曾给中国几代读者长久的心灵激动和深刻的感染。当地政府对此却不介意,他们非常热情地迎回了这位名满天下荣归故里的子弟。1953年,他们在鲁迅故居大兴土木,建起了占地1300平方米、中西合璧的新建筑,使这座晚清时渐趋衰落、破败的官绅庭院突然重放光彩。大厅门口的"绍兴鲁迅纪念馆"几个大字,为鲁迅生前宿敌郭沫若所题。此时郭沫若已是国家领导人,这就使题写人与故居主人相映生辉。走进鲁迅故居石库门,穿平房,过走廊,就可以看到一幢坐北朝南的中式二层楼房,楼下东面一间是鲁迅诞生的地方;西侧一间曾是鲁迅卧室。后面一进两间的楼房,东首前半间是会客、吃饭的地方;后半间是鲁迅母亲鲁瑞的卧室。西首是祖母蒋氏的卧室。出故居后门是百草园,其实它不为鲁迅一家独有,而是新台门周氏家族所共有的菜园,被政府征用。三味书屋原是清末绍兴城里一间以教学严

[①] 《致曹聚仁信》,黄开发编《知堂书信》第297页,华夏出版社,1994。

厉著称的私塾,鲁迅12至17岁时曾在此师从寿镜吾先生读书。我们细加品味,经历家庭变故后"出当铺""入药店"的奇耻羞辱,以及分家时本族长辈的欺负,使鲁迅对故乡产生了一生都无法愈合的冷漠感,而且他当年是揣着"八元川资"含着屈辱眼泪离开这座小城的。但这里毕竟是他的生养之地,在他少有的关于故乡的散文中,人们又能感受其中焕发出的异常新鲜和温馨的诗意。鲁迅的《从百草园到三味书屋》充满了抒情,他写道:"我家的后面有一个很大的园,相传叫作百草园。……其中似乎确凿只有一些野草;但那时却是我的乐园。""不必说碧绿的菜畦,光滑的石井栏,高大的皂荚树,紫红的桑椹;也不必说鸣蝉在树叶里长吟,肥胖的黄蜂伏在菜花上,……单是周围的短短的泥墙根一带,就有无限趣味。"[1]放眼眺望陈旧的园子,当年小鲁迅与兄妹们的嬉戏如在眼前,这些抒情文字难表那些动人情景之万一。正是在这个意义上,在所有鲁迅纪念馆和博物馆中,大概只有这座建筑是最具人情味和促人联想的罢。不可否认,50年前,当地政府兴建它除了不必隐讳的政治目的外,也不排除借这位伟大的同乡之光振兴乡邦、提升人脉的含义。在今天,鲁迅纪念馆又产生了一种令人不安的商业利润,它已成为水乡绍兴旅游事业中的繁闹"一景"。在一派严肃的气氛中,与其说它具有人们所希望的教育功能,毋宁说刺激起的是游客们的好奇心理……沧桑巨变,人物皆非——鲁迅,和他的纪念馆也未能逃过这市场经济之劫——不知读者读到这里,会不会也随笔者一起感慨系之?

鲁迅故居、纪念馆筹建之风,至1960年代初走向低迷。一是歌功颂德之风已被稳固地培养成全社会普遍的习俗,"圣人""神坛"早在广大人民群众的心目中树立,再做已经有画蛇添足之嫌——实际也不必要;其次,阶级斗争之弓越拉越紧,造成社会生活的紧张化且出现了恐惧心理。各地的博物馆、文化纪念馆、遗址等,正是"千万不要忘记阶级斗争"者必欲除去的对象。这显然不是大造所谓"故居""纪念馆"的时代环境。不过,正在建设之中的场馆,也不可能全部停工。位于广州

---

[1] 《莽原》半月刊第1卷第19期,1926年10月。

市延安二路大钟楼内的鲁迅纪念馆,大概是这一背景下的特殊产物。

历史文献显示,大钟楼原为中山大学校本部的办公楼。1924年初,在中国社会形势风起云涌之际,它被国民党借来做"一大"会址,处在蜜月期的国共两党的多位重要人士经常在这里开会、集会和从事政治活动,此楼因而闻名于世。众所周知,钟表是普通老百姓生活中的必需品,每天起居和工作无不依靠它来提醒。但从更广阔的历史生活来看,它又隐含着某一重要时刻,往往标明社会现状的重大变化。从这座大钟楼的地形外貌看,它显然具有后一种含义。只见正门乃拱形圆柱廊,廊上有平台,廊下是门厅。楼的前半部是二层;后半部为一层,其平面则酷似山的形状。楼顶四面均装置了时钟。在历史大视野中纵观中国社会急剧动荡和漫长的转型期,这种构造的确充满了象征意味。因为国共两党都是以时间性、行动性而著称的现代政党,正是在这里,他们之间开始携手完成了革命统一大业,也开始埋下第一次决裂的种子。

三年后,鲁迅被聘到中山大学。这位现代著名文人,没有想到大钟楼竟会与他后半生发生连续不断的纠结。钟楼二层东侧原是校长、秘书的办公室,西侧是会议室和教务主任兼中文系教授鲁迅的工作间和卧室。几个月后,就在这座楼上,鲁迅在国共两党的合作与分裂之地完成了他前后期的思想转型。照权威思想的逻辑推理,他正是在大钟楼上遗弃了国民党的政治信仰而转向同情共产党的政治主张的。大钟楼,没有理由不成为鲁迅生命的分界岭。所以,广州鲁迅纪念馆的名气虽不及北京、上海和绍兴的纪念馆,但它的政治含义又在后者之上。鲁迅在《在钟楼上》一文中有所述及:"我住的是中山大学中最中央而最高的处所,通称'大钟楼'。一月之后,听得一个戴瓜皮帽的秘书说,才知道这是最优待的住所,非'主任'之流是不准住的。但后来我一搬出,又听说就给一位办事员住进去了,莫明其妙。不过当我住在那里的时候,总还是非主任之流即不准住的地方,所以一直到知道办事员搬进去了的那一天为止,我总是常常又感激,又惭愧。"又说,"那时我于广州无爱憎,因而也就无欣戚,无褒贬。我抱着梦幻而来,一遇实际,便被从梦境放逐了。我觉得广州究竟是中国的一部分,虽然奇异的花果,特别的语言,可以混淆游子的耳目,但实际是和我走过的别处都差不多"。此实为游戏文章,调侃自己包括秘书和办事员。这是他从吴敬梓那里学来的"婉而多讽"的文章之风,周作人曾在文章中提及。平心而论,鲁迅之来广州,是为加深和巩固与许广平的热恋,虽两情相悦,分居厦门与广州两地总不方便,但他也需要薪水生活,所以要在中山大学谋得一职,因为民国时期大学教授的酬金比一般公务员略高。没有迹象表明广州只是鲁迅和许广平的暂居地,也无迹象表明他们一定要选择上海。一个人的一生,盲目时候总是多于理智时候,我想鲁迅也不见得就与众人不同。

在笔者看来,这里不存在所谓思想"分期"之说,进一步的"遗弃"与"同情"也似乎未提供有说服力的根据。那么,究竟是什么使鲁迅并不觉得大钟楼有特别奇异之处呢?他在文中引用勃洛克评论叶赛宁和梭波里的话指出:"'共产党不妨碍做诗,但于觉得自己是大作家的事却有妨碍。大作家者,是感觉自己一切创作的核心,在自己里面保持着规律的。'"他承认,"共产党和诗,革命和长信,真有这样地不相容么?我想。以上是那时的我想"。[①] 鲁迅向来是赞成作家参与社会变革的,显然他又始终不忘自己是一个以写作为生的作家,所以自觉在内心深处"保持着规律"——也因如此,他丰富而矛盾的思想总被人改写与曲解。当然,他后来在上海也热衷于维持文坛盟主地位,否则与创造社、太阳社的激战就不好解释。不过此一时彼一时也,他在广州初期的心态的确也曾经是休闲的。出于游戏与正经之间,他在这篇文章中的"表白",大概也不会收入诸如广州纪念馆的"陈列室",为热爱鲁迅的读者和研究者提供任何有力的历史旁证。进入上海时期后,自瞿秋白在《鲁迅杂感选集·序言》中对鲁迅"从进化论进到阶级论,从绅士阶级的逆子贰臣进到无产阶级和劳动群众的真正的友人,以至于战士"的著名评论发表,鲁迅研究者才真正找到对自己有利的有力证据,并把

---

① 《语丝》(上海)第 4 卷第 1 期,1927 年 12 月。

作家鲁迅充分地时代化和政治化,瞿先生的观点随着政策的需要而被演绎和夸大起来,它一旦成为经典性的结论,鲁迅的造神化和庸俗化也就以不可阻挡之势开始了。

四 "鲁学"

在中国现代文学研究中,应属"鲁迅研究界"的规模之大、人数之多、资料之齐全、持续之久为最罢。有心人如果遍访中国大陆各大学的图书馆和中文系资料室,就不能不为千篇一律的"鲁迅专柜"而吃惊;开设"鲁迅研究""鲁迅思想研究""鲁迅作品研究"的专题课与选修课,也是中文系教师之必选。很多人士,都是以"鲁迅研究专家"自许的。此风之盛行,可谓是由来已久。1970 年代,中共中央决定,在鲁迅博物馆和中国社会科学院文学研究所分别成立由著名学者李何林、唐弢和王瑶牵头的"鲁迅研究室",负责协调与指导全国的鲁迅研究工作。①《鲁迅研究月刊》也应运而生。积 30 年之功力,鲁迅的研究著作竟占据了中国现代文学研究著作的"半壁江山",各类资料浩如烟海,不可计数。而且这种趋势也没有停步之迹象。如此多的政府投资,如此热闹的研究景观,它还焉有不在"红学"之外博得"鲁学"之称谓的道理乎?

在漫长的五六十年代,成名于 1930 年代的左翼文学评论家和鲁迅友人、学生、妻子和兄弟,几乎全部投身到这一浩大的工程中。② 仅粗略统计,就有许杰的《鲁迅小说讲话》(1951)、李霁野的《鲁迅精神》(1951)、徐懋庸的《鲁迅——伟大的思想家与伟大的革命家》(1951)、王士菁的《鲁迅》(1951)、冯雪峰的《鲁迅和他少年时候的朋友》(1951)、刘雪苇的《鲁迅散论》(1951)、冯雪峰的《回忆鲁迅》(1952)、胡风的《从源头到洪流》(1952)、王瑶的《鲁迅与中国文学》(1952)、周

---

① 为此,有关方面特将李何林从天津南开大学调动进京,将王瑶从北大借来。
② 在这批人中,周作人是被许广平斥为"吃鲁迅饭"的,应属"另类"。

遐寿(周作人)的《鲁迅的故家》(1953)和《鲁迅小说里的人物》(1954)、耿庸的《〈阿Q正传〉研究》(1953)、华岗的《鲁迅思想的逻辑发展》(1953)、朱彤的《鲁迅作品的分析》(一、二、三)(1953、1954)、巴人的《鲁迅的小说》(1956)、陈涌等《鲁迅作品论集》(1956)、王西彦的《论阿Q的悲剧》(1957)、周启明(周作人)的《鲁迅的青年时代》(1957)、唐弢的《鲁迅在文学战线上》(1957)、川岛的《和鲁迅相处的日子》(1958)、许钦文的《〈彷徨〉分析》《〈呐喊〉分析》(1958)、王士菁的《鲁迅传》(1959)、许广平的《鲁迅回忆录》(1961)、周振甫的《鲁迅诗歌注》(1962)等等等等。在新时代,如此之多的人在鲁迅研究领域里扎堆,一方面,它确实表明很多人是把鲁迅当做自己的人生导师、精神领袖来崇拜的,一旦过去的当局设置的禁区被打破,今天的当局又把他看作文化界偶像,这种长期被压抑的崇拜之情便有如山洪暴发般地喷涌出来;另一方面,不乏有借表彰鲁迅去迎合当局的隐秘心理动机。这是因为,凡拥护当局文化政策都被视为进步,而鲁迅既然被文化政策看作知识分子与工农大众相结合的典型和榜样,那么研究鲁迅自然就是政治上要求进步的具体表现;最后是出于知识者天真的幻想,以为当局真的在信奉鲁迅的硬骨头精神和他特立独行的人格风范。还有一些研究者把鲁迅视为精神家园,鲁迅研究也被视为对个人痛苦与思想困惑的解释宽慰。可这些研究者人员芜杂、目的不一,思想面貌难说整齐,上述猜测是否恰当实难判定。鉴于这些人已经过世,一些鲜为人知的材料还未披露,相关研究成果与研究者本人的复杂关系还有待深入了解,所以只能点到为止,我们暂时搁置评价也是为了问题的进一步展开。

显然,瞿秋白毛泽东们对鲁迅的经典评论,是所有研究者共同的出发点,是他们思想的底线。在这先验性思想框架中,有三种学术表现是值得注意的:一是左翼文学评论家是根据毛泽东的评价来割裂鲁迅思想与创作发展的内在联系的,他们的研究因此难免会有政治的功利性和非学术的色彩;二是鲁迅追随者虽然肯定了他在反对国民党文化围剿中的斗争精神,以及提倡无产阶级文艺过程中的鲜明立场,但又拒绝

第三章　鲁迅的塑造

把它与五四精神和鲁迅思想的矛盾性复杂性加以联系;三是家人对鲁迅正面形象的刻意美化,对其性格缺陷的故意隐瞒,这些僵硬刻板的回忆叙说实际成为鲁迅研究工作的严重障碍。

延安"鲁艺"出身的陈涌把鲁迅思想定调在"战斗的""马克思主义者"政治角色上。他强调说:"鲁迅的文艺思想是中国革命的和马克思主义的文学理论遗产的一个十分重要的部分。鲁迅的文艺思想是战斗的,同时又是实事求是的,是在和各种敌对的文艺思想作斗争、同时又是在解决中国文艺实际问题的过程中锻炼并丰富起来的",①据此,他反对把尼采思想纳入鲁迅早期思想之中,认为即使有所粘连,也主要是由于作者当时没有接触到马克思主义造成的。② 陈涌将鲁迅前、后期思想人为割裂的做法,居然得到了多数研究者的赞同。左翼批评家阿英模仿他说:"鲁迅先生在他的全部作品里,也就是全部生命里,是充分地表现了这种爱国主义国际主义精神的。这……也就必然是一个共产主义者。……鲁迅先生的战斗精神,与共产党的战斗精神,是完全契合的。"③冯雪峰坚信:"鲁迅先生领导着左联的那几年,他自己完全明白的:我们党在支持他,而他在我们党的旗帜之下战斗。在这几年中,我所看见,鲁迅先生在思想和精神上和我们党的方向相一致,简直达到了像一个很好的党员那样的地步。"④李何林更是指出:"我不同意鲁迅先生的前期思想是单纯的进化论思想,我认为除这种思想之外,还与无产阶级思想即阶级论思想,在无形中影响着他,为他在无意中所掌握,所运用。"⑤

与长于檄文风格的左翼人士不同,书生气十足的许钦文对他们把鲁迅人为拔高的做法相当不以为然。在鲁迅圈子里,许钦文常被人看

---

① 陈涌:《鲁迅文艺思想的几个重要方面》,《人民文学》第4卷第6期,1951年11月1日。
② 陈涌:《一个伟大的知识分子的道路》,《人民文学》第3卷第1期,1950年11月1日。
③ 阿英:《鲁迅先生的道路》,1949年10月18日《进步日报》。
④ 冯雪峰:《党给鲁迅以力量》,《文艺报》第4卷第5期,1951年6月25日。
⑤ 李何林:《五四时代新文学所受无产阶级思想的影响》,收入《中国新文学研究》,《新建设》杂志社,1951。

作"知鲁派"的代表人物之一。在有人看来,鲁迅平生有五位姓许的知己朋友,三男是许季上、许寿裳和许钦文,二女则是差点成为鲁迅女朋友的许羡苏(许钦文之妹)和许广平。① 因据"知鲁派"的骄傲身份,许钦文对那些人对鲁迅形象的胡涂乱抹很有些看不起,当然这不排除老先生的不识时务。他看不明白,这些左翼批评家其实不是在写自己的文章,而是在代为捉笔。他指出:"鲁迅先生在《中国新文学大系小说二集序》上自己说明,是'意在暴露家族制度和礼教的弊害'。'五四'运动的口号之一是打倒吃人的礼教,鲁迅先生创作小说,为的是改革人吃人的封建社会,改变麻木的人的精神;这就是用文学形式强有力地开反封建的一大炮。"②孙伏园在《五四运动与鲁迅先生的〈狂人日记〉》一文中也认为,这篇小说实际是一篇鼓吹"人权"的作品,认为因为它的晦涩、深奥,读它正像读四书五经一样,是大人的事,"至少要有孩子的人才有读的资格",而孩子们不必读,这会"使他们的小脑子染上一点污浊"。但该文很快受到"曲解鲁迅"的粗暴指责。③ 与陈涌、冯雪峰和阿英不同的是,毕生追随鲁迅、不具有党派背景的许、孙二人,更倾向于把鲁迅与五四反封建的思想精神看作一个整体,认为鲁迅实际是五四文学革命的一份思想遗产。这一做法尽管与鲁迅研究中的主流意见相违,在世人眼里有"落后"之嫌,但作为左翼文学批评以外的另一种声音,对当时的过激观点确实是一种补救和匡正。对许、孙的看法表示支持的是川岛。他认为鲁迅在他们那一代青年的心目中主要是一个"认真的为真理斗争到死"的思想斗士而非其他,"他只是一颗巨星,在寒野里指示我们老老小小前进",因此,某种意义上他是"我们的苏格拉底",④是精神导师和引路人。

---

① 参见曹聚仁《鲁迅与我》,选自《我与我的世界》,人民文学出版社,1983。
② 参见许钦文《鲁迅小说助读》(中册)中关于《狂人日记》的分析,上海三联出版社,1954。
③ 罗君天:《不要曲解鲁迅——读孙伏园的〈五四运动与鲁迅先生的狂人日记〉以后》,1951 年 6 月 25 日《文汇报》。
④ 川岛:《鲁迅先生——我们的伙伴,是一颗巨星》,1949 年 10 月 19 日《进步日报》。

这就让我们看出了不同圈子在研究鲁迅时的差别。与左翼人士的勇猛风格相比,"鲁迅圈子"的人更愿意把鲁迅看作一个常人。而从民国环境中走过来的"鲁迅圈子"中的人,还不懂得"真理"作为权力的重要性,他们是在吟诗唱酬的文人圈子中理解文学之道,也包括理解鲁迅这个人的。即如曹聚仁,在写《鲁迅传》之前还知道尊重"五许",自觉个人不过是一个普通的写手,是拿写文章混饭吃的。这种比较当然不够学理,然而把它们当做一个历史故事,也显得情趣盎然。

鲁迅研究的景象里,有一个众所周知的规律:在 1970 年代漫长的时期里,"鲁迅研究"可以说是当代学术研究中风险最小、获益最大的一个领域,直说起来就是一个十分稳妥的行业。因为随着民国史的非法化,文学史殿堂便葬送了很多文人,例如梅光迪、林纾、胡适、周作人、徐志摩、沈从文、朱光潜、废名、张爱玲、梁实秋等等。作家身份的合法性,是文学史研究合法性的前提,而在现代文学史上最具有合法性的就是鲁迅,他被塑造成了中华民族的方向,骨头最硬的人,代表着人民大众的历史的方向。这就使鲁迅的社会身份一再升值,它也使鲁迅研究者和追随者越来越多。正如有人后来指出的:"似乎鲁迅没有什么缺点、错误,是所谓'完人',似乎鲁迅在什么时候、任何问题上都为我们留下了现成的结论,鲁迅的话对现实无一不切合。大自政治运动,小至具体工作,都要拉鲁迅来比附一番,从而使实用主义、庸俗社会学在鲁迅研究领域恶性膨胀起来。"①当然我们也能理解,在一个困难的年代,人们其实是很胆怯的,为求自保,借鲁迅的精神光环来保护自己,也是人的脆弱本性使然。

不过,将鲁迅的塑造当做一项文化工程来运作,确实获得了意外的成功。鲁迅研究后来成了学术界的一场造神运动,它有意响应了现代民族国家对历史合法性的追求;在此过程中,鲁迅无形中也成了一些研究者精神世界中的偶像,以至他的思想变成难以逾越的人生信条和戒律,而且这类现象早已经司空见惯。"鲁迅是我们的先驱,他的全部作

---

① 袁良骏:《当代鲁迅研究史》第 362 页,陕西人民教育出版社,1992。

品都说明他在这些问题上比我们思考得更多、更深,而不是比我们更少。"①"记得当年我曾作出'三不离——不离开中国本土,不离开北京大学,不离开现代文学(首先是鲁迅)'的决定,这些年的思想、学术与自我生命的发展是多亏于此的。我与鲁迅、青年学生、北京大学精神上的血肉联系……可以说是'相濡以沫',而把我们的心连在一起的,仍然是鲁迅。"②"我几乎要逃避,却终于发现这是枉然——鲁迅似乎是一种无法拒斥的力量","有一点是肯定的:鲁迅是我有生以来对我的思想情感方式产生巨大的、决定性影响的人,虽然在我出身之前二十多年他就离开了这个世界"。③ 众多人士都表达了对于他个人的痴迷。上述材料不难得出一个印象:鲁迅研究者大都成了他精神的崇拜者——正如当年与鲁迅接触的青年作家、批评家,最后都成为他的崇拜者一样。在现代中国,鲁迅和毛泽东仿佛成了克里斯玛式的超级人物。克里斯玛(charisma)是巫术文化中的一个重要概念。它是指某种超自然的人格特质,据说它能通过一种渠道遗传或是继承,拥有它的人即拥有了支配的力量,而被支配者就会产生对它完全效忠和献身的情感。换句话说,当一个人被克里斯玛暗示,会无意识地产生迷狂情绪,会情不自禁被这种迷狂所吞没。这显然是一种被动的精神状态。克里斯玛被认为有神授的能力,是信众用来形容摩西、耶稣之类具有巨大号召力的天才人物。克里斯玛人格以传统的名义出现,却是传统的大刀阔斧的改造者。正因产生了克里斯玛式人物,传统就以截然不同的形式延续了下来。克里斯玛先知的典型口吻是:"我谈的都是经典著作上的意见,不过我向你们这样讲……"这同中国学者所谓的"六经注我"有着异曲同工之妙。因此,克里斯玛理论有丰富的内涵:一是支配者因为其个人能力而使治理成为可能,二是社会革命的力量推动社会的发展,三是社会的建构依据于法理的根源。克里斯玛型的领导方式具有神圣

---

① 王富仁:《中国鲁迅研究的历史和现状》第146页,浙江人民出版社,1999。
② 钱理群:《走进当代的鲁迅·后记》,《走进当代的鲁迅》,北京大学出版社,1999。
③ 汪晖:《反抗绝望·后记》,《反抗绝望》,河北教育出版社,2000。

性、超越性和自反性的特点。① 不过有趣的是,在这一崇拜氛围中将鲁迅精神与研究者自己的状况主动并置的现象,并没有在李欧梵、王德威等海外现代文学研究者身上发生。少年时随父母逃到台湾,后留学美国的华裔美籍学者李欧梵1980年代回大陆时,对这种现象感到颇为诧异。② 一个研究者所处的历史背景,他长期受到的社会和文学教育,会连带到一系列的结果,例如人生观、世界观、文学观和为人处世的建构等。笔者看到,由于大陆鲁迅研究者所处的历史环境,他们在对鲁迅精神世界的探讨中,精神状态也在与改造鲁迅精神世界的当代意识发生着接轨。这包括研究时的泼辣文风,看待事物的角度,过于积极的介入社会的姿态,等等。所以,他们中有的人开始意识到,他们"是在封闭的文化环境中接受教育的,他们的理论话语基本上由当时占主导地位的三种权威性话语构成:马克思主义、毛泽东思想、鲁迅思想,其文学观是在两种不同的现实主义作品的影响下形成的:西方19世纪的批判现实主义、苏联和中国的社会主义现实主义"③。也就是说,他们是在上述思想框架和思维惯性中思考并研究鲁迅的,而他们占据的大学和科研机构的讲坛,又成为传播其研究成果的主要窗口;通过这个讲坛培养的本科生、硕士生乃至博士生,他们解读鲁迅的思维方式及其成果,也将会在更加漫长的时间长河中继续"传播"与"延续"下去——因为事实上,他们这一代人的著作已经成为鲁迅研究领域中一份不可绕过的学术遗产。

---

① 参见"克里斯玛"百度百科。
② 在李欧梵的《铁屋中的呐喊》、王德威的《想象中国的方法》等著作及"序""跋"中,看不到任何像大陆学者那样的"精神独白",相反,他们倒十分警惕这一现象的出现。例如李欧梵指出:"鲁迅是一个内心生活极丰富也极深沉的人,完全不是当时大陆某些学者所'捧'出来的形象。"他表示要与后者唱唱"反调",把"在神化的过程中被扭曲和误解"的鲁迅,再扭转匡正过来。参见《铁屋中的呐喊》"中译本自序""原序",岳麓书社,1999。
③ 参见冯雪峰为果洛夫编《鲁迅论俄罗斯文学》一书所写的"导言",北京时代出版社,1949。

五　许广平、周作人

在当代鲁迅研究中,"回忆录"占有相当突出的地位。在关于鲁迅的"回忆体"写作中,许广平、周作人和许寿裳无疑是最具代表性的三位作者。许寿裳1930年代就因起劲宣传鲁迅惹恼了国民党当局,1948年,他被人刺杀于台湾。而周作人和许广平虽是叔嫂关系,但一直到死都未能从对峙状态中缓解。两人在文化界地位显赫,但一直明掐暗挤。不过,周家从来都不是圣人家族,对这点瑕疵也不必见怪。他们的主要过节,是为朱安抱不平的周作人始终不愿承认许广平在周家的正式地位,所谓"中年以来重新来秋冬行春令,大讲恋爱","老人也有好色的"的尖锐讥评,[①]表面挖苦鲁迅不该孟浪,中年时与女学生大谈恋爱,其实是对许广平的间接打击;在兄弟失和的家庭纠纷中坚决维护鲁迅的许广平,则利用解放后周作人在政治上成为落水狗的弱势地位,以《所谓兄弟》一文予以回应。她说周作人不光经济上抠门,在"女师大风潮"中显露软骨头本色,解放后还靠鲁迅吃饭,是典型无聊之徒的"谬托知己",对这位昔日老师大表不敬。[②] 抱着这种耿耿于怀的心态"回忆"同一个鲁迅,它们的真实性和可靠性确实应该扣分,不过对周作人得另作后论。

理解鲁迅研究中的"许广平现象",不能脱离对她后半生影响至深的当代中国政治语境,也不能脱离她一生浪漫而曲折的道路。许广平,自号景宋(含景仰母亲之意),小名云姑,曾用笔名平林、归真、寒潭、君平、持平、正言等,"女师大风潮"中的激进分子,后为鲁迅夫人。1898年阴历正月22日,她生于广州高第街一个破败的官宦大族之家。某种意义上,"反抗"是贯穿许广平前半生的人生追求。13岁时她就强烈反

[①] 周作人讥刺鲁迅与许广平恋爱关系的文章,主要有《中年》《老人的胡闹》两篇,平心而论,他的评论也失之"公允",有人身攻击之嫌。《中年》,1930年3月18日《益世报》;《老人的胡闹》,《论语》1936年9期。

[②] 《许广平文集》第2卷第246—259页,江苏文艺出版社,1998。

对父母的包办婚姻,逃到天津求学。1925 年,她以女师大学生会总干事之名义领导该校学潮,同北洋政府任命的校长杨荫榆坚决斗争。与鲁迅同居后,更是炽热地支持与追随鲁迅反传统、反政府的事业;鲁迅去世之后,为捍卫鲁迅的战斗传统,继承鲁迅遗志,她冒着极大危险整理与出版鲁迅著作。"不反抗就永远沉坠下去,校事,国事……都是如此",①这句话正是许广平的大胆剖白,可以说是她前半生的生动写照,不过对一个不成熟的女孩子来说也属正常范围。她青年丧夫,独自抚养海婴长大成人。不过1949 年后,她的人生道路和思想发生了较大变轨。由于鲁迅的原因,许广平获得了很高的个人荣誉。她由一个普通的作家遗属,逐渐贵为全国人民代表大会常务委员、全国妇联副主席、民主促进会副主席、中国作协理事,直到官至中央人民政府政务院副秘书长。她是已故和健在的中国现代作家夫人中地位最显赫的一位。但人们心知肚明,这种任命不是许广平有非凡的个人行政能力和其他禀赋,而是出于政府对离世的鲁迅的追授,是通过这种方式对鲁迅表示高度肯定。许广平不过是鲁迅活在人间的代表而已,她是作为鲁迅的"化身"而活动于各种舞台的。对此,许广平也心如明镜。她在《为鲁迅逝世二十周年作》中说:"鲁迅虽是从旧时代来的,而当他诚恳地接受马克思主义的思想,接受党的指示之后,他的工作,于人民就更有意义,人民就永远记得他。"②鲁迅在国民党报刊检查官那里是被"封杀"的对象,是作为"持不同政见者"来看待的,而他在解放后不仅被奉为思想正宗,还被最高思想权威确定为新文化发展的"方向",鲜明对照之下,许广平的思想转变自然在意料当中——虽然她在一些政治运动中的态度,又令鲁迅的学生和追随者们大感意外和困惑。

20 世纪五六十年代,《鲁迅全集》及有关著作的出版事宜由政府全权接管,许广平无需再像过去那样奔走呼号、勉为其难,但已年老体衰的她,还在奋力向广大读者宣传和普及鲁迅精神,她写过诸如《欣慰的

---

① 《两地书》,录自《许广平文集》第 3 卷第 29 页。
② 《文艺报》第 19 号,1956 年 10 月 15 日。

纪念》(1951)、《关于鲁迅的生活》(1954)、《鲁迅回忆录》(1960)等多种著作,为当代的鲁迅研究作出了独特的贡献。尤其是近10万字的《鲁迅回忆录》,更是成为"后人研究鲁迅必读的文字"①,被世人看作"研究鲁迅生平事迹的必读资料"②。不过,其中多处错误和溢美之词,后人也以为不妥。将鲁迅生平事迹和著述与中国革命事业紧密联系,是许广平这一时期鲁迅研究的主要特色。这些著述,总的来看,很像英模报告,不过那个年代的一般人倒不觉得这有什么不妥。在许广平看来,鲁迅是把自己的思考与创作自觉地与中国革命紧密结合在一起的,她认为:"一九二一年中国共产党成立以后,中国人民如火如荼的反帝、反封建的革命运动,蓬蓬勃勃地在全国各地发动了起来,鲁迅深深埋藏在胸底的愤火,立即被点燃起来了,他完全卷进这个历史的洪流里去了。"③"九·一八"事变后,"他响应了'中国目前的革命的政党向全国人民所提出的抗日统一战线的政策'的号召,无条件地加入了这个战线。而这革命的政党也即是中国共产党"④。她还动情地指出,在长期的斗争实践中,鲁迅不惟主动地遵"革命之命",而且更是主动地遵中国共产党的"将令",在党的领导下坚决战斗,与党的领袖结下了深厚友谊。"鲁迅在上海时期的工作,是在党的具体领导之下进行的。他对党的关怀热爱,是和每一个革命者一样的。他对党的尊重,是达到最高点的。自己无时无刻不是以一个'小兵'的态度自处的","他寤寐以求的是如何为党增加力量,如何为党更好地工作,如何想法为党和革命造就大批的战士"。⑤ 为强调这一点,她还在许多文章中花费笔墨回忆鲁迅与中共领导人如瞿秋白、李立三、陈赓等人的交往。当然更具"渲染"色彩的,是关于给毛泽东、周恩来"送火腿"的情节。她曾兴

---

① 倪墨炎、陈九英:《鲁迅与许广平》第212页,上海书店出版社,2001。
② 朱正:《鲁迅回忆录正误·后记》,《鲁迅回忆录正误》,浙江人民出版社,1999。
③ 许广平:《"五四"前后》,引自《鲁迅回忆录》,作家出版社,1960。
④ 许广平:《不容情的对敌战斗》,1951年10月19日《人民日报》。
⑤ 许广平:《鲁迅回忆录·前言》。文中作者尖锐指责冯雪峰说:"冯雪峰在他的所谓《回忆鲁迅》中说:'鲁迅先生自己是最清楚的,是左联在借用他的地位与名誉'。这是严重的歪曲,是他自己极端个人主义的反映,于鲁迅无损。"《鲁迅回忆录》,作家出版社,1960。

第三章　鲁迅的塑造

奋地回忆道:"曾经盛传过这样一个故事:鲁迅托人带了两只火腿,到延安去送给毛主席和党中央各位领导同志。"①冯雪峰也证实,1936年10月初,当时鲁迅有一点钱在他手里,他就替鲁迅买了"一只相当大的金华火腿"委托"交通"送给毛泽东,鲁迅知道后说"很好"。另外,又将刚出版的《海上述林》分赠毛、周两人。但冯雪峰到延安,听闻张闻天说:"书是送到的,火腿给他们(指八路军西安办事处的刘鼎等人)吃了。"他把情况报告给毛泽东,毛高兴地笑着说:"我晓得了。"②为此许广平总结说:"鲁迅亲眼看到,不是别人,正是中国共产党领导着全国人民,在这条道路上披荆斩棘、浴血奋战地英勇前进,因此他对中国共产党无限热爱,诚诚恳恳在党的教育和领导之下,为中国人民的解放事业贡献自己的智慧和力量。"③

　　解放后,许广平经常向工人、青年甚至小学生宣传鲁迅,这些演讲稿后来被整理成文章发表。在这些演讲中,她是按照近乎完美的先知尺度塑造鲁迅形象的。1956年9月,她在应团中央之邀的演讲中指出:鲁迅与青年的关系是通过三个方面体现的,一是"无私地帮助青年",二是"指导青年",三是"保护青年"。她认为鲁迅的可贵之处就在于与时代精神的结合上,因此"要学习鲁迅"就要学习他"全心全意为人民服务的精神",而学习他的"战斗精神",就要"抛弃那些同社会主义不相容的封建主义的和资产阶级的东西",除开展"新事物"与"旧事物"之间的斗争外,还应该"对反革命残余无情地斗争"。④ 在《和小朋友们谈鲁迅》中,她根据他们的年龄特点,着重谈了鲁迅小时候的"读书""玩耍""怎样对待同学和自己的兄弟姐妹"和"怎样对待自己的老师"等方面的内容。她说:"鲁迅对待敌人是:'以眼还眼,以牙还牙'。意思就是说,你瞪我一眼,我也要瞪你一眼;你咬我一口,我也要咬你一

---

① 许广平:《鲁迅回忆录》下册第1201页,作家出版社,1960。
② 冯雪峰:《散篇》(中册)第993—994页,转引自朱正《鲁迅回忆录正误》第222、223页,浙江人民出版社,1999。
③ 《"党的一名小兵"》,《许广平文集》第2卷第325页,江苏文艺出版社,1998。
④ 许广平:《鲁迅和青年》,1956年9月25、26日《中国青年报》。

口",而他对"所有的孩子都是很热情的。如看到孩子生病,不论是对他自己的,或是亲戚、朋友的孩子都是一样的关心"。又说:"他知道:只有无产者才有将来。'现在他的这个理想实现了,你们大家可以'幸福的度日,合理的做人'了!"①在以《文艺——革命斗争的武器》为题"跟工人同志们谈谈鲁迅"的讲话中,她着重强调鲁迅与无产阶级的关系,认为一个"要求为中国革命事业而终生奋斗的战士,他不能不投身于无产阶级的队伍",而一个甘愿"遵奉"革命前驱者"将令"的作家,"他就不能不认识到无产阶级文艺是无产阶级斗争的一翼",正是在这里,"鲁迅终于找到了自己前进的道路"。②她还在《鲁迅与翻译》《鲁迅的日常生活》《略谈鲁迅对祖国文化遗产的一二事》《鲁迅先生怎样对待写作和编辑工作》《鲁迅的讲演与讲课》等回忆文章中,把鲁迅描绘成一个工作"认真"、生活"朴素"的"伟大的处处为人民设想"的完美的人,对于他痛恨"中医"和"京剧",则尽力做了掩饰或解释。

　　许广平之所以在历次政治运动中都平安无事,显然与毛泽东对鲁迅的权威定论有极大的关系。不光政府部门,即使平民百姓也不会轻易伤害这位圣人的妻子。然而风波也是会有的,"风云变幻中,许广平多次陷入精神苦闷",鉴于"大势所趋,她不得不随声附和,把鲁迅生前好友说成反革命分子"。同时,她根据形势需要,写了一些应景式的回忆录,这些文字"看似颂扬鲁迅,实则恰恰贬低了鲁迅",③不过,如果事情做过了头,也会引起鲁迅研究者的不满。迄今为止,对她批评最尖锐,有时候是近于挖苦的,应属完成于"文革"末、1979年公开出版的朱正《鲁迅回忆录正误》一书。④

---

① 《辅导员》第10期(总卅期),1956年10月12日。
② 1961年9月24日《工人日报》。
③ 孙郁、黄乔生主编:《回望鲁迅——十年携手共艰危·代后记》,《回望鲁迅——十年携手共艰危》,河北教育出版社,2001。
④ 据朱正说,该书是1975年经冯雪峰和孙用审阅、修改后才定稿。冯在致朱的书信中认为他对许广平的态度"骄傲","口吻"不合适,所以,根据这个意见修改的定稿本不如初稿本尖锐,可惜我们现在已无法读到作者的初稿。参见《鲁迅回忆录正误》,浙江人民出版社,1999。

第三章　鲁迅的塑造

朱正算是学术界的耿介人士,他性格中有湖南人普遍具有的倔强。这位业余从事研究的先生对鲁迅确实有自己的独特心得,有些著述还曾下过不少功夫,评价也还得当。但这本书显然是要找许先生的麻烦。因为他所"正"的恰恰是许广平《鲁迅回忆录》之"误",作者虽然声称是要矫正其"记忆"上的偏差,而主要目的则为匡正她对鲁迅的"美化"和"神化"。例如,许广平在《民元前的鲁迅先生》中说,章太炎因被袁世凯囚禁愤而绝食,最终是鲁迅"亲自到监狱婉转陈词才进食的"。朱正将章太炎的《自定年谱》和《鲁迅日记》进行比照,否定了上述说法,认为"章太炎中止绝食一事与鲁迅无关"[①];据许广平《鲁迅回忆录》,李立三与鲁迅见面,主要谈的是"团结"和"无产阶级是最革命、最先进的阶级"两个问题,"经过那次会见以后,鲁迅的一切行动完全遵照党的指示贯彻实行了"。朱在考证了许多材料后发现,李立三约鲁迅谈话的目的,是希望鲁迅公开发表一篇支持立三路线的宣言,遭到了鲁迅的拒绝。鲁迅表示不赞成赤膊上阵,而主张采用"壕沟战""散兵战",如果照李立三的意思去做,他只能到外国去做"寓公"。两人谈得并不融洽,最后不欢而散。他据此指出,"许广平所说的'完全遵照''贯彻实行'",其实"与事实有很大的出入";[②]又例如,为大幅提升鲁迅的"战士"形象,许广平认为鲁迅"最珍惜时间",即使偶尔有前往某咖啡店"饮咖啡"的记载,也无非是"替党传递什么文件","或是替某个同志寻找党的关系"。朱氏却借冯雪峰的回忆和许本人在1940年写的《琐谈》一文,推翻了上述观点,认为"鲁迅'绝不是清教徒',工作和战斗之外,他也有休息和娱乐,他也完全可以不带着另外的什么目的去饮饮茶,饮饮咖啡",他劝诫研究者勿凭借狭窄目标,而全面地认识鲁迅[③];朱正还指出,许广平《鲁迅先生怎样对待写作和编辑工作》中关于鲁迅法文"比较差"之说,也带有虚构成分,他在经过大量查证后指出:"第

---

① 朱正:《章太炎中止绝食一事与鲁迅无关》,参见《鲁迅回忆录正误》一书,浙江人民出版社,1999。
② 朱正:《关于鲁迅和李立三的会见》,参见《鲁迅回忆录正误》。
③ 朱正:《也战斗,也休息》,参见《鲁迅回忆录正误》。

一,在鲁迅的传记材料中,从来没有见到过他学习法语的记载。第二,在鲁迅的大量译文中,没有一篇是根据法文原本译出的。他曾经不止一次明确地表示:他不懂得法文。"①对这些文字,许先生如果在世肯定会觉得愤慨,好在她已经谢世,避免了文字官司。不过,依据萧红等对她为人处世风格的描述,即使见到朱先生的批评,也不至于暴跳如雷罢,因为她毕竟是鲁迅先生的夫人和久经风雨的不凡女士。除运动中被迫声讨冯雪峰、胡风等人外,我们还没看到她在公开场合有什么不妥。

可惜的是,许广平老人最终也未逃脱"文革"劫难。"文革"爆发后的一天,她发现自己捐献给国家的鲁迅部分手稿不知去向。惊慌失措之中,她写信给中央,请求代为询查。其实存放手稿的几个箱子并未遗失,而是被调到江青的住处。江青担心鲁迅手稿中有对自己不利的文墨,曾仔细地检查过。江青"文革"初期做的两件事,一是到处鼓吹"文革",另外就是紧张追查熟人熟事,湮灭所有证据,因恐把柄落入对手手中。此事非同小可。当时被惊动的北京卫戍区司令傅崇碧还专程带人到江青办公住宿的钓鱼台寻找手稿,因而激怒了这位第一夫人,"文革"中轰动一时的"杨、余、傅事件"就在此埋下了火种。闻讯后的许广平因受惊吓,突发心脏病身亡。② 这场悲剧确实令人惋惜,损失的不止是鲁迅第一讲述人及其家庭,解放后的鲁迅故事也就此结束。虽然周海婴后来继承了这一事业,但父亲在世时他毕竟只有7岁,他对父亲的印象恐怕多数来自母亲那里。要一个儿童把完整丰富复杂而漫长的鲁迅故事讲出来,这肯定是很不现实的。这种情况下,不仅鲁迅讲述从此中断,属于"后几十回"的"鲁迅故事"的可信性也要打不少折扣。解放初,许广平对此不是没有预感,她到处讲述鲁迅大概是试图留下最权威的记录,担心历史被人篡改:"中国向来是善于作伪的地方,不但可以

---

① 朱正:《鲁迅懂得法文吗?》,参见《鲁迅回忆录正误》,浙江人民出版社,1999。
② 此处参考了黄乔生的部分观点和材料,见孙郁、黄乔生主编:《回忆鲁迅——十年携手共艰危·代后记》,《回忆鲁迅——十年携手共艰危》河北教育出版社,2001。

伪托死人说话,更常有伪作,窜改别人文章,伪造别人书法,以至于伪制历代古物等等。"①在《所谓兄弟》一文中,她借鲁迅之口指责周作人道:"文人的遭殃,不在生前的被攻击和被冷落,一瞑之后,言行两亡,于是无聊之徒,谬托知己,是非蜂起,既以自炫,又以卖钱,连死尸也成了他们的沽名获利之具,这倒是值得悲哀的。"②但是,她的初衷却与她那些文章的效果正好背道而驰。因为在那样的社会环境里,虽然她仍然拥有权威讲述者的身份,但是她的讲述已经没有任何的权威性可言。这是人人都明白的道理。许广平身上的这种矛盾性,是她后来招致有些人批评的根结所在。

与朱正的观点不同,王富仁主张宽容、历史和全面地认识许广平,他强调:"许广平所接触的是鲁迅作为一个现实的人的最平凡、最朴素的一面,也是最复杂、最透明的一面,但她没有把这一面当做她写作的重心,而是把外界社会群众也能了解的东西作为叙述的重点,这就使她失去了自己的优势","我认为我们应当这样看待许广平的这些错误:她是在维护鲁迅现实声誉的目的下出现这诸多错误的。她缺乏鲁迅那种深邃的思想透视力和独立不倚的精神品格,但她又真诚地想在多变的政治环境中保持鲁迅的社会声誉,这就使她不能不对鲁迅生前的言行随时进行主观性很强的整理和加工。鲁迅与冯雪峰、瞿秋白、胡风、周扬等左翼作家联盟的领导人都分别有着既相矛盾、又相联合的关系,当他们在现实社会中具有崇高的社会声誉时,她片面强调了彼此一致的一面,而在他们在政治上失意之后,她就又利用另外一部分事实将彼此绝对对立起来,这就使她不能不陷于前后矛盾之中。但假若考虑到她的所有这些行为都是被动性的,除了维护鲁迅个人的声誉外她没有其他任何个人的政治目的,也并非利用鲁迅夫人的地位主动消灭自己的政敌或私敌,她的这些错误就是可以原谅的了,而对于她回忆中的一

---

① 许广平:《胡今虚〈鲁迅作品及其他〉读后感》,上海泥土出版社,1950。
② 《许广平文集》第2卷第258、259页,江苏文艺出版社,1998。

些史实材料,我们还是应当注意进行过细的分析的"。①

另一位"鲁迅回忆"的作者周作人,不仅是五四时代的重量级人物之一,也是鲁迅多年携手的胞弟,因此,在当代鲁迅研究中具有特殊的分量。但周作人做鲁迅研究的动机,却较多受到人们的诟病。钱理群在《周作人传》中认为,尽管他声称"回忆"是为了"回报鲁迅'知己'之情",但事实并不完全如此。值得提出的是,钱理群对周作人的偏见不是他自己造成的,而是深入到他著作之中的那个被定型的鲁迅幽灵造成的。钱先生以他一向热情澎湃的文字风格写过大量歌颂和研究鲁迅的著作,由于像不少人一样,研究鲁迅同时又深陷鲁迅的个人魅力漩涡当中,当他看周作人时,就不免产生了怀疑和挑剔的眼光。他似乎总在情不自禁地拿鲁迅去挑剔周作人,这种在研究工作中先入为主的危险举动就会得以下一些简单脆弱,同时也经不起推敲的结论。他说:"新中国成立后,鲁迅被尊为文学革命的'主将',不仅他的作品,连同有关他的研究、资料,都因而获得了很高的价值,所以以周作人为人的高傲,写这类文章明显有'为稻粱谋'之嫌;他既要赚钱糊口,就必然把这些'资本'的作用发挥到最大限度。他最初将自己的日记秘而不宣,后来又尽量兜售,都出于这经济的考虑和压力。"②许广平之前曾尖锐地发出警告说:研究鲁迅"如以周作人的作品做参考,我觉得是很危险的",他的文字"有无虚假"很可怀疑,因他现在是"靠鲁迅吃饭"。③ 从以上对许广平的略述看,这种见解难免粗陋之嫌。不过,我们也不能对周作人性格中某些方面视而不见,他在国难临头时刻的行为,可以说并非道德高尚的人士之所为。然而也不能"因人废文",就此断定周作人的鲁迅研究毫无价值。因为一个世纪以来,周作人思想文章与行为举止之断裂,在现代文人中即使不是唯一的,也是相当罕见的一种现象。王富仁的看法值得在这里提出,他说,周作人的文字"是鲁迅回忆录写

---

① 王富仁:《中国鲁迅研究的历史与现状》第 146、147 页,浙江人民出版社,1999。
② 钱理群:《周作人传》第 541 页,北京十月文艺出版社,1990。
③ 《鲁迅先生生平事迹创作准备会——许广平答画家问座谈会记录》,此记录作于 1956 年 5 月 25 日,地点在上海美术家协会,发表在《新美术》1984 年第 1 期。

作中成就最高的一类,对于此后的鲁迅研究贡献最大。这不仅因为周作人的特殊身份和他的广博的学识,更因为他的写作目的的纯学术性。他是以充分浮现有关鲁迅的历史事实和人物为其根本目的的。这使他的作品包含着更丰富的历史信息和文化信息"。他指出,周作人与冯雪峰和许广平的根本区别,在于他不以"现行的价值尺度"去评价鲁迅。① 但以笔者看来,迄今为止"最懂"周作人的应该是已经谢世的舒芜。他的著作《周作人的是非功过》虽然带有替周作人"辩污"也夹带着为自己"辩污"的某些影子,比较偏向对其文学创作的研究,但总的说来,他对周作人研究的妥帖深入至少在目前来说是无人可比的,也许只有读了这部著作再来看周作人的讲述,我们才可能接近周作人回忆鲁迅的历史的真实。②

1936年鲁迅去世不久,周作人在《关于鲁迅》《关于鲁迅之二》两篇文章中,对当时文坛出现的"捧鲁迅"之风提出了明确批评。他告诫人们,不要违背鲁迅意愿而把他当做"神"或是"偶像和傀儡",鲁迅评论的着眼点应该是"人"。解放后,周作人的处境日渐难堪和艰难,他写鲁迅回忆录当然有某些稻粱之"谋"和应景阿谀之词,不过,这些文字总体而言却没偏离他早期的思想轨道。作者独特的眼光和丰盈的思想气息,在本时期的《鲁迅的故家》《鲁迅小说里的人物》《鲁迅的青年时代》和《知堂回想录》等著作中均有明显散发,因此形成了一种在当代鲁迅研究中特立独行的姿态。与1950年代以后鲁迅研究的流行观点不同,周作人把鲁迅的生平和思想发展还原到当时的时代氛围之中,而不是置于当代意识形态的预设当中。这决定了,他不是以现成的政治结论看待鲁迅,而是以鲁迅个人的特点和背景来看待他的。他认为,民国初年鲁迅之所以"抄古碑"而不闻世事,一是出于对现实的失望,于是逐渐转向了消极;二是不愿与当时"嫖赌蓄妾""玩古董书画"的无聊士人同流合污。而他最终决定走出沉寂落寞的S会馆投身社会变革

---

① 王富仁:《中国鲁迅研究的历史与现状》第146页,浙江人民出版社,1999。
② 参见舒芜:《周作人的是非功过》,人民文学出版社,1993。

的潮流,则完全是缘自他自身的思想逻辑:"在夏夜的那一夕谈之后,鲁迅忽然积极起来,这是什么缘故呢? 鲁迅对于文学革命即是改写白话文的问题当时无甚兴趣,可是对于思想革命却看得极重,这是他从想办《新生》那时代起所有的愿望,现在经钱君来旧事重提,好像是在埋着的火药线上点了火,便立即爆发起来了。"①出于这一推论,他不愿人为拔高鲁迅小说的"思想意义",更厌恶穿凿附会地将他笔下的人物与国家前途命运生硬联系。例如,他在评论《狂人日记》时指出,小说的中心思想是礼教吃人,"而礼教吃人,所包含甚广,这里借狂人说话",是"打倒礼教的一篇宣传文字,文艺和学术问题都是次要的事";《孔乙己》有挖苦读书人的意思,"他是一个破落大户的子弟和穷读书人的代表,著者用了他的故事差不多就写出了这一群人的末路"。据周作人回忆,该小说还有影射"本家的那些人"之嫌;周作人认为,《药》的想象来自作者头脑中《水浒传》中人肉馒头和李时珍《本草纲目》"人肉可煎吃"的知识,又做了一些发挥,意思是要"表示这药的虚妄";针对当时把阿Q形象简单化的研究倾向,周作人指出,作品的"内容"其实"有点复杂",因此,他不愿附和对这个形象夸大和随意演绎的意见,声称自己"不谈文艺思想";在他看来,《祝福》中祥林嫂的原型取自鲁迅一个本家的远房祖母,"祥林嫂的悲剧是女人的再嫁问题",也即"封建道德和迷信的压迫下的妇女的悲剧"。然而,在旧中国"除了礼教代表的士大夫家以外,寡妇并不禁止再嫁"。"鲁镇"的"鲁四老爷"也有暗示新台门周家之意,但鲁迅当时"在故乡已经没有家",所以他认为这是作者对人物做了"小说化"的处理,不能再从"写实"的角度来理解;借《在酒楼上》这篇小说,他又论到鲁迅的"故乡观"。他说,"著者对于他的故乡一向没有表示过深的怀念,这不但在小说上,就是《朝花夕拾》上也是如此。大抵对于乡下的人士最为反感,除了一般封建的士大夫以外,特殊的是师爷和钱店伙计,(乡下人叫作'钱店官')这两类,气味都

---

① 止庵编:《关于鲁迅》第177—182页,第204—309页,第415—426页,新疆人民出版社,1997。

有点恶劣。但是对于地方气候和风物也不无留恋之意";他又认为,《孤独者》中主人公的性格,"多少也有点与范爱农相象,但事情并不是他的",更多却留下了鲁迅"不少自述"的痕迹。而《伤逝》这篇小说大概"全是写的空想",故不应该随意演绎和放大。① 按照以上思路,他在《鲁迅的青年时代》一书中指出,鲁迅前期思想虽然如世人所说,走的是"弃医从文"和"文艺救国"的路,但也不能对它的意义任意夸大。他认为在鲁迅前期思想形成过程中,进化论起到了作用,但也不应排除国学对他潜移默化的影响,"他爱楚辞和温李的诗,六朝的文,现在加上文字学的知识,从根本上认识了汉文,使他眼界大开"。②

在鲁迅回忆与研究中,周作人所赓续的是他一贯的文章风格:冷静、平淡、含蓄而忌空疏的议论。他是在"就事论事"中进行鲁迅研究的,很少在对传主生平事迹之外放大和无限制地发挥,也不以解放后的政策牵强附会,并做主观想象,这使得他的"回忆"内敛、节制,徐缓而富有含义。在对鲁迅的评价中,努力做到不夸大,不缩小,不添枝加叶,也不削减隐匿,坚持以史家笔法,以事实为根据来冷静和从容不迫地叙述对象,因此确立了一个比较公允,较为中立的研究态度和立场。但这不等于他放弃了评判尺度,放弃了这种回忆的主体性,诚如他自己所表白的:"写文章本来是为自己,但他同时要一个看的对手","写文章即是不甘寂寞"。③ 又声称,"我平常对于宣传不大有什么敬意,因为我不相信广告",更因为它"在中国则差不多同化于八股文而成为新牌的遵命文学"。④ 所以,即使在1950年代末的社会环境中,"周作人有时给人以傲慢的印象"⑤——也许正因如此,他才得以坚持他自己所谓的文章之"道"。在我看来,面对当时社会上主流文化的强大声势,周作人未必就有超人的"自觉"和"境界"。但我相信,他在评价鲁迅中的客观

---

① 周作人:《鲁迅小说里的人物》第217页,北京十月文艺出版社,2013。
② 周作人:《鲁迅的青年时代》第44页,北京十月文艺出版社,2013。
③ 周作人:《结缘豆》,《谈风》1936年第10期。
④ 周作人:《遵命文学》,1936年10月20日《世界日报》。
⑤ 文洁若:《晚年的周作人》,《读书》1996年第6期。

和中立,无形中却照出了不少人的过度造作和夸张,他的不趋新求奇的为文态度,使他的回忆文章成为鲁迅研究中一份有价值的历史文献,某种程度上也使之葆有了艺术的生命力。

六　鲁迅与当代

鲁迅在当代社会的文学接受和文化定型,可以说是线头纠缠,错综复杂,在很短时间里难以理清。像周作人一样,他也不仅仅属于这个时代,然而当代社会所堆积的这么多的矛盾和问题,也大大超出了他们当年的预期。我说这话不是自谦,更为老实的则是曹聚仁这段表白:

> 我一开头便说,我之于鲁迅先生,并不想谬托知己,因为他毕竟比我大了二十岁。我虽不曾受他的教诲,不是他的学生,在上海那一段时间,往来得相当亲密,但对于他们那个时代,总有些隔膜,至少,我不曾应过科举,对启蒙时期的士大夫的观点并不了解。我接受新青年派的文艺观点,以及非孔的思想观点也很早,但我初看鲁迅的《狂人日记》,实在不了解。他的小说,以《阿Q正传》为世人所知;但它以"巴人"的笔名在《北晨副刊》连载,邵力子先生剪给我看时,我实在看不懂。(恕我说实话,如今读过这篇小说的,自己想想看,究竟懂得了多少?百人之中,能否有一个懂?也难说得很。)[①]

此话让人联想到中国大陆的鲁迅研究界,一些人总是做出"最懂鲁迅"的强者姿态,全不理会他们也同曹先生一样与鲁迅隔着"那个时代",连曾与鲁迅一度"往来得相当亲密"的曹先生本人,都说并不明白鲁迅的很多小说,而没有一个人见过鲁迅的研究者却从没有像曹氏这么谦虚,给自己留着分寸,似乎都对这些小说那么地了如指掌!所以,我所说的"鲁迅与当代",指的不单是鲁迅与当代社会政治的关系,同

---

① 曹聚仁:《我与鲁迅》,引自《我与我的世界》,人民文学出版社,1983。

时也指的是鲁迅与当代研究者们的关系。或者更大的部分是这么几代人与鲁迅的关系。经过几十年的经营,鲁迅确实已经"被当代"得厉害,鲁迅的"当代化"实际意味着他的原作已经被加上了许许多多的概念、术语和解释。因此,我比较喜欢这样的叙述历史的态度:"写这本书的目的不是自剖而是自叙,所以我不愿多费笔墨作进一步的自我分析,只想立此存照,作一个心路历程的记录。"①

是故我这一部分不想采用评论的方式,而是通过转述他人观点来实现叙述的有限目标,所谓结论留待后人来做。

在写《周作人的是非功过》这本书时,舒芜自己似乎预先有一个欣赏保守和批评激进的立场。这段历史人物评价,是为全书做了一个注脚:

> 中国新文化运动是在"民主与科学"的旗帜下进行的。这个旗帜意味着要以先进的理想来改造落后的中国,这是许多人都懂得的。但是,我们还要懂得事情的另一面,即落后的中国并非与世界隔绝的,它毕竟是二十世纪的世界的一部分,在这个意义上新文化运动未尝不可以说是"旧文化运动",是要用十八世纪的理性来规范二十世纪的中国的现实。也正是在这个意义上,新文化运动的第一批代表人物,可以说大都是十八世纪的大脑。只有鲁迅,他的文化思想开始就是现代的或接近现代的,同他的敏锐的现代人感觉,没有什么矛盾。陈独秀后来则是从政治上矫正了自己的时代错位。胡适的现代人感觉方面,似乎很不敏锐。而周作人的头脑和感觉的时代反差最为强烈,他对自己文化心态的矛盾最为自觉,于是他最典型地显现为一个"生错了时代的人"。②

这是对周作人在 20 世纪中国文化命运的第一次较为全面的概括。可惜的是,他正好与前面钱理群的观点相反,有在周作人与陈独秀、胡适和鲁迅之间拉偏架的意思。因为几十年后,"时代错位"的命运,不也

---

① 李欧梵:《我的哈佛岁月》第 84 页,(香港)牛津大学出版社,2005。
② 舒芜:《周作人的是非功过》(增订本)第 125 页,辽宁教育出版社,2000。

同样降临到鲁迅的身上？

在当代评论鲁迅之前，实际已经有很多观点存在。因与鲁迅关系不同，加之多因素的参与，它们虽然凌乱不堪，但也值得"立此存照"。1930年代，鲁迅还在世，当时很年轻的李长之就评论说："鲁迅在思想上，不够一个思想家，他在思想上，只是一个战士，对旧制度旧文明施以猛烈地攻击的战士。然而在文艺上，却毫无问题的，他乃是一个诗人。"①鲁迅去世后，又有一些对他的评论。林语堂指出："鲁迅与其是文人，无如号为战士。战士者何？顶盔披甲，持矛把盾交锋以为乐，不披甲则不乐，即使无锋可交，无矛可持，拾一石子投狗，偶中，亦快然于胸中。"②与鲁迅有过节的梁实秋，当然口气不够客观："没有人能说清楚'鲁迅思想'是什么……鲁迅思想，其实只是以尖酸刻薄的笔调表示他之'不满于现状'的态度而已。而单单的'不满于现状'却不能构成为一种思想。"③马克思主义学派喜欢从民族和革命等大概念而不是从个人的角度去评论鲁迅，例如，瞿秋白的评论突出了鲁迅思想的发展过程，更引人注目的则是他对鲁迅战士形象的强调。再例如，毛泽东是从中国革命的实际需要认识鲁迅的，因此，他在发表鲁迅是"主将""骨头是最硬的""冲锋陷阵"和"民族英雄"的评论时，优先考虑的是后者在革命斗争中战士的而非思想者的作用。如此等等，令人眼界开阔。

无须讳言，鉴于现代化进程屡遭挫折，一百多年来这个衰落的帝国始终处在异常焦虑、敏感和沮丧的情绪当中。正是这种特殊的民族心理为激进主义文化思潮准备了天然的温床，使之获得了比自由主义和文化保守主义优先发展的社会条件。如是，此种观点相当地流行：鲁迅的现代型的文化思想、现代人的敏锐感觉，他的好斗的和痛打落水狗的性格特征，都使他最容易成为这个时代的"亮点"，成为急切要求社会变革的广大青年的偶像，也最易于成为被历史所青睐的知识分子作家

---

① 李长之：《鲁迅批判》，北新书局，1936。
② 林语堂：《悼鲁迅》，《宇宙风》第33期，1937年1月。
③ 转引自房向东：《鲁迅：最受诬蔑的人》第6页，上海书店出版社，2000。

第三章　鲁迅的塑造

之一。换言之,他独立不屈的战士的形象,他对黑暗中国的反抗,都说明这是处在变革旋涡中的时代最为渴求的姿态。人们的回忆似乎千篇一律,其情形犹如万头攒动的信众在对神表达顶礼膜拜:大家"挤到教务处,包围他,使得他团团地转,满都是人的城墙,肉身做的堡垒。这城堡不是预备做来攻击他,正相反,是卫护他的铁壁铜墙"①;"大夏大学的礼堂兼雨操场是挤满了人","毫无疑义,大部分的学生是为瞻仰鲁迅先生的言论丰采才集合起来的";②"我的书桌上摆了一本《中流》,我读了信后,随手把这刊物翻开,我见到这样的一句话,我把它反复地念着:'他的垂老不变的青年的情热,到死亡不屈的战士的精神,将和他的深湛的著作永留人间'③;"鲁迅的葬事,实在是中国文学史上空前的一座纪念碑,他的葬仪,也可以说是……次示威运动。工人、学生、妇女团体,以及鲁迅生前的挚友亲戚,和读他的著作,受他的感化的不相识的男男女女,参加行列的,总有一万人以上"④。虽是 70 年前的文献,但场景犹在眼前。相似场面,我们也许只能在受人尊敬的国家领袖葬礼上见到。

显而易见,上述激烈的情绪也流入了当代社会,人们好像要在万米跑道上完成某种庄严的交接。但是,五四时代的人物只剩下李大钊、鲁迅有幸成为交接的火种,其他人大多渺无声息。至今的北京大学校园里,矗立着李大钊的铜像,而对北大之现代兴起贡献甚巨的陈独秀、胡适等则无此殊荣。与他们相比,鲁迅的生命也许是最长久的一个,个中原因当然与其作家的身份无关。

理智的人们相信,鲁迅确实是一位社会批判者,他虽然经常显露出好斗的战士的性格,不过他一生的思考与写作主要是在思想文化领域里进行的。他的思想富有启示性,连他本人都不认为他的社会批判具有斗争实践的操作性。当新政权地位稳固之后,他的反正统思想的方

---

① 许广平:《鲁迅和青年们》,《文艺阵地》第 2 卷第 10 期,1938 年 10 月。
② 郑伯奇:《鲁迅先生的演讲》,转引自《许广平文集》第 2 卷第 222 页。
③ 巴金:《一点不能忘却的记忆》,《中流》第 1 卷第 5 期,1936 年 11 月。
④ 同上。

面并没有受到鼓励。他的某些激进思想,被说成是针对旧时代而发,一些相当抽象的社会批判经过改装后则被纳入具体斗争实践的轨道。李欧梵对此有不同理解,他说:"鲁迅的政治承担是扎根于一种道德感情,因而不容许任何的机变权诈和实用主义。这种道德倾向的内在逻辑必然会使他反对那种职业的政治家……这就是一些人想用文学口号作为一种统一战线的策略时,他所以拒绝的原因","鲁迅的这种道德感和行为给他的有些学生提供了榜样,这些学生和他一样,也有倔犟的性格,如胡风和萧军等"。① 即使我们不完全赞同李欧梵的评论,而是把鲁迅放回到他自己当时的历史语境之中,在他那种语境中再读他的那些著作,同样也会对这种非常社会化的解释结论感到愕然。

另外,由于众所周知的原因,鲁迅对个人觉醒意义的探讨也被故意隐去。人们知道,他的小说、散文和杂文始终是围绕着"个人觉醒"来思考和设计的,他在论文《文化偏至论》《破恶声论》中,以施蒂纳、叔本华、基尔凯郭尔和尼采的"个人"学说为哲学背景,把"人各有己,朕归于我"作为通向"人国"的途径,否定了一切外在于人的物质和精神的"专制"形式、道德、伦理、国家以及"世界人"和"国民"等类属概念;即使在晚年,他对个人问题的执着思考也从未发生过动摇。正因为如此,他对压抑个性发展的现实秩序一向采取彻底怀疑和否定的态度。建国后,对知识分子的思想改造在文化、教育界轰轰烈烈地展开,文学艺术界则是主要的改造目标。这些领域里的知识分子,都被认为是"个人主义"的、"小资产阶级"的代表,但他们却是鲁迅在写作中非常欣赏和经常表现的艺术形象。令人奇怪的是,建国后一直热情宣扬鲁迅精神的周扬,这时却警告那些在改造中惊慌失措的人们:"资产阶级个人主义者和个人主义思想严重的人,要过社会主义的关是不容易的。他们勉强地过了民主革命的关,但到了过社会主义这一关,他们头脑中的个人主义就和社会主义无法调和了。"②这些围绕着同一个人而出现的相

---

① 李欧梵:《铁屋中的呐喊》第 230 页,岳麓书社,1999。
② 周扬:《文艺战线上的一场大辩论》,1958 年 2 月 28 日《人民日报》。

矛盾的评论，也许只有中国人才能明白。然而，即使是中国人也会对其中那么多的矛盾和缠绕感到头痛。鲁迅在新中国的被推崇是一个十分奇怪的现象。一方面，鲁迅所批判的封建礼教虽然被当代文化置换成"万恶的旧社会""三座大山"等政治学概念，然而在读鲁迅著作的人的眼里，现实生活中的"封建思想残余"，却验证了鲁迅观察社会时的犀利和深刻；在被当代文化演绎的"鲁迅精神"的表层上，所谓的鲁迅精神与当代文化思想实现了圆满的接轨，但在深层里，它们却始终处在相互断裂和否定的状态。

第四章　郭沫若之路

进入新时期后,呈现在杂志图书中的郭沫若形象一直欠佳。文学自由派拿郭沫若与鲁迅、陈寅恪相比,批评他在大是大非面前文过饰非,苟且偷生,这股思潮显然加速了这颗文坛巨星的陨落,这种特殊气候也使任何稍微理智的辩白都软弱无力。这不禁令人想起周作人"寿多则辱"的自省。这位创造社的斗士倘若活着,他一定会为这种糟糕的境况难过得夜不成眠。

1940年代以来,左翼人士极力把他树为与鲁迅并列的两面旗帜之一。在他们心目中,郭沫若不仅代表着五四以来的个人的形象,而且是中国新文学史上一个有划时代意义的形象。他不仅在过去的文学史上产生过巨大影响,而且也将是未来文学发展中的一个相当重要的参照。然而,郭沫若战士兼诗人的多变性格,不单在当时引起争议,也被新时期文人抓住把柄并予以诟病。这就使我在这一章中的叙述要倍加小心,力图在激烈争辩中调整脚步,因为我们今天的思想方式仍然被笼罩在新时期历史的规划与支配之中,也许只有在更加深远的时间长河和背景中,郭沫若的完整形象才能逐渐地凸现出来。

有论者隐晦地指出,郭沫若后来积极批判胡适是出于当年的嫉妒和因势欺人,此论不够公允也难以服人。① 事实上,即使不论他有开创中国新诗之功,郭此后在文学学术和社会实践上所绽放的光彩也丝毫不输于胡氏。1926年,他以国民革命军总政治部副主任的身份参加北伐,留下一段奇特而浪漫的从军生涯。1938年,他就任战时最高军事机构国民党中央军事委员会政治部第三厅厅长一职,领导一批文人深入战区,对中国军人进行了一次近代以来规模最大最壮观的战前动员。

---

① 参见邢小群:《重说文坛三剑客——才子郭沫若》第158—166页,同心出版社,2005。

第四章　郭沫若之路

1941年,他专心于影射政治的"屈原研究"。① 次年,在重庆搭台演戏,用话剧《屈原》对当局的消极抗战大发牢骚不满。这一包含党派动机但也确有忧国之心的举动,对提振联合抗战起到了积极的正面作用。

笔者不免指出,郭沫若这一辈子可能过于纠结芜杂:他前半期叛逆多于服从,后半期则服从多于批判,但更多时候则看不出他的真实态度,在明快豪放的作品内部,是他丰富复杂矛盾而幽暗曲折的精神世界。当年的激情胆略与后来逢迎压抑性格之交错杂陈、相互缠绕,构成了他复杂而多元的观念结构,同时也构成了郭沫若研究的难点。1920至1940年代,大概是现代文人个性最为真率和幼稚的一个时期。历史证明,郭沫若在这一时代气氛中也显露出难能可贵的文人本色。比如北伐途中,他出于对清党的积愤仓促写下了《请看今日之蒋介石》一文,但此举并未得到左派人士的欣赏,这使郭沫若突然有了一种"夹心饼"的狼狈感觉。有人写道:

> 郭沫若的文章对蒋介石自然十分不利,但是,文章在《中央日报》上发表以后,却并未引起共产党领袖人物的高度重视,他们仍然致力于拉拢蒋介石的工作。郭沫若来到武汉以后,还一度受到左派的冷落,这让他感到从未有过的委屈和苦闷。②

观察新时期文人对他的批评,笔者发现他其实从来都能在文学和社会之间找到一个最好的平衡点,北伐时如此,解放后也是如此,也许他一生都刻意追求,并为此徒尽精力。

一　处境和心态

论历史人物,不能因为时势之变,把他从自己特定历史情境中抽拔

---

① 1941年7月,郭沫若的《屈原研究》一书由群益出版社出版,内收《屈原时代》《屈原身世及其作品》《屈原赋今译》等篇;12月21日,在中华职业学校作题为《屈原的艺术与思想》的讲演;同月又作《屈原考》,以大量材料证明:"屈原的确有其人,不是神话中人物。"
② 参见邢小群:《重说文坛三剑客——才子郭沫若》第66页,同心出版社,2005。

出来,再加以痛快淋漓的批判。任何人物的思想、观念和行为都是生于兹长于兹的历史土壤决定的,况且晚清以后中国一直处在漫长艰难的转型期,这种转型期使人物与历史土壤发生彼此纠缠的关系而难以脱身。让一个人超越他的转型期,正如让中国社会发展绕过转型期直奔最后理想社会模式,同样都是痴人说梦。① 所以,我对 1980 年代以后不少论者对郭沫若解放后的思想和文学严厉粗糙的指责,很有些不以为然。因此有必要对其当时处境和心态略加叙述。

解放后,郭沫若发生了比许广平更大跨步的个人转型,由一个文人变成国家机构中的重要人物。如果说许广平大多是虚职,领导不了什么人,但郭氏却在文化界始终处于领导地位。1950 年代以后形成的文化和文学格局,难免有他一份功劳。不过,这种身份,恐怕大大超出了郭氏本人的原先预期。这些荣誉包括:全国政协二、三、五届副主席、全国人大一至五届副委员长、政务院副总理兼文教委员会主任、中国科学院院长、中国科学院哲学社会科学部主任、全国文联主席、中国科技大学校长、中国人民保卫世界和平委员会主席、中苏友协副会长、中日友协名誉会长;"文革"中,被选为中国共产党九、十、十一届中央委员,等等等等。不仅如此,他还荣膺大陆现代文人中的几个"第一":他的文章第一个作为党内文件下发,要求各级党组织认真学习,"你的《甲申三百年祭》,我们把它当作整风文件看待";②在 1941 年周恩来主持的"郭沫若诞辰五十周年"纪念会上,他成为第一个被中共祝寿的现代作家;1949 年 3 月,他以党外人士身份第一次率中国代表团赴巴黎参加

---

① 见唐德刚:《袁氏当国》第 3—94 页,(台北)远流出版社,2002。
② 毛泽东 1944 年 11 月 21 日在延安致郭沫若信,1979 年 1 月 1 日《人民日报》。信中所说"此党内文件",即 1944 年 6 月 7 日《中央宣传部、总政治部通知》。《通知》指出:"《解放日报》近发表郭沫若的史论《甲申三百年祭》与苏联高涅楚克的剧本《前线》,并由新华社全文广播,两文都是反对骄傲的。郭文指出李自成之败在于进京后,忽略敌人,不讲政策,脱离群众,妄杀干部","实为明末农民革命留给我们的一大教训"。"这两篇作品对我们的重大意义,就是要我们全党,首先是高级领导同志,无论遇到何种有利形势与实际胜利,无论自己如何功在党国、德高望重,必须永远保持清醒与学习态度,万万不可冲昏头脑,忘其所以,重蹈李自成与戈尔洛夫的覆辙。"引自《郭沫若研究资料》(上)第 443 页,中国社会科学出版社,1986。

第一届世界拥护和平大会;第一位作家出身的国家领导人。正如有人指出的:"他和鲁迅一样,是我国现代文化史上一位学识渊博、才华卓具的著名学者。他是继鲁迅之后,在中国共产党领导下,在毛泽东思想指引下,我国文化战线上又一面光辉旗帜。"①此话不虚。

郭沫若解放后生活的一个显著变化,是由民国后期的"民间""边缘"和"在野"状态,跻身国家决策层。他的时间表,已非一月或半年为一个单位,而变成了分分秒秒的计算。这时的他,已决定不了每天的行止,例如何时逛北京琉璃厂,何时家中见客,又何时伏案写作,对付各种杂志的约稿,因为上面和秘书早替他排满:在1949到1957年上半年中共与民主党派合作的"蜜月期",郭沫若对国家大政方针的参与,可以说达到了颠峰状态:1949年5、6月间,他频繁来往于北京和毛泽东香山住所与中南海勤政殿之间,与毛泽东、朱德、周恩来、李济深、沈钧儒、陈叔通一道商量新政协筹备事宜;9月29日,被招到颐年堂毛泽东寓所,与毛泽东、周恩来、李立三、李济深、沈钧儒、陈叔通和黄炎培八人讨论,修改毛泽东自拟的就职公告稿;1950年2月5日,在政务院文教委员会第二次会议上作文教委员会工作计划要点的报告,通过了1950年文教委员会工作计划草案;1951年9月3日,出席中央人民政府第十二次会议,听取周恩来的外交报告和陈云的财政报告;1952年5月6日,和周恩来出席中国捷克斯洛伐克文化协定等几个文件的签字仪式,并讲话祝贺;1954年3月23日,出席中华人民共和国宪法起草委员会第一次会议,毛泽东在会上提出了中共中央起草的宪法草案初稿;1956年1月25日,参加最高国务会议,会议讨论并通过了中共中央提出的《1956年至1967年全国农业发展纲要(草案)》;1957年11月2日,以中国代表团团员的身份,随毛泽东离京出访莫斯科。5日,又随毛泽东到红场拜谒列宁、斯大林陵墓。7日上午,接着陪毛泽东出席红场阅兵式……郭沫若生于1892年,比伟大领袖年长一岁,这么没白没夜地陪

---

① 邓小平1978年6月18日在"郭沫若追悼大会"上所致的《悼词》,1978年6月19日《人民日报》。

着,少则一个小时,多则十几个小时,辛苦劳累自不待言。但这就是文学的政治,或说政治的文学。

  随着社会身份的变化,郭沫若写文章的眼光和视野出现了引人注目的调整。例如,他不再以"我"这样的第一人称,而变为以"我们""全国""广大人民群众"的复数人称发表看法;他文章中"权威"的分量日增,因为他率先响应"号召",对文化界自然有示范导向作用。例如,在全国第一次文代会上,他在周恩来的报告后接着说:"我们诚恳的全部接受周副主席给我们的指示,努力改造自己,向人民学习,学习我们不熟悉的东西,老老实实,恭恭敬敬的学习,热诚地做毛主席的学生。"① 在《反社会主义的胡风纲领》中,他说了很多人还不敢说的话:"多年来,胡风在文艺领域内系统地宣传资产阶级唯心主义,反对马克思,并形成了他自己的一个小集团","从胡风的思想实际和他所采取的行动实际来看,他所散播的思想毒素是不亚于胡适的",究其实质,即"反对和人民群众结合,实际上就是反对全中国知识分子走社会主义革命的道路"。② 对解放以来的文化界状况郭沫若也有估价,他认为:"几年来在广大知识界进行了思想改造运动,马克思主义思想有了广泛的传播,这是必须肯定的成就。但是和别的部门在建设事业上的蓬蓬勃勃的发展比较起来,我们的学术文化部门在思想论战方面的空气却未免太沉寂了。对于资产阶级错误思想我们既没有进行有系统的、认真的批判,甚至还有人采取了投降主义的态度。"③1958 年,毛泽东提出了"革命的浪漫主义与革命的现实主义相结合"的指导方针,郭沫若闻知后,跟着发表了《浪漫主义和现实主义》等多篇文章热情附和。他以文学史学权威的身份这样立论,谁又敢不相信? 自然这其中有许多想象性的扩充:"不管是浪漫主义或者是现实主义,只要是革命的就是好了。革命的浪漫主义,那是以浪漫主义为基调,和现实主义结合了,诗歌可能

---

① 文见 1949 年 7 月 7 日《人民日报》。
② 文见《文艺报》1955 年第七号。
③ 郭沫若:《三点建议》,《文艺报》1954 年第 23、24 号。

第四章　郭沫若之路

更多地发挥这种风格。革命的现实主义,那是以现实主义为基调,和浪漫主义结合了,小说可能更多地发挥这种风格。"他指出,屈原表面上看是一个浪漫主义者,但他又是"一位伟大的现实主义者";鲁迅的特征是"冷",实际"他的作品充满着热情",有"浓厚的浪漫主义的成分";"最显明的例证是我们的伟大领袖毛泽东同志了","他是最伟大的一位现实主义者,但我也敢于说,毛泽东同志又是最伟大的一位浪漫主义者。他是伟大的革命家,同时又是伟大的作家、诗人"。①

郭氏如此宏论滔滔,想必不会胸襟狭窄局促到只为稻粱谋。如此去看一个史学和文学界权威,自己也难免气量狭窄,所论不公。不过,前面所述没日没夜的辛苦劳累,当然也能结出累累硕果,我们也不必为贤者隐讳。与创造社失败逃回日本,以及在政治和文学活动过程中疏于写作而稿费枯竭,经常入不敷出的诸多情形相比,此时的郭沫若何等风光?1950 年代后郭沫若生活境遇之堂皇,即使北大清华的一级教授们前来参观访问,恐怕也会望而汗颜的罢。据不同材料,读者许多年之后终于可以看到庐山真面目。这时的郭沫若像他的作家和教授朋友们那样照常拿丰厚稿费,他还享受国家领导人的高工资(领行政级别工资,月薪 500 元),同时又有作家教授们所没有的特供及许多补贴,配有秘书、警卫、听差、司机、厨子等数人,过着寻常百姓很难想象的生活。1949 年 5 月 22 日,于立群携子女由香港来京,住的是西四大院胡同五号这个普通略大的院子。但门口有"岗哨",如果约见,需经"警卫人员引进门去"。② 后来,又搬至经过精心修缮的旧王府——前海西街 18 号。自然,这也使在文化界朋友众多、过去热衷于迎客临门的郭沫若本人,大大感到不便。在这种氛围里,或有身份微薄的朋友被警卫拒之门外,或有热心崇拜的读者,只能隔墙眺望,从前那种围炉畅谈,笑声阵阵

---

① 郭沫若:《浪漫主义和现实主义》,《红旗》1958 年第 3 期。次年初,他又在《人民文学》1 月号发表了在文化界产生很大影响的《就目前创作中的几个问题答〈人民文学〉编者问》的长文,重申对"革命浪漫主义与革命现实主义相结合"观点的支持。

② 龚济民、方仁念:《郭沫若传》第 403、404 页,北京十月文艺出版社,1988;与郭同属国内一流文史专家的俞平伯月薪 180 元、顾颉刚 218 元、翦伯赞 217 元、陈寅恪 253 元。

的纯粹文人生涯,恐怕不会再有了罢。郭沫若是否就喜欢这种侯门深院,而拒绝过平凡文人充满烟火味的寻常生活呢?他内心深处未必就愿这样,之所以这样也并非是他全部的心里选择吧?一个文人而为国家领导人,一个性情浪漫毕露的诗人剧作家而为深言不出的政界人物,这种心路历程着实难缠矛盾,也许连郭氏本人都说不明白。这正是笔者不愿像有的论者每每举起粗重大棒,不分青红皂白地对所述历史人物随随便便当头一击以图文字痛快的一个原因。走近一个历史人物,必要做些实地踏勘才好,观察大致环境,注意其中的一些蛛丝马迹。否则,对他的思想言行只能妄自猜测,跟着死材料放言著述,而没有具体的历史感受做衬底。1994年初夏,笔者有幸踏访这座已更名为"郭沫若故居"的堂皇豪宅。从朱漆的大门进入,先是一座假山,接着是前后两重院落,由两幢两层楼高的高大、宏伟的飞檐走壁的古建筑组成,回廊环绕。前面一座为郭的书房、会客室,后面一座为全家的起居室和卧室。郭宅规模之大、之幽深,不禁令笔者瞠目结舌。这次意外之行,让笔者突然有了一种与论述对象更为贴近的感觉。

郭氏新旧两个时代生活质量的悬殊,着实令人大开眼界。1960年和1961年是郭沫若和夫人于立群的"旅游年"。请允许我把夫妇两人的行程抄录如下:1960年春节,郭沫若飞回离别十多年的重庆,登枇杷山,访曾家岩、天官府;是年3月,飞赴延安,在杨家岭、宝塔山下一游;3月下旬,为修改剧本《武则天》,专程去西安,先后踏访了高宗与武后合葬的乾陵等处。1961年为上行下效的"调查研究年",这一年我们在祖国大地上看到的是郭氏夫妇匆忙旅游的"身影":该年郭从国外访问归来,两次游览昆明;2、3月间,再携于立群走访湛江、海南岛,并顺访两人结情的武汉珞珈山;5月,再去泰山;9月,由重庆乘江沪轮沿江而下,经三峡,宿万县,激起一时豪情;9月游兴不减的他参观上海豫园,又转道富春江,游严子陵钓台,接着赴广东从化、肇庆七星岩。郭沫若每到一处,都留有诗词和墨宝,以至现在游客在祖国大好河山上想见到他随手题写的题词和条幅,并非难事。郭沫若出游时,前有迎者,后有随从,前呼后拥,在现代以来中国的文人墨客中达到了很高的规格。郭氏行

第四章 郭沫若之路

迹在他的诸多诗词中每有披露,我们也不妨披览:"欣逢研究调查年,/北极飞临南海边。/兔尾岭前乘快艇,/鹿回头上射飞鸢。/盐田日晒成银岭,/椰实人蹬落碧天。/自古琼瑶称此岛,/珠崖毕竟占春先"(《颂海南岛》);"玉带蜿蜒画卷雄,/漓江秀丽复深宏。/神奇景物疑三峡,/瑗黛烟云绕万峰。/石上望夫犹有妇,/崖头画马欲成龙。/名山坐使人陶醉,/豪饮当年忆似虹"(《春泛漓江》)。笔者不学,不知历史深浅,对郭氏的小小辩护当然也不会为人所喜。我这样做,无非希望人们不要只在单视角中看待郭沫若,而要在宽幅的历史视野中看待他而已。

值得一说的是,以治古史名闻遐迩的他,比普通人应该更具有对文人墨客涉足政坛之命运的警醒和自察力。他对自己的真实"处境",未必就没有认识。有人回忆:"大约是1960年,在中南海怀仁堂上演一部新编历史剧。这是郭老写的一部为曹操翻案的戏,由北京人民艺术剧院上演。""散戏之后,大家正在退场,一位将军对他旁边的人半开玩笑地大声说:'曹操如果像郭老写的这样好,我就介绍他入党。'当时康生也在场,我看到包括他在内的许多人都笑了。毫无疑问,当时那位将军和他周围的人都是非常'自己人'的,康生是非常权威的革命理论家。我不记得郭沫若先生当时是否在场,但这种玩笑包含的轻佻和不以为然,以及周围人对这种玩笑心领神会的响应,却留在我的印象里。"①这不算什么秘密,"郭老,郭老,诗多好的少"这类并不友好的笑话,也在相当一级的圈子里流传。据说,这个笑话的"始作俑者"其实就是郭自己。在特殊范围内如履薄冰的他,反右的时候"听到丁玲是右派大吃一惊,听到艾青是右派又大吃一惊。丁、艾都是老党员,对郭震动很大。他说,像我们这样的人,如果不好好改造自己,骄傲自满,就会成为右派"。又据陈明远追述:"1963年以后,特别是毛泽东提出'千万不要忘记阶级斗争'和'裴多菲俱乐部'的问题之后,赵丹、白杨来北京人民大会堂开会碰到郭老,他外表表现得很淡漠再不像往常那么亲热友好,他知道赵丹爱放炮,嘴上把不住门。他在公开场合不让人感觉和谁有私

---

① 罗点点:《红色家族档案》第107、108页,南海出版公司,1999。

交。他对北京人艺还是有感情的,但外表上也保持距离。"又说,"他给自己在社会结构里的定位,放在科学界。1962年在广州有两个会,科学的会他热心,自始至终参与;文艺的会只露了一面;看得出对文艺不愿意参与。凡是文联的事,他都按周扬的意见(他认为也就是毛主席意见)办"。① 尽管他与陈明远的所谓书信存疑多多,连郭家人也都不完全认可,②但这些在"文革"后逐渐披露的书信,却帮助读者从另一个角度认识郭沫若的内心世界。人们也许更为震惊的,是"另一个"郭沫若的存在罢:他在1963年11月14日致陈明远的信中说:"来信提出的问题很重要。我跟你有同感。大跃进运动中,处处'放卫星'、'发喜报'、搞'献礼',一哄而起,又一哄而散;浮夸虚假的歪风邪气,泛滥成灾。……'上有好之,下必甚焉'。不仅可笑,而且可厌!假话、套话、空话,都是新文艺的大敌,也是新社会的大敌。"而人们不会健忘,在大跃进中,正是他带头大放"诗歌卫星",鼓动文艺家们走"两结合"的创作道路。他在1965年9月20日的信中表示:"现在哪里谈得上开诚布公。两面三刀、落井下石、踩着别人肩膀往上爬,甚至不惜卖友求荣者,大有人在。我看不必跟那些无聊文人去纠缠了。因此,我劝你千万不要去写什么反驳的文章,那不是什么'学术讨论',你千万不要上当!"世人大概不会淡忘,每逢"引蛇出洞"的所谓"学术讨论"中,郭老唱的都是红脸。1955年,他在一次很多人在场的发言中,曾声色俱厉地要求有关方面将胡风等人"绳之以法",当年,所谓胡风小集团分子们,不也正是这样在私人通信中频繁暗放冷箭,评判时政吗? 我们郭老的思想境界,丝毫不亚于胡风等在新时期被"拨乱反正""平凡昭雪"的所谓

---

① 胡化:《高处不胜寒——关于郭沫若的访谈》,引自丁东编:《反思郭沫若》第266—269页,作家出版社,1998。

② 在1990年代,围绕郭沫若和陈明远书信的"真伪"问题出现了不同意见,参加争论的文章有:舒人的《郭沫若致陈明远书信质疑综述》、肖露丹的《周尊攘访谈纪要》、钱若的《关于〈郭沫若书信集〉》、陈明远的《答郭平英的公开信》、田达威的《莫让疑团误后人》、刘素明的《关于郭沫若致陈明远书简》和叶新跃的《以群保存的郭沫若书简》等(均见《反思郭沫若》一书)。这些针锋相对、各执一词的文章,为我们研究郭沫若晚年充满矛盾的思想世界,提供了极其重要的资料。

"思想界勇士"嘛(见李辉《胡风反党集团冤案始末》)。既然学者能为胡风等人大叫冤屈,摩拳擦掌地打抱不平,那为何又在同等历史条件下对郭氏的历史勇气置若罔闻?这显然不是史家笔法,偏于一端不观历史全景的学术研究实在难服人心。在1965年5月5日、12月22日的两封信中,他再次剖白心迹道:"至于我自己,有时我内心是很悲哀的。""我的那些分行的散文,都是应制应景之作,根本就不配称为什么'诗'!""建国以后,行政事物缠身,大小会议、送往迎来,耗费了许多时间和精力","我说过早已厌于应酬、只求清静的话,指的是不乐意与那帮无聊之辈交往。"①直到"文革"前,郭沫若还对自己做过如此严苛的"审视"。他说:"现在,我们两个在一起谈话,是有什么谈什么,你也不会作戏。可是一转眼,我跟别的人,往往就不得不逢场作戏了。这是很悲哀的。凡是逢场作戏的人,写出来的东西,都会遭到后人的嘲笑。"②郭是历史学家,他把自己放在历史平台,审视检查,相当坦率并不避讳。他阅历史人物无数,看历史之深,非我辈所能比。如果上述文字还有一些属实成分,不全来自讹传和伪造,那么读者看到的,就是民国时期的郭公的复活,是"女神之再生"的灵魂转世,是公平评价他的研究者的一个应该选取的视角。不过,也有人认为,郭沫若的内心世界是多元的:他"在心理学分类上属于一种矛盾、多元(多重性)的人格型。一方面,外向、情欲旺盛、豪情不羁;另一方面,内藏、阴郁烦闷、城府颇深。一方面热诚仗义,另一方面趋炎附势"③。

郭沫若也许心头曾布满茫然。以他丰富的历史学识,不会看不到自己在社会结构中的确切位置。他是左翼作家,是信奉马克思主义的历史学家,一生都向往也积极实践充满激情和战斗的生涯。像大多数中国现代知识分子一样,他厌恶国民党的腐败政治,把忧国忧民的理想寄托在主张解放全中国人民的中共的身上。其实,他像同时代的很多

---

① 转引自丁东:《五本书看一代学人》,《黄河》1996年第4期。
② 冯锡刚:《郭沫若在"文革"后期》,选自《泪雨集》,生活·读书·新知三联书店,1979。
③ 陈明远:《湖畔散步谈郭沫若》,《黄河》1998年第5期。

人那样,是对国民党失望,同时渴望共产主义的那种自由才去投身革命,他是渴望一种个人精神自由才去参与共产主义运动。由于有这一条思想主线,1948年他毅然从香港去解放区,积极参与新中国的建立,才可以说是一种合乎内在逻辑的思想行为。建国初年,郭沫若一度陶醉在人民群众"翻身解放"的喜悦之中,这种情绪在1959到1962年间达到了最高潮。1963年,是郭沫若思想重要的转折期。一件大事是阶级斗争搞到了他的家庭,他的儿子郭世英被打成反动学生并被强迫劳教,再就是阶级斗争已经蔓延到社会的各个角落,弄得文化艺术界人人自危,这对郭沫若震动很大。以上的书信,从一个侧面证明了他思想上发生的变化,同时也给了他寄人篱下的强烈现实感受。而这一感受与他对历史经验的了解结合起来,呈现的恰恰是过去研究中一直视而不见的郭沫若比较完整的精神世界。

二 文化观和历史观

如果在上一章,我们是以历史隔空喊话的方式理解鲁迅与当代文学的关系的话,那么这一章在评价郭沫若时,在方式上就不能凌空蹈虚。因为郭就活在当代,而不像鲁迅早已被存入历史档案中。郭是当代文化和当代文学的设计者之一,至少也是参与者之一。另外,他不是埋头于社会工作的政客,而是一个大学问家、大文豪,我们在检讨他时,怎么能不顾其思想理路而妄评是非?所以,对郭沫若现实行为的观察,只能到他历史上的思想观念和行为中去索取,而从他现实生活中的多元复杂,可以进一步体察到中国到了当代社会之后空前激烈紧张的文化环境及其气氛。

写到这里我不禁会问:今天的评家是不是太苛待郭沫若了?是不是用今是昨非的观点在研判他,以今天之是非来要求他的昨天之是非?所谓历史研究,当然离不开评论者的是非判断。不过,这种是非判断如果离开研究对象思想行为的生成环境,不把历史环境是怎么生成研究对象的思想等因素置于视野当中,那么它的现实针对性也会变得十分

第四章　郭沫若之路

可疑。这是我要在郭沫若的文化观和历史观上做做功课的一个初衷。

在阅读有关文献时我发现,郭沫若文化观的源头主要是两个:一是五四时代的进化论,另一是马克思主义的历史唯物主义。进化论使他一生都在追随时代的重大变化,并将每一时期的变化确定为自己思想和行文的基点;历史唯物主义则使他习惯于用现实的功利主义协调与政治、现代政党的关系,处理各种错综复杂的现实矛盾。"善变"并不是所有进化论者和马克思主义者必然的人生模式,但进化论中"物竞天择"的思想导向与历史唯物主义的核心精神,却总能使它忠实的信奉者通过不断的"变",来为在时代大潮的冲击和裹挟中的精神个体以准确的"定位"。也就是说,郭沫若的文化观实乃是五四精神与马克思主义的一种奇怪驳杂的结合体。终其一生,他的处世哲学和行事方式虽然常常超出我们想象之外,但最终又在我们对现代中国文化的预判之中。

作为现代中国知识分子的代表人物之一,郭沫若一生的文化思考极其宽泛芜杂,从诗歌到小说,从戏剧到文论,从甲骨文到历史研究,他留下了独特丰富的真知灼见;而作为一个后发展国家的现代知识分子,他所有的文化活动又都脱不开一个经世致用的动机,即如何使自己的民族摆脱失败的困境,走上解放、光明和强盛之路。1943年写作的《中国文化之传统精神》,是他对自己最关心之问题的一个简明答案,乃是"画龙点睛"之笔。他指出:"我们所见的孔子,是兼有康德和歌德那样的伟大的天才,圆满的人格,永远有生命的巨人。他把自己的个性发展到了极度——在深度如在广度。"在他看来,孔子对今天的意义主要还在他"苟日新,日日新,又日新"的进化思想和执着顽强的追求方面,"这样不断自励,不断向上,不断更新","进而以天下为己任,为拯四海的同胞而杀身成仁的那样的诚心,把自己的智能发挥到无限大,使与天地伟大的作用相比而无愧,终至于与神无多让的那种崇高的精神,便是真的'勇'之极致。这样的人,不论遇到何种灾殃,皆能泰然自适"[①]。

---

① 载《野草月刊》第5卷第8期,1943年3月1日。

然而,这毕竟是一个极其宏伟而空渺的境界,不要说在中国,即使到西方所谓自由的社会里也难以实现。更遑论它是书斋里的自我精神期许,放到任何社会里都难以真正对接。这正是郭沫若在当代社会中之所以为大多数评家所不满,而他又无从自我辩解的真正原因所在。在笔者看来,这才是"知难而行亦难"的历史困境。1950 年代后,鉴于国家文化政策的大幅调整,郭对自己文化方案的落实当然更加举步维艰。但我们也不能说,他完全没有心存幻想,他的学术研究在马克思主义的框架之内也在做着某种努力。他众多的学术著述,已向世人挑明了这点。有心者发现,他先后出版过《奴隶制时代》《文史论集》《读〈随园诗话〉札记》等著作,在继续从事甲骨文的搜集、整理和著录,主编历时 26 年、收甲骨 41956 片和有 13 册之巨的《甲骨文合集》;另外,主持《管子集校》,重新标点《盐铁论》,校订出版了《再生缘》前 17 卷本等。其中,引起史学界之奴隶制社会与封建社会"分期"争论的《奴隶制时代》最令人侧目。无须避讳,出于进化论的眼光,郭沫若显然有以上古史研究服务当世的用意。在此书中,他力排众议地把奴隶制的下限敲定在春秋与战国之交,即公元前 475 年。他自信地认为,殷周时代的特征是一切生产资料均为王室所有,井田制直到春秋年间仍是当时土地国有制的骨干。由于生产力的发展,私田出现并逐渐扩大,导致鲁宣公十五年(公元前 594 年)正式废除井田制,承认公田和私田的私有权,这便产生了地主所有制的生产方式;由于私家肥于公家,下层便逐渐超越上层,天子倒霉了,诸侯起来,诸侯倒霉了,卿大夫起来,卿大夫倒霉了,陪臣起来,环环相扣,从而促使了生产者(奴隶)身份的根本改变。这一重大变革,意味着奴隶制的崩溃;战国时期各国的变革,如田氏代齐、韩、赵、魏三家分晋,不仅是改姓换代的政权更迭,而且表明社会起了质变的革命,斩断了殷周以来血缘联带的传统,造就了一批新型的执政者。各国执政者都出身微贱。所谓鸡鸣狗盗之徒、引车卖浆者流,亦能成为天下名人;最后在意识形态上也反映出新旧时代的区别,其表现是:天子至尊地位发生动摇,人格神形象日益模糊,产生了无神论的宇宙观。生产者的价值、地位和身份提高,出现了与等级观大相径庭的

"泛爱众"思想。因此,随着"民为贵"思想的深入人心,人民语言、民间形式登上大雅之堂,推动了诗文文体的变革。此论曾被奉为当代史学正宗,但实际是迎合领袖"人民创造历史"史观的蹩脚注释,所以它后来被非议连连。虽然如此,也不能说它与郭沫若一如既往的文化观念就没有血脉联系。因为在非学术的年代,要做学术性的工作,这不也是在所谓历史困境中,通过学术研究去实践孔子"圆满的人格"的心境之曲折的表现?三十多年前,即1970年代末期,笔者在河南大学中文系就读时,曾闻多位白发苍苍老先生被允重新上课后,在课堂上大发自己已成"出土文物"的慨叹。那时,很多大学教师被迫把宝贵岁月花费在无休止的牛棚、批斗会和学习班上,学术武功早废。而在文化废弃和低迷年代,我们的郭公每天仍在"郭沫若故居"使用大倍放大镜,做着甲骨文的功课,做历史分期的考察,此等文化建设雄心着实令人慨叹。他不甘心废弃学术武功,反而在书斋里愤而著述,我们凭什么就说他只在当代混混呢?大家这样说的根据究竟何在?笔者大为不解。

为曹操翻案,是郭沫若文化观中一个值得关心的亮点。他著文《替曹操翻案》,又作话剧《蔡文姬》。1959年,他曾表示:"我写《蔡文姬》的主要目的就是要替曹操翻案",因为"曹操对于我们民族的发展、文化的发展,确实是有过贡献的人"。他认为,历来史书之所以对曹故意采取贬低的立场,是缘于"从旧有的正统观念来看曹操"。"我们今天研究历史或者评判历史人物,总的根据历史唯物主义,实事求是地来进行。"根据历史唯物主义的观点,他对曹操打黄巾农民起义军做了辩解,"曹操尽管打了黄巾义军,不能否认他也受到农民起义的影响,逼着他不能不走上比较为人民谋利益的道路"。他认为曹操的历史功绩有以下两方面:一、"他使汉末崩溃的社会逐渐安定了下来,使黄河流域的生产秩序得到恢复和发展,使流离失所的人民得到安居乐业"。"除了在郡国广泛开立屯田之外,在他的统治下还兴修了好些水利","在文学方面的贡献,就是痛恨曹操的人也无法否定"。二、"他的才、学、识,他的生活态度,作为一千七、八百年前的人来看,已经就够出人头地了"。为证明曹操具有人本思想,也不排除有迎合1950年代"与工农相结合"的社会宣传之嫌疑,郭沫若还举出一个他和工人一道打刀的例子,说他与"古代帝王亲耕籍田"本质上毕竟有区别:"因为在一千七八百年前的知识分子就能够重视体力劳动,实在是件了不起的事。"甚至说:"请想想看吧,我们今天有些比较进步的知识分子,就在一年七八个月以前,不是都还在轻视体力劳动,看不起劳动人民吗?"①

郭沫若在考察历史人物活动,评说他们的功过是非时,一般都把他们是否得到人民的支持联系起来。这固然是在逢迎"人民创造历史"的权威理论,但也应看到,这种思想的形成确又有郭氏自身的发展逻辑。1951年,他借回顾剧本《虎符》的创作之机指出:"秦始皇的统一中国,并不是秦始皇一个人的力量。由秦国来说,那是自孝公以来,特别是自商鞅变法以来,六世的政绩的积累。由春秋的十二诸侯归并为战国的七雄,更归并为嬴秦的一统,各国的先进者或多或少对于历史都有过贡献,而尤其不可抹杀人民大众的支持","如果得不到人民大众支持,那是任何事业都不能完成的,幸而完成了也不能巩固的"。为此他说,战国七雄当时都有统一中国的机会,秦的改良主义之所以取得了成功,原因就在"商鞅的政策符合秦国人民的利益,被一贯地执行了下来,而其他的国家或因失掉了革命性,或因改良得不彻底,腐化因循,故终至于失败"。但他又说,"秦国的统一办法并不高明,请看秦国破赵于长平,坑赵降卒四十万人于长平一事就可以明白了。当时的人民诚然希望中国的统一,这是自春秋以来历史发展的趋势,但不一定欢迎秦国的统一",因为它的肆杀政策与苛政最终又违背了人民希望休养生息、和平发展的历史愿望。②他指出:"在武后统治的五十多年间不曾有过大规模的农民起义,是值得注意的。"徐敬业在扬州叛乱,其性质是想要夺取政权,最终归于失败。"诗人陈子昂曾经说过:'扬州构逆,殆有五旬,而海内晏然,纤尘不动'",原因何在?是由于没有人民的支持。而武则天"以一个女性统治者,一辈子都在和豪门贵族作斗争,如果

---

① 郭沫若:《〈蔡文姬〉序》,《蔡文姬》,文物出版社,1959。
② 郭沫若:《由〈虎符〉说到悲剧精神》,《奴隶制时代》,上海文艺出版社,1952。

第四章　郭沫若之路

没有得到人民的拥护,她便不能取得胜利,她的政权是不能巩固的"①。

打上"郭家店"印记,以进化论思想为内核、民生主义为归宿的文化观,可谓由来已久。这是从五四出发的文化理念与中国社会变革实践相结合后的必然结果。1919年,27岁的郭沫若与他人发起成立夏社(取华夏之意),进行爱国反日宣传,作《同文同种辨》和《抵制日货之究竟》等文章。学医失败后,他更感到爱国须另起炉灶,遂转向文艺,1921年发起成立创造社。到写出轰动一时的新诗《凤凰涅槃》的时候,他已经是一个感情冲动和富有煽动性的爱国主义者了。在他看来,文学救国应始于张扬个性主义:"我想我们的诗只要是我们心中的诗意诗境底纯真的表现,命泉中流出来的 STRAIN,心琴上弹出来的 MELODY,心底颤动,灵底喊叫,那便是真诗,好诗"②,"大逆不道!大逆不道!但是大逆不道就算大逆不道罢,凡在一种新旧交替的时代,有多少后来的圣贤在当时是溢为叛逆的",他坦然承认,"我怀着这种思想已经有多少年辰"。③ 但郭沫若发现,个性解放究竟是爱国的第一步,如实现民族之振兴,关键要借助社会大众的力量。他说:"1924年《创造周报》决定停下来,我就跑到日本去了。到日本,我翻译了河上肇的《社会组织与社会革命》。河上肇是当时日本有名的马克思主义经济学者。在翻译中,一方面学习了一些马克思主义理论,另一方面,对河上肇也感到不满足了。因为他没有从无产阶级革命运动出发,只强调社会变革在经济一方面的物质条件,而忽略了政治方面的问题。"④ 把爱国与个性主义联系起来,这种文化观中包含着进化论的思想逻辑;将爱国落实在民族振兴的地基上,所凸显的正是人民至上主义的内容;而把二者整合到一起,则堪称是郭沫若"中西合璧"式的现代爱国思想。然而,综观郭沫若一生思想的整体,他的着眼点仍专注于褊狭的民族主义,他没有把现代民族主义中所蕴含的民主意识真正张扬出来,作为其

---

① 郭沫若:《我怎样写〈武则天〉?》,1962年7月8日《光明日报》。
② 郭沫若:《谈诗歌创作〈通讯三则〉》,1920年2月1日《时事新报·学灯》。
③ 郭沫若:《写在〈三个叛逆的女性〉后面》,《三个叛逆的女性》,上海光华书局,1926。
④ 《郭沫若同志答青年问》,《文学知识》1959年5月号。

文化观中不可撼动的思想基石。所以尽管他早期鼓吹、至晚年也并没有完全放弃民主主义思想，却未必完全理解民主主义的深层含义；他把人民至上主义与民族主义合而为一，却没想到，人民至上主义如果不以民主意识为内核，它最终只能变成愚民政策的包装材料。郭沫若在解放后以"变"而著称，除苟求自保的心理外，根本原因还在其文化观中的民主意识（包括个性主义）难经风雨。因此，当狭隘的爱国主义被现代民族国家利用后，势必会走向末途。当代评家之猛烈抨击郭公，也自在情理当中。

他的文艺观，某种意义上乃是其文化观的延伸。为规避乱世凶险，在暴风骤雨中暂求自存，他将"服务现实政治"和"浪漫主义"设定为自己文艺观的两个中心点。如前所述，假文艺之形式来参与政治，是郭沫若 1920 年代中期逐步形成的文艺观，1950 年代后，它又因时代风暴而变得膨胀与扭曲。据笔者谬见，从郭沫若出版的文艺论集《雄鸡集》（1959）、《文史论集》（1961）和《李白与杜甫》（1971）看，谈文论艺的文章实属不多，很多部分在强调为政治服务。他随意乱谈文艺的心态，早在 1946 年国共世纪大战开始后即隐见端倪。他在一篇题为《文艺的新旧内容和形式》的文章中指出："今天的文艺作品，不仅要有种种新的知识和感觉，主要的还要有新的思想，要以工农大众为我们的对象，要诚心诚意为他们服务。这是新文艺的最新最基本的条件。"①这显然是延安版的文学评论，已在与他的五四文学观悄悄断裂。然郭氏自我思想之断裂，又并非个人性格使然，也与时代大势有诸多瓜葛。有人指出："二十世纪的中国忧患频仍，趋近世纪中期的两场战争"，"尤其惨烈。因此而起的政治动荡、民族迁徙，以及文化传承的裂变，影响至今未尝或已。在这段风雨如晦的年代里，曾有太多知识分子经历生命和学问最艰难的考验。历史力量摧折每使他们身不由己，而在置之死地后，他们也必须重新找寻安身立命的方法，并为他们的选择做出承

---

① 本文为演讲稿，原载《文艺春秋》第 3 卷第 1 期，1946 年。

担。"①晚清后各种政治大势改变新文化和文学土壤之剧烈,令文人言行失措而无法统一,这种现象非郭氏一人独有。被大陆学界大力追捧的鲁迅先生,入住上海十年,不也同样如此?他个人经历的"从北京到上海",究竟是一种从"文学革命"到"革命文学"的进化,还是另一种自我的断裂和巨变,研究尚未给出令人信服的结论。我们看到的"结论",不过是论者自己对历史现象的想象而已。所以,笔者以为,我们不必用历史障眼法来糊弄广大读者,对鲁迅网开一面而独批郭沫若,并不是史家所应做的公道之论。也许只能在晚清后中国社会急剧撕裂和转型的大视野中,认识文人文化观念之矛盾,文学观的破坏、重建和变形,才会对其有一个恰当的历史定位。

在这种情况下,我们就能以郭沫若当时的社会地位和处境去理解他身上的问题。建国后,随着文艺成为总体文化政策的一部分,他对服务对象的指认也趋于明确和具体。他说,广大文艺工作者应该"竭诚地拥护工人阶级领导的人民民主专政,拥护党和政府的方针政策,存心为人民服务,为国家建设服务,抱着自我牺牲的精神,在自己的学术岗位上或文艺岗位上实事求是地进行工作,那他的思想、立场和方法就会合乎马克思列宁主义的轨辙"②。在批判胡风的运动中,他把"反对作家与工农兵相结合,实际上也就是反对文艺为工农兵服务"列为胡氏文艺思想的主要罪状之一。他为此质问道:"社会主义现实主义的作家一致承认文学是整个革命事业的一个组成部分,并且自觉地要做先进的公民,要成为走在群众队伍的最前列的战士,这样的作家,难道反而不要为当前政治任务服务吗?"③郭沫若当代文艺观的重要立足点,包含着令人不安的政治功利性和浪漫主义色彩。众所周知,1958 年,浪漫主义被确立为文艺的主潮。郭沫若的参与其中,当然源自他本来"是一个偏于主观"的作家,④歌德的主情主义和泛神论思想曾长期在

---

① 王德威:《1949:伤痕书写与国家文学》第 178 页,(香港)三联书店有限公司。
② 郭沫若:《三点建议》,《文艺报》1954 年第 23、24 号。
③ 郭沫若:《反社会主义的胡风纲领》,《文艺报》1955 年第七号。
④ 郭沫若:《论国内的评坛及我对于创作上的态度》,1922 年 8 月 4 日《时事新报·学灯》。

他的文学观念中占据着上风,成为他创作的最高美学原则。① 然而,他早年的浪漫主义文艺观是以个性解放为思想基础的,是创造社作家共同的思想和情感倾向,它与政治功利性的浪漫主义文学观不具有同等意义。郭氏却热烈响应。他不是不知文艺真谛的三岁稚童,也不至于老眼昏花,所以他写的文章不能说是糊涂文章,尤其像他这种负有传承文化和文明之责的高级文化人士。毛泽东"革命浪漫主义与革命现实主义相结合"的文艺主张发表后,郭沫若发表了三篇重要文章和"答编者问",即《浪漫主义和现实主义》《就目前创作中的几个问题答〈人民文学〉编者问》和《〈红旗歌谣〉编者的话》。在回答采访者的问题时,郭沫若不假思索地说:"在文学上提出革命的现实主义与革命的浪漫主义相结合的创作方法是非常适时的,具有重大的时代意义的。它不仅适用于现在,就是将来进入共产主义后也还是适用。"又补充说,"很多人说鲁迅是现实主义作家,我们不反对,但如果反过来说他是伟大的浪漫主义作家,我看也不是不可以。比如阿Q这个人物,实际并不存在,他不是以积极的英雄的姿态出现,而是集消极的可憎的东西于一身,事实上也是夸大的产物"。② 他还担忧文学同行跟不上形势,便鼓动道:"劳动人民的建设社会主义的热情泛滥成为了诗歌的大洪水。文艺作家要学习,要找课堂,不到这儿来还到什么地方去呢","目前的大跃进时代应该说就是革命的浪漫主义时代","一种新的关系生动活泼地洋溢着,真正真正使个人心情舒畅。草木鸟兽,山岩矿藏,我想,怕都在感受到新时代的气息。你看,猪肉在见风长,果实在见风长,粮食在见风长,钢铁在见风长","人到了这样的环境,哪能不变?就是'花岗岩头脑'也要变"。③ 这种说法,大概今天思维正常的人已无法理解。但如果能了解郭沫若特殊文艺观产生的时代语境,我们也就能宽谅郭

---

① 参见郭沫若《〈少年维特之烦恼〉序引》,《创造》季刊第1卷第1期,1926年9月。
② 郭沫若:《就目前创作中的几个问题答〈人民文学〉编者问》,《人民文学》1959年1月号。
③ 参见郭沫若:《浪漫主义和现实主义》,《红旗》1958年第3期;郭沫若:《就目前创作中的几个问题答〈人民文学〉编者问》,《人民文学》1959年第1期。

公,他地位虽高,但多是虚职。在风高浪急的年代,随声附和,在这种高层人士中已为普遍风气,没有人能做到遗世独立。

通过对郭沫若文化观和文艺观的整理,已足见他的性格气质。他外露、浅显的诗人气质使他从文学革命转向政治革命;他依附权力的生存策略可谓用心良苦,这种策略使他实现了与当代的合作。但考察他文化观和文艺观的历史延展,又足以使人相信他的思想追求的坎坷曲折,透过表象对其中的蜿蜒荒谬报以历史的同情和惋惜。

三 《蔡文姬》的创作和演出

郭沫若写于当代的几部历史剧,历来褒贬不一。作为他这一时期思想的形象载体,这些戏剧能帮助人们窥见作者真实的内心世界;即使与现代剧相比,它们其实也并不逊色。

1959至1962年,郭沫若的历史剧创作再现高潮,迎来他文学创作的又一个黄金时代。1959年2月完成《蔡文姬》,1960年1月完成《武则天》,1962年10月完成《郑成功》。一部接着一部,一时难以歇手。郭沫若历史剧的第一创作季是20世纪20—40年代,在这一文学季的后半期,《屈原》《高渐离》和《孔雀胆》等作品与其是在展现古代主题,还不如说是政治斗争的借尸还魂。作者以历史剧为"皖南事件"中受到打压的中共伸张正义的政治动机,就连政治圈外的孙伏园也一眼看出:"这是中国精神,杀身成仁的精神","昨天看见报上登载法国沦陷区里的德国当局审问法国的爱国志士倍力的情形。问官让倍力选择两条路,第一条是投降纳粹,即刻给予高官厚禄;第二条,反抗纳粹,死,倍力毫不踌躇的选择第二条"。[①] 如果说新诗代表着郭沫若的青春,反映出青春对世界的单纯和热烈的向往,那么可以说戏剧暗藏着他对政治的渴望和参与,代表了他成年的成熟和世故。由新诗到历史剧则体现了郭沫若人生季节的变换。至少,这在国共政治斗争日趋白热化的

---

① 孙伏园:《读〈屈原〉剧本》,1942年2月7日《中央日报》(副刊)第2版。

1940年代是自不待言的。然而,20年后,物换星移,天翻地覆,民主主义早从私议成为公论,从在野变为主政,郭沫若的人生心态想必也会发生另一轮的变换——其实不然。一般人都认为《蔡文姬》《武则天》和《郑成功》仍如作者前期一样,是为"时事"而作,有"歌颂"和"赞美"之意图。也有人指出:"《蔡文姬》和《武则天》两剧,则主要是出于历史的、学术的兴趣",是"要推翻重要的史案",这是因为"时代要求不同,因而写剧的主要动机和行文用辞,也必然随之变化发展"。[①] 然而,经过建国十年后的光环,经过个人的深切体验和潜心观察,郭沫若这时已然完成了对当代中国社会的彻底参与,他不再是那个声色俱厉地宣读着《雷电颂》的屈原。他的"天狗"式的自由和纵情早已胎死诗中。虽然他解放后的新诗、旧体诗词表面上不乏做作的浪漫主义激情,但细察《蔡》《武》两剧,会发现郭沫若终究不是真正的政治战士,而在剧中恍然变成了一个长袖善舞、心灵脆弱的文人。当代文学中的一个政治角色突然间人性光彩恢复,类似返朴归真,这的确又发人深省。

《蔡文姬》可说是郭沫若这一年乃至他一生中的得意之笔。在该剧的"序"中,他声称要"替曹操翻案",但感情最重、最真实的是下面这些句子:福楼拜"曾经说:'波娃丽夫人就是我!——是照着我写的。'我也可以照样说一句:'蔡文姬就是我!——是照着我写的'","其中有不少关于我的感情的东西,也有不少关于我的生活的东西",因为"在我的生活中,同蔡文姬有过类似的经历,相近的感情"。[②] 由此推敲,剧情最动人心魄的倒不是匈奴与汉朝修好、曹操贤明——而是蔡文姬与一对儿女的生离死别,前者反而变成后者感情渲染上的陪衬;给人启发的不是民族团结的空洞道理,倒是后台复沓合唱、回荡在整座舞台上下由蔡文姬亲作的《胡笳诗》,它深入骨髓,撕心裂肺,直到引起人们泣血般的同情和心灵深处的哀恸!大幕缓开,观众见蔡文姬面容憔悴、形单影只,一个人在彩棚下长久地徘徊。汉朝使臣和单于频繁催她启程,数

---

① 王大敏:《郭沫若史剧论》第167、168页,武汉出版社,1992。
② 郭沫若:《〈蔡文姬〉序》,《蔡文姬》,文物出版社,1959。

第四章　郭沫若之路

千里之外的故乡似乎依稀可见,可她却骨肉分离,扔下一对儿女踏上遥遥不归路。作品在第一幕怆然写道:

  胡儿　妈!(向文姬跑去。)

  文姬　(停步)呵,伊屠知牙师,你一早到什么地方去来?

  胡儿　我去打兔子来,我听见好些人在说,妈,你今天就要回汉朝去了,是真的吗?

  文姬　(迟疑,叹气,掩泪)……

  胡儿　(抱拥其母)妈,你在哭吗?你为什么要哭呢?回汉朝去不是好事吗?你不是经常在说,要带我们回去吗?我是很高兴的啦!

  文姬　(索性哭出声来了)伊屠知牙师!我的儿!(抚抱胡儿,泣不成声。有一会,才哽咽着说)娘这几天一直没有告诉你。汉朝的曹丞相派遣了专使来,要把娘接回去,送来了很多的黄金玉器,锦缎绫罗。单于呼厨泉已经答应了。我已经考虑了三天,今天是第四天了,我须得作最后的决定。

稍后,声调寥阔、苍凉而催人泪下的《胡笳诗》第十三拍在幕后缓缓响起:

  不谓残生呵却得旋归,
  抚抱胡儿呵泣下沾衣。
  汉使迎我呵四牡啡啡,
  胡儿号呵谁得知?
  与我生死呵逢此时!
  ……

第三幕,场景切换到长安郊外,蔡邕之墓旁。时已夜半,万籁俱寂。"文姬着披风,独自一人由天幕之一走出,因长途跋涉,兼复思念子女,愈形憔悴"。剧作家直把笔尖戳至蔡文姬心灵深处:

  (行至墓前跪祷,向墓独白)父亲,大家都睡定了,我现在又来看你来了。你怕会责备我吧?曹丞相苦心孤诣地赎取我回来,应该是天大的喜事。但我真不应该呵,我总是一心想念着我留在南匈奴的儿女。……我离开他们已经一个月了,差不多每晚上都睡不好觉。我总想在梦里看见他们一眼,但奇怪的是他们总不来入梦。爹爹,你说,我离开了他们,他们是怎样地伤心呵……我无时无刻都在想呵,饭也不想吃,觉也不能睡。像这样,我到底能够做些什么呢?呵,我辜负了曹丞相,我辜负了你啦,爹爹!(跪下)曹丞相要我学那班昭,让我回来继承父亲的遗业,帮助撰述《续汉书》。但我现在已经成了一个废人。我有什么本领能够做到班昭?我有什么力量能够撰述《续汉书》呢?呵,父亲,请你谴责我吧!谴责我吧!我为什么一定要回来?我为什么一定要回来呵?……

倦极,倒在墓前,昏厥。

抄完蔡文姬冗长的道白和戏文,笔者不免恍惚黯然,眼前忽然浮现三十多年前郭沫若抛弃安娜和幼子、毅然回国抗战的情形。很多年后,他仍然深怀负疚和痛惜之情反复追忆:"昨夜睡甚不安,今晨四时半起床,将寝衣换上了一件和服,踱进了自己的书斋。为妻及四儿一女写好留白,决心趁他们尚在熟睡中离去",然而"自己禁不住淌下了眼泪";"走上了大道,一步一回首地,望着妻儿们所睡的家","眼泪总是忍耐不住地涌",他意识到,自己已经"走到看不见家的最后的一步",这是一种事实上的"诀别"。[①] 在蔡文姬的故事一千多年后,出于救国宏志,郭沫若也做出了抛妇别子的艰难决定。中国向有撰史言志、借诗抒发块垒的写作传统,这时大概不会有人怀疑:彼时的蔡文姬就是郭沫若,而此时的郭沫若,就是那个身陷孤境、无人相告的蔡文姬。他夜深人静伏案写作,涌出的泪水大概已浸湿了稿纸。他久久独立案头,遥想当年救国之路,未想竟如此崎岖,心中是该多么感慨。所以,他要坦然告知

---

① 郭沫若:《由日本回来了》,该文最初发表于上海《宇宙风》半月刊第 47 期,1937 年 8 月。

世人,也告知台下的观众:"蔡文姬就是我!——是照着我写的。"出于某种顾忌,他声称"我没有丝毫意识,企图把蔡文姬的时代和现代联系起来",①但字里行间,莫不透露出他含蓄深沉的现实感受——他不过是借蔡文姬的形象暗喻活在当世的自己。

一个有意思的问题是郭沫若为什么如此钟情于蔡文姬。《蔡》剧声言是在替曹操翻案,但蔡文姬却抢走镜头,占去全剧篇幅的四分之三。而他这一时期言必称蔡文姬,情绪化的时候写蔡文姬,考证历史的时候也写蔡文姬,1959年内,仅与蔡文姬有关的文章即有8篇之多。②在当年1月25日发表于《光明日报》的《谈蔡文姬的〈胡笳十八拍〉》一文中,他提出了与胡适、郑振铎、刘大杰等相反的意见,不惜冒被史学界同仁讥笑的危险。③他愤懑地抱怨道:"蔡文姬《胡笳十八拍》的遭遇,比蔡文姬本人的遭遇似乎还要惨,《后汉书》的《董祀妻传》里面没有提到它,《晋书》《宋书》的《乐志》也没有提到",而这部长诗"那是多么深切动人的作品呵!那像滚滚不尽的海涛,那像喷发着融岩的活火山,那是整个的灵魂吐诉出来的绝叫。我是坚决相信那一定是蔡文姬作的,没有那种亲身经历的人,写不出那样的文字来。"当时已有人注意到戏里戏外的郭沫若。曹禺回忆说,剧本在北京人艺上演后,他看到郭氏"一边看一边流泪。他对我说:'蔡文姬是我用心血写出来的,蔡文姬就是我。'"④"四人帮"倒台后,"人艺的同志们听说郭老听到电台重播《蔡文姬》的录音时,激动地流下热泪。"⑤郭沫若显然是在自比蔡文姬,蔡文姬和他同样明晓大义和深受委屈,他的精神心境已与蔡文姬融为一体。1950年代的郭沫若为什么要到一千多年前去寻找心灵的知音,要急切地进行身份认同,是一个值得探讨的问题。而我们的郭氏的激

---

① 郭沫若:《〈蔡文姬〉序》,《蔡文姬》,文物出版社,1959。
② 参见王继权、童炜钢编:《郭沫若年谱》(下)"1959年"部分,江苏人民出版社,1983。
③ 据葛剑雄《郭沫若和谭其骧》一文所述,著名史学家、复旦教授谭其骧当年就对此说颇不以为然,言辞间多有嘲笑。参见《反思郭沫若》第76—79页,作家出版社,1998。
④ 曹禺:《郭老活在我们的心里》,1978年6月20日《光明日报》。
⑤ 转引自《郭沫若年谱》(下)第216页,江苏人民出版社,1983。

烈批评者们,并不愿意这样去研究问题。因为任何的批判,都比繁琐细致的研究来得容易,也不必每天到图书馆弄得两袖灰尘。所谓历史研究,当然要站在历史之外,但也要贴着历史的细微处去倾听和揣摩,这样的观察才会尽可能周全。首先郭沫若和蔡文姬都是国家重要文臣,都受命于危难之际,且得到明主的赏识。但不同在于,蔡文姬以整理出父亲四百多篇遗著而善终,最后嫁于董祀并光荣引退,而郭沫若虽然拥有显赫的职务和头衔,事实上却象征多于实质内容;蔡文姬因东汉末年的动乱而被掳,身处逆境12年,郭沫若建国后表面一帆风顺实际上却逆水行舟,身居庙堂却不一定有真正的精神自由。郭沫若和蔡文姬的另一相似之处,是他们都曾有过抛家别子的创伤性经验。在1937年7月25日他写道:"向往了十年的岛国作了最后的诀别,但有六条眼不能见的纸带,永远和我连系着。"①二十多年后,蔡文姬的人生困厄竟与他没有丝毫的时空阻隔:"我比生病还要难过。能够回去,我是很高兴的。十二年来,我认为无望的希望竟公然达到了。但是,儿呵,你不知道为娘的苦痛。娘要回去,……却又不得不丢掉你们!"正是通过蔡文姬的形象,郭沫若久堆心底的块垒得到了发泄,他难以告人的苦恼借蔡文姬之口得到了表达,郭沫若为什么偏爱蔡文姬,已经无须把那一张纸捅破。

　　自然,郭沫若创作《蔡文姬》的动机可能还不止这些。以他的政治世故和处世之道,他的剧作不会成为赤裸裸的个人表白。事实上,1958、1959两年他获得的喜讯可谓多多:1958年2月,他就任中国科学院院长。12月与李四光、李德全和钱学森等名流一道光荣入党。1959年4月,当选为全国政协副主席,《郭沫若选集》《郭沫若文集》等著作由多家出版社推出。另外,大量新诗刊发于全国各家杂志……然而,此间发起的大跃进运动,正自上而下向全国铺开。喜讯连连的郭沫若,目睹现状这时不免心寒。诸多虚衔堆积在案头,可报纸上的夸张宣传却令他更加不安。他忍不住私下抱怨:"报纸上宣传,马上要实行共产主

---

① 《郭沫若自传》第233页,江苏文艺出版社,1996。

义,废除家庭,儿童公有制,男的集中住男宿舍,女的集中住女宿舍",①大跃进后期,"人民生活普遍日益下降,部分地区已经十分困难","一些地区的农民开始外流逃荒"。② 知道真实内情的郭沫若,不可能在老百姓命运倒悬的紧急时刻置若罔闻和无动于衷。他毕竟是那个写过《请看今日之蒋介石》的勇敢文人,是以狂傲之气创作过雷雨般的《屈原》并震撼整个重庆的作家。对于深具民本意识的郭沫若来说,起码的良知不致在内心深处丧失殆尽。这就触及到了刚才那个深层次的问题:郭沫若为什么在这一时刻写《蔡文姬》?这要与他过去的言行进行联系,并细加检点。

1942年,他在历史剧《屈原》中借屈原之口对意志软弱的宋玉说:"在这战乱的年代,一个人的气节很要紧。太平时代的人容易做,在和平里生,在和平里死,没有什么波澜,没有什么曲折。但在大波大澜的时代,要做成一个人实在不是容易的事,重要的原因也就是每一个人都是贪生怕死。在应该生的时候,只是糊里糊涂地生。到了应该死的时候,又不能慷慷慨慨地死。一个人就这样被糟蹋了。"《蔡文姬》酝酿于1958年底,但郭沫若在该剧"序"中明确指出他早就有写它之意:"幼时发蒙,读过《三字经》,早就接触到'蔡文姬能辨琴'的故事。"只是"没有想到隔了六十多年,我却把蔡文姬戏剧化了"。一直久埋心底的愿望,经现实导火索轻轻一点,便如火山般猛烈地喷发了出来。从剧情看,蔡文姬之归汉,不仅为实现父愿,还因为是寻找"明主"而来,曹操结束了汉末的大动乱,"使黄河流域的生产秩序得到恢复和发展,使流离失所的人民得到安居乐业"。蔡文姬甘受与儿女诀别的彻骨之痛而毅然返乡,既是对太平盛世的热烈赞美,也是对乱世与浊世的彻底否定。郭沫若写出了一千多年前悲喜交集的人生故事,同时也否定了现世的自己。可以说,通过此剧,郭沫若的愤懑之情既深藏其里,又跃然纸上。《蔡》剧中这一重要玄机,终于在20年后被郭的老友徐迟识破,

---

① 韦君宜:《思痛录》第72页,北京十月文艺出版社,1988。
② 苏晓康等:《"乌托邦"祭》第28、29页,中国新闻出版社,1988。

他说,历史人物蔡文姬"曾如此拨动了郭沫若的心弦,因为他自己也曾去国十年","没有这个切身的经历,他就不会如此深切地体味了蔡文姬的哀伤"。又说,"他也需要诉述他心灵中的隐痛,写出他魂魄中的微颤。借《胡笳十八拍》的诗句,他表达了自己无可奈何的心情,以'生死鸳鸯,镜剑配合'之意,来解释了他自己的一段身世"。在徐迟看来,他希望读者能真正明鉴:"个人哀愁"还在其次,郭沫若实际是通过此剧来发挥他"以天下人的儿女作为自己儿女"的思想,他"落墨之时,也怀有范仲淹在岳阳楼上的心情"。"《蔡文姬》这个历史剧,触动了更深刻的政治内容。"①

1959年7月,郭沫若动了写另一部四幕历史剧《武则天》的心思,至次年1月10日完成。它初稿为五幕,定稿缩短为四幕。与《蔡文姬》相比,《武则天》并不是最满意之作,但与前者取得了惊人的一致在于,它同样是对"明主"的呼唤。《武则天》从初稿到定稿历时两年过半,其间作者还专门踏访西安的高宗与武后合葬墓乾陵。虽说《武则天》和《蔡文姬》一样都是"翻案戏",郭沫若写《武则天》时的主观感情却要收敛得多。人艺导演焦菊隐也看出郭沫若想翻案但不想把自己过多摆进戏里去,他在导演"杂记"中很老练地指出:"如果可以把《蔡文姬》的人物比作感情的化身的话,《武则天》的人物就可以比作理智的化身。……《武则天》不用同一种浓厚的感情色调,来涂抹形象,而给予它们各自的活泼的音阶。每个人都将有自己的人生哲学。"②不是焦菊隐眼光锐利,而是郭沫若的确不能再像写《蔡文姬》那样自由潇洒、任由自己的激情奔腾宣泄了。就在他决定写此剧的当年8月,庐山会议召开,一心要"为人民鼓与呼"的彭德怀元帅遭到清洗,本打算反"左"的毛泽东突然举起了反"右"的大旗。因此郭沫若在构思时就变得格外小心谨慎。他在《我怎样写〈武则天〉?》中援引古希腊先哲亚里士多德的话表示,诗人的任务不在叙述实在的事件,而在叙述可能事

---

① 徐迟:《郭沫若、屈原和蔡文姬》,《剧本》1979年1月号。
② 焦菊隐:《〈武则天〉导演杂记》,《文艺报》1962年第8、9期。

第四章　郭沫若之路

件;可史家毕竟不同,《武》剧"仔细的分析不仅单指史料的分析,还要包含心理的分析。入情入理地去体会人物的心理和时代的心理,便能够接近或者得到真实性和必然性而有所依据"①。无非是说,他这是"史家"之言,而不是"诗人"之言。

时过境迁之后,我们倒是可以真正体会到《武则天》特殊的历史韵味了。还真为当年的作者捏一把汗。第一幕太子贤与裴炎、骆宾王、郑十三娘结为死党,准备来日夺回李家的江山。但武则天一登场,就以她的识才和大度赢得了政治宿敌之孙女上官婉儿的好感,并决定跟随武的左右。这一笔,为后来的剧情发展埋伏了一个小小的高潮。第二幕暗杀明崇俨事发,牵涉到太子贤和上官婉儿。按照常理,犯"欺君"之罪的上官婉儿和杀手赵道生必死无疑。然而武则天再次显示了她宏大的政治气魄与胸襟,她不仅从轻发落了赵道生,并决定继续把上官婉儿留在身边。第三幕得知裴炎、骆宾王准备南北一起举事反武的秘密后,上官婉儿立即着人报告武则天。武则天调集30万大军南下扬州征讨,这边不动声色地拿下了裴炎及其党羽。这是全剧最惊心动魄的一幕,作者避免了平铺直叙的陈套,采用一紧一松的手法使整个情节波澜起伏,环环紧扣。第四幕把武则天性格的刻画推向了高潮,它是采取正反对比的手法进行的:对起草《讨武檄文》的文人骆宾王,武则天慈悲为怀予以赦免;对政敌裴炎等则格杀毋论,毫不手软。结尾处,肃杀的格调陡地一转,全剧换上明朗抒情的气氛,突现出对武则天这位历史上有作为的女政治家热情赞美的主题:"天下是'天下人之天下'。朝廷今后要加倍地尊重农时,务尽地力,奖励耕读,通商惠工,广开言路,重用人才,要使四海如同一家,万邦如同一族。"

尽管《武则天》公演后,史学界和戏剧界对粉饰武则天有不同的私议,但周恩来仍持支持态度。一幅周恩来和饰演武则天的演员立于两旁,郭氏神情恬然坐在中间的照片,足见两人关系非同寻常。周公多次莅临剧场观看的举动,也许并非只是礼贤下士的领袖姿态,一生酷爱话

---

① 郭沫若:《我怎样写〈武则天〉的?》,1962年7月8日《光明日报》。

剧的他可能正在观看中发现了一个适合自己的角色。武则天之能够宽恕公开著文骂她的文人骆宾王,宣扬"广开言路,重用人才","四海如同一家",均为郭氏赞许。这部话剧深藏着对明主和太平盛世的热切呼唤。其深沉笔致使人感到郭沫若的大手笔和大家气概原来也可以通过这么一种不经意的闲情表现出来,他的忧国忧民之心通过公开演出的戏剧得以展露,因为十几年前《屈原》在重庆引起万人空巷的激动情形已留在人们心头——没有人会怀疑这是建国后文艺创作的一个小小奇迹。但随着《武则天》的公演,也意味着郭沫若建国后有限度的文学探索创作的终结。

随后写就的电影剧本《郑成功》也在告知观众,郭氏的戏剧创作已经江郎才尽。剧本意图是宣传爱国主义精神,但它立意平庸,表现一般,艺术上基本没有可取之处。1962年11月,完成初稿的郭沫若乘兴游览厦门,并就有关史料就教厦门大学历史系的学者,为日后修改《郑成功》提前做点功课。由于离真实的现实过于遥远,剧本再修修补补也将于事无补。所以,此年3月剧本在《电影剧作》发表后反应平平,喝彩无多。《郑成功》的艺术命运,恰好被他一年前在宁波天一阁所题的一副对子所证实:"好事流传千古,良书播惠九州。"

四 政治抒情诗、纪游诗及其他

熟悉20世纪初郭沫若《女神》精神的读者,泰半无法接受他建国后时事化的诗歌创作,因为二者反差巨大,创作水平下滑得惊人。人们难以用创作走形、思想萎缩等词语来评价,因为这里面牵扯的问题实在太多。

在1949到1976年的27年间,郭沫若好像重现文艺青春,他笔耕不止,投稿频繁,写作新诗和旧诗约一千几百余首。出版有《新华颂》(1953)、《毛泽东的旗帜迎风飘扬》(1955)、《百花集》(1958)、《百花齐放》(1958)、《长春集》(1959)、《潮集》(1959)、《骆驼集》(1959)、《东风集》(1963)、《蜀道奇》(1963)、《邕漓行》(1965),以及离世后由他人

第四章　郭沫若之路

编选的《沫若诗词选》《东风第一枝》《郭沫若游闽诗集》，总共13部。郭沫若创作之勤奋令人叹为观止，直到他去世前两年还强撑病体，写下脍炙人口的《水调歌头·粉碎"四人帮"》。

1958、1959两年，全国上下头脑发热失去理智。人们姑且认为这是一只看不见的手在操作历史，但郭沫若不过是中华民族之普通一员，他即使具有优秀的大脑，在时代的随波逐流中也难免不被裹挟其中。当然，他可以保持沉默，不过在需要人人表态的年代，保持沉默的代价我们也能够料到，虽然不能因此对他这时的失态视而不见。2010年，澳门大学的窗外秋雨连绵，寂静湿润的气氛无法阻止我的思绪，跨过历史时空去与五十多年前的郭沫若的诗歌创作悄然对接。我无法相信，这位老人的写作竟一天一首甚至数首，对自我完全没有了控制，也不对作品稍作修改就急忙投递出去。对郭沫若来说，什么都可以入诗、什么都可以顺手拈来放进作品，反正大家都头脑发昏，没有人觉得奇怪。他在艺术上的粗制滥造，发展到前所未有的地步。读者看到，郭沫若热烈地关注全世界和我国政治生活中的重要事件及中心工作，作为他诗歌创作的主要灵感。大自怒斥美帝国主义干涉我军炮击金门(《斥美国战争狂人》)、陪同毛泽东等国家领导人登天安门(《庆祝建国十周年》)、保卫世界和平运动、朝鲜战争、"三反""五反"、过渡时期总路线的颁布、长江大桥和十三陵水库建成、"大跃进"和大炼钢铁运动，小到扫文盲学文化、防治棉蚜虫、除"四害"、山东民间剪纸和看高甲剧团演出，无一不成为创作素材，引发他诗歌创作的豪情。郭沫若写得最多的是纪游诗，每到一地皆有诗作，但即使抒发游山逛水的豪兴，也不忘联系国内形势、政治斗争和建设成就。他在记述自己拼命赶制诗作的心态的文章中说："我到张家口地区去，自然而然地写了几十首诗，最后一首诗的最后一句是：'遍地皆诗写不赢'，完全是我的实感。那些诗不是我作的，是劳动人民做在那里，通过我的手和笔写出来的。"①

当代史的很多东西，即使过去了几十年也令人觉得不可思议。一

---

① 郭沫若：《浪漫主义和现实主义》，《红旗》1958年第3期。

切违反社会和艺术规律的事情,都在当时具有不容置疑的合法性,头脑健全的人甚至怀疑不是前者而是自己的思维出了毛病。如果在这种历史情境中理解郭沫若的政治抒情诗和纪游诗创作,就能勉强建立起一条逻辑线索。这种逻辑自然充满讽刺。我们可以把眼光投得更远,把这一切摆在郭氏的一生中来认识。这些文献已经在提醒我们,对问题的判断不能仅仅从1958年出发。例如,郭沫若1920年代的诗歌观是这样的:"诗是人格创造的表现","个性最彻底的文艺便是最有普遍性的文艺,民众的文艺"。他向往强有力的个人,塑造了那个具有无限能量的"天狗"式的自我形象,把是否有突出的个性看作诗的生命。他认为,"诗之精神在其内在的韵律","内在的韵律便是'情绪底自然消涨'"。① 他还说,"具有音调的,不必一定是诗,但我们可以说,没有情调的,便决不是诗","非诗的内容,要借韵语表现时,使我们不生美的感情,甚至生出呕吐的"效果。② 正因深信"个性""内在韵律""情调"是构成诗的基本要素和创作的根本原则,除此之外都是"非诗"的东西,在1928年完成诗集《恢复》后,已有敏锐危机感的郭沫若决定不再写诗,而改写戏剧和从事历史研究。唐晓渡认为,解放后的郭沫若之所以发展到这一步,完全是"屈服于权力和政治中心话语"的结果,他"在此过程中内心必有所怀疑和矛盾,但他仍然一再说服了自己而混同流俗",因此值得探讨的是他"当时的激情澎湃,神采飞扬以及他的自诩,究竟是真诚的流露,还是矫饰的表演?"他进一步指出:"如果问题的复杂性并不妨碍其中确有真诚因素的话——我个人倾向于这种因素占主要成分:场合的半私人性质且不论,如若不是出于真诚,他尽可以对那些诗只作工作性质的交待,而不必予以任何自我评价。"③对左翼文人一向态度严厉的丁东,对晚年的郭沫若却持着一种宽谅的口吻,他说:"明眼人一看即知,郭老晚年表面上地位显赫,实际上并无尊严。否

---

① 郭沫若《论诗》,引自《文艺论集》,上海光华书局,1925。
② 郭沫若:《论节奏》,引自《文艺论集》,上海光华书局,1925。
③ 唐晓渡:《郭沫若和新诗的现代性》,《文艺争鸣》1997年1月号。

则,年轻时曾经呼唤凤凰在烈火中再生,到暮年何必如此阿谀?""自古以来,文人由士而仕,都难免以出让自我为代价","郭老的悲剧在于,他不是没有自省能力,而是有心自省,无力自拔"。① 众多评家都愿意相信,郭沫若未必真正背叛了早年的艺术信仰,问题是他已不能再像1920年那样掌控住自己的笔。显然,郭沫若的诗歌观不可能因为1950年代的激进社会思潮而戛然中断,因为在这些诗集之外,我们找不到这些诗歌观不复存在的任何根据。其实,冯友兰、翦伯赞、范文澜、朱光潜等学界名家在此前后都有过言行不一的著述,所以,在这总体性环境中,对郭沫若诗歌的批评也只能展开文学与政治的比较性综合分析,而不能将他们卑微的屈从一味理解为人格的丧失。

理解郭沫若诗歌创作的反常行为,还可以换一个思维方式,例如传统文化文人的某种心理。像很多读书人一样,"士为知己者死"的传统道德观念,深刻支配着他的思想和感情,也深刻支配着他的言行。建国后,政府给了他极高的政治地位和荣誉,这种礼遇自然激动着他的情怀。对一生都处在飘泊和动荡之中的郭沫若来说,欣欣向荣的新中国,1950年代初简朴向上的社会气氛,与他这代读书人长期奋斗并追求的社会理想应该是一拍即合的。② 作为一介文人,他只有手中这管笔;而知恩图报,则是他这一时期最适当和真诚的个人表达。在此情况下,歌颂和赞美新时代成为郭沫若1949至1957年间诗歌创作的主旋律,可以说是比较正常和普遍的现象。1949年9月20日他在《新华颂》一诗里写道:"人民中国,屹立亚东。/光芒万道,辐射寰空。/艰难缔造庆

---

① 丁东:《从五本书看一代学人》,《黄河》1996年第4期。
② 1924年8月9日夜,从中国回到日本的郭沫若在信中向老友成仿吾吐露了生活的窘况:"我们在这儿收入是分文没有的,每月的生活费,一家五口还在百元以下,而我们到现在终竟还未饿死",又说,"我为这三百元的路费在四月底曾经亲自跑到东京:因为非本人亲去不能支领。我在东京的废墟中飘流了三天,白天只在电车里旅行,吃饭是在公众食堂,一顿饭只要一角钱或一角五分钱,晚来在一位同乡人的寓所里借宿"。不单如此,300元刚取来即还了250旧债,最后终因拖欠房租,被房东"赶出来了"。这种个人苦难与郭向往的"新时代"之间的鲜明对比,成为我们研究他五六十年代真实心态的一个重要参照。参见郭沫若《孤鸿——致仿吾的一封信》,《文艺论集续集》,上海光华书局,1931。

成功,/五星红旗遍地红。/生者众,物产丰,/工农长作主人翁。"1952年12月31日,在《记世界人民和平大会——用陈叔老原韵·其六》中流露了替国分忧的真实心情:"协商谈判是一端,/五国能齐举世欢。/漫道和平无原则,/还须增产克艰难。"1957年"五一节",在天安门城楼看到广大人民群众万头攒动的热闹情景,不禁豪情万丈,他真正地激动了:"天安门下人群如海,/天安门上胜友如云。"他满眼所见的都是,"你看呵,孔雀在开屏,/一群蝴蝶在闹着星星。/五彩的探照灯的光,/在半空中织成云锦。"于是,他要把真诚的祝福献给"使人们欢乐着直到天明"的这个新时代。同年9月武汉长江大桥提前竣工的消息传来后,兴奋中的郭沫若,马上挥笔对那座遥远和宏伟的大桥展开了丰富夸张的艺术想象:"一条铁带栓上了长江的腰,/在今天竟提前两年完成了。/有位诗人把它比成洞箫,/我觉得比得过于纤巧。/一般人又爱把它比成长虹,/我觉得也一样不见佳妙。/长虹是个半圆的弧形,/旧式的拱桥倒还勉强相肖,/但这,却是坦坦荡荡的一条。/长虹是彩色层层,瞬息消逝,/但这,是钢骨结构,永远坚牢。/我现在又把它比成腰带,/这可好吗?不,也不太好。/那吗,就让我不加修饰地说吧:/它是难可比拟的,不要枉费心机,/它就是,它就是,武汉长江大桥!"手舞足蹈的郭老,在这里竟和热爱他的读者玩起了绕口令式的文字游戏。但这兴奋有余又粉饰过度,何尝不又是郭沫若和时代情绪的真实写照呢?!

细品历史长卷,我们知道,每逢开国多有人们的欢呼雀跃,有文人留下的诗文,当然也有避居山林的士人。中国历史的复杂性,需要我们做分层的思考,并对各类现象展开统计学的调查。有一个事实必须注意,长久的战争之后,渴望和平必然是一种普遍社会心理。如果当权者适应这一心理,并制定明智开明的国策,它受到国民认同也势在必然。如果只以"新时期意识"为历史立足点,郭沫若的诗歌创作显然只是负面例子。所以,只有在浩渺的历史时空里,评论家的焦虑才能稍微缓解,因为真正评价一个跨时代的文学人物,恐怕得需几十年甚至一百年的时间。

第四章 郭沫若之路

1958年是郭沫若个人的转折点,诗歌的滥情年,也是他一生文学创作的低潮期。不过细心观察,这一年的郭沫若,已经露出某种厌倦之态。据不完全统计,当年他写诗232首,平均不到一天半一首,这还不包括那些扔进废纸篓,或没有收进《郭沫若全集》的无法统计的诗作。这一年,郭沫若的诗歌音调突然调高一个八度,有一种直冲云霄之感。这大概有几个原因:一、轰轰烈烈的"大跃进"导致假话和大话恶性发展成全社会的普遍风气,对领袖人物的崇拜更是到了登峰造极的地步。它直接诱发了诗人内心世界的虚无感,使他社会理想的大厦开始摇摇欲坠。他从五四时代起即执着追求自由、民主和光明的目标,而当时的实际状况却对诗人构成一个前所未有的现实刺激和打击。有人说:"郭沫若对'大跃进'把学生身体弄坏了也有看法。了解到浮夸、虚报的真相,他也反感;老百姓得浮肿病,他也有点忧国忧民。"[1]8月28日,他在一封信中流露出真实的心态:"有人称我为'社会主义的哥德',更希望我'写出二十世纪中国的浮士德'来。这若不是开玩笑,就是一种嘲讽罢。"[2]就在半年前,他还言不由衷地鼓励青年学生说:"红就是朝气发扬的象征。社会主义制度下的劳动者,你们看,那是多么精力弥满、朝气发扬。我们就是要做到这样的红,有气魄创造新文化、创造幸福生活、创造理想的共产主义社会。"[3]太多的反复,已成玩世不恭,这是对社会现实的曲折反应。二、"革命的浪漫主义与革命的现实主义"的提倡,成为一个日益狭窄但凛然不可冒犯的文学创作原则。本来对新中国人民文艺尚抱幻想的郭沫若,这时严重地意识到,所谓个性、自由和放任的诗歌创作已完全不可能。由此形成心理上的反差:一方面他热情附和这一文艺主张,写出多篇文章向社会推广,私底下又把赞颂屈原独立人格的旧作《橘颂今译》抄与友人:"灿烂的橘树啊,枝叶纷披,/生长在这南方,独立不移","啊,年青的人,你与众不同。/你志趣

---

[1] 胡化:《高处不胜寒——关于郭沫若的访谈》,引自丁东编:《反思郭沫若》第266—269页,作家出版社,1998。
[2] 《致陈明远》,黄淳浩编《郭沫若书信集》(下)第99页,中国社会科学出版社,1992。
[3] 郭沫若:《致青年同学们》,1958年2月10日《中国青年报》。

坚定,竟有橘树的作风"。① "橘树"的作风,在这里恰好是对所谓"两结合"的反讽。有意思的是,橘树的高风亮节和独立品格是对浊世的彻底否定,而郭沫若在公开场合的随波逐流,却又是对橘树形象的明显亵渎。三、现实的扭曲导致了郭沫若人格的扭曲,而人格的扭曲则造成了他诗歌创作的变形。于是,"他后来写诗是自暴自弃,反正我就这么胡写了,不是当诗写,想到哪儿就写到哪儿。遇有什么时事,《人民日报》等媒体就找他约稿,请他作诗表态,他一般都不拒绝。约了稿就写,写了就刊登,刊登后自己也就忘了。"②

人们仍然有理由推测,厌倦将导致无聊的结果。郭沫若应该明白,这种状态下只会生产艺术的赝品。联系他过去的文学创作史可知,他不是一个没有自我反省能力的文人。郭沫若1958、1959两年的诗歌在题材上可分两类:一是迎合时事的应时之作;另一类是纪游诗。前者收入诗集《百花齐放》之中,后者被编入《郭沫若全集》"文学编"3、4卷中。1958年3月,郭沫若响应提倡"百花齐放"的号召,决意把两年前做的"牡丹""芍药"和"春兰"三首诗拿出来,凑齐一百首,用以歌颂"百花齐放"的大好形势。他承认对花卉的生长特点了解有限:"在写作中,很多朋友帮了我的忙。有的借书画给我,有的写信给我,还有的送给我花的标本或者种子。我还到天坛、中山公园、北海公园的园艺部去访问过。北京市内卖花的地方,我都去请过教。"③这种情形有如那个年代工农兵作者响应号召各自奔赴自己的"生活基地",按照上面要求对现实生活比葫芦画瓢。但他还表现得兴致盎然,不能不怀疑其真实的动机。不过,人们正好可借此机会批阅这些作品,借以对当时文人的丰富心态做一观察,而文人心态之好坏,则是对时代文化环境最好的测试方式之一。他用《鸡冠花》比喻总路线的一日千里的形势:"因此,我们特别地把颈项伸长,/因此,我们特别地放开了喉嗓:'鼓足干劲,

---

① 郭沫若:《1958年6月29日致陈明远》,《郭沫若书信集》(下)第96、97页。
② 胡化:《高处不胜寒——关于郭沫若的访谈》,见丁东编:《反思郭沫若》第266—269页,作家出版社,1998。
③ 郭沫若:《百花齐放·后记》,人民日报出版社,1958。

力争上游,乘风破浪!'/谁还没听见吗?聋得太不像样!"他用《腊梅花》的开花日期比喻"人定胜天"的道理:"在冬天开花已经不算稀奇,/掌握了自然规律可以改变花期。/不是已经有短日照菊开在春天?/我们相信腊梅也可以开在夏季。"跟着批"白专道路"的舆论,他把诗的意境丢在一旁:"阳光如果缺少,我们要起变化,/红色的花会要变成白色的花。/在这里显然包含着深刻教训:/红色专家也能变成白色专家。"郭沫若跟形势写诗的例子,下面不妨再举几例:听说苏联第一颗人造卫星上天,他很快写出《第一个人造地球卫星的讯号》;纪念"十月革命"40周年的前一天,他创作出《歌颂十月革命》;偶尔看到毛泽东的一幅照片,他写了《题毛主席在飞机中工作的摄影》;看完歌剧《白毛女》之后他又写出了《题五位白毛女合影》作为祝贺;得知我国运动员在国际比赛中获得好成绩的消息后,郭沫若发表了《体育战线插红旗》;离建国十周年还差九天,他就为这个节日准备了八行短诗《庆祝建国十周年》;为中央气象局他题写了《题气象馆》,刊于1959年10月16日的《气象简报》第30期上;他还专为一家杂志题诗,题目叫《题〈图书馆通讯〉》,并登在1959年《图书馆通讯》第10期,等等。今天看来,这些诗作不光意境平庸,语言粗糙,而且诗风也不够好,对作者本人的形象是整体的糟蹋和破坏。据龚济民、方仁念的《郭沫若传》所述,作者那两年已发展到失去控制的状态,到了被天下书生所不解的地步。想想当年这位写出气势恢宏的《女神》的诗人,读者不禁为之扼腕叹息。联想到诗人对"满五百岁后,集香木自焚,再从死灰中更生"的凤凰传说进行艺术改造的惊人才华,以及他对凤凰满天翱翔欢唱动人景致的生动描绘,我们对诗人不免悲从中来,叹息他已落到诗不能随其心灵的地步。诗人仿佛变成他最深切理解的凤凰,难道这一次注定要灰飞烟灭?失去了最后"更生"的生命契机?……我们还是收回思绪,跟着传主走入他的年代。1958年5、6月间,郭沫若亲率北京第一批体验生活的文艺家们,以文联参观团名义去张家口地区深入生活,在怀来县花园乡、涿鹿县和张家口市访问和劳动了半个月。由于当地频频施放亩产卫星,形势喜人,诗人赶写数十首诗直接给新华社发稿,但又不得不停下经常更改数字,因为他诗中的数字远跟不上"跃进"数字的变化:什么蕃薯"争取亩产一万斤",什么"不见早稻三万六,又传中稻四万三",什么"不闻钢铁千万二,再过几年一万万",究竟是在写诗还是写童话,连作者本人也不辨真假了。① 如此的诗歌创作受到今人讥评,并不让人感到意外。洪子诚指出:"这些代替了他二十年代初在《女神》中的'自我'形象和个性化的情感表现,是概念的堆砌和对事实的一般性描述","这已经近于文字游戏了。《百花齐放》可以说是开了从'大跃进民歌'到六七十年代时兴一时的简单比附的咏物诗的先河"。② 谢冕对郭这一时期的诗歌也做了尖锐批评,他说:"他为各种各样的政治运动和中心任务写诗,从某项政策的颁布到农村的学文化和防治棉虫。为了加强政治意识,他不惜以大量的标语口号入诗,著名的组诗《百花齐放》可以说是以简单的外形而装填流行的政治概念的标本。"③

以上创作充满打油诗的味道。从事这类诗写作的人,大概既不对现实认真负责,也不再对自己的心灵负责了罢。它象征着我国当代一部分高层文化人士当时的情态,在它背后则潜伏着 1950 年代之后社会道德和精神生活的深刻危机。某种程度上,也表明郭沫若与左翼文化的历史关系开始出现一道看不见的裂痕。从 1927 年起,郭沫若就是中国革命事业的参与者、同情者和支持者,在现代中国的惊涛骇浪中,他都是义无反顾和坚定地站在这一边的。作为左翼文人的代表人物,郭沫若对政治的参与确实不排除实现个人抱负的功利成分,但总的看,他对中共始终是真诚和无条件地信赖的。在《郭沫若同志和党的关系》一文中,吴奚如批驳了错把郭当做党外民主人士的观点,指出他与党是一种"风雨同舟"的牢固关系。阳翰笙的文章《回忆郭老创作二十五周年纪念和五十寿辰的庆祝活动》也认为,郭沫若对党不是一般意义的"朋友"和"诤友",而是党安放在国民党统治心脏的一颗其他任何人都

---

① 龚济民、方仁念:《郭沫若传》第 411、412 页,北京十月文艺出版社,1988。
② 洪子诚、刘登瀚:《中国当代新诗史》第 38、40 页,人民文学出版社,1993。
③ 谢冕:《20 世纪中国新诗:1949——1978》,《诗探索》1995 年第 1 辑。

无法替代且威力极大的"定时炸弹"。周恩来表示,表面上是为郭老祝寿,实际上是一场意义重大的政治斗争和文化斗争,"通过这次斗争,我们可以发动一切民主进步力量来冲破敌人的政治上和文化上的法西斯统治"①。解放后频繁发动的政治运动和对文艺创作的日益钳制,加深了郭沫若历史观和文化观的危机,使这一关系的链条逐渐出现了变形以至脱节。而个人生存的危机感,则使他采取比较荒谬的方式来处理与社会政治的关系。他采取这种被后人诟病的生存方式,无非是出于自保。他曾清醒地谈到:"您对于'人民本位'的观点提出了一个很重要的补充,认为它不仅与'帝王本位'相对立,而且与'官僚本位'相对立。我同意您的看法。在封建制度之下,'官僚本位'是依附于'帝王本位'的,前者乃是后者的延伸;在目前的社会主义制度之下,虽然'帝王本位'已经失去了存在的基础,然而'官僚本位'的恶性势力还有所抬头,应该说,这正是一股封建残余。"②这说明他对当时的现实,不是没有自己的认识。但他最终放弃了"浮士德"式的探索,而走向自保的狭窄道路,他不这样实际也无别的选择。由此可知,1958年的诗歌创作是郭沫若无奈心态的真实反映。

撰写这一节,实际是我最困难的地方之一。我的困难正是 E. H. 卡尔在《历史是什么》一书中所指出的:"当我们尝试回答'历史是什么'这类问题的时候,我们的答案在有意无意之间就反映了我们自己在时代中所处的位置,也形成了更广阔问题的一部分答案,即我们以什么样的观点来看待我们生活其中的社会。"③1978年之后,新启蒙思潮统治整个知识界,它确实配合和支持了改革开放的历史任务,然而与此同时,将历史简单化的倾向也日益加重。这种情况,在1990年代末期以后为人警惕,但为时已晚。在新启蒙思潮的历史显微镜下,"十七年"文学、"文革"文学,以及这一时期的主流文学和文人例如郭沫若

---

① 两篇文章均见《新文学史料》1980年第2期。
② 《1960年12月3日致陈明远信》,《郭沫若书信集》(下)第115页。
③ [英]E. H. 卡尔:《历史是什么?》第89页,商务印书馆,2008。

等,自然都在被怀疑和否定之列。而做出这种结论几乎又都不是在细致认真艰苦的研究基础上进行的,它几乎成为一种学术暴政,没有人敢于怀疑、质疑和讨论。我如此说,并不是因为我认为那些个年代的文学都代表了社会发展的积极的方面,可能正好相反,是对历史生活的践踏。我主要是担心这样一来,会导致许多人无法真正回到那些个年代的文学观念和作家观念的脉络之中,不从他们的观念脉络出发对之做出更深入和体贴的观照,包括对这些人和文学创作的认真的反省。正是在我重新修改旧书稿而建立的一种新的思路上,我并不认为所谓"郭沫若之路"就是要把他单列出来作为被新时期文学审判的作家来满足新启蒙论者的思想快感,而是意识到在现在语境中更复杂地理解和阐释这条道路的无比的难度。

我的困难在于卡尔所言作为历史学家"概括与模式"的比例问题。"历史学家所能做的也是要概括,尽力发现能够与历史证据非常配合的模式;但是,历史学家不能够用这些概括和模式来预言未来,因为在这些概括和模式之外总是存在一些例外。此为,概括越宏观,例外存在的可能性也就越大。就像卡尔所同意的一样,历史学家可以使用假设,比如马克斯·韦伯的著名观念:在新教教义与资本主义兴起之间存在联系;当把这两者之间的关系用来说明历史证据时,历史学家从来不指望这一关系可以证实全部问题。因此,概括和模式从不可能是规律。"[①]在批评郭沫若的研究者的模式中,所有的"历史证据"对他也许都是不利的,因为他公开发表的作品太多,而且都是时代的主流作品。他的社会身份,不允许他像"地下文人"那样说出真实想法,透露真实思想。那么,对于这些公开发表的诗歌,我们又能采取什么样的更为恰当的观照方式和研究方式?"当我们尝试回答'历史是什么'这类问题的时候,我们的答案在有意无意之间就反映了我们自己在时代中所处的位置,也形成了更广阔问题的一部分答案",这就是我在理解和评论郭沫若1958年诗歌时遇到的问题之一。这里的问题就是,我的理解和

---

① [英]E. H. 卡尔:《历史是什么?》第19页,商务印书馆,2008。

评论并不是从郭沫若当时的观念中产生的,没有与观念摩擦对话,而是一种事先的设定。这种设定仅仅成为否定这些诗歌价值的根据,而这一根据在我的研究中并没有得到充分的展开、讨论和解释。

五 "中国歌德"现象之追究

熟悉郭沫若个性的人会发现,成为时代文化英雄一直是他最重要和持久的心结之一。在他心目中,歌德是世界诗坛的第一人。他自比歌德,希望流芳后世,完全没想到历史的巨变竟超出了他对自我的精心设计。

郭沫若23岁读歌德,29岁翻译《浮士德》第一部,31岁译《少年维特之烦恼》,34岁在文章、演说中言必称歌德,64岁因被人称作歌德而愧疚,87岁去世前再次因被称作歌德而惶恐不安。郭沫若的青年时代,是"天狗"式天马行空和毫无拘束的时代。年轻的郭沫若,曾梦想成为歌德,他与田汉在日本有过一个合影,一个自诩歌德,一个自诩席勒,充满冲天的才气和狂气。他说:"我译此书,于歌德思想有种种共鸣之点,此书主人公维特之性格,便是'狂飙突进时代'(STURM UND DRANG)少年歌德自身之性格,维特之思想,便是少年歌德自身之思想。歌德是个伟大的主观诗人,他所有的著作,多是他自身的经验和实感的集成。"他把歌德的思想和性格总结为:第一,是他的主情主义。他认为,歌德是把人置于万事万物之上的,坚信"到了热情横溢,冲破人性底界限时,没有甚么价值或至全无价值可言"的人生理念,因此他把情感的尽情表达看作产生艺术灵感的唯一源泉,是创造"宇宙万汇"的最佳形式。第二,关于他的泛神论思想。泛神是无神。在传统观念中,一切的自然是神的意志的体现。而在泛神论者看来,我即是神,一切自然都是我的表现。人到无我的时候,与神合体,超绝时空,而等齐生死。"人到一有我见的时候,只见宇宙万汇和自我之外相,变灭无常而生生死存亡之悲感,万物必生必死,生不能自持,死亦不能自阻",所以自我的充分完成是至高的道德。第三,对自然的赞美。他认为自然是一神的表现,自然"是神体之庄严相",所以他对自然绝不否定。相反,他肯定自然,以自然为慈母,以自然为朋友,以自然为爱人。与此同时,他反抗技巧,反抗既成道德,反抗阶级制度和既成宗教。第四,是他对于原始生活的憧憬。在歌德看来,原始人的生活最单纯、朴质,也最与自然亲近。所以,诗人要表现原始生活的方方面面,表现"人底单纯无碍的喜悦",并相信这是件"快心事",是人"极真实的至诚"和"全部精神灌注于一切"的体现。第五,对儿童的尊崇。歌德指出,儿童的"行径"是天才生活的缩影,是他生活的楷模,然而,成人却对他们这种"时无古人,地无东西"的天性横加干涉和束缚,这不仅是对幻想生活的漠视,而且是对艺术的粗暴践踏。① 其实,主情主义或泛神论,无论赞美自然还是尊崇儿童,无非都围绕着一个目的:怎样最充分地表现自己。这是五四式的自我人格的设计方案,也可以称之为典型的郭沫若的个人主义哲学。

要全面地理解郭沫若,不仅要把他放置在20世纪下半叶中国革命的地图上,同时也应放置在五四文化的背景下来认识。五四是破旧图新的年代,要破传统就必须立个人,要反传统就必须张扬个性。而无拘无束和出人头地既是郭沫若的天性使然,又是时代风气催化的直接结果。歌德在郭沫若个性的现代转型过程中,实际发挥了巨大跳板和推动器的特殊作用。郭沫若自小就是一个表现欲很强的人。在他的个人自传中,不乏这方面的记录:上乐山高等小学堂时,因领头罢课而遭"勒令退学";中学时醉酒骂老师,再次被"斥退",所以终日"游山玩水、吃酒赋诗"而无心学业的他,对母校留有极恶劣的印象。他在一首题为《九月九日赏菊咏怀》的五律中讥讽道:"黄花荒径满,/清眼故人殊,/高格自矜赏,/何须蜂蝶谀。"意思是你——荒草离离的破学校,我等清高之人还看不上呢,凭什么要与那些"蜂蝶"之辈同流合污?五四运动时,他跑到上海闹学潮,连客栈周围环境还没弄清楚就又跑去了日本;发起创造社和创办《创造》使郭沫若在国内文学界名声大噪,但他

---

① 郭沫若:《〈少年维特之烦恼〉序引》,《创造》季刊第1卷第1期,1926年9月。

第四章　郭沫若之路

的骂名人和专与名人作对,也给胡适、鲁迅等文坛名流留下极深的印象;1927年,他还"敢为天下先"写下《请看今日之蒋介石》,大骂蒋是"流氓地痞、土豪劣绅、贪官污吏",令全国舆论为之侧目;他写《屈原》,既有为中共伸张正义之含义,也不乏个人表现的自觉欲望。所以屈原朗诵的《橘颂》,一定程度上其实也是郭沫若的"个人颂",是他在借国统区的大舞台登台亮相,是在众目睽睽之下的长袖善舞。① 据说,郭的张扬个性颇为当局所不满和忌惮,这使他感到某种兴奋和满足。因为好斗的人,都是希望引人注意的。例如,国民党中央宣传部副部长潘公展曾针对剧中的"雷电颂"声色俱厉地质问道:"什么叫爆炸?什么叫划破黑暗?这是造反!这是有些人借演戏搞不正当活动,这是别有用心!"虽然出发点是声讨郭沫若,但从反面也证明了他在个人表现上确实大获全胜,收获多多。诸如此类的例子,在郭沫若漫长的一生中可谓多矣。不过,我们也可以认为郭沫若不懂政治。这种诗化表现,正是政治的大忌,所以进入当代社会后他多有收敛,甚至韬光养晦。从文学的角度反而可以看出,正是歌德使郭沫若这个反潮流英雄和五四时代的个人浪子,重新认识了"个人"的价值和意义。这位一百多年前的德国狂飙突进时代的文化英雄,使郭沫若找到了个人在历史中的位置。

在上述背景中,重新认识郭沫若的文化英雄情结产生的社会环境和文化环境,并进而讨论和追究他以后这方面的重大挫折以及深刻成因,是否有了某种可能性还不好说。不过,我感到终于从前面所说的"概括"和"模式"中走了出来,给自己留出一点周旋的余地。这种余地对研究历史人物将意味着,对于后代研究者来说,他们应该存在着许多不同的观照郭沫若思想观念和文学创作的方式。

我已经提到,五四时代是造就天才人物的特殊时代,但五四毕竟不是体制化的时代。20世纪上半叶,中国社会的内外危机,到了近代以来空前严重的程度。然而政权的频繁更迭,内忧外患的历史处境,却为

---

① 参见《学生时代》,《郭沫若全集》第12卷;《革命春秋》,《郭沫若全集》第13卷;人民文学出版社,1992。

文化英雄的产生提供了空阔的空间。李新、李宗一主编的《中华民国史》第二编第二卷(1916—1920)指出:"自北洋军阀政权建立后,中国在政治上进入了一个黑暗的历史时期,但是在思想文化方面,却出现了一个绚丽多彩、群星灿烂、百家争鸣的局面。"①对这种军事政治与思想文化相分离,一手硬、一手软的矛盾状况,费正清主编的《剑桥中华民国史》分析其中的原因是:"1927年以后,在蒋介石手中形成的这个政权,既不是极权主义的,也不是民主的,而是在政治领域中不稳定地处于二者之间",由于作为军政权的功能过于强大,"党——国民党——甚至比政府的行政机关更萎缩",而这种情况最终导致了政治上的衰弱,尽管有暗杀、绑架等特务手段相辅助,但政治对思想文化空间(大学、出版、团体等)的渗透能力仍然是有限的,不能形成高度的管理和控制。② 在文化管制方面,国民政府基本沿袭了北洋政府的特点。

在这种历史情境中看郭沫若,就不会觉得这种失控状况在他身上有多么离奇古怪。因为这种离奇,在20世纪后半叶大陆文人活动中几乎无法看到,即使当代研究者最喜欢举的"胡风反党集团"的例子也不例外。他1927年5月在《中央日报》副刊发表讨蒋檄文《请看今日之蒋介石》,当月10日国民党当局发出《通知军政长官请通缉趋附共产之郭沫若函》,在全国予以通缉。有趣的在于,参加"八一起义"落败后逃出的他,却一直在港、沪盘桓,还偶尔出入一些公共场所,直到第二年2月才化名南昌大学教授"吴诚"离沪去日本。这一期间,郭沫若的下列文学活动也值得注意:10月4日,写成小说《献给新时代的小朋友》;10月15日与成仿吾合译《德国诗选》,交上海创造社出版部出版,还与刚回国的冯乃超、李初犁、朱镜我、彭康等交往;11月9日,委派郑伯奇、蒋光慈访问鲁迅,商谈合作事宜;1928年1月1日,又化名麦克昂与鲁迅等联名发表《创造周报复活宣言》,并发表《英雄树》,大胆提倡

---

① 见该卷第369页,中华书局,1987。
② 该书(下卷)第三章"南京政权的意识形态、结构和职能的行使"部分,中国社会科学出版社,1994。

所谓无产阶级文学;另外,重译《浮士德》,编成《沫若诗集》《水平线下》《沫若译诗集》,写就诗集《恢复》,还两度入医院治病等等。令人不解的是,众多文人出入他潜居的窦乐安路,还有周恩来的来访,处在国民党特务和密探密布之中的这个郭沫若的藏身之处,为什么就没有被侦破,郭也没有被"绳之以法"呢?这不是当局太蠢就是另有原因。但作为后代读者的我,仍无法解开这一历史之谜。因无可靠材料,所以笔者不敢深入到这一事件的肌理之中探讨究竟。不过,其中两个原因还没那么玄妙,可以略作分析:一是由于国民政府政治上确实衰弱不堪,在城市尤其是中心都市始终没有组织好自己"天网恢恢、疏而不漏"的社会群众基础。二是自由职业对郭沫若的掩护起到了非常关键的作用。杨晓民、周翼虎的《中国单位制度》一书着重考察 1949—1978 年中国社会单位制度的变迁及其影响,他们的成果令研究者颇为受益:"一、党和国家通过单位不断注入资源,使得单位成为社会资源唯一的拥有者,单位成为对全体社会成员实行资源再分配的组织。二、由于单位对资源的垄断,党和国家通过单位对个人的行政处置权决定个人的生存权,由于宪法保障的公民权在实际意义上不存在,法律没有成为单位组织的运行规则。三、个人与政党、国家之间的关系首先表现为政治上的依附,国家根据政治上的依附程度决定个体在单位体系中的分配利益。因此,单位成员必须努力参与政治才能获得更多的生产和生活资料,这成为中国社会频繁的政治运动的基层动因。四、单位成员的社会活动也被政治化了。由于单位成员必须以'无私'的面目出现,他就没有理由拒绝代表集团利益的仲裁者——党和国家对自己活动的审查。建国初期的'阶级斗争'使得这种检查合法化了。"[①]另一位社会学研究者路风对单位组织特性的归纳更加简洁:"一、单位必须是一个就业场所。二、单位必须具有完备的党政控制系统。三、单位的人力资源管理范围是由国家劳动人事组织制定的计划名额。"他认为这才是单

---

① 杨晓明、周翼虎:《中国单位制度》第 103、30 页,中国经济出版社,1999。

位有效控制个人的关键。① "单位制度"首先由苏俄发明,中共又积极创新,使之成为当代中国社会的基本结构、组织和人际关系,它至今还至深地影响着我们几代人的思想观念、行为操守和各种活动。我无法讳言,生产出中国现代文学的历史制度和情境,是现代文学研究者们一度遗忘、至少未曾深入探讨的。在一种纯粹属于历史假设的前提下去表扬、赞美鲁迅的独立自尊和思想精神的伟大,在我看来,实际上是没有贴着鲁迅的问题去理解他的结果,难以让人触摸到真正的历史感和认知深度。

我们也不必讳言,郭沫若确实在这种松垮的文化管理中如鱼得水。兼之他比一般作家懂一点政治,这就使他身份模糊,而且为他谋得了比其他人更为宽敞的活动空间。在1920年代,他除了在国民革命军北伐总司令部短暂供职外,大部分时间都是一个游离于"单位"之外的自由职业者(很长一个时期内,现代作家和知识者差不多都是这种状况),是一个刊物编辑、自由撰稿人。所以,即使国民党当局愿意组织文网,也是拿郭沫若这种在国共两党间脚踩两只船的文人墨客毫无办法的。例如,他居然在当局的通缉中,秘密潜居且秘密出走,把歌德式的浪漫主义发挥得淋漓尽致。他后来对这种游戏性的逃离行为也颇为自得,不无揶揄地写道:"既无护照须验,也没有行李待查,虽然有新闻记者来探听消息,他们看见吴诚既非知名人士,自然也就很容易滑过了。"②这种文人气十足的行事风格,与社会有如捉迷藏且破绽百出的孩子心理,颇令当代读者大感不解。我们无法想象,一旦遭事,该怎么应付脱险?

根据这种思路,郭沫若的"歌德之路"自然要走万水千山。首先,他在单位的控制系统之中,天马行空的个性难免要受到压抑和约束。郭沫若的社会身份是国家领导人,他的工资关系、人事关系以及住房待遇由国务院事务管理局负责。与建国前自由职业者身份不同,他的

---

① 杨晓明、周翼虎:《中国单位制度》第103、30页,中国经济出版社,1999。
② 见《革命春秋》,《郭沫若全集》第13卷。

"生活资源""就业场所"和"人事名额"等,都在事务管理局的掌握之中。因此,作为国家领导人和文艺界的领袖,他已不能再像过去那样随意发表意见,他的形象被认为不是个人形象而是公众形象,也即国家的形象;他的行为不是个人行为,而是集体和国家的行为。崇高荣誉之下,必然伴随有行动说话的不自由。频繁出席会议的同时,身心的疲惫和精神紧张也在发生。这是我国历来政治人物共同的生活特点,黄仁宇在《万历十五年》一书中曾对万历皇帝厌倦政事直至逃避早朝的可笑行为,有过生动描绘。如果换位思考,我们可能并不觉得万历数十年不早朝的举动有任何古怪,反而会对他深表同情。即使在标榜自由个性的西方国家,领导人也都难有真正的个人自由,各种大人物传记对此都有相当的叙述。所以,我们也没必要在狭窄的视野里看待郭沫若的社会政治活动。正如将郭从他深厚的民族政治传统中孤立出来予以褒贬,其实不能真正服众。1978 年在他弥留之际,周扬代表中央来看望他,称其为"中国的歌德",前面还冠以"社会主义的"这个特殊的定语,这使郭沫若颇觉不安。"文革"刚刚结束,千百万人的噩梦早已为欢庆的狂欢所代替,身体衰弱的郭沫若还是懂得,这是中国,自己还是自己,英姿勃发的少年维特,已成遥远模糊的回忆。历史就是历史,它不可能从头再来。

郭沫若翻译歌德巨著《浮士德》,历时多年,他当然知道歌德这句话的深刻奥义。歌德说:"浮士德身上有一种活力,使他日益高尚和纯洁化",而这种"活力"就是浮士德有一颗永远探索不止的灵魂。其次,是他文学创作环境和表现对象的变化。歌德主张诗歌表现个人真实的内心世界,认为诗歌某种程度上就是个人情绪的张扬和宣泄,郭沫若把这种主张概括为"自我之扩张",说明他同样把个性因素放在诗歌创作中相当重要的位置。在当代社会,这种个性主义文艺观、审美意识和艺术表现自然受到限制。即使是身居高位的郭沫若,也不能拒绝严密的文艺生产程序。这一程序意味着,"从采访到作品完成,这一过程中有两个不可或缺的技术手段:旅行工具与印刷出版。而技术手段又被限定在政治话语所允许、所倡导乃至所鼓励的范围之内,只有在后者那里被'获准',前者才可以证明是有效的,他也才可以促成艺术生产的全过程。"①对建国后一批老作家想适应新的文艺要求、但又无奈的苦恼,陈徒手非常形象地概括为"果戈理到中国也要有苦闷",他在研究老舍的创作过程时发现:"明知戏剧性减弱和人物变形,老舍为了时代大潮的需要和自己对新社会的期望,不得不在剧作中做出明显的'牺牲',时常留下今天看来十分幼稚的'败笔'。这种明知故犯的事例在老舍创作中比比皆是,左怕右怕的心境真是难为了一代大师。善良的老舍还在会上为剧作中几类角色喊冤叫屈:'有时为了找矛盾,找戏剧冲突,有几行人倒了霉,总是成为攻击对象。如果写58年的教授,就不应把他写成孔乙己的样子。这时表现矛盾的偷懒,专找这些人,老欺负。'"②其实,郭沫若何尝没有这样的"苦闷"? 没有左右为难的现实境地? 明明在感情上倾向于蔡文姬,以她自比,却要掩饰说"我没有丝毫意识,企图把蔡文姬的时代和现代联系起来";③想肯定武则天的开明统治,塑造她的"明主"形象,为避政治嫌疑,又把她定位为"封建皇后",认为"要说她完全站在人民的立场,当然是不合理的";④以新诗奠基者的眼光,他不会不知道《百花齐放》和歌颂大跃进的诗作的粗糙,可他偏偏大量炮制,不惜败坏自己身后之名。青年和中年时代的郭沫若倾其巨大精力翻译歌德的《浮士德》不是没有理由的,他是以浮士德对真理的执着探索作为个人奋斗的价值目标,正是要通过这部译著教育和影响更多的中国人。我想,浮士德这段独白,正是郭沫若的心愿:"是的! 我完全献身于这种意趣,/这无疑是智慧的最后的断案,/'要每天每日去开拓生活和自由,/然后才能够作自由与生活的享受。"而它对郭沫若后期思想、生活和创作的否定,却不仅仅是他一个人的精神悲剧。

---

① 引自拙文:《在历史话语的转换之间——李瑛作品的一次"重读"》,《诗探索》1995年第3期。
② 陈徒手:《人有病,天知否——一九四九年后中国文坛纪实》第386、387页,人民文学出版社,2000。
③ 郭沫若:《〈蔡文姬〉序》,《蔡文姬》,文物出版社,1959。
④ 郭沫若:《我怎样写〈武则天〉?》,1962年7月8日《光明日报》。

五四是一个把西方思潮、言论主张都充分放大的特殊的年代。我们如果在这种放大性思维上建立历史研究的立足点,历史研究的尺寸显然就宽松无度,漏洞百出。在这种情况下看郭沫若所崇尚的"歌德精神",我就不免为之担心。正像五四时代对西方文艺作品和学说的翻译是一个在"拿来哲学"中的很大的误读一样,是否也可以说,这种误读在郭沫若对歌德精神的理解中也同样存在?当然,我们也可以原谅这种诗人的做事方式,如果我们把这种做事方式作为自己研究的根据和起点,那么问题就不应该由诗人来负责,而只能说是研究者自己的问题。有许多历史材料显示,在歌德漫长而复杂的一生中,"狂飙突进"运动仅是短暂一幕,他到魏玛后不久,这场运动已转入古典主义的过渡时期。有人指出:"歌德的生地是旧商业城市的法兰克福城,家世由商人而进为贵族,他自己后来充当魏玛的枢密官。因为这种关系,他一方面,表现出与同时代的诗人(如席勒)不同,他具有积极性,注重实践生活以至带有泛神论,素朴的唯物论的倾向,而且对于当时的社会的因袭的虚伪的生活样式也取挑战的态度。可是,在另方面,胆小的市井商人,门阀子弟和支配阶级的根性也在歌德的作品中反映出来","歌德确是伟大的天才",但他"在魏玛时代且醉心于宫廷的极微小的快乐",他认为,"歌德的这种二重性,正证明这个伟大的天才是为他当时的社会的政治的条件所制约"。① 依照青年郭沫若的经验,这种复杂性他自然难以理解。而且在五四时期,所有人投向西方的眼光,都在寻找着激烈、偏激的思想资源和艺术表现,哪里还会顾及其自身的矛盾和问题?于是参照人们的研究,我们就能发现郭沫若对歌德之理解的断章取义现象是比比皆是的。而彼时的他,正热情满怀,激情高涨,自比歌德,而全然不会注意到人们对歌德精神生活二重性的入木三分的揭示。有人认为,剧本《托夸多·塔索》借助意大利文艺复兴时期菲拉拉公爵的宫廷诗人塔索和公爵的大臣安托尼奥的争执,反映了当时歌德切身感受到的一个难以解决的矛盾,即艺术创作和为宫廷政治服务之间的

---

① 《歌德自传·译者旧序》,《歌德自传》,刘思慕译,人民文学出版社,1983。

冲突。这个剧本向人暗示，诗人若不愿在精神上沉沦毁灭，就必须和现实妥协——这是在魏玛宫廷中苦闷的歌德的自供状。在《浮士德》中，浮士德充满积极进取和探索的精神，然而他的一生又为现实所困惑：在金碧辉煌的皇宫中，他看到的是艺术为宫廷政治所利用、所取乐的残酷；他在海伦身上得到了真正的美与爱情，然而自己无限制地向上追求，最后夭折于一个短短的瞬间；在得到"智慧的最后的断案"、要尽量享受那"最高的一刹那"时，浮士德却倒在地上与世长辞。《浮士德》从1773年到1831年全部完成，前后将近六十年之久；它与1790年写完的《托夸多·塔索》之间，相隔也有四十年。两部作品是歌德长达数十年间对自己生活之痛苦和矛盾的真率剖示，也是他那个时代知识分子追求之必有的挫折过程的生动演绎。有人曾对歌德的精神矛盾及其根源作过非常精辟的评价："连歌德也无力战胜德国的鄙俗气；相反，倒是鄙俗气战胜了他；鄙俗气对最伟大的德国人所取得的这个胜利，充分地证明了'从内部'战胜鄙俗气是根本不可能的。"其中的原因是："歌德过于博学，天性过于活跃，过于富有血肉，因此不能像席勒那样逃向康德的理想来摆脱鄙俗气；他过于敏锐，因此不能不看到这种逃跑归根到底不过是以夸张的庸俗气来代替平凡的庸俗气。他的气质、他的精力、他的全部精神意向都把他推向实际生活，而他所接触的实际生活却是很可怜的。他的生活环境是他应该鄙视的，但是他又始终被困在这个他所能活动的唯一的生活环境里。"[①]在这种误读情境中，读者几乎看不到郭沫若对歌德的思想矛盾性的关心。如果说五四一代人的翻译形塑了他们个人的思想和知识的话，那么就不难理解郭沫若在歌德精神另一面的选择中所倚重的人格的倾向。实际上，同类情况在鲁迅、胡适、周作人身上也同样存在，他们的翻译与他们的思想的某些趋同性，让人觉察到"误读"在那个年代之普遍的存在。不能说，这种"误读"性的思想建设早已埋伏了郭氏晚年的问题，但至少可以说，这种"偏离"

[①] 恩格斯：《诗歌和散文中的德国社会主义》，《马克思恩格斯全集》第4卷第256页，人民出版社，1956。

第四章　郭沫若之路

中国语境的思想建设,确实难以在当代史的历史价值系统中找到生存之地。有意思的是,郭沫若没有想到他在晚年,也有"魏玛"的历史处境,被他的误读性翻译所剪裁掉的歌德的晚年困境,反而成为他人生的现实。

细观郭沫若的翻译著作,我们上面的推断也许并非空穴来风。郭沫若初次译歌德的《浮士德》第一部和《少年维特之烦恼》是在1921、1922年间,虽说五四运动刚落潮,但"少年维特"之风习仍在广大文学青年中迅速蔓延。创造社干将之一成仿吾放言道:"如果我们把内心的要求作一切文学上创造的原动力,那么艺术与人生便两方都不能干涉我们,而我们的创作便可以不至为他们的奴隶。"话说得是多么斩钉截铁、多么决绝,而且还使用了"一切""不能干涉"和"便"这样不容商量的可爱坦率的字眼。连一向稳重的文学研究会作家郑振铎这时说话也颇带"维特"式的口吻,他声称《小说月报》的宏大宗旨是:"重新估定或发现中国文学的价值,把金石从瓦堆中搜找出来,把传统的灰尘从光润的镜子上拂下去。"[①]狂傲以致目中无人,富有勇气而又幼稚可爱,是五四一代人的集体性格,所以有人称之为"谁主沉浮"的时代。[②] 受此文学风气推动和影响,郭沫若对歌德的文学接受表现出更加明显的偏离:他欣赏维特的大胆和冲动,却忽视了德国浪漫主义的社会的固有"语境";他极力向往浮士德的执着与追求,推崇他对魔鬼的声言和宣告:"我要纵身跳进时代的奔波,/我要纵身跳进事变的车轮!/苦痛、欢乐、失败、成功,我都不问;/男儿的事业原本要昼夜不停。"然而对魔鬼的忠告充耳不闻:"过去和全无,完全一体!/永恒的创造是毫无意义!/不过把成品驱逐向'无'里!……我所喜欢的是永恒的太虚";他看到的是歌德"堂·吉诃德"的这一面,无论在感情还是在理智上都不能接受歌德"哈姆雷特"的另一面;他只知道狂飙突进的德国,却完全

---

① 孔庆东:《1921:谁主沉浮》第49、54页,山东教育出版社,1998。
② 孔庆东:《1921:谁主沉浮》。作者干脆把这本书命名为"谁主沉浮",非常形象地概括了当时文学的思想性格。

没有想象到"鄙俗气"的德国,而它照样可以置伟大的人于死地。正是这种跨文化、跨语言的超级误读,使郭沫若长久地陷入歌德的幻觉中而不能自拔。当然,我们不能简单地说郭沫若的前半生是维特之再生,后半生是浮士德之复活。不过有意思的是,他的后半生却被书斋中的浮士德博士不幸而言中:"凡物都是有成有毁。/所以倒不如始终无成。"郭沫若晚年生活中的一个插曲,显然证实了歌德在中国的命运。1974年,"一月二十五日在北京举行了有一万八千人参加的所谓'批林批孔大会'。沫若实际上是被大会勒令到会,在会场上他几次三番被主持会议的'造反派小将'点名批判,点到名时还要被罚站立起来。八十出头的老人颤巍巍地站在寒风中"①。这种场面自然令中国读者难堪,因为任何有文明教养的民族,都不会将其文化界领袖人物置于如此卑贱的境地,况且我们还经常把"两千年的文明"挂在嘴上并以此自诩,这种历史记录大概不会让我们产生骄傲的心情。但是抚今忆昔,我们也有理由坦然,因为几十年前这位老人似乎已有预感,毕竟他曾经对历史做过深度的研究。然而,正是由于看到历史本身的许多悲剧性,他反过来鼓励人们张扬个性,要求更新历史传统中灰暗与沉闷的品质。他写道:"让历史做我们的先生罢!凡受着物质的苦厄之民族必见惠于精神的富裕,产生但丁的意大利,产生哥德的日尔曼","我们的精神教我们择取后路,我们的精神不许我们退缩。我们要如暴风一样呼号,我们要如火山一样爆发,要把一切的腐败的存在扫荡尽,烧葬尽,迸射出全部的灵魂,提呈出全部的生命"②。在这个意义上,五四又是一个令人难以忘怀的年代。

六　郭氏思想述略

郭沫若的思想多元而驳杂。他的思想结构中积淀着中国传统文

---

① 龚济民、方仁念:《郭沫若传》第460页,北京十月文艺出版社,1988。
② 郭沫若:《我们的文学新运动》,《创造周报》第3号,1923年5月27日。

化,也夹杂着西方近代以来各种学说的元素,经社会事变和文艺生涯的刺激、发酵,呈现出极其鲜明又阴沉晦暗的特点。国内的郭沫若研究,很少有值得注意的讨论,诸多问题也没有展开,这种带有"协会"特点的研究结构和学术杂志,某种程度上受到作家亲属的牵制和影响。1980、1998年先后问世的《郭沫若总论》《反思郭沫若》两本著作虽然有所突破,然而,它们贬郭色彩太浓,作者无意对泛滥的历史情绪作有效控制。不过,它们对打破郭氏研究的僵局也许不无意义。例如,《反思郭沫若》的编者丁东指出,他编选本书的意图是要"把郭沫若作为一个生活在19世纪末到20世纪70年代的中国知识分子加以考察,从而看到他身上所体现的中国知识分子的悲剧",它的宗旨"不是全面评价郭沫若的学术成就和文学成就,也不是全面估价郭沫若的文化贡献和历史地位",他认为"正面"肯定的文章已经很多,而"反面"考究的文章则远远不够,所以这本书主要是"反思郭沫若的悲剧和弱点"。① 另一书的编选者指出:从郭沫若思想的复杂性看,一般的历史分析很难窥见他思想的全貌。他的思想世界中既有纵向的历史的线索,也有横向的现实的成因,更多时候则是相互纠结彼此矛盾的关系。②

如果整理郭沫若的思想纹理,应该有另一部专书予以展开,并做稍微细致的讨论。但是,既然说到"郭沫若之路",即涉及他的思想对这条道路的影响和支配。我在这里设一专节,意思也是将它作为一个略微宽阔的背景,让读者尽可能窥见这条道路的历史纵深,以及传主本人无法逾越的某些障碍。正是这些障碍的存在,让我们领悟到中国现代文学向当代文学的转型,实际存在着许多先天不足,以致可以说是社会结构衔接上的问题。从社会结构衔接存在的问题上,就能给郭沫若在当代史中的位置一个大略的定位。

1924年夏以前的十余年,我们暂且可以说是郭沫若思想的形成和发展期。在此过程中,有三个资源影响着他对社会的看法:一是晚清思

---

① 丁东编:《反思郭沫若·编后记》,《反思郭沫若》,作家出版社,1998。
② 《郭沫若总论》,香港商务印书馆,1980。

想界救亡图存和鼓吹个人探索的总体气候;一是王阳明、庄子思想中的自由主义精神;另一是西方的个人主义文化思潮。甲午战争后,新兴知识分子登上政治舞台,掀起了救亡图存、变法图强的维新狂潮。康有为把这种杂糅着西方进化论和儒学思想的"变易观"概括为:"盖变者,天道也。天不能有昼而无夜,有寒而无暑,天以善变而能久;人自童幼而壮老,形体颜色气貌,无一不变,无刻不变。"①而在大千世界和万事万物的巨变中,人的因素被极大地强调和突出了,严复称之是"任天之治",而应"与天争胜","胜天为治",②要求发挥自身的主观能动性,在社会竞争中掌握主动权。通过章太炎主编的《国粹学报》、梁启超主编的《清议报》,这些思想逐渐植入郭沫若的大脑,在这位青年面前打开了另一个世界。不过,这时给郭沫若较强刺激的还有王阳明、庄子的思想。我们知道,王阳明进一步发展了宋代陆九渊的主观唯心主义理学,他的学说的理论支撑点就是强调人的主观精神作用,所谓"夫万事万物之理不外吾心",所谓"心外无理",无一不是为了突出个人在社会变迁中的历史主动性。庄子哲学思想的最终目的,是要达到无待无累的逍遥境界,即让自我存在能够处于绝对自由的至乐天地。但是,庄子所讲的自我生命意识及其自由境界,并不是西方那种与社会公众相对峙的个人意识和生理感觉,而是以超越自然生死、超越个人意识而达到与无限的宇宙时空相隔为一为基础的。据龚济民、方仁念的《郭沫若传》,郭沫若接受王阳明、庄子思想影响是在1915年间。在历史潮流大变的背景中,他糅进了王阳明的主观精神作用,同时把庄子的超越自然生死和个人意识的观念看作是实现个体精神自由的必要途径。他将上述思想熔为一炉,进行玄而又玄的探讨,从而"发现了一个八面玲珑的形而上的庄严世界",并把个人主义思想的发展定位在这个基点:"是肯定我一切的本能来执着这个世界呢?还是否定我一切的本能去追求

---

① 康有为:《进呈俄罗斯大彼得变政记序》,《戊戌变法》第3册第1页。
② 《天演论·论十七进化》,《严复集》第5册,第1396页。

那个世界?"①在经年累月的探索中,郭沫若作出了肯定的回答,而且把它与当时盛行于日本的西方个人主义文化思潮结合了起来。"日本人教外国语,无论是英语、德语,都喜欢用文学作品来做读本。因此,在高等学校的期间,便不期然而然地与欧美文学发生了关系。我接近了太戈尔、雪莱、莎士比亚、海涅、歌德、席勒,更间接地和北欧文学、法国文学、俄国文学,都得到接近的机会",②并与荷兰哲学家斯宾诺莎产生了思想共鸣。时势大变促使郭沫若走出闭塞的国门,东西方的个人主义文化思潮在异国他乡发生思想上的碰撞,使他得以完成思想观念的转型。他相信:"个人的苦闷可以反射出社会的苦闷来,可以反射出全人类的苦闷来",③相信一切的事业要由自我的完成作为衡量的唯一尺度。因此,崇尚个人、标榜自我的思想和行为方式,贯穿在这一时期郭沫若的为人、为文当中,带着鲜明的个性主义色彩。他发起创造社,鼓吹个人对社会组织、流行观念和各种权威的反抗,他写《女神》《天狗》赞扬天马行空的自由精神,他创作历史剧《聂嫈》《卓文君》《王昭君》支持妇女对封建礼教的叛逆,以及作出种种社会越轨的行为,都与这种个人主义理念有必然的联系。但他也承认,"个人的苦闷,社会的苦闷,全人类的苦闷,都是血泪的源泉,三者可以说是一根直线的三个分段"④,这说明他不是要做一个孤立于社会思潮之外的个人主义者,而是像五四时代大多数知识分子一样,认为个人追求应与民族的救亡图存目标紧密结合,这并没有离开儒家思想的主体脉络。

从1924年夏到1928年,郭沫若的马克思主义世界观、历史观和文艺观在逐渐形成。这一阶段,也是中国社会转型过程发生激变的一个敏感期。对郭沫若来说,从上海创办杂志失利到返回日本,再次回国后南下广州参加北伐,是他个人转型与社会激变的一次重大的磨合。在越来越激进的社会潮流中,郭沫若接受马克思主义的思想影响,也应在

---

① 龚济民、方仁念:《郭沫若传》第27、28页,北京十月文艺出版社,1988。
② 《学生时代》,《郭沫若全集》第12卷第17页,人民文学出版社,1982。
③ 郭沫若:《论国内的评坛及我对创作上的态度》,1922年8月4日《时事新报·学灯》。
④ 同上。

意料当中。但我们得说,所谓社会的规律,只是我们在做文章时为了方便而做出的历史归纳。而实际上,人在无常的社会之中,有如树叶漂在激流之中,星星在浩渺无尽且神秘的天象之中那样,事实上无法掌握自己。郭沫若也是如此。但即使这样,从社会压迫的紧逼中,也能让我们看清他思想的转变其实有迹可循。郭沫若、田汉和郁达夫创办的《创造》,老板是上海泰东书局。因他们是刚出茅庐的文艺青年,名气对读者难有号召力,虽然用攻击文艺界名人胡适的办法来增加发行量,但事件过后,杂志仍然萧条。就在这种情况下,泰东书局决定不再资助《创造》《创造周报》,这使郭沫若、田汉和郁达夫马上陷入困境,成为沪上的闲人。1924年4月,事业和生活陷入低谷的郭沫若回到日本。如前所述,索要稿费、身无分文、寄居友人家中等极其难堪的经历,使他的个人主义思想世界出现了裂变,发生了危机。他阅读和翻译的范围,开始由着重个人精神探索的欧美转向偏重社会制度问题思考的苏俄。在他思想的天平上,民族、国家的分量明显在加重,而个人、自我等因素则在逐渐减少。我们知道,马克思主义学说对资本主义社会的严厉批判,自然最能吸引为泰东书局所害的郭沫若。他感到自己就像马克思描绘的那些被资本家残酷剥削的劳动者,对社会充满愤怒之情。他幻想,有一天"社会一切阶级都没有,一切生活的烦苦除去自然的生理的之外都没有了,那时人才能还其本来","才有真正的纯文艺出现"。通过翻译日本马克思主义学者河上肇的《社会组织与社会革命》,他开始形成这样一种认识,即中国的问题不能借助个性解放、个性自由而应借助民众的觉醒和社会革命来解决。他说:"这书的译出在我一生中形成了一个转换期。"①他认为:"我从前是尊重个性,景仰自由的人,但在最近一两年之内与水平线下的悲惨社会略略有所接触,觉得在大多数人完全不自主地失掉了自由,失掉了个性的时代,有少数人要来主张个性,主张自由,总不免有几分僭妄",所以,"要发展个性,大家应同样地发展个性,要生活自由,大家应得同样地自由",他把这种个人与社会共同

---

① 《学生时代》,《郭沫若全集》第12卷第205页,人民文学出版社,1982。

第四章　郭沫若之路

发展个性和自由的思想逻辑,看作是"新思想的出发点","是新文艺的生命"。① 在此基础上,他提出对五四时期"文学革命"的价值进行重估,并在《革命文学》《英雄树》《文艺战线上的封建余孽》等文章中提出了"革命文学""文学阶级性"等命题。他指出,文学只有两个范畴,"一个是革命的文学,一个是反革命的文学","凡是革命的文学就是应该多赞美的文学,而凡是反革命的文学便是应该反对的文学。应该受反对的文学我们可以根本否认她的生存,我们也可以简彻了当地说她不是文学",因为革命文学的使命,"是要求从经济的压迫之下解放","要求人类的生存权","要求分配的均等",革命的文学家要"到兵间去、民间去、工厂间去、革命的旋涡中去",因此,"我们所要求的文学是表同情于无产阶级的社会主义的写实主义的文学"。② 在《英雄树》中,他抨击"个人主义的文艺"是"最丑猥的个人主义的呻吟",是"象牙塔",声称要以"新的文艺斗士"来取代之。③ 按照这种革命文学和阶级性的标准,以鲁迅为代表的五四作家就变成了被批判、被淘汰的对象:"他是资本主义以前的一个封建余孽。资本主义对于社会主义是反革命,封建余孽于社会主义是二重的反革命。鲁迅是二重性的反革命的人物。以前说鲁迅是新旧过渡期的游移分子,说他是人道主义者,这是完全错了。"④郭的激烈言论让人想到,处在社会转型中的个人选择都充满无常的色彩,而阶级斗争理论最能给人勇气,看清前面要走的路。对郭沫若这样的归国学生,要想立足于转型的社会,就必须找到自己的位置。这种位置有时候其实就是一个符号,身份和言论的符号,或为社会改造,或为思想探索而呈现,它们还会变成一些动人的宣言。在无常的命运之中,拥有主义也许会克服怯弱、胆小、自卑,具有历史的主动性。我们看到,五四落潮后,很多人都这样找到了自己的历史位置,如陈独秀、胡适、周作人、李大钊、鲁迅等等,他们在以不同的方式与转型

---

① 郭沫若:《文艺论集·序》,《洪水》第 1 卷第 7 期,1925 年 12 月 16 日。
② 郭沫若:《革命与文学》,《创造月刊》第 1 卷第 3 期,1926 年 5 月 16 日。
③ 郭沫若:《英雄树》,《创造月刊》第 1 卷第 8 期,1928 年 1 月 1 日。
④ 郭沫若:《文艺战线上的封建余孽》,《创造月刊》第 2 卷第 1 期,1928 年 8 月 10 日。

的社会重新磨合。如果这样看,我们就没必要单单苛责郭沫若。

郭沫若的思想轨迹,随着时代的变化而变化。1940年代,旷日持久的抗战使读书人离开书斋走南闯北,广泛接触了社会的各个阶层,这种机会让他们看到了普通人的苦难和挣扎。在这种背景中,"人民至上"的思潮开始在知识界酝酿、积累和扩散,它逐渐成为郭沫若1940年代的主要文艺主张。上述思想的形成,自然有其特定的原因:一是战时的民族利益压倒了阶级集团利益,人民本位成为精诚团结、抗御外敌的时代主调;二是"为工农兵服务"等代表着延安文化主张的文艺思想,经过八路军驻重庆办事处的传递和传播,对郭有一定的影响和制约。在本时期出版的《沸羹集》和《天地玄黄》等著作中,郭沫若做了一些观点的调整,它们对带有孔子民本思想和为现实服务双重色彩的文艺观的表述引起了人们的注意。针对"一位大学讲师"的"文学贫困"论,他使用了近于刻薄的口气:"我愿意我自己永远做一个学生,向一切工人农人学,向一切士兵学,向田间式的诗歌学,向文明剧式的话剧学,然而偏不愿向那些自命不凡的'贫困的贫困'的大学讲师、大学教授学习。"他要把代表"劳心者"的大学讲师与代表"劳力者"的工人农民对立起来,这种方法显然偏离了学理的讨论。这种姿态,又令读者回忆起五四期间与胡适和鲁迅发生争端时的郭沫若,但与当年的文人意气不同,他的心态明显趋向了复杂和幽暗。那么,究竟什么是"人民至上"的文艺呢?郭沫若有他自己的解释:凡是人民意识最纯,丝毫没有夹杂着对于反人民的权势者的阿谀,对于不劳而获的垄断者的赞颂,或钻进玻璃室里作自渎式的献媚,丝毫没有夹杂着这些成分,而只纯真地歌颂人民的辛劳、合作、创造,而毫不容情地吐露对于反人民者一切丑恶、暴戾、破坏的如火如荼的憎恨,这样的作品,便是今天的纯文艺——纯人民意识的文艺。这种理解尽管光明堂皇,充满时代特定色彩,容易吸引激进青年,但实在所指模糊,也让人不知就里。在此前后,郭沫若还发表了另一部重要著作《十批判书》。该书认为,孔子是由奴隶社会变成封建社会的那个上行阶段中的先驱者。他的立场是顺乎时代的潮流,同情人民的解放的。正如历史剧《屈原》所暗讽的是国民政府,该书中的"秦始皇"便不难被读者坐实。他不遗余力地对秦始皇发起了尖锐批判，认为秦始皇统一中国是奴隶制的回光返照。但清醒的读者能够感到，在当时的历史情境中发出这种震耳欲聋的声音，目的显然不是为了学术研究。这一时期的著作或许可以视为一个新起点，它表明郭沫若功利色彩的历史研究已然大大超出学术研究的范围。正如他的早期诗篇一样，郭沫若从来都不是"纯粹"的文人，他的文艺是为创造社和自己的艺术声誉服务的。种种迹象暗示，郭沫若与当代史的接轨并没有其他文人学者那么困难，他实际上应该属于一个更加功利性的年代。

虽然郭沫若思想的特征表现为"庞杂"和"矛盾"，但我们不妨说，他一直是围绕着"个人主义""人民本位""政治功利主义"等环节而变化和调整的，这些因素支配着郭沫若一生的思想和行动。郭沫若是在中国近现代社会转型期中诞生的一代知识分子，因历史潮流而"变"的思想文化性格，既是时代的塑造，也是个性使然。应该说，他是那种热衷政治斗争实践的作家和学者，他比同时代的人都离政治更近，关系也更密切、最持久；由于他不稳定的、偏于主观的性格，他又比同时代人表现出对政治的特殊敏感和反应。以今天反对过去，或以过去反对今天，这种经常矛盾的观点贯穿在郭沫若一生大部分的社会实践中，更贯穿在他一生大部分的思想活动中。这些特点，显然给我们的整理工作带来相当的困难，因为我们无法在同一个历史维度上解释研究的对象。它更让研究者长时期里挣扎于研究与良知之间，所谓的研究分寸是否会损害基本历史良知，它是否会打乱书斋里的平静自律，都会是一个难以避免的问题。①

---

① 冯锡刚:《郭沫若在"文革"后期》，参见《泪雨集》，生活·读书·新知三联书店，1979。

第五章　茅盾、老舍的问题

　　1953年2月5日,捷克首都布拉格大雪纷飞,茅盾率团到这个遥远的东欧小国访问。由于日程已安排妥当,茅盾只是按计划走走场子,当然主客双方释放的气氛无比热烈,关于这方面的新闻在国内报纸都有登载。茅盾在日记中写道:"早晨六时起身,入浴。写给郭老信,八时半早餐。今日天晴,阳光照眼。九时半出外,看了捷克的一个工业展览会及德国展览会,置零星日用品。一时回寓,一时半午餐。此时忽又大雪纷飞,至三时半雪止。下午在寓看书,续写给郭老的信。晚七时三十分去看音乐舞蹈晚会。"①这则日记风格近似于平静优美的散文,它告诉读者,起居一向有规律的茅盾,已经从建国初新鲜刺激和忙碌的公务中渐回日常状态。不过他的生活方式却毫无散文的韵致,甚至近于刻板,犹如劳作的机械工人忠实于每个生产环节,入浴、早餐、参观、写信都有准确时刻,虽然如此的长年累月难免枯燥乏味。茅盾官至部级领导,出访和会客如同一日三餐,可他依旧保持着平和、安祥的心态。有时候,他的为人处世似乎太像其小说,世故圆润,合适体贴,仔细规划又都从容自然。这毫不奇怪,无论战时还是和平年代,无论声名显赫还是逆境之中,茅盾的谨慎得体,早为文艺圈子所共知。朋友们也愿意将茅盾的亲切随和传为"笑谈":"冯雪峰劝他可以在两个宣言上签字,他也都签了名,他还因此被小报和有的朋友戏说成是'脚踏两只船'。"②"他从火车上下来,穿一件蓝缎长衫,梳一头平整光润的黑发,带着微

---

①　查国华、查汪宏编:《茅盾日记》第153页,山西教育出版社,1997。
②　荒煤:《我与茅公的两次会晤》,万树玉、李由编:《茅盾与我》第80页,中国广播电视出版社,1996。

笑,严谨谦和,平易近人,全不是我想象中的伟大人物。"①不过茅盾更愿意当一个作家,繁忙公务对文学创作常有干扰,青壮年时充沛的艺术灵感已经褪色,这令他品味到空虚和遗憾:"一番壮志,许多写作计划,都没有实现","一定也恨恨不已"。②

  1950年代初,老舍的生活顺风顺水,社会活动却日益增多。他忧心民间艺术的衰落,忙着替民间艺人找导演、选曲牌。他对新文艺工作者只顾热情讴歌,而不帮助他们去适应新时代的做法有点愤愤不平:"艺人们对新作品摸不着头,而新文艺工作者又未尽心帮忙,亦是一病。"他向领导层建议:"歌剧中如何创造人物,值得好好讨论。以我的一点经验来说,我总以为有足够的歌唱就能成为歌剧。"并就自己近期的创作作了汇报:"我的以'五反'为内容的话剧,已快完成了,已经从头至尾改写过十遍,用了九个月的时间。它未必是好戏,可是真卖了力气。现写的小歌剧只给我半个月的期限。我盼望您再给我们作报告的时候,说明一下:写小东西也要用全力,给够用的时间,也要去体验生活。"③熟悉老舍热情性格的人不会见怪,抗战时期担任文协总务主任帮助落难作家的善举早已声名远播,他这时对民间艺人施以援手,也是热情性格使然。在从解放前走过来的老作家中,老舍是为数不多的没有遇到什么门槛就适应了新时代生活的几个人之一,我们已经从他对领导的建议和个人勤奋创作中领略到一二。

  1953年,不过是两位老作家漫长当代生活中的一个普通小插曲。对许多同龄老作家来说,他们的1953年同样波澜不惊。因为距暴风骤雨的1957年还差3年,距"文革"还有13年,谁都无法预料未来是什么样子。但这时文人生存的制度环境已不同于遥远的古代,既没有山林可做归隐之地,也不可能退回书斋,当代文学的一个特点就是完成对文人艺术家的制度安排,文人们不可能再像过去那么放任自由,随意逍

---

① 于逢:《高山仰止》,参见万树玉、李由编:《茅盾与我》第134页,中国广播电视出版社,1996。
② 《1949年5月2日致张帆》,《茅盾书信集》第143页,文化艺术出版社,1988。
③ 《致胡乔木》,见舒济编:《老舍书信集》第226—228页,百花文艺出版社,1992。

遥,故意采取与社会不合作的姿态,像纵情乡野的竹林七贤等人那样。1953年,茅盾刚好57岁,老舍也满54岁,都是年过半百的老人,他们的世界观、文艺观恐怕早已老化定型。让他们像富有朝气的工农兵作者那样在思想、精神上彻底"脱胎换骨",将自己重塑为一个社会主义文学的"新人",又谈何容易?!但新旧时代已经在这里撕裂,过去不复存在,每个人唯有将自己的思想系统更新换代才能够适应新生活,这就是现实。它其实远不像老舍所理解的那么简单。

一 茅盾的"矛盾"

鲁迅故去后,茅盾继郭沫若之后位列文化界重要领导。在文学界,"郭老""茅公"的称呼如雷贯耳,被目为文坛领军人物;一些不得志的京派文人如沈从文、朱光潜等私下议论纷纷,也许还有辛辣的讽刺。像郭沫若一样,茅盾的人生经历堪称丰富,但又与郭的主体性格截然相反。这就使我们愿意将他的人生经历、小说、评论做一互文性比较,给茅盾在当代文学史中的位置一个初步定位。

有必要先插入这么一个细节,它像一个线索可以牵扯出作家后来的人生和文学选择。1940年5月26日,侥幸从新疆军阀盛世才魔窟中逃出的茅盾,到达延安后受到各界英雄般的欢迎。可能是茅盾在中共历史上的资深地位,以及著名作家的盛名,就连张闻天、毛泽东、朱德都前往南门外操场和中央大礼堂迎接并出席欢迎会,两百多名鲁艺师生以雄浑、激越的《黄河大合唱》来安慰这位现代文豪饱受磨难的心灵。对中共最早创建人之一、脱党后又见过许多大世面的茅盾来说,如此隆重的礼遇,也实出他的意料。以至40年后,他仍记忆犹新,在八十余万言的长篇回忆录《我走过的道路》中激情满怀地追忆道:"《黄河大合唱》使我大开眼界,使我感动,使我这个音乐的门外汉老觉得有什么东西在心里抓,痒痒的又舒服又难受。它那伟大的气魄自然而然使人鄙吝全消,发生崇高的情感,就像灵魂洗过一次澡似的。"又说,"早餐,我们又尝到了延安的小米粥,这是在上海难得吃到的。但儿子不喜欢

第五章　茅盾、老舍的问题

吃。我对两个孩子说:你们不但要习惯于喝小米粥,还要习惯于吃小米饭,因为我们将长住延安,而你们将进抗大或其他学校学习。"①为表示信仰依旧,他决定把一对儿女留在延安,自己则取道去了重庆。可我们对宏大场面中这个不经意的次要细节不要轻易放过,就是茅盾对政治生活依然热衷,可他又不肯过那种职业性的政治生活,像已在延安发展的周扬、丁玲、何其芳那样。他内心深处倾心于文学,更愿意做一个职业作家。如此,把儿女留下表示了对政治的尊敬,自身离开又暗示了对文学自由的向往。这当然需要高度智慧,但也充满不解的矛盾,这可能正是他与郭沫若的不同所在。

建国后,茅盾的官衔不少,曾任共和国文化部长、全国文联副主席、中国作家协会主席、《人民文学》主编和全国政协副主席等职,是参与领导社会主义文学艺术创作的重要官员。他享受正部级的工资和住房待遇,做政协副主席后,又跻身国家领导人行列。按照惯例,他的生活质量、生活方式包括神秘状态已非普通中国民众所能想象。1950年代,他与家人居住在文化部院内一幢两层的小洋楼。晋升国家领导人后,搬到交道口南三条13号宽敞的四合院,厨师、内外勤一应俱全。2000年初春,为写这部书稿做现场踏勘,储存生活实感,笔者冒着北京的寒风几经转车,又步行若干距离,终于找到位于安定门南边的交道口故居。获准进入后,在几重院落中反复观看,犹如置身梦中。这座宅邸在今天看来,自然已经衰落,但拂去历史风尘依然可以想象当年的庄重和宽敞。当我在中国人民大学旧图书馆翻看1950年代的《人民日报》《光明日报》时,心情仍不能平复。因为那上面经常有他陪同毛泽东、周恩来会见外宾或率团出国的报道。与我的研究对象隔着如此大的时间和阶层距离,能够想象我研究工作的进度和难度。我应该怎么找到自己准确的历史感?用什么方式评论这位作家?请读者原谅我的无知和自卑,因为就连同样声名显赫的沈从文,都禁不住用明显的嫉妒口气

---

① 茅盾:《我走过的道路》(下)第355页,对当时的情形,作者在"延安行"一节有详细记述,人民文学出版社,1981。

讥评:"(他们)十分活跃,出国飞来飞去,当成大宾。"①然而从高规格居所和社会身份并不能看清楚主人公的一切,更何况茅盾是一个有思想自觉的作家。有些细枝末节的作家生活虽然没有载入文学史,但其中的种种迹象仍值得我们品评。我注意到,茅盾对文学生活做了低调处理:他暂时搁置了小说创作,而改以文学评论为主;即使无法回避谈论重大题材,他仍强调"文学规律"和作家的"创作技巧";在1962年的大连农村题材短篇小说创作座谈会上,他对"中间人物论"流露出含蓄的同情。留在1950、1960年代文学画廊中的,是茅盾逐渐模糊、遇流而退的身影——"爸爸本来就不想当文化部长。还在建国之初,周恩来动员他出任文化部长时,他就婉言推辞,说他不会做官,打算继续他的创作生涯",后来,"爸爸曾两次向周总理提出辞呈,都未获准"。②"茅盾解放后在创作上苦恼,在部长位置上忧心忡忡,一直是从周恩来到文化部、作协负责人都深感棘手的难题,几次解决都未能如愿。譬如1956年9月18日,中国作协以刘白羽、张光年、林默涵、郭小川名义向周恩来、陈毅、陆定一、周扬送交《关于改进当前文艺工作的建议》,其中就建议由茅盾实际主持作协工作,辞去或虚化文化部的工作。"报告指出:"像茅盾这样的举世瞩目的作家,到了新社会反因忙于行政而写不出新的作品,以此下去我们会受到责难的。"③在21世纪初重读这些文字,不免引起深长的历史兴叹。对其中原因的细心探究,也许是我们研究"当代茅盾"难以绕过去的课题。

夏志清的名著《中国现代小说史》,被认为对中国现代文学的左翼作家抱有很大偏见,但论著仍肯定茅盾拥有"小说巨匠"的气象。他用一种略带惋惜的口气写道:"自《虹》后,我们可以从《秋收》、《子夜》及其他的作品中,看出茅盾对中国问题的看法,一直是本着马克思主义的立场",从而"糟蹋了自己在写作上的丰富想象力","但尽管如此,茅盾

---

① 《午门下的沈从文》,陈徒手:《人有病,天知否》第25页,人民文学出版社,2000。
② 韦韬、陈小曼:《父亲茅盾的晚年》第3、4页,上海书店出版社,1998。
③ 转引自陈徒手:《人有病,天知否》第388、389页,人民文学出版社,2000。

第五章　茅盾、老舍的问题

无疑仍是现代中国最伟大的共产作家,与同期任何名家相比,毫不逊色"。① 夏教授一向秉持纯文学的主张,自然不能容忍政治糟蹋文学,不过在他责人甚严的叙述里,读者依然能看出他对文学的挚爱之心。夏志清的文学史观来自他大陆—台湾—美国曲折不平的心路历程,动荡生涯和反共观点固然狭窄了他的文学视野,但也为我们提供了一次重识茅盾文学创作的机会。不过应该指出,茅盾和鲁迅对政治的介入,并未降低他们的文学成就,这种介入也许正好显示了他们领悟中国历史复杂性的非凡能力,茅盾早期小说即是成功的例证。现代以降漫长的中国小说历史中,还很少见到这类直接介入政治但依然保存着丰盈的文学性的作品。各类资料显示,茅盾确实对政治生活抱有相当热情和参与的意识,然而他无意成为政治中人,他只是游走在政治边上的一个瞭望者。他1928年正式使用茅盾(矛盾)这个笔名,令人窥见他对政治生活之矛盾犹豫的态度。1920年10月,茅盾经李达、李汉俊介绍,参加了共产主义小组的活动。陈独秀树大招风,所以"支部会议随时转换地点,有时也在我家举行"②。在此期间,他还到国共合作创办的"弄堂大学"上海大学任课。1925到1927年间,茅盾是在激动和充满浪漫幻觉的政治斗争中度过的。他风尘仆仆南下广州,又北上武汉,担任国民党中央委员会宣传部长秘书、《国民日报》总编辑等敏感的政治职务。国共合作失败后无端流淌的鲜血,让茅盾看清楚了政治的真面目。在坐卧不宁、草木皆兵的逃亡生涯中,写小说成为他重新理解政治的特殊方式,也是他宣泄内心压抑与恐惧情绪的手段。大革命失败后的脱党,和流亡日本的沉寂岁月,表明他已从政治生活中正式退出。"他那时的意志仿佛有些消沉,他似乎已厌弃了政治的文化生涯","《从牯岭到东京》,满纸充满着感伤的气氛"。③ 茅盾借《幻灭》中静女士与爱人强猛离别前的一段对话,彰显了他的真实心境:

---

① 夏志清:《中国现代小说史》第184页,台湾传记文学出版社,1979。
② 茅盾:《我走过的道路》(下)第201页,人民文学出版社,1981。
③ 东方曦:《怀茅盾》,《作家笔会》,上海春秋杂志社,1945。

"惟力。你还是去罢。静摸着强的面颊,安祥地而又坚决地说:'我已经彻底想过,你是应该去的。天幸不死,我们还是年青,还可以过快乐的生活,还可以实行后半世的计划! 不幸打死,那是光荣的死,我也愉快,我终生不忘你我在这短促的时间内所有的宝贵的快乐!'"

"我不过带一连兵,去不去无足轻重。"强摇着头回答。"我看得很明白:我去打仗的,未必准死;静,你不去打仗的,一定要闷死。你是个神经质的人,寂寞烦闷的时候,会自杀的。我万不能放你一个人在这里!"

"平淡的生活,恐怕也要闷死你。惟力,你是未来主义者。"

"我已经抛弃未来主义了。静,你不是告诉我的么? 未来主义只崇拜强力,却不问强力之是否用得正当。"

小说未必就是作家原封不动的真实生活,然小说往往暗含着作家对生活的特殊理解,也为人尽知。躲在庐山牯岭并潜回上海,屠杀无辜的血腥现实使茅盾颇受惊吓。这是否是他由评论转写小说的一个缘由还很难说,但这种生活显然更适于用小说来表达,某种不安情绪正缓缓流入小说的细部,它逐渐成为茅盾当时和后来小说的基本气质。在静与强的对话中已经看到,在茅盾的人生辞典中,政治生活是刺激、冒险、渴望、快乐和未来等字眼的复合词。政治是这样一个时间概念:勇往直前和永远追求,一旦上路就不能回头。于是,政治生活在作家茅盾眼里,成了雾中看花、水中望月,是隔着玻璃罩的一个虚拟的存在。这种书生的特定视角,所掩盖的恰恰正是政治世俗功利、残酷无情和深谋远虑的一面,是它不讲规则又视利害为生命的性格。这则对话还提醒读者,茅盾离政治最近的时候,也许是文思枯竭、创作困窘的时刻;当他与政治保持一段审美距离,才会激发出文学创作的兴奋点和巅峰体验;但完全脱离政治,就等于不再是小说家和评论家茅盾;因此,一种与政治生活若即若离、似无还有的状态,才得以成就中国现代文学史上这位以社会剖析而著称的作家。

1950年代初,茅盾被任命为文化部部长,周扬担任常务副部长兼

第五章 茅盾、老舍的问题

党组书记,周同时兼任党中央宣传部分管文艺的常务副部长。这是一个微妙的人事安排。略懂中国政治舆情的人都清楚,周扬实际拥有最后决定权。在这种职务重叠的组织结构中,他表面是茅盾的"副手""下级",协助茅盾工作,党内职务上却实际高于茅盾,是他的直接领导,茅盾夹在中间的尴尬处境可想而知。有人注意到:"茅盾对文化部长的职位是充满矛盾心情的,在1957年大鸣大放中曾有'有职无权'的感慨。他曾多次有过辞职的念头。"①从当时一批担任政府部长的著名民主人士的"不满"和"牢骚"中,能进一步丰富对茅盾心态的观察。章伯钧一针见血地批评:"在非党人士担任领导的地方,实际上是党组决定一切,这是形成非党人士有职无权的根本原因。"罗隆基指出,关于有职无权的问题,"党员固然有责任,机构也有问题。他说他在森林工业部里面是有职有权的,但是部以上有国务院的八个办公室,有国家计划委员会和国家经济委员会,另外还有党中央的各部,你这个部没有法子有权。很多事情都是从上往下贯彻,往下交任务。经委和计委向部里要的数字任务,也只能说是主观主义的。计划整个地建筑在关起门来的主观主义的基础上"②。在反右运动中,这些言论被认为是"向党进攻的武器"。以茅盾的身份和与党的合作关系,他做不到民主党派那样的畅所欲言,但是久郁心底的不快,也会因某种特殊场合而触发。1957年5月中上旬,中共中央统战部邀请各民主党派负责人和无党派民主人士举行座谈会,宣布是"帮党整风",很多人不知就里,以为是要回到春秋战国"百家争鸣"的言论开放年代。老练的茅盾无意发言,但见众多民主党派摩拳擦掌,坐在一旁的中共统战部长李维汉时时向发言者投去鼓励欣赏的眼光。茅盾在心里掂量了一下,他决定选择没有敏感性的宗派主义和官僚主义的话题。他说:

> 宗派主义的表现是多种多样的,比方说,一个非党专家,在业务上提了个建议,可是主管的领导党员却不置可否,于是非党专家

---

① 陈徒手:《人有病,天知否》第388页,人民文学出版社,2000。
② 以上参见1957年5月份《人民日报》对"发言"逐日的报道和茅盾的表态。

觉得这位党员领导者有宗派主义。可是在我看来,这是冤枉了那位党员了。事实上,这位党员不精于业务,对于那位非党专家的建议不辨好歹,而又不肯老实承认自己不懂(因为若自认不懂,便有伤威信),只好不置可否,这里确实并无宗派主义。可是,隔了一个时期,上级党员也提出同样的主张来了,这时候,曾经不置可否的党员,就双手高举,大力宣扬,称赞上级党员英明领导,但是压根儿不提某非党专家曾经提过的基本上相同的建议,是不是他忘记了呢?我看不是,仍然是因为若要保住威信,不提为妙。在这里,就有了宗派主义,如果那位非党专家不识相,自己来说明他也有过那样的建议,但未被重视,于是乎百分之九十很可能,那位党员会强词夺理,说那位专家的建议基本上和这次上级的指示不同,或者甚至给他一个帽子:诽谤领导,诽谤党。这里,宗派主义就发展到极严重的地步。……据我所见,中央几个部的官僚主义是属于辛辛苦苦的官僚主义,这个官僚主义产生的根源是主观主义、教条主义的思想方法,而滋生这种官僚主义的土壤却是对于业务的生疏乃至于外行。拿文学艺术来说,究竟是专门学问,没有这门学问的基础,专靠几本"干部必读"不能解决业务上的具体问题,不能解决,可又等着你的主张,怎么办呢?捷径是"教条主义、行政命令"。①

话说得委婉,没有章伯钧、罗隆基那种张扬的政党色彩和尖锐的挑战性,也没有具体所指,给人模糊含混两边拉架的感觉。但参加会议的人感觉到,茅盾说得很具体,很生动,很带一点感情。有人私下揣测:"当时他正是以非党专家的身份出长文化部的。这里说的非党专家的遭遇,是不是包含了他本人工作中的经历呢?"②熟悉1930年代文艺圈子内部斗争的人都心领神会,这里所指就是周扬。周扬不是外行,他的文学功底也不低于茅盾,但这时茅盾任职的文化部和作家协会上下已

---

① 参见1957年5月份《人民日报》对"发言"逐日的报道和茅盾的表态。
② 朱正:《1957年的夏季:从百家争鸣到两家争鸣》第70页,河南人民出版社,1998。

经密布"周扬派",他的话不是无的放矢。当然这也给人文人相轻的感觉,一个前辈作家怎好让一个晚辈作家摆布?茅盾的书生意气由此可见一斑。当然这种心态,有违茅盾温文尔雅的气质。但说到底章伯钧、罗隆基不过是书生政治家。如此的书房清谈和指手画脚,放在哪个国家都不会令领导者心里痛快。后来很多专书都对这些书生政治家投以奢侈的同情和极尽美化之语,时移世易,在历史长河中瞥见当年之一幕,笔者心头只能兴起微微的轻叹。

二 老舍与北京

老舍是地道的北京人,他的小说、戏剧、散文、诗歌、鼓书和唱词大多与这座故都有关。他还是满族后裔,血脉中流动着这个族群的欢笑与眼泪、挫折与耿直,并不令人奇怪。在散文《想北平》中,他真情且直率地写道:"我真爱北平。这个爱几乎是要说而说不出的。""我爱我的母亲,怎样爱?我说不出。""我所爱的北平不是枝枝节节的一些什么,而是整个儿与我的心灵相粘合的一段历史,一大块地方,多少风景名胜,从雨后什刹海的蜻蜓一直到我梦里的玉泉山的塔影,偶积凑到一块,每一小的事件中有个我,我的每一思念中有个北平,这只有说不出而已。"这话有些文人的矫情,但笔者更愿意把它理解成离乡多年的老舍抑制不住对故乡的惦记。

老舍成名于1930年代,他的《二马》《离婚》《老张的哲学》无疑是现代长篇小说家族的重要成员,《骆驼祥子》和《断魂枪》则属中短篇小说中的上乘之作。解放初期,老舍的小说创作有点儿堵塞,可戏剧的兴趣忽然大增。建国初年,诗歌和戏剧创作的数量急剧飙升,原因是这种形式通俗易懂,容易抓住文化浅显的大众,而执政党又急切需要这种面对面的宣传效果。说老舍曲意迎合实在有失厚道,不过为什么他偏偏放下更擅长的小说而弄起戏剧也值得细细推敲。在短短17年间,老舍共写了三十多部剧本,话剧15部、歌剧3部、曲剧1部、京剧3部、翻译剧1部(包括那些半成品或被弃纸篓的草稿,当然败笔不少)。与他的小说"回忆性"的眼光明显有异,他用戏剧的视角直面热气腾腾的当代社会。《龙须沟》写北京治理道路污水,《两面虎》反映三反五反运动(后改名《春华秋实》),《方珍珠》表现老艺人思想改造,《全家福》比较新旧社会之优劣。老舍写文章的速度明显加快,叫人暗暗吃惊,有些作品粗制滥造,显然有悖于作家以前的严谨:1955年写《青年突击队》,1957年写《茶馆》,1958年赶写《红大院》,1960年写出《神拳》,1961年又创作《宝船》,同年根据川剧改编《荷珠配》等等;1954年创作长篇小说《无名高地有了名》,1961到1962年写出另一部长篇《正红旗下》的残卷;同时出版了文论和创作谈《和工人同志们谈写作》《出口成章》;另又创作了27篇记事与抒情散文。这些作品加起来,少说也有一两百万字。这种现象令人与当时媒体大肆宣传的铁人王进喜、吴桂贤等劳动模范的高产数字相联系,可知为与西方资本主义国家展开竞争,大幅度地提高社会主义劳动效率,是国人的普遍心态。在苏联,在中国,在社会主义阵营与西方资本主义阵营之间,这种竞争的焦虑也许并非老舍一人独有,它正在发酵成为一种社会生态,这是史无前例的当代文化。但笔者担心老舍是半百老人,医生恐怕早有嘱咐,体力精力恐都不允许这么拼命。与茅盾文学创作初露"枯竭"的状态相比,说老舍更具文学可持续发展能力等于是个笑话。说他新旧社会磨合能力异乎寻常,也颇令人费解。文学史研究,当第一手资料奇缺的时候,研究者不妨偶尔借助作家亲属的观点。1998年,老舍儿子舒乙这样解释说:

> 他回京后听到三个亲姐姐的诉说,感受到的那种翻身喜悦是真实的。姐姐原来跟乞丐一样,现在虽然穿衣打补丁,但生活已有变化,儿女们都成了工人阶级。老舍高兴极了,翻身的喜悦是真实的。他感谢、欣赏新政府的做事风格,自己也愿意为政府多做事。
> 跟延安、国统区来的许多作家心态不一样,老舍心想自己是穷人出身,在很偶然的机会下免费上了学校,没上过大学,亲戚都是贫民,在感情上觉得跟共产党有天然关系,跟新政权是一头的。毛泽东认为知识分子是小资产阶级分子,要脱裤子割尾巴。一些作家受到精神压力,谨慎小心,有的做投降状,生怕自己是否反映小

资情调？是否背离党的要求？很多作家不敢写，写不出来。而老舍没有顾虑，如鱼得水。①

朴实的生活事例，总比社会宣传更具说服力，即使自称智者的人也难反驳。当然这段是舒乙对他父亲思想的重新叙述，它更像对"翻身解放"逻辑的自动背书。老舍虽出自寒门，1930 年代已进入知识精英阶层，是普通人望尘莫及的大学教授和著名作家，他的思想观念深处其实"有一股很强的文化贵族感"②。但我们又不能说舒乙完全违背事实。一个仓促间回国的人，一下子被改天换地的北京景象惊呆了，思想来不及整理也属常情。之所以对新北京产生强烈的创作冲动，确实可能是由新旧北京的对比所触发。老舍像变了一个人，他在《我热爱新北京》中列举的理由是这几条：一、下水道。北京的下水道年久失修，"北京市人民政府自从一成立，就要洗刷这个由反动政府留下的污点，一方面修路，一方面挖沟"。二、清洁。"北京向来是美丽的，可是在反动政府下并不处处都清洁"，"那时候人民确是按期交卫生费的，但是因为官吏的贪污与不负责，卫生费并不见得用在公众卫生事业上。现在，北京像一个古老美丽的雕花漆盒，落在勤勉人手里，盒子上的每一凹处都收拾得干干净净，再没有一点积垢"。三、灯和水。"北京，在解放前，夜里常是黑暗的。她有电灯，但灯光是那么微弱，似有若无"，"政治的黑暗使电灯也无光"。"夏天水源枯竭，便没有水用。""北京解放了，人的心和人的眼一齐见到光明。""北京的电灯真像电灯了。""这古老的都城，在黑夜间，依然露出她的美丽。"③对老舍后期创作中出现的这一高潮现象，钱理群倾向从更宽阔的历史文化视野中来解释其深层原因，他认为，老舍还不至于这么肤浅，支配他思想行动的恐怕有更重要的原因。他指出，"关于老舍，其实有两面，他的一面是矛盾、困惑。另一面可以从 1940 年代甚至更早的作品里去追踪到一些思想线索。""老舍

---

① 参见《老舍：花开花落有几回》，陈徒手：《人有病，天知否》第 43 页，人民文学出版社，2000。
② 傅光明：《老舍之死采访录》第 282 页，中国广播电视出版社，1999。
③ 此文刊载于 1951 年 1 月 25 日《人民日报》。据作者说，他"已经在北京住了一年"。

始终是一个爱国主义者,有很强的民族情绪,这不是1940年代就有的,从写《二马》一直就这样。从《小坡的生日》一直下来,可看出他是一个强烈的爱国主义者。他实际上有国家至上那样的观念,解放后,他看到国家独立、统一了,这对他的思想影响非常大,他的拥护是由衷的。他的整个观念是国家至上、民族至上,他可以为了国家而牺牲自己的一切。为了国家,自己再委屈,都是可以忍受的,很多知识分子都是这样。""他的生命中有几个基本点,一个是国家、民族,一个是平民,下层人民,然后还有一个是文化。"当有人追问假如1966年老舍有幸躲过那场浩劫,他会不会"继续被利用"这个敏感问题时,钱理群斩钉截铁地回答:"肯定会,这正是中国知识分子软弱的一面。假如说他有汪曾祺那样的经历,被江青看中了,他肯定会写。其实,不管谁,包括巴金、曹禺,都会写。"①

从这个线索去观察,会注意老舍后来跟人背书有一个复杂微妙的过程。随着卷入的层次越深,他发现正在进行市政改造修补的北京,还没有美好到文学作品所描绘的程度,更感觉创作已不是个人所为,越来越要迁就别人的好恶,而对方并非是传统的文学批评家。这种经历简直令人苦恼。例如,老舍1952年被领导点题创作的表现三反五反运动的剧本《春华秋实》,光修改就花了一年多时间,整个剧本改过十二遍,尾声改过六遍,而且每改一次都是从头写起,现存遗稿据说有五六十万之多。北京人艺导演欧阳山尊执导话剧时有写《导演日志》的习惯,记述虽比较随意凌乱,但笔者看来它不失为历史的某种复原:6月10日,老舍动脉管破裂,鼻血如注,剧院领导在探望中还不忘跟他谈修改意见;7月11日,大伙去老舍家,听他念改写出来的第一幕;7月24日,欧阳与夏淳一起去找老舍,再转告大家对剧本的修改意见;8月2日,大众铁工厂开七步犁试验成功庆功会,工人当场表演,老舍在座且仔细观摩。这在当时叫深入生活。8月23日,老舍冒雨到铁工厂对职工朗读第七遍修改稿,认真听了意见;9月10日,欧阳和老舍一同压缩第四

---

① 傅光明:《老舍之死采访录》第279、288页,中国广播电视出版社,1999。

幕;9月16日,院部重新讨论剧本,感到不满,决定还要修改;9月19日,欧阳为全体演职员传达薄一波关于如何写"五反"剧本的谈话,老舍送来改过的尾声;9月23日,剧院核心组决定打散剧本重写提纲,暂时不告诉老舍,免其受伤害;11月1日,大家继续去老舍处听他朗诵重写的第一幕第一场;11月15日,老舍向全体参演人员朗读重新写的第一、第二幕,但大家提出应重点写丁翼平的思想斗争(即五毒思想);11月19日,到老舍处听读第三幕第一场,商讨如何改写该幕第二、第三场;11月22日,老舍到剧院为全体演员朗读第三幕;11月27日,至老舍处讨论尾声的写法;12月17日,排第三幕第二场,再排第三幕第一场,并告老舍改动之处……笔者写到此处,心中除为老舍担心,还充满滑稽的感觉。他写那些杰出的中长篇小说时,恐怕没人在他书房里这么指手画脚,评头论足,鸡蛋里挑骨头吧?然而,这就是戏剧创作,或者准确地说是1949年后的戏剧创作,或者再准确点说是为"遵命"而从事的戏剧创作,难怪这么兴师动众,老舍家门外如此车水马龙了。作为文学史研究者,我翻看六十年前的这些材料,竟产生了一种走进海市蜃楼的错愕感觉。

梨园圈子尚好应付,因为老舍毕竟年长,人们得给这位大作家留点面子。可是将剧本拿到社会上征求意见,情形究竟不同。1953年4月24日,《人民日报》召开《春华秋实》座谈会,有人认为老舍不应该这么谦卑,他修改作品的热情固然值得学习,但这样改来改去是不是会牺牲了原有的语言特点和艺术风格?然而与会者承认,《龙须沟》没写共产党员和干部,这次写了,是一个进步;一些资本家反映,尾声里没有给他们留出路,这多少有点添堵;北京市委宣传部廖仲安致信老舍,认为他不熟悉工人生活,工人的形象还不如资本家鲜明深刻;市公安局的观众要求,应该把政府对私营工商业的照顾和扶持写进剧本,另外,警卫吸烟的动作多了些,他们在看守时实际可以克制着不吸;宣武区委几位干部给剧院写信,建议剧本多增加消除资本家思想顾虑的内容,本来政府的政策已经够好,这样表现反而让人觉得他们与政府面和心不和,有损宣传的效果。评论家王任叔给老舍写来一封长达十二页的信,对主人公提出了高度的政治要求。在这封信中,王任叔热情夸张地描述了他心目中高大的工人阶级形象,构想出一个共产党人如何建设新社会人际关系的理想目标。上层领导胡乔木也很关心剧本。这位领导1930年代曾是文学青年,有一定文学素养。他1953年2月15日、26日连续致信老舍,忧心之中替他设计了一些情景:"我以为写工人的一场,要在工人之间有些先进后进间的争论,作为后来发展的伏线,并且还要有更多的人情味。五反的一场也有些伏线,有些耐人寻味的幽默。尾声要回顾全剧和前面几场的人物、事件,对话要安排一些可以的对照和照应,包括供热、职员、经理和经理的女儿(可否入团?)",这样至少可以"表露出对于前途的富于感情而又富于象征味的展望"。他还认为剧中"造机器、七步犁、物质交流展览会、念书、讽刺美国的漫画、男女平等"的描写过多和零碎。与此同时,又用了大段类似上级文件的语气阐述三反五反运动的意义,要求剧本朝这方向努力:"你的优美的作品必须要修改,修改得使真实的主人翁由资本家变为劳动者,这是一个有原则的修改。"这话纯属外行,基本是不着调的文学批评。可是想想他是站在主义立场,这话显示的政治水平就非同一般。后来,由于人艺领导集体不断向上报送剧院发展、创作与排演剧目情况的报告,彭真、周扬等注意到了,不提些意见好像不关心作家作品了,便也发表意见。不能认为上述评家都是故意为难作家老舍,从话剧的技术层面讲,多听观众意见,并从文学接受、剧场效果的角度予以修改,是剧作家经常要做的工作之一。我们知道自1930年代起,曹禺就有一个习惯。他在话剧上演的时候,会悄悄坐在剧院后面某个角落,以观众的视角感觉来重温作品。他会想到布莱希特所说的剧本与观众的间离效果,想到某句台词的震撼力量是否稍嫌薄弱,想到作品结构的某个缺陷。当剧作家临时把自己当做观众,他才能冷静客观地体验观众对戏剧的接受,不断进行剧本、导演和演员表演的调整,以达到最佳共振效果。这原本是戏剧创作的一个规律,人们不能凡事都将其意识形态化,以致对此敏感多疑。曹禺后来对形势的迁就自然另当别论,但他丰富的剧场经验却为老舍所缺乏。戏剧创作不是老舍最擅长的写作领域。这就使得1952

第五章　茅盾、老舍的问题

年的老舍,颇有点像老北京南城那些老实巴交的商肆老板,新货上市,被南来北往、背景芜杂的顾客翻检挑剔,拼命想巴结对方,结果还是众口难调。这种取悦四方反不讨好的处境,正是作家写作修改《春华秋实》时的状态。"他自己仿佛无所适从,只能关在家里埋头修改,一次次应付各方的需求。""正因为吸纳过多的各方意见,剧本大杂烩的色彩愈来愈重,像是支离破碎的拼盘,修改有失控的趋势。"这个小小风波,由周恩来出面干预,大家终于闭上嘴巴,渐渐平息。① 类似现象,在剧本《龙须沟》《方珍珠》《青年突击队》和《茶馆》从创作到上演过程中,曾经屡屡发生。

　　上世纪五六十年代,戏剧电影明显比小说、散文和诗歌受宠,原因是它可用于社会动员,作为一个工程由各方面来抓。这是各级领导都喜好的事情。人们自然记得,1940年代的延安,关于京剧改造,关于话剧歌剧如何大幅度民间化和民族化的议题,就已进入领导人的兴奋区域。那时开始形成一个党管文艺、令文艺家这样那样写的习惯,所以,这么多领导直接间接地热情参与老舍《春华秋实》的修改,当不足为怪。但笔者愿意提醒,这是解放初年,严重的运动还未袭来,文人们没有警惕意识,因此不少人更愿意将胸中怨气展示笔端。在1953年第5期《剧本》上发表的《我怎么写的〈春华秋实〉》一文中,老舍心烦意乱地写道:"以前,我多少抱着这个态度,一篇作品里,只要把政策交代明白,就差不多了。可是,我在写作的时候就束手束脚,惟恐出了毛病,连我的幽默感都藏起来,怕人家说我不严肃。这样写出的东西就只能是一些什么的影子,而不是有血有肉、生气勃勃的艺术品。经过这次首长们的指导与鼓励,以后我写东西要放开胆子,不仅满足于交代明白政策,也必须不要委屈艺术。也只有这样,我才能写出像样的东西来。"他还披露出一段幽微的心曲:"以前为什么没想起这么写呢? 主要原因是自己的生活不够丰富,而又急切地要交代政策,惟恐人家说:'这个老作家不行啊,不懂政策。'于是,我忽略了政策原本是从生活中来

---

① 参见陈徒手《人有病,天知否》中关于老舍戏剧创作的内容,人民文学出版社,2000。

的,而去抓政策的尾巴,死不放手——(写成了)面色苍白的宣传。"听不出这话是表扬还是挖苦:"这样的创作方法——也正是我三年来因怕被指为不懂政策而采用的方法"。

将道德裁判置于文学作品之上不对问题细究,是近年来"十七年"文学研究经常会有的做法,尤其是在"现代文学传统"与"十七年研究"的历史关联点还没有完全理清楚之前。说老舍刚回国即被环境规训,人们至今都拿不出扎实的史料。说他看到整修了几条水沟,就曲意迎合,与自己过去的创作坚决决裂,也有如神话之说。应该想到,当时体制的力量还远未到可以迅速摧毁一个作家创作状态的程度。作家此时仍想写出"有血有肉、生气勃勃的艺术品",而非生硬的宣传广告标语,自在情理之中。笔者曾观览地处北京朝阳区芍药居的中国现代文学馆老舍展馆部分,有若干幅老舍伏案写作的旧照片,只见他衣装整肃,戴着眼镜一笔一划在那里修改作品。远远看去,这个特写镜头宛然与作家漫长的创作长河连为一体,这是一位作家创作态度之一瞥,它们是波光粼粼的历史大河的一个部分。读者似乎因这个实例而能想到,如果说作家一生的创作水准是一种曲线运动,三四十年代曾经是老舍文学创作的高潮,但这种高潮此时已然过去。除政治因素干扰外,就一个作家的创作寿命而言,他本人创作的高潮状态是否也因年龄等原因转为低落?其实都可以理性探讨。况且写剧本并非老舍擅长的形式,他最擅长的小说的写作高潮在逐渐落幕,我们对此毋须避讳。写作话剧《春华秋实》时的老舍就处在这种文学创作的两个波峰之间。换句话说,这是研究老舍文学创作时应该观察的一个问题。我们认为这个技术层面不应该从老舍文学创作的完整研究史中被轻易忽略。

老舍对北京怀着近乎偏执的感情。他耽爱苍茫暮色中的红墙黄瓦,院落里的花草树木,胡同街肆的日常故事以及婚丧嫁娶的粗陋礼仪,即使老北京人非原则性的短处与缺点也被轻易包容。在他笔下,很少有《离婚》中的小赵那种彻头彻尾的坏人和恶棍,相反,他总是设身处地替人着想,安抚小说中的卑微人物的人生困境,并为他们分忧解难。当然这些描写也令读者责怪作者参与过多。过强的个人气场,会

第五章　茅盾、老舍的问题

干扰作品的客观地位。自然,作为作家,他懂得在叙述中有所收敛,例如即使为展现幽默,也不对人物的善恶做极度夸张的表现,以免打破风格应有的平衡。正因为他在宽容中庸里力图展现古都北京三教九流、各色人物喜怒哀乐的大千世界,他的小说才赢得了读者最广大的同情、热泪与理解,获得了持久的艺术魅力。当然,不会组织戏剧冲突是老舍话剧创作的短板,然而小说元素被运用到话剧中后也能略添光彩,最著名的例子当属《茶馆》。

1935年,他在《我怎样写〈老张的哲学〉》中指出:"穷,使我好骂世;刚强,使我容易以个人的感情与主张去判断别人;义气,使我对别人有点同情心。有了这点分析,就很容易明白为什么我要笑骂,而又不赶尽杀绝。我失了讽刺,而得到幽默。据说,幽默中是有同情的。我恨坏人,可是坏人也有好处;我爱好人,而好人也有缺点。'穷人的狡猾也是正义',还是我近来的发现。"①这种哲学尽管简单肤浅,但卑贱出身容易被感情遮盖理性也在预料之中。老舍写得最为精彩的还是老北京人中的"中间人物",例如《离婚》中的张大哥:"他骑上自行车——稳稳的溜着马路边儿,永远碰不了行人,也好似永远走不到目的地,太稳,稳得几乎像凡事在他身上都是一种生活趣味的展示。"②老舍之中庸色彩的小说观的形成,离不开他生活的社会环境。民国时期,作家是一种自由散漫的职业,那个年代对从业者基本采取放任不管的态度,所以像沈从文、老舍这种对故乡带着固执态度的作家也照样自得其乐。1949年后,人与环境的关系发生根本变化,作家再按照个人生活经验来决定文学观念难免不被牵制影响。老北京还在那里,可老舍已不能像当年那样随随便便地说出自己的是非好恶。读者不妨观察,作家身份处境的这种惊变,正在跨过他创作高潮的三四十年代,一路毫无阻拦地前行,向着新年代所指认的那个目的地进发。这种惊变也在缓慢渗入作家写作的每一个环节,对此我们也许要做更细微适度的分析。顺便举一个

---

① 老舍:《我怎样写〈老张的哲学〉》,《宇宙风》第1期,1935年9月16日。
② 老舍:《我怎样写〈离婚〉》,《宇宙风》第7期,1935年12月16日。

例子,写《方珍珠》时,有人建议老舍补写一些解放后的光明景象,理由显然强人所难,不过还有办法,例如可以把剧本的篇幅延长,这样便增加了思想教育问题的后两幕戏。在前三幕中,方珍珠是一个在家受养母闲气、在外被特务向三元欺侮的"略识字"的青年女艺人。这种主题模型,一看就是书写"梨园悲情"的那些晚清小说。因增加了后两幕,方珍珠于是有了思想活动,她拥有了解放后那种进步的思想眼光,她由一个受人欺侮的女艺人忽然变成一个很主动的社会组织者。在第五幕,当父亲"破风筝"在组织民间曲艺社问题上犹豫不决时,她鼓励说:"您是干什么的?我是干什么的?白二叔是干什么的?咱们不会去组织组织呀?先组织好,就不会选出顶不中用的人来。即使选出不大中用的人,教他们练习练习去,不就慢慢的成为有用的人了吗?"她此时的口吻颇像军管会的干部,思想境界仿佛在朝后者逐渐靠拢。这种修改,一定程度是老舍的创作习惯在悄悄发生变化的细微过程,这种过程一点点地积累起来,正在凸起成一个观察他与年代关系的小小的山坡。我们对老舍另一个故事的讲述也许就可以从这里开始。《龙须沟》是一个不错的本子,作品成色应该好于《方珍珠》。作者试图表现新社会给老北京带来的新气象,不过剧本里却满是他小说中那些生气盎然的旧人物。像狗子这种胡同里的小混混,怎么被戴上新社会的脸谱,列入新人物行列,颇让这位作家扭捏不安。他实在不理解一个文学作品中的人物形象,为什么非要在不同时代发生断裂性的性格变化,这对老舍的创作明显是一个尖锐的挑战。正是这种思想超前、创作落后所导致的矛盾状态,使作家本来驾轻就熟的人物在描写中变得十分做作难看。读者从剧本中应该看到,狗子解放前后的性格转变相当脸谱化,他性格发展的内在逻辑也令人怀疑,这对剧本无疑是一个损害。而稍有文学经验的人都知道,人物性格缺乏完整性往往是一个初涉创作的年轻作者的通病,它在经验丰富的老作家那里则可避免,老舍此时已有二十多年的创作经验,总不至于让自己在众多同行面前这么幼稚可笑。然而世事难料,一个资深作家的脸面已经不再重要,重要在于他将如何处理与时代的关系。文学幕后的故事还不止这些,人变赶不上形势之变,老

第五章 茅盾、老舍的问题

舍感到的扭捏早已不是问题,他得对自己的文学创作做出通盘的考虑调整。他是老北京人,知道胳膊扭不过大腿的道理,有相当耿直的一面,也有融合转圜的一面。和气,本来是老北京人的生存之道。2001年9月14日,笔者换乘多次公共汽车,辗转来到已从海淀万寿寺搬至朝阳芍药居的中国现代文学馆,在文学馆手稿室查对上海晨光出版公司版的《龙须沟》时,吃惊地发现作者在第2、59、60、61、69、70、71、72等页涂改很多,关于人物名称,如"警察""痞子"等的删节尤其明显。余窃以为,作者可能深感新社会不能容忍这些旧式人物,而迎接新的时代要求就只能是尽量压缩减少他们的篇幅,包括模糊他们原有的社会身份。这对他当然有割爱之痛。虽然这样删节会"因宣传思想而失去艺术效果",但这时的作家已顾不了这些。① 笔者本想复印这些手稿,但可能由于某些敏感的原因,文学馆工作人员对笔者严肃指出,复印它们一页需要交付800元人民币。这个数字真是天价! 以2001年与今天人民币的价格差比较,恐怕已是8万元之巨矣。而笔者当时的教授薪水每月不过五六百元,即使不怀疑它略为夸张,这钱对笔者当时也压力山大,因此匆忙抄录下部分删节,慌乱逃走,而无法向读者告知老舍在这个剧本上改写的全部内容。

我们愿意相信,老舍是享誉海内外的著名作家,他的动摇只是暂时之举。作家活跃的精神世界总不会是一汪死水,社会稍有风吹草动,他长期形成的思维倾向就有可能复原,形成敏锐视角。陈徒手著作中提供的珍贵文献,带领读者一起步回五十多年前的历史现场。1956年和1957年上半年,社会环境一度宽松,知识圈子重新活跃起来。一次,老舍竟对老演员李翔发起了牢骚:"作家是写书的,不要参加这会那会,去机场,让我写不了书。"人艺老编剧梁秉坤也听老舍几次说过类似的气话:"每天上午要写作、搬花,就是毛主席找我开会都不去。"中国作家协会布置会员上交个人创作计划,老舍还是那几句老话:"社会活动太多,开会太多,希望有充裕的工作时间。"1957年初春,他仍然在各种

---

① 老舍:《谈〈方珍珠剧本〉》,《文艺报》第3卷第7期,1951年1月25日。

会议场合大谈自己的苦恼,束缚和谨慎好像不复存在。他在讨论陈沂文章的座谈会上,做过如此大胆的发言:"社会主义现实主义有些混乱,自己未想成熟,一时考虑弄不清。"又说,"我感到讽刺作品,是一刀直入心房。命运、意志、性格会造成悲剧,但是把人民内部矛盾反映到文学作品中就很难出现悲剧。革命英雄主义者死了,我们有,但不是悲剧,是要歌颂赞扬的。我们写悲剧、讽刺剧,不能像果戈理那样写,不能抹杀否定一切。可是这样写出来的东西,又不能赶上古典(作品)"。从维护文艺真实性、自主性的角度,他还罕见地批评了一些社会现象:"我看到好多地方,有一些人新名词嘴上挂的很多,完全是社会主义。碰到个人利益,马上就变……如果真能做到,闹事会少一点。自命为工人阶级,有一点不平一定带头闹。"他直言不讳地批评文艺部门的领导:"是否有的老干部,别的不能干,就放到这方面来……他们忙柱了,什么都管,就是不搞业务,缺乏谈业务的空气,五个副局长应该起码有一人管业务。(他们)权很大,领导干部不拿这'二百'看作神圣责任,(文艺界)就不能贯彻。"不光在会议上这么说,一些观点还变成了下面文字:

> 如果作家在作品中片面地强调政治,看不到从实际生活体验出发来进行写作的重要性,他们的作品自然就会流于公式化、概念化、老一套……不管是出于有心,还是无意,假如他们的作品里充满了说教,情节纯属虚构,立意陈腐,那路子就错了……每个作家都应当写他喜欢的并且能够掌握的事物——人物、生活和主题,作家应享有完全的自由,选择他所愿写的东西。除了毒化人民思想的东西之外,都值得一写,也应当发表。允许创作并出版这些东西,就是允许百花齐放。①

在老舍最后一段的文学生涯中,这一抹光彩也许是昙花一现,但也值得注意。他在民国年代不可能这样想问题和说问题,故而在长时段

---

① 老舍:《自由与作家》,1957年1月16日《人民中国》。

的历史视野里,这种文人心态具有了历史研究的可能性。历史书写,最应警惕的是后设历史观对当时历史真实的人为代替。但是我们不能说它们就不是作家内心深处的某种涟漪,甚至是埋藏很深的激切的旋流,尤其是在当许多读书人大声疾呼、愤然发言的复杂背景之中。我们把这些材料转抄在此,无非是认为用于研究"十七年"文学的并不只是一种新时期思想启蒙视角,还应该有更多的不同的思想视角。一个作家的历史真实性,也许应该在这种多重视角相参照的视野中才能被发掘,被领悟,从而获得关于他的历史形象的立体性和丰富性。可惜在于,就像1957年的春天很快被一场风暴卷走一样,老舍这些大胆针砭现实、呼吁创作自由的议论,如今留下的只是凤毛麟角,一些散乱的材料碎片,自然不能作为更有分量的历史根据。

三 茅盾的文艺观

1920年代,茅盾因办《小说月报》成为知名翻译家和文学批评家。国共分裂后,他因祸得福,小说创作竟促成他一生中最亮丽的伟业。1949年后天下大变,他最擅长的革命与都市题材又遭遇不小困难。这可能是他暂时放下小说,回归批评队伍的一个原因。在当时,文学批评代表着先进思想和对文学作品的裁决权,能获准进入延安批评家的专属领域自然与他的身份有关。不过茅盾深知,即使如此也要做些调整,因为他文学经验中与延安批评相接的部分毕竟不多。

众所周知,茅盾的文艺观深受欧洲19世纪批判现实主义思潮的影响。他民国时期撰写的文艺理论、文学批评和翻译文章,都给人这种印象。例如,《文学和人的关系及中国古来对于文学者身份的误认》《现代文学家的责任是什么》《新文学研究者的责任与努力》《自然主义与中国现代小说》《文学与人生》《文学上的古典主义浪漫主义和写实主义》《读〈呐喊〉》《读〈倪焕之〉》《鲁迅论》《冰心论》《王鲁彦论》《徐志摩论》《现实主义的道路》《谈技巧、生活、思想及其他》《抗战期间中国文艺运动的发展》和《雪人》《桃园》等等。茅盾现实主义文艺观与中国现代文学的发生和发展有紧密的联系:第一,他是五四时期"为人生的文学"的主要倡导者之一。他反感"游戏人生"的文学观,强调文艺对推动社会改革的思想启蒙作用,主张文艺应该如实地反映作家的人生感受和现实生活。他认为文学的目的"不是高兴时的游戏与失意时的消遣"①,"文学是为表现人生而作的"②,它应该"抨击一切摧残、毒害、窒塞'最理想的人性'之发展的人为的枷锁"③,"使文学更能表现当代全体人类的生活,更能宣泄当代全体人类的情感,更能声诉全体人类的苦痛与期望,更能代替全体人类向不可知的命运奋抗与呼吁"④。第二,这种观念促使他提倡现实主义精神和创作方法,注重艺术形式和技巧的探索,反对公式化、概念化的创作倾向。茅盾指出,俄国和法国的现实主义文学是最值得中国作家效仿的对象,因为俄国现实主义具有博大的人道主义情怀,法国现实主义则表现为客观描写现实、追求真实再现的理性精神。"自然主义最大的目标是'真',主张'事事实地观察'","把所观察的照实描写出来","左拉这种描写法,最大的好处是真实和细致"⑤。真正的作家应该坚持"进步的世界观,战斗的现实主义,以及融合中外古今而植根于广博生活经验的艺术形式"⑥。从这个角度看,主张时代性题材与作者熟悉的生活相统一,是茅盾文艺观的基本立足点。

我们更应该了解,茅盾是接受五四新文化洗礼的一代人。他在人格发展上,接受了个性自由、个性解放精神的完整塑造;文学思想上,广泛全面地吸收了西方各种文艺思潮尤其是人道主义和自然主义的艺术营养。他从一开始就相信了新文化思想的价值选择:思想启蒙与文学

---

① 茅盾:《文学和人的关系及中国古来对于文学者身份的误认》,《小说月报》第 12 卷第 1 号。
② 茅盾:《现代文学家的责任是什么》,《东方杂志》第 17 卷第 1 期,1920 年 1 月。
③ 茅盾:《"最理想的人性"》,《笔谈》第 4 期,1941 年 10 月 16 日。
④ 茅盾:《新文学研究者的责任与努力》,《小说月报》第 12 卷第 2 号,1921 年 2 月。
⑤ 茅盾:《自然主义与中国现代小说》,《小说月报》第 13 卷第 7 号,1922 年 7 月。
⑥ 茅盾:《抗战期间中国文艺运动的发展》,《中苏文化》第 8 卷第 3、4 期合刊,1941 年 4 月 24 日。

救国。1920年代末,当新文学阵营发生分裂,从中分化出主张战斗的现实主义的文学一脉,茅盾是它主要的作家和批评家。对这一转变,王若飞是这样评价的:"茅盾先生的创作事业,一直是联系着和反映着中国民族和中国人民大众的解放事业的。在他的创作的年代中,也正是中国民族与中国人民解放事业的大变动时期,中国大时代的潮汐,都反映在茅盾先生的创作中","茅盾先生的最大成功之处,正是他的创作反映了中国大时代的动态,而且更重要的是他创作的中心内容"。[①] 廖沫沙也把茅盾纳入现代中国革命的框架中来认识:"从今天向过去回溯五十年,这正是中国民族历史上充满了血泪和辛酸的时代","反封建反帝国主义——争民主争自由变成了这一个时代的中国知识分子的中心思想和斗争目标,而茅盾先生辛勤工作了二十五年的心血,也就集注在这个伟大的任务上面。文艺要为人生,也就是要为民族的解放,要为大众的幸福,这是他二十五年来一直的努力方向,而这也正是贯穿了他领导过来的中国新文艺运动的一根灿烂的红线"。[②] 王、廖的评价有两点需要留意:一是强调"中国民族和中国人民解放事业的大变动时期"对茅盾思想和文艺观的决定性影响;二是认为茅盾自觉地把"反封建反帝国主义——争民主争自由",当作文学创作的"中心思想和斗争目标"。基于两位左翼文论家的中共背景,他们的评价中显然有某种政治功利性,但纵观茅盾一生的思想与文艺追求,这种评价也许正好是一个有益的提醒。它让我们及时注意到茅盾文学批评与沈从文、朱光潜和李健吾的不同,同时注意到他与胡风思想资源和批评风格的微妙差异。我们会感到处在两种批评之间的茅盾的批评有自身的特色,这种特色足以延伸我们对他与当代文学关系的继续探讨。

长篇小说创作是茅盾观察中国社会发展的重要窗口,也是体现他现实主义文艺观的形象生动的载体。1927年以后,这个领域是他文学

[①] 王若飞:《中国文化界的光荣中国知识分子的光荣——祝茅盾先生五十寿日》,1945年6月24日《新华日报》(重庆)。

[②] 廖沫沙:《中国文艺工作者的路程》,1945年6月24日《新华日报》(重庆)。

世界中一个最主要的兴奋点。正因为如此,茅盾研究者对他解放后放弃长篇小说创作而倾心文学批评一直感到不解。黄侯兴的《"人生派"的大师——茅盾》值得一读。他说,公务繁忙和年事已高,固然是茅盾搁笔的原因,"但更重要的是,自 1942 年毛泽东发表《在延安文艺座谈会上的讲话》以来,共产党的文艺方针就是提倡写工农兵,文艺为工农兵服务;开国以后,共产党作为执政党,把这个适应于过去解放区工农干部文化心理需要的权宜性政策,发展成为全国的具有普遍指导意义的社会主义文艺方针;描写工农兵,塑造工农兵英雄形象,成了所有文艺家创作必须严格遵循的文艺路线。对于妨碍贯彻这个文艺方针、路线的思想、理论和文艺作品,都毫不留情地加以批判、肃清",而"茅盾所熟悉的人物是民族资本家和知识分子,他们是被教育、改造、限制、利用的对象,都不是国家的栋梁,决不允许他们作为文艺作品的主人公加以表现,更不允许对他们有丝毫的美化。这实际上是制约了包括茅盾在内的来自国统区的许多作家的创作自由"。[①] 研究者显然没有注意到,茅盾的文艺观与延安文艺同属于左翼文学的家族,至少有某种交叉性联系,但需要追问的恰恰是为何两者的结合却发生了困难。人们只好勉强解释,茅盾的文学批评是通过批判社会来建立新的人生观念,而延安文艺则认为自己已经建立了理想社会,它的前提正是要改造茅盾那样的人生观念。例如,在对人的认识上,茅盾的现实主义与延安的现实主义之间可能具有家族基因遗传上的排异性。因此,茅盾长期积累的一整套文学经验、批评方法,与延安文艺发生接轨的困难也当在预想之中。在文学批评活动中,茅盾可以按照这种文艺观去更新自己的话语系统,包括模仿这种批评口吻,但要他按照这种文艺观从事小说创作,则是一个很尖锐的挑战。在茅盾儿子儿媳韦韬和陈小曼的回忆中,这种挑战的难度超出了我们的想象:"文革"后期,与世隔绝的茅盾因所谓"叛徒"问题排除,决定在"赋闲"中秘密续写未完成的长篇小说《霜叶红似二月花》。"爸爸这次续写,约占了一九七四年半年的时间。

[①] 黄侯兴:《"人生派"大师——茅盾》第 285 页,山东人民出版社,1996。

第五章　茅盾、老舍的问题

在续篇大纲中,爸爸着重刻画了正面人物,如张婉卿、钱良材等,以及一位新出场的女主角张今觉。"这次续写工作,又因"身体虚弱""爬楼困难""看房、修房""搬家"和"亲戚长住"再一次中断;1949年后,他为一直无法写小说"痛苦最甚",在"一九七〇年四五月间"则"最为消沉"。于是,"有点看破了一切"的茅盾决定毁稿,"小钢读完把手稿放回了原处,爸爸就默默地拿出来销毁了",并称"留之无用"。①……他们认为,"文革"初期的抄家风波已经过去,父亲的"毁稿"并无防人之用,对个人创作状态感到失望则是主要原因。这个事件令人看到中国作家在文学创作上的奋斗精神,这场奋斗在他年轻时候就已展开,直到生命尽头也没有真正结束。而还原这些现代文学老作家的本来面貌,则是本书的任务之一。我感觉摒除他们身上的各种社会兼职和虚幻荣誉,才能观察到现代文学在中国社会环境中挣扎奋斗之艰难。读者更应该想到,中国在20世纪中叶面临的问题太过复杂,涉及太多层面,无法一项项并列比较,它在等待一套综合的解决方案。现代作家在走向当代的过程中,就处在这种大背景当中。如果以此为背景做稍微宏阔的展望,我们的历史心态也许能够略为平复。循此思路阅读他写于1956年的一篇文章,能进一步看清他在现实与创作之间难以化解的深层矛盾:"作家或编辑部要对之负责的,应当是作品所反映的生活矛盾是不是真实的社会现象,而不应当是任何个人,而任何个人碰到那样'不愉快'的事,也应当抱着'有则改之,无则加勉'的态度,不要神经过敏,甚至于弄到'怒发冲冠'的地步。"②这篇题为《揭露矛盾时的"矛盾"》的文章,表面上是谈读者如何责备作家和编辑不敢揭露社会生活冲突,实则暗示作家在创作中无法真正直面和表现社会矛盾,才是它的"弦外之音"。茅盾没有想到,十几年后这篇文章竟然充满了为自己辩护的味道,虽然此时他只想躲进小楼,模仿退居山林的古人写一写与时代无关的闲文。有心人此时应该知道,这才是他之所以从长篇小说创作转

---

① 韦韬、陈小曼:《父亲茅盾的晚年》第118、138页,上海书店出版社,1998。
② 参见《新观察》1956年第15期。

向文学批评的内在的理由。

  当然这不是一个完全被动的过程,在当代史情景中,茅盾文艺观中有一个需要辨认的曲折的波动。更何况人都有人性弱点,面对尊贵的社会地位,即使再清醒的人也难以拒绝,就像困居魏玛的歌德。这是我今天特别能够理解茅盾的地方。然而坦率地讲,他1949至1955年之间的文学批评,文章对社会的附会成分较多,甚至有某些阿谀奉承之嫌。不过当时欣欣向荣的时代新景象,使他不再固执坚持对文学的见解,而愿意做一些善意的妥协,也应在情理之中;1956到1959年,"反右"和"大跃进"风波迭起,有良知的人都被逼向道德的底线,内心颇多的挣扎。观察家发现,茅盾开始用清醒的现实主义态度反省社会和文艺弊端,但很快又被迫转向"表态"和"批判"状态;1960年代中期之前,他关注与支持"中间人物论",主张历史剧应该"古为今用",强调历史真实与艺术真实的辩证统一。"文革"中,他的现实主义精神才逐渐出现复苏的迹象,这大概跟他自己的险恶境遇有关。茅盾文艺观的反复无常,在他解放后出版的著作,如《鼓吹集》《鼓吹续集》《夜读偶记》《关于历史和历史剧》《读书札记》《茅盾评论文集》《茅盾近作》《世界文学名著杂谈》以及《我走过的道路》中多有表现,在此不一一列举。若在此狠下一番苦功也确实必要。身体强壮的年轻研究者倘能枯坐图书馆里多年,经受寂寞和烦恼,或许可做仔细的检索比较。我想如与茅氏民国时的文学批评比较分析,做详细深入的考古学调查,个中学问肯定不小。须知,从一个作家入手,考察比较民国与共和国两个历史时期创作的变化,对作品版本、作者心态、创作方法和人物塑造等方面进行翔实全面的研究,一定能从一个重要侧面瞭望中国现代文学史向中国当代文学史的过渡过程。它是一面镜子,几十年的巨变想必都在其中照耀。由此可见,如果说历史是一种曲线运动,从好到坏,或者从坏到好,仿佛是一个循环,那么,我们也很难要求作家的思想不出现动荡和反复,因为他毕竟身处历史漩涡中,他的文艺观的曲线,理当得到世人的谅解。

  梳理文章的文理脉络,是我们了解作家与时代关系的最好依据之

第五章　茅盾、老舍的问题

一。建国初年,茅盾的文艺理论和评论,适应着朝气蓬勃的开国气象。他隐约感到,要求文艺家们把工农兵作为主要描写对象,热情歌颂他们的劳动热情和崭新精神面貌,与自己半生追求的中国人民的解放事业或许是一脉相承的。因此,茅盾那时的文艺主张,着眼于政治利益,并有意忽略文艺的规律和特性。他在《文艺报》1950 年第 1 卷第 9 期发表的《目前创作上的一些问题》中,针对"真人真事与典型性的问题""形式与内容的问题""完成任务与政策结合的问题"等一些当时作家普遍感到难以掌握的创作难题,曾这样劝慰作家同行:"写真人真事也可以有典型性,问题是在怎样写",而"如何能使一篇作品完成政治任务而又有高度的艺术性"则较为理想。他主张"如果两者不能得兼,那么,与其牺牲了政治任务,毋宁在艺术性差一些"。茅盾坦承赶任务和提高作品艺术性确有矛盾:"我们思想上应当不以'赶任务'为苦,而要引以为荣。有任务交给我们赶,这正表示了我们对人民服务有所长,对革命有用,难道这还不光荣?"①

1950 年代中期,胡风和丁陈两个"反党集团"先后被揭露,给茅盾心灵带来极大的震动。他违心写批判文章,内心恐难平静。他历史上与胡风也有过节,但心中明白,胡风和丁玲等人与自己的文艺观是血脉相通的,他们其实是一条道上的同行者。他们都还是正直坦率的左翼人士。夜深人静之际,茅盾有没有兔死狐悲的微妙感觉?他内心的伤痛是否及至灵魂的深处?时隔七十年的时空,研究者实在感到茫然,难以找到切实证据。不过,我们仍能从茅盾若干文章中看出某些蛛丝马迹,觉察到他对这些曾经革命热血沸腾的文艺同党的暗中同情。他在《关于文艺创作中一些问题的解答》中指出:"我们应该先要求有广泛的生活,从生活中产生主题",如果有"相当的斗争生活,就应该大胆去写。当你下笔写的时候,千万不要首先顾虑这句话或那句话和政策符不符,是否歪曲了劳动人民"。②又说,"有人问,如何而能独立思考?"

---

① 茅盾:《文艺创作问题》,《人民文学》第 1 卷第 5 期,1950 年 3 月。
② 参见《电影创作通讯》第 16 期,1955 年 3 月。

"如果广博的知识是孕育独立思考的,那么,哺养独立思考的便应是民主的精神。"①对"现实"来说,这些议论肯定是不和谐之音,它的倾向性和针对性应该不言自明。可能此时茅盾内心深处的文艺良知被唤醒了吧,他对当时潮流渐渐采取了委婉拒绝的态度。随着反右斗争的急剧扩大,报刊的约稿标准随之提高,要求作者指名道姓地批判文艺界的右派分子,这使他十分痛苦。为躲避编辑纠缠,他给作协党组书记邵荃麟写了一封诉苦信,然后称病不出。② 研究者不禁吃惊地看到,在此前"双百方针"的倡导中,生性柔弱的茅盾也曾亮出对文学创作的真知灼见。当作家的创作存在公式化概念化问题时,茅盾将其归咎于文艺家深入生活和改造不够,现在他却认为首先是领导上"思想方法的主观主义"和"工作方法流于粗暴、武断"造成的。针对把传统剧目"封存起来"的极端做法,茅盾指出,"遗产如此丰富",何必不让"英雄尽有用武之地"?他也不以为非得写"重大题材"不可,"只要不是有毒的,对人民事业发生危害作用的,重大社会事件以外的生活现实,都可以作为文艺的题材",而且"愈多愈好"。他甚至呼吁,"应当允许文艺上有不同的派别"。③ 在强调文艺家与工农兵结合、表现时代的最强音的社会大环境下,主张文艺家可以与时代保持一段距离,是要冒一定的政治风险的。观察家注意到,茅盾仿佛回到了大革命失败后,用小说批判现实的那个激情年代。他几年来积在心底的郁闷,有一种不吐不快的强烈感觉。他的文人气质,使他暂时忘记了自己敏感尊贵的政治身份。人们注意到了另一个消失已久的茅盾的归来。……当时,《诗刊》领导者提出了"诗的时代感"问题。对此他不以为然:"诗可以有时代感,也可以没有时代感,如果强求时代感,又可能陷到公式化、概念化中去",他还用略带挖苦的语气讽刺道:"古时候有一种'应制诗',这种诗的时代感

---

① 茅盾:《谈独立思考》,1956 年 7 月 3 日《人民日报》。
② 韦韬、陈小曼:《父亲茅盾的晚年》第 84、85 页,上海书店出版社,1998。
③ 茅盾:《文学艺术工作中的关键性问题——在第一届全国人民代表大会第三次会议上的发言》,1956 年 6 月 20 日《人民日报》。

强得很,但这种诗又实在不好。"①在茅盾解放后单调灰暗的批评生涯中,这些意见犹如吹来的一股清新的风,但这种双声调的文章风格又充满了自嘲的味道。

"百花齐放、百家争鸣"因突然升温的残酷斗争而凋零,文艺界你死我活的反右斗争令茅盾感觉到前所未有的压力。他经历过大革命失败亡命日本的生死抉择,但他从未经历过这种无处可去的深刻的茫然感。茅盾这一代来自民国的作家,个人历史经验中实在缺少这一堂政治斗争课。近年来的左翼作家理论家研究,是对这些研究对象的"伤痕"记忆的研究,是同情式和辩护式的研究,却没有注意到他们身上这种历史经验的缺失,他们实际没有任何自我防备能力,没有安全仓,乃是他们在政治风浪中轻易倾覆的主要原因。这些貌似坚决、顽强,批判起别人来却异常严厉的文人,今天看来适宜生存的仍然是传统的文化土壤,而非政治的场域。基于此,我才觉得他态度的急转变换,应当在情理之中。这是凡是在革命中国生活过的人们都经历的对自我的彻底调整,是空前的经验。1957年8月至1958年1月,他连续发表《洗心革面,过社会主义关!》《公式化、概念化如何避免?——驳右派的一些谬论》《刘绍棠的经历给我们的教育意义》《明辨大是大非,继续思想改造》《社会主义现实主义永远胜利前进》《我们要把刘绍棠当作一面镜子》等表态和批判文章。接着,又在1958年第1到10期《文艺报》上连载长篇文艺论文《夜读偶记——关于社会主义现实主义及其它》(共六万余字)等宏文,结合反右运动对现实主义文艺进行了全面曲解,同时对自己一生坚持的现实主义文艺观做了全面否定。"他评判的某些观点,正是他自己一贯提倡的。"②但我们更愿意对历史负责任地指出,如果说他建国初对自己文艺观的修整是出于相信和真诚的话,他在这里的表态则给人某种反复无常的印象。不久前他还在批评文艺创作题材过于狭窄和单调,主张艺术品种和风格的多样化,而现在认为那样会

---

① 茅盾:《在编辑工作座谈会上的发言》,《作家通讯》1957年第1期。
② 韦韬、陈小曼:《父亲茅盾的晚年》第85页,上海书店出版社,1998。

歪曲了社会现实;他曾鼓励青年作家大胆去写真实,倡导独立思考,忽然又反对"写真实",反对暴露阴暗面;他一度坚决认为,不是重大题材只要无毒无害的都可以写,现在却在政治的压力下反其道而行之。在《关于所谓写真实》中他这样写道:

> 我们坚决地说,这些不很成熟的表现社会重大事件的作品,尽管艺术性差,在故事结构和人物描写上有一千个不对,可是在主要一点上他们是完全正确的,即是坚持了工农兵方向,体现了文艺工作的无产阶级党性原则!而且这些作品实在是反映了我们社会现实的真实的……①

五十多年后再读这些文字,只能感觉一切流变之中的事物确实令人惊诧不已,然而又是那么真实。在茅盾文艺思想的研究相对薄弱的情况下,援引 1993 年版《胡风回忆录》中关于茅盾的"世故说"当然是不得不为之举。不过,胡风的偏激之词,恰恰提醒我们应该去注意"两个茅盾"现象的存在。一个是清醒的茅盾,他希望在不与社会现实发生重大抵触的前提下,尽可能用纯正的现实主义文艺观及批评方法去影响当前文艺创作;另一个是退缩的茅盾,他言不由衷,用中心任务和文艺政策代替对作家作品的分析。他在主观上想跟上社会剧变的步伐,客观上却陷入总是跟不上的尴尬境地。1928 年夏,他曾在《从牯岭到东京》这篇反省式的文章里非常生动地揭露过自己的精神世界,他说:"我的职业使我接近文学,而我的内心的趣味和别的许多朋友","则引我接近社会运动"。他坦率承认,"我在两方面都没专心"。② 由此我们应该看出,一定是时代本身出现了僵局。假如 20 年为一个小循环,一个时代为一个大循环,那么就不应该仅仅在道德上指责我们的当事人,而不顾及时代的环境。

---

① 参见茅盾《鼓吹集》第 224、225 页,作家出版社,1959。
② 参见《小说月报》第 19 卷第 10 期,1928。

四 《茶馆》

1958年4月,老舍1949年后最出色的话剧《茶馆》被搬上首都剧场的舞台,一演就是49场,其盛况恐怕连1930年代的《雷雨》也不能望其项背。张庚指出:"老舍先生的《茶馆》最近在北京人艺剧院上演了,很受观众的注意,也成了文艺界私人谈话和集会中间的话题,是最近北京文艺方面比较惹人注目的事件之一。"他接着以内行的口吻赞扬说:"这个戏是一幅巨大的画,其中上场人物多至七十人以上,绝大多数都是开口讲话的、有名有姓的人物;时间也延绵五十年","年代如此之长,经过的历史事件如此之多,出场的人物如此之杂,所涉及的社会面又如此之广",没有独具的艺术匠心和高超的驾驭能力,这部杰作是不可能顺利完成的。①

《茶馆》从创作到上演,一直处在当代史的敏感时刻:"反右运动"刚刚落幕,策划"大跃进运动"的中共八大二次会议即将召开,激进政策和思潮已占据上风。可以想象《茶馆》的道路并不平坦,它在文艺界引起不同的意见应在意料之中。在《文艺报》编辑部召开的关于《茶馆》的座谈会上,林默涵指出话剧的基调有些低抑,为此他为剧作家支招:"我觉得,第三幕的革命气氛是可以而且应当更强烈一些的。解放前夕的北平,城外就有解放军。国民党正处在灭亡的前夕,在作最后的挣扎,马上就要有新的力量来代替它。剧本不一定出现正面的革命的人物,但要有这种气氛,应当表现出茶馆里的市民们对于那个他们所不大理解的革命力量的反应。"林的"左腔"十分明显。李健吾深知作家创作的苦衷,他说:"不能这样要求老舍同志,不能要求他一定把人物心理变迁的线索都写出来。这个戏有这个戏的特点","因为他熟悉北京。他选择茶馆来写,真是太聪明了。这是旧社会的活动中心"。张恨水和王瑶认为"第一幕写得好,第二、三幕较差",但他们指出第一幕

---

① 张庚:《〈茶馆〉漫谈》,1958年5月27日《人民日报》。

"与前两幕的风格不太协调"。张光年不觉得是三幕戏之间的平衡出现了问题,而是因为"作者对社会力量的积极方面,是估计不足的"。他比林默涵还要奇怪,竟然建议:"最好在第二幕里再暗示一下五四运动前夕的时代波澜。"①熟悉当代戏剧"改编史"内幕的人士当然心知,有些领导总是习惯于摆出高于作者的姿态。他们觉得自己掌握着真理,而作者则处在追求、学习真理的半途之中,像由父母陪伴的小心翼翼的小学生。在那个年代,文人身上还残留着某些率真的脾气,我们不能说意见分歧都来自意识形态部分,相反它带着过渡性的时代特点。所以,对林氏、光氏等人,我们也不必增加太多想象的成分。不过,当时国内形势日趋紧张,时局显然不利于作家一味沉溺在怀旧叙述之中。焦菊隐、夏淳两位导演为突出"给旧时代送葬"的题材意义,曾劝老舍把结尾王利发的上吊修改为王利发、秦仲义和常四爷三个人在那里撒纸钱,犹豫再三,老舍还是接受了;但当周恩来建议把第一幕的时间由戊戌变法后改在辛亥革命前夕的时候,却被他拒绝,因为他实在找不到更尊重艺术规律的处理办法。人们逐渐察觉,围绕《茶馆》的创作与排演,老舍在"红线问题"上已不像以前那样顺从,他默默采取了消极抵抗的态度。

我们不应该放弃这份好奇心:老舍为何非要坚持过去的创作习惯,而固执地相信自己的艺术感觉?更需要追问,他因何一改过去迎合、歌颂现实的态度,而把《茶馆》的时间下限确定在"解放前夕"而不是"解放后"呢?"解放后"不更容易大尺度地描画社会的光明面?这种舍大取小的事,稍微聪明机智的人都不会做。但这就是另一个老舍。"百花齐放"过程中老舍主体意识的觉醒和艺术个性的日益活跃固然是一个原因,根本还在他知道自己最擅长哪些题材、哪些人物和生活领域。他不是一个任人摆弄的玩偶。在《谈〈茶馆〉》中,他表示作品叙述"三个时代的茶馆生活",是让观众"看了《茶馆》就可以明白为什么我们今天的生活是幸福的,应当鼓起革命干劲,在一切的事业上工作上争取跃

---

① 《座谈老舍的〈茶馆〉》,《文艺报》1958 年第 1 期。

进,大跃进"。① 在另一篇文章中,他以老北京的口吻语含讥讽地说:"我不熟悉政治舞台上的高官大人,没法子正面描写他们的促进与促退,我也不十分懂政治。我只认识一些小人物,这些人物是经常下茶馆的。那么,我是把他们集合到一个茶馆里,用他们生活上的变迁反映社会的变迁。"②显然,经过这些年的"劝说""启发""定题"和半强迫、半被迫的"修改"等折腾后,老舍有了烦恼和反感,他对自己无主体的创作感到了失望。他下决心写出后期的文学精品,而不再是敷衍现实的艺术赝品。他要对阻碍他写出心血之作的力量说"不"!历史研究者应该明白,《茶馆》的写作充分展示了老舍的艺术良知,而它结构上的不协调恰恰是艺术良知与现实要求不能协调的结果,在这部"未完成"的话剧中,明显留下了二者激烈搏斗时的深深烙印。这大概是 1966 年跳湖自尽前的作家生前最后一抹亮丽的光彩。

《茶馆》第一幕堪称当代文学前 30 年中少见的话剧杰作。翻开剧本,你会感觉摆脱了文艺政策束缚的老舍仿佛重返过去自由自在的创作状态,作品的情节、人物、对话、氛围、场面和语言是原汁原味的北京味,它们活灵活现,呼之欲出,就像一幅幅线条凸出而鲜明的浮雕,带领读者恍然来到了晚清和民国时期的北京。老舍显然是这座古都历史最佳的导游者。他把全部灵感、感情和才能都毫无吝啬地倾注到作品人物身上,对刚出场的松二爷、常四爷的寥寥几笔,真是到了入神入画和笔法苍劲的地步:

> (松二爷和常四爷都提着鸟笼进来,王利发向他们打招呼。他们先把鸟笼子挂好,找地方坐下。松二爷文绉绉的,提着小黄鸟笼;常四爷雄赳赳的,提着大而高的画眉笼。茶房李三赶紧过来,沏上盖碗茶。他们自带茶叶。茶沏好,松二爷、常四爷向邻近的茶座让了让。)
> 常四爷　您喝这个!(然后,往后院看了看)

---

① 老舍:《谈〈茶馆〉》,1958 年 4 月 4 日《中国青年报》。
② 老舍:《答复有关〈茶馆〉的几个问题》,《剧本》1958 年第 5 期。

松二爷　好像又有事儿？

　　常四爷　反正打不起来！要真打的话，早到城外头去啦，到茶馆来干吗？

　　（二德子，一位打手，恰好进来，听见了常四爷的话。）

　　二德子　（凑过去）你这是对谁甩闲话呢？

　　常四爷　（不肯示弱）你问我哪？花钱喝茶，难道还教谁管着吗？

　　松二爷　（打量了二德子一番）我说这位爷，您是局子里当差的吧？来，坐下喝一碗，我们也都是外场人。

　　二德子　你管我当差不当差呢！

　　常四爷　要抖威风，跟洋人干去，洋人厉害！英法联军烧了圆明园，尊家吃着官饷，可没见您去冲锋打仗！

　　二德子　甭说打洋人不打，我先管教管教你！（要动手）

　　（别的茶客依旧进行他们自己的事。王利发急忙跑过来。）

再看他对圆滑、善变且不失本分的茶馆掌柜王利发的精彩素描：

　　秦仲义　小王，这儿的房租是不是得往上提那么一提呢？当年你爸爸给我的那点租钱，还不够我喝茶用的呢！

　　王利发　二爷，您说得对，太对了！可是，这点小事用不着您分心，您派管事的来一趟，我跟他商量，该长多少租钱，我一定照办！是！嗻！

　　秦仲义　你这小子，比你爸爸还滑！哼，等着吧，早晚我把房子收回去！

　　王利发　您甭吓唬着我玩，我知道您多么照应我，心疼我，决不会叫我挑着大茶壶，到街上卖热茶去！

戏中的氛围、场景和人物早就与作者的生命感觉达成默契，它们不光是老北京的幻影，更成为作者精神世界和艺术世界中积淀最深最本色的部分。常四爷的耿直、松二爷的中庸、二德子的泼皮无赖和王利发的"磕头主义"，实际就是《老张的哲学》中老张、《离婚》中张大哥和老李、《二马》中老马和小马、《四世同堂》中祁天佑老人等旧式人物的翻版。他们敷衍然而正直,庸碌又不失做人的清白;在现实面前畏缩不前,生死关头却能挺身而出;他们坏得也有分寸,晓得是非利害;他们即使仗义执言和古道热肠,其中也有节制,不致丢掉老祖宗们的规矩章法——老舍借助他的神奇之笔,在纷乱世事中重现这些老北京小人物生命的质朴与执着,极力描摹他们生活状态的真实与无常——正是在戏中,老舍复活了千年不变的老北京。他以极高的热情与过人的才华,使自己成为中国现代文学史上专写北京"市民世界"的当之无愧的文学大师。宋永毅指出,老舍的文学功绩在于他生动地展现了一个丰富而矛盾的市民世界:"一方面,他无疑是市民社会风俗画与风景画的铁笔圣手;另一方面,他又是同样出色的风俗批判者与世态讽刺家",这一角度和矛盾"一直是贯穿"在他大部分小说的"审美实体"。[①] 钱理群等人也认为,正因为他是"中国市民阶层最重要的表现者与批判者",才使得他成为无可争议的"现代文学史上最杰出的市民诗人"。[②]

——仿佛刚从遥远的梦中醒来,笔者一下又回到当代。在淋漓酣畅的抒发后,他知道还应当保持历史研究者必要的节制。对研究对象历史境遇的关怀体察,实际是对历史的体察,他不应该大幅度地离开这一本位。在当时情况下,如果要老舍完全按照自己愿望这么写下去,在我们看来是极不现实的,这也许才是《茶馆》第一幕与第二、第三幕内容和风格明显脱节的真正原因。在第二和第三幕中,为彰显"揭露旧社会、讽刺旧社会"这条红线,作品对王利发、松二爷和常四爷的叙述逐步被特务、巡警和大兵所取代,他们从舞台前场转到后场,成为后者的陪衬。这种安排,自然明显减弱了主要人物的生动表现,更导致反面人物形象的漫画化。例如,巡警勒令王利发交出"八十斤大饼",特务宋恩子、吴祥子以租房给学生为由强要津贴,老林、老陈和军官等军阀混战中的散兵游勇或卖老婆或借故抓人等,这些情节如果纯粹从戏剧

[①] 宋永毅:《老舍与中国文化观念》第13页,学林出版社,1988。
[②] 钱理群等:《中国现代文学三十年》第262页,上海文艺出版社,1987。

角度看,不是在强化戏剧冲突,相反,游离了作品"用这些小人物怎么活着和怎么死的,来说明那些年代的啼笑皆非的形形色色"①的本来构想,也偏离了作者对主要人物王、松、常等人"混世哲学"的原有定位。②为突出思想主题,第三幕写抗战胜利后国民党特务和美国兵在北京横行,上两幕中的坏蛋之子小宋恩子、小吴祥子、小刘麻子、小二德子们继续欺压王利发父子和常四爷的故事,作品结尾,被强占茶馆的王利发上吊自尽。这种处理,使作品进一步偏离第一幕的主旨,迎合时政的姿态日益明显。不过人们知道,老舍最成功的小说都不是以写思想见长的。相反,善于观察刻画小人物的灰色人生,是他最为人称道的艺术才能。当他为宣传效果而故意突出思想和主题的时候,留下的多半是些败笔,例如抗战时期的大鼓词,解放初期宣传性的戏剧等;当他从生活出发,从自己的艺术感受出发的时候,作品就会立即焕发出老舍式特有的幽默和光彩,人物也因此获得独特的生命力。他的创作谈《我怎样写〈老张的哲学〉》,是作家典型的夫子自道:"形式是这样决定的;内容呢,在人物与事实上我想起什么就写什么,简直没有个中心;这是初买摄影机的办法,到处照像,热闹就好,谁管他歪七竖八。"又说:"哲学!现在我认明白了自己:假如我有点长处的话,必定不在思想上。"③第二、第三幕的失败恰恰是思想的失败,一旦要求老舍用先进的思想来组织《茶馆》的结构、情节和人物时,作品的命运已在预想之中。

经过漫长的历史观察,人们终于明白《茶馆》创作存在的问题,只有在与"政治标准第一,艺术标准第二"的艺术原则相联系时方能看得清楚。正像著名的"深入生活"理论,它要求作家积极热情地表现生活真实,但同时这种生活真实却是先验的、被规定和被限制的,那是提倡者脑海里事先想好、而并非作家们自己观察和体验的生活。这种经验类似老师课堂上随意想出的一个命题作文,不管学生是否能够完成这

---

① 老舍:《谈〈茶馆〉》,1958年4月4日《中国青年报》。
② 陈徒手:《人有病,天知否》第85页,人民文学出版社,2000。
③ 老舍:《我怎样写〈老张的哲学〉》,《宇宙风》第1期,1935年9月16日。

第五章 茅盾、老舍的问题

个作业,智力如何参差不齐,也不管他们是否对此已有足够准备。对老舍这种在"旧社会"生活了大半辈子的老作家来说,什么是革命的浪漫主义?什么是两结合的方法?尺寸和标准该如何掌握?怎么结合才能够达标与符合要求?那等于是让手艺熟练的老木匠改行去重新学艺,其荒诞滑稽已不言自明。《茶馆》三幕之间的脱节,也许正是"内容和形式"难以"完美结合"的现实写照。而它上演后被迫停演、复演后再次停演的命运,则进一步证实这些理论命题本身匪夷所思的逻辑。我们知道在中国,许多看似难以理解也站不住脚的东西,因为缺乏改革力量的推动,也许要在那里堂而皇之地存在几十年,甚至上百年。历史之沧桑,在这些平淡的故事中显示它之一角。1958年《茶馆》在大跃进的火热气氛中初演,因受到文化部负责人刘芝明"离开政治风格讲艺术风格"的指责而下马;1963年在文艺界"反左倾"整体气氛下重新试妆和连排,但又不明不白地再次停演。毋庸避讳的是,在《茶馆》构思、写作、改编、排演和上演的整个过程中,老舍确实是做过用"茶馆"这种艺术形式(题材)与现实生活相结合的努力的。他最初确曾是想把《茶馆》写成一部配合宪法宣传的戏,但是由于导演焦菊隐对第一幕戏的偏爱,于是决定不"光写宪法"。听说别人批评这部戏没有把"光明的未来展示给读者",就对第三幕进行相当幅度的删改,增加了学生爱国运动的戏。不过最终他发现,越是迁就和迎合现实的要求,他就越是牺牲了自己所喜爱的艺术。[①]《茶馆》背后的这些故事,让后代研究者在面对它们时倍感困难,正是这种困难的存在他们才觉察到这种历史研究的可能性和诸多张力。所以陈徒手告诉人们:"等到文革一结束,《茶馆》剧组的人们一下子似乎重新读活了《茶馆》,读懂了老舍。但他们又惶然表示:不能全懂。"[②]这是因为,无论观众还是作品的研究者现在都还活在当代。

[①] 陈徒手:《人有病,天知否》第87—98、112页,人民文学出版社,2000。
[②] 同上。

五　茅盾的批评和批注

1949年后茅盾停止小说创作,重操文学批评旧业,这种转变确令文坛诸友颇觉不安。他对此含糊解释:"苦闷的来源是作家或艺术家的审美观念和批评标准,同他自己的创作能力不相适应,也就是这两者之间有了矛盾。'眼高',指作家或艺术家对作品的审美观念和批评标准是高的。'手低',指作家或艺术家自己的创作能力低于他的审美观念和批评标准。作家或艺术家如果'眼'不'高',就不会发生'手低'的问题,也就不会发生苦闷。""苦闷"的所指让人费解,不过茅盾还是以此来安慰自己:"作家和艺术家不一定同时是文艺批评家或文艺理论家,然而他们一定同时是修养很高的鉴赏家。"[①]

观察家当然知道这是作家的自保之策。为人老练的茅盾,比其他人清楚批评是较创作更安全的行业。与作家相比,批评家往往是作为真理的守护者存在的,尤其是当批评家形同于真理解释者这种恶劣风气在当代文学中占据上风的时候。不过正如我们前面所说,茅盾不同于一般文人,对他思想和文学的解释不能流于简单和表面化。即使在敏感时候,茅公的批评文章仍然具有耐人寻味的历史内容和研究价值。虽然强调文艺反映社会重大事件是贯穿在茅盾当代文学批评中的主调,但它的重心也偶尔会向强调艺术规律和艺术性的方面悄悄倾斜。他强调题材在表现生活时的先期作用,强调体裁、结构和情节是塑造人物的主干因素,认为描写重大事件同样可以避免公式化和概念化,作家的生活感受和艺术灵感在具体创作过程中应该受到必要的重视和关注。这些主张与当时强调配合中心任务、中心工作和轻视创作规律的流行理论难说十分不协调。它们显示的艺术旨趣和审美理想,一定程度上反映了茅盾对艺术信念艰难的坚持。

在《略谈工人文艺运动》一文中,他在肯定其意义时同时指出:"工

[①] 茅盾:《"眼高手低"说起》,《诗刊》1957年第7期。

人写作的发展状态,第一是诗歌和快板(也就是诗歌体)多于散文,且亦写得较有条理;第二,控诉(抒情的)多于叙记描述的,批评性的更少。这表示了什么呢?这表示工人写作处于萌芽时期正在经历的阶段。在运用文字上,组织力还不够高,在思考方面,分析力还不够强,而叙记描述乃至批评性的散文的作品却需要较高的组织力和较强的分析力的。"①但工人创作水平是否应向文人趣味靠近,作者没有明说。1950年代中期后,茅盾不少批评文章都在强调人物塑造的"技巧"问题。比如,他在《关于人物描写的问题》里指出,"技术问题不要与思想问题对立起来看。技术问题是服从思想的",但认为技术问题对具体创作而言更为重要,"描写一个人物该从什么地方描写?当然把这人的举动、声音、笑貌写出来。如果没写这人的举动,没写这人的声音笑貌,就看不出这人的形象。小说方面尤其是这样"。② 在《关于文艺创作中一些问题的解答》中,他对"领导出题目、作家写作品"这一违反文学创作规律的现象表露不满:"我们大部分作品之所以产生'公式化'大同小异的倾向,原因固然很多。但先有题目然后下去体验生活,恐怕也是原因之一。我们应该先要求有广泛的生活,从生活中产生主题,然后进一步深入到生活中去体验,丰富你的主题,补充你的生活不足之处。"③以忽视文学创作规律和作家艺术个性为前提偏重宣传功能,是当时文化政策的基本导向。在此背景中,出现了"领导出题目、作家写作品"这种严肃与荒诞并置的命题。从旧时代过来的文人,私底下多对此不以为然。但当代毕竟没有孕育竹林七贤的土壤,不满只存在于北京东城东总布胡同周围文人出没的小酒馆,和文人家庭聚会的场合。这种情况下,拥有最起码的艺术良知,是茅盾这一时期文学批评难能可贵的亮色,而这一亮色,在文艺界纠左的1960年代初,就显露出了异常耀眼的光彩。他这阶段的主要文章有:《一九六〇年短篇小说漫评》

---

① 参见《小说月报》3卷1期,1949年10月1日。
② 参见《电影创作通讯》第16期,1955年3月1日。
③ 同上。

《关于历史和历史剧——从〈卧薪尝胆〉的许多不同剧本谈起》《读书杂记》《读〈老坚决外传〉等三篇作品的笔记》《关于短篇小说的谈话》等。这些批评文章,展露出茅盾强调文学创作规律和作品艺术性的决心,他对作品文本的批评,对作家艺术个性的褒贬,对文学创作中非文学现象的驳难,都给人留下很深印象。连载于《文艺报》1961年4—6期长达3万余字的批评文章《一九六〇年短篇小说漫评》,应是其中的力作。他说:"文学作品的主要任务是塑造典型人物。时代的风貌、阶级斗争之时代的特征、人物的思想变化,等等,都必须通过人物的活动,然后才能获得艺术的形象","作家的责任就在于创造艺术的形象。所谓创造不是'无中生有',而是通过作家的独有一套的取材、布局、炼字炼句等等方法,使其艺术形象不落旧套,不拘一格。从这里,也就可以看到作家的个人风格"。按这一思路,他对杜鹏程的《飞跃》、李准的《李双双小传》和《耕云记》、张勤的《民兵营长》、王汶石的《新任队长彦三》、胡万春的《在时代的洪流中》和《一点红在高空中》、欧阳山的《乡下奇人》、茹志鹃的《静静的产院》、万国儒的《欢乐的离别》、唐克新的《第一课》、赵树理的《套不住的手》、敖德斯尔的《欢乐的除夕》、草明的《姑娘的心事》、沙汀的《你追我赶》、冯还求的《红玉》等反映了"六〇年短篇小说创作的一些新面目"的作品,做了深入细致到位的分析。出自这种视角,青年作家李准《李双双小传》人物"原生状态"与"时代主题"之间微妙平衡的互动关系和深层意蕴,即被作者觉察:"作者没有使用抒情的笔调为人物作赞辞,只是通过艺术形象让读者自己作出必然的结论。作者写李双双虽然精明,深知喜旺之为人,却也有上当的时候;作者又写喜旺虽然思想落后,却也跟着时代而变化,并且把他的小聪明终于用到正路上。所有这一切细节描写,都增强了李双双和喜旺这两个人物的立体感。"批评家相信,"他们比作者过去所创造的人物更加鲜明而有个性"。他对小说的专业分析,也运用到对茹志鹃《静静的产院》的批评中。在小说中,他发现在保守思想与进步思想斗争这条主线之外还有另一条线索——一个革命者无主体的心灵状态。通过对谭婶婶心理变化层次的分析,他发现革命现实主义文学中潜藏着

第五章　茅盾、老舍的问题

一个自己毫无觉察、但实际与革命文学之外所有文学相通的命题——人对现状的麻木。茅盾敏锐指出:"它的主题思想是有普遍性的一个问题。而且也是具有永久性的一个问题,到了共产主义社会,这个问题还是存在。谭婶婶这样的好人,我们到处可以碰到,谭婶婶性格之所以不陷于一般化,亦即说,它之所以不同于一般的革命热情衰退的干部,在于她把革命阶段论看得太死,因而缺乏不断革命的精神。谭婶婶这个人物之所以具有普遍的教育意义,就因为从她身上,每个读者可以引起许多联想。"与主题决定论不同,他佯装不解地问道:"是否存在着本身社会意义不大的题材?我想是有的。如鲁迅的《社戏》《鸭的喜剧》比起《祝福》《风波》来,社会意义就小些。我们对短篇题材的要求也不能太高,不一定每一篇都要求有非常巨大的社会意义。"①

人们隐约感到,茅盾在主观动机上无意识的抵抗姿态,与他的身份和处境是不符合的。但我们为何不把他看作一个作家?他的批评在潜意识层次上所宣泄的心灵苦闷,也许是一个作家常有的生活。这当然是一种"双城记"的幽微的文学生活。在他不厌其烦地谈论人物描写、细节设计、如何表现日常生活的时候,他仿佛已经进入到具体的小说创作过程中,因为他的批评也可以看作是一种小说创作,这显然是一般人难以体察和分享的隐秘过程。对身处人生壮年,思想和艺术都已成熟和活跃敏锐的茅盾而言,这种状态应该非常的真实。由此再读茅盾前面的那段话"这种苦闷的来源是作家或艺术家的审美观念和批评标准,同他自己的创作能力不相适应,也就是这两者之间有了矛盾"之后,我们也许触摸到的正是一种历史的真实,这种真实是借助作家的真实来呈现的。

这一时期,批注小说占据了茅盾相当多的精力。这是作家从事小说创作的另一种方式?虽然不敢肯定,但至少可以认为这是与当代小说家的一种对话。历史上经常有文学创作与文学批评界限不清的情况

---

① 茅盾:《关于短篇小说的谈话》,《人民文学》1963年第10号(该文原为《短篇创作三题》,后经作者增删,改为现在的题目)。

出现，最为著名的大概是那个金圣叹。金圣叹的批"唐才子诗""杜诗解"，他的批评本"水浒传"，虽说是"批注"文体，但也不妨看作是小说和诗歌写作。有时候我会"倒过来"阅读它们，以为这是作者唯恐作家写得不好，他是在以"补写"的方法来完善作品。他的批注文字中有无可避讳的完美主义倾向。当然茅公之"批注"与金圣叹会有所不同。他没把它当做一种志业，表面上看还像是些闲文。或者是借写闲文偶露自己对文学作品的真实看法，也不得而知。我观当代文人，常常在冷眼之外，隐约在心中泛起某种感慨。这大概也是理由之一。他们在艰难世事屈居人家的屋檐之下，又得略微保持文人自尊，是故常弄点私活聊以自慰。在1960年前后，感到技痒的茅盾兴致勃勃地在别人赠送的小说、诗歌作品上做起了眉批。据估计，所批文学作品多达四十余种，涉及长篇小说、短篇小说集、诗集和文学史等不同文类。其中，关于杨沫《青春之歌》的"批语"有17处，"标记"136处；阮章竞《漳河水》和《迎春橘颂》的"批语"117处；《田间诗抄》23首诗的"批语"24处；郭小川《月下集》26首诗的"批语"48处；闻捷《河西走廊行》87首诗的"批语"52处；杜鹏程《在和平的日子里》的"批语"计58处；茹志鹃《高高的白杨树》的"批语"33处，等等。我因之想起了老作家孙犁"文革"时期的《书衣文录》这本"奇书"。据说在很多书都被抄走之后，孙犁已无法写作。但闲暇也过于难捱，于是他在一些藏书的扉页上陆续写下闲话，有时一句，有时数句。去世多年后，这些藏书被有心者结集出版。据此书可知当代文人在"文革"时期的全部困顿。但我们知道，中国传统文人自古以来就有批注文学作品的传统，或寄寓情怀，或著书立说，或针砭时弊。"批注"传统在文学批评和学术研究的功能外，还包含着影射现实、强调审美理想的丰富内容。茅盾究竟是何原因突然对眉批产生兴趣，因无可靠材料给予支持，难以做出判断。不过，通过对这些批注文字的解读，人们可以走进作者的精神世界，走进那个特殊的年代。这是我们之所以重新研究它的一个理由。

这些批注文字可分两类：一是不认同作家作品的主张，提出自己的商榷意见，它往往用"标记"出示，却不正面作答；另一类是针对作品的创作技巧而发，带有修改和玩味的性质，反映出茅盾本人的审美趣味和艺术倾向。例如，《青春之歌》第一章写林道静的出场，目的是写她由"个人主义到集体"的思想转变过程，这是杨沫的颇为得意之笔。茅盾的上批是："这第一章的第一至五段可以删去，而把车到北戴河站作为本章的开端"；左批为："这一段的描写，平铺直叙，且不简练。"第26页，是林道静从地主家庭出走的重要伏笔。照一般道理，道静的养母徐凤英是一位心狠势利的地主婆，家中应该有女佣伺候。林道静虽非徐氏所生，却是林伯唐的女儿，小时候的生活可以说是平静如水。故茅盾对作品"从小她自己一个人常睡冷屋，七岁起每夜几乎都要替徐凤英上街买东西"的悲惨遭遇提出了疑问："那时徐凤英没有女佣使唤么？"除眉批外，书中许多"标记"也引人注目。比如，第148、149页写卢嘉川和戴愉就党如何领导抗日的问题发生争论，茅盾对以下对话划出横道："你这是哪种机会主义的谬论？中产阶级都可以做我们的朋友吗？那么，无产阶级就该是你的敌人啦？""我认为党应当根据情况稳健一点""你的右倾机会主义的动摇是否（已经发展到反党的道路上）""戴愉同志只是搬教条，（不大了解实际的情况）""人民热烈要求抗日救国，可是咱们提出的口号常常过高，常常除了少数积极分子以外，使广大群众不能接受"。在书的左、右两侧划出竖道的则有：第82、83页对林道静老同学陈蔚如放弃过去理想而心满意足地做了资产阶级太太的描写，第110、111页对余永泽甘于钻研国故的"百无聊赖"生活境况的叙述，第306页林道静对过去岁月突然唤起美好回忆的交代，等等。联系小说上下文，上述眉批有些针对作品结构的不完整，有些认为描写不够准确，有些不同意作者对人物的简单评价，有些则很难揣测真意，这就使茅盾的眉批留下诸多空白。茅盾对其他作品也有眉批。例如，他在短篇小说集《高高的白杨树》第33页的下端批道："此篇用两代妯娌的思想上的不同，衬托新社会的新风气、新人，笔墨干净，形象生动，但不知为何，总觉得犹有斧凿的痕迹。"他认为田间的诗有"朴素的字句，无限的热情"，"音调柔中带刚，深情寄于白描"，有时却"失却反复咏赞的诗意"，"此诗所咏的主人公是何等样的人，实在不清楚"。郭小川的

《投入火热的斗争》和《向困难进军》发表后引起诗坛轰动,在广大青少年中传播甚广,不知何故,茅盾的评价却不很高。他略带疑惑地说:"探求新形式,但何以把整句拆开分行写,有时两字占一行,有时半句占一行,却看不出什么规律",虽然有的描写"有气势",句法和韵节"也还自然";这些评语与当时的热评形成南辕北辙之意。郭的长篇叙事诗被认为是新中国成立后叙事诗创作的重要收获,茅盾却认为:"作者的叙事长诗略逊于他的抒情长诗。此诗有描头画角之病,无流水行云之趣","有意学习古典诗与民歌而未能'化',时露生硬之迹,又追求形式上的独创,而未能得心应手,时露矫揉造作之态",尽管他估计作者"仍在发展着,方向正确","将对诗坛有更大的贡献"。①

在批注中,茅盾笔意平和,隐藏着高傲姿态。如果让他选择,他不会关心平庸作家和平庸作品。就像专业收藏家,既然世上无罕见之品,那也可以弄点小玩意略微玩玩。所以,这些批注在茅盾著作中只算是茶余饭后之作,没有太大价值。我想他所以花费笔墨评点玩味,除无聊之外,大概从创作角度看不乏"技痒"和"解瘾"的成分吧。不过它们并不是真正的游戏文章。在不能自由写作的时候,眉批未必就不是另一种曲意表达的文学创作。眉批把真实意图隐藏于所批作品文本之中,从而构成了两种文本"叠加"的奇怪现象。作者圈点当代作家的作品,不等于他赞成这些作品;他即使表面赞成,也可以隐晦保留游戏的态度。以《青春之歌》为例,他在陈蔚如、余永泽描写处加上横道作为"标记",这就在阅读效果上产生了历史"缝隙"——他显然是不满意小说原作者对知识分子精神历程的复杂性和丰富性的粗直评价的。他之在作品两侧加批、划道等,应该是于此处无声胜有声的意思,它们对今天研究茅盾上世纪中叶前后的思想状态极有参照意义。又如,他对郭小川创作做出否定性评价,并不是针对郭而言的,而是对整个文坛虚假浪

---

① 以上均引自《茅盾眉批本文库》1、2、3、4卷,中国国际广播出版社,1996;据传,茅盾曾有两种日记,一种已公开发表并收入"全集",另一种则未公开,两种版本对人对事和作家作品的评价截然不同,有时甚至相反。对已故作家珍贵资料的"封锁"和"垄断",在目前已经不是秘密,在作家遗属中相当普遍,它对学术研究显然是非常负面的。

漫主义美学的一种否定。因此在我看来,眉批是茅盾当时一种更具有典型意义的文学创作,在眉批的字里行间,贯穿着他对文学创作的真实见解,可以看作体现出一种出污泥而不染的审美意识。

六 茅盾、老舍之异同

一个作家的文学道路,实际潜藏于地域文化熏陶和性格气质当中。时代潮汐和命运突变可能使他性格产生某种变异,但总的说,这种规律仍然大同小异。茅盾和老舍,一个勉强善终,一个死于非命,生命的形式迥然不同,对他们面临的困惑略作讨论,有助于我们对当代中国文学大环境更深入的体察。

茅盾待人从容平和,说话风趣而适度。他从不张狂急迫,是一个谦谦文人。在《我走过的道路·序》中,他谈到自己性格形成的原因:"一因幼年禀承慈训而养成谨言慎行,至今未敢怠忽。二则我之一生,虽不足法,尚可为戒。"[1] 在 1940 年代,青年作家吴组缃对茅盾的感觉是:坐在主席台上的他,"多少都显出些'庄严法相'的味儿","架子不小,神气十足,体格很魁梧,道貌很尊严的样子";可一走下台完全是一副平民模样,"从衣袋里摸出烟卷,点了火,轻松地,舒适地,但几乎是敛缩地,依在那位子角落里,吸着"。当他开会太晚回不了乡下,只好在别人处借宿时,其"睡德"也令人赞赏,"他睡觉也叫同房的人欢喜,因为醒着时是静静的躺着,决不东翻西覆,烦躁的叹气,或是勉强找人说话,有些爱失眠的人总是这样的;睡着了,也不扯呼,或是锯牙齿"[2]。在老友叶圣陶记忆中,茅盾写小说前的准备工作,保持了一种不疾不徐、理智有序的个人特色:"他作小说一向是先定计划的,计划不只藏在腹中,还要写在纸上,写在纸上的不只是个简单的纲要,竟是细磨细琢的

---

[1] 茅盾:《我走过的道路》(下)第 355 页,人民文学出版社,1981。
[2] 吴组缃:《为中国现实主义文学祝贺》,《文哨》第 1 卷第 3 期,1945 年 10 月 1 日。

详尽的记录","他这种工夫,在写《子夜》的时候用得最多"。① 在中国动荡不安的社会环境中,纯粹的谦谦君子是难以立足的;在错综复杂、又与政治纠缠不休的文艺圈子中,显然需要具有既刚又柔、亦强亦弱的双重人格。在这种环境中的现代作家需要用理智来节制激情,以达到二者之间的高度调和与平衡。当然这不是要所有的人都与政治周旋,交出自己的血性。不过每临转折关头,我们就发现一定的自保也很必要。自由派作家朱光潜、沈从文和萧乾1949年后不久就被解除了思想武装,1950年朱光潜写检查和沈从文的自杀举动,更是说明这派文人之不善于与现实敷衍周旋,说明他们精神上天然羸弱与胆怯的特点。我们说当代文学是对现代文学的某种历史转轨,指的是制度环境所发生的总体变化。而我们的作家早就养成了在亭子间和书斋纵论天下的习惯,而且那个年代耿介憨直,也被看作文人的基本品德而受到鼓励。所以对朱光潜、沈从文、萧乾的表现,与其给予批评,还不如说它具有了转轨时期的特点。不懂政治更不懂得保护自己的胡风,是一个最令人难忘的教训。文坛是一个重创造而轻干预、重作家而轻行政的地方,它不是机关与军队。这一点,茅盾比谁都看得明白,打他勉强接受文化部长和中国作协主席的职务之日起,他应该就在强与弱、权力与作家之间小心地走钢丝。他之放弃小说创作而捡起评论旧行当,不能说没有为年轻作家撑开一张保护网的幽微动机,这种甘做"保姆"的自我牺牲精神,也似乎有某种"我不下地狱,谁下地狱"的悲情与苍凉,尽管茅盾的批评者未必同意这种看法。出身于文艺界的茅盾比文艺界管理者懂得尊重和理解作家的创作,他因此而受到作家艺术家的尊敬,是难以否认的事实。在那个年代,很多青年作家显然受到茅盾的提携和间接保护,一定意义上,这为"四人帮"倒台后新时期文学的兴起留下了火种。②

茅盾对文学遗产保持着应有的尊重。他在一篇文章中指出:这是

---

① 叶圣陶:《略谈雁冰兄的文学工作》,1945年6月24日《新华日报》。
② 1996年,万树玉、李由为纪念茅盾诞辰一百周年编选的《茅盾与我》一书,收入了大量曾受到他提携的作家的纪念文章,这些文章真实记录了一个逝去的时代。

第五章 茅盾、老舍的问题

"对于《水浒》的人物和结构的一点粗浅的意见。如果要从《水浒》学习,这些便是值得学习的地方。"①他认为,文学的发展不应走向狭窄化,而应有更开阔的文化胸襟:"在进一步缓和国际紧张局势以及实现亚洲及世界各国的集体安全、和平共处的伟大事业中,国与国间的文化交流是一个重要的因素,而文学翻译工作,是文化交流中重要的一环。"②与此同时,他强调要尊重作家的创作活动,充分理解他们创作的个性特点。一次,他在读完青年作家马烽的一篇小说后提了几条意见,嘱咐《人民文学》的编辑说:"不要勉强作者,改不改由作者决定。"马烽得知后很是感动,他没想到茅盾这样的大作家,对他这样的普通青年作家的稿件竟然那么尊重。茅盾在《读最近的短篇小说》里,肯定了刚出道的王愿坚的《七根火柴》这篇作品。后来王愿坚曾不无激动地追忆说:"在这篇阐发短篇小说创作技巧的的文章里,竟然用了相当多的文字分析了我的《七根火柴》。使我惊奇的是,文章分析得那么仔细,连我在构思时曾经打算用第一人称的写法,后来又把'我'改成了另一个人物这样一个最初的意念都看出来了,指出来了。他对那样一篇不满二千字的小说,竟用了四五百字去谈论它,而且给了那么热情的称赞和鼓励。我被深深地激动了",它"给了我温暖、希望和力量。我带着它,送走了我的青年时代,步入了中年;我带着它,战胜了灰暗的心情,使火柴的微光没有熄灭"。③ 女作家茹志鹃进入公众视野也与茅盾有关。《百合花》是她的处女作,曾几次被杂志退稿。当它终于被《延河》发表的时候,作者的丈夫被打成右派。茅盾从遥远的北京向这位绝望的女作家施以援手,他对这篇险遭扼杀的小说给予了极高的评价:这篇小说"结构上最细致严密,同时也是最富于节奏感的。它的人物描写,也有特点;人物的形象是淡而浓,好比一个人迎面而来,愈近愈看得清,最后,不但我们看到了他的外形,也看到他的内心"。他还眼光

---

① 茅盾:《谈〈水浒〉的人物和结构》,1950 年 4 月 10 日《文艺报》。
② 茅盾:《为发展文学翻译事业和提高翻译质量而奋斗》,《译文》1954 年 10 月号。
③ 王愿坚:《他,灌溉着……》,1981 年 4 月 9 日《中国青年报》。

独具地发现,这是一篇"没有闲笔的短篇小说,但同时它又富于抒情诗的风味",是一篇有个人风格的难得佳作。像王愿坚一样,茹志鹃也是怀着朝圣的心情感激这位文坛宿将的精神引导的,她说:"一个失去信心的、疲惫的灵魂,又重新获得了勇气和希望。重新站立起来,而且立定了一个主意,不管今后道路会有千难万险,我要走下去,我要挟着那小小的卷幅,走进那长长的文学行列中去。"[①]茅盾去世后,这类感激涕零的文章像雪片涌向全国各种报刊,向读者展示了一个鲜为人知的茅盾形象:扶助青年作家的文坛长辈,文学精神巧妙而机警的捍卫者,当代文学无可置疑的领袖人物,等等。这些怀念文章不乏溢美之词,但说的也多是实情,至少在读者看来,在一个文学作品凋零的年代,这种共同守护文学的行为仍值得称道。

在自由率性的创作受到阻力的情况下,强调文学之道就变得十分必要。文学史资料显示,当时的政治宣传和社会动员信息挤占了文学的空间。作家面临着创作服从政治任务还是干脆放弃文学志业的艰难选择。一些作家试图抵抗,例如胡风圈子议论文艺政策的私人通信。也有一些作家改行或回到书斋,例如沈从文、朱光潜等人。但零星的对这种社会大势的修正、劝诫一直没有停止,例如何其芳对"古典加民歌道路"的讨论,邵荃麟对"中间人物论"的倡导,赵树理对合作化运动的"上书",1970年代的地下诗歌和小说,等等。众多努力当然以失败而告终,有的人甚至还付出了生命的代价。但是,这些努力仍然顽强地透露出那个年代的一点微弱的信息,即在作家心目中,文学应该是文学而非其他,这是在彰显不言自明的文学之道,虽然它没有被宣誓成社会公告。凡是走过那条历史道路的人,凡是稍具中国现代文学常识的人,都不觉得这些信息有什么不对。这是时隔多年,经常令人扼腕感叹的地方。但是我们知道,从历史的高度看,文学是民族文化积累的一个重要部件。它还是一条大河,从现代文学流淌过来的滚滚激流,应该在当代文学这里被接续,而理所当然地流淌到下游,为那里的民族子孙所滋养

---

① 茹志鹃:《说迟了的话》,1981年4月1日《文汇报》。

第五章　茅盾、老舍的问题

和继承。在这条象征着文化积累的大河中,文学之道决定着它流淌的方向和理由。在1920—1940年代,鲁迅、郭沫若和茅盾是公认的文坛领袖。在鲁迅去世、郭沫若形象屡遭诟病的情况下(当然这个问题很复杂,需要认真研究才更加符合事实),茅盾的角色便凸显了出来。如果说理智协调了茅盾与那个年代的关系,而他与现实政治之间的微妙平衡起到了保护文坛的作用,那么除此还应得益于吴越文化对他的熏陶。吴越文化是中国中原精英文化与江浙富庶自然环境的有机结合,南方知识者精神的集中显现。吴越文化功利而不媚俗,清高而不孤傲,雅致但却方正。它既推崇骨气与气节,又能在严酷的现实环境中保持一定的回旋与弹性;它既有明末东林党人的忧国愤世之怀,又能与浊世达成一定妥协,在历史转折期成为民族的脊梁,担当时代的大任。王国维、章太炎、蔡元培和鲁迅堪称吴越文化自近代以来的杰出代表,他们理智与激情的完美结合可以说是近、现代文化领域的绝唱。应该说茅盾生逢其时,分享了这一雅致方正的文化传统。他内敛外张,不媚俗且又与时俱进;他把吴越文化的深沉智慧完整地带到了当代中国文学当中,为自己安排了得以善终的生存环境。在当代文学中,他是死后较少遭人诟病的几个重要文人之一。虽然1990年代后,文学史研究也曾对他有所批评,但我们注意到,这种批评还没有发展到颠覆他历史形象的地步。

老舍是京城文化的产物。与茅盾的领袖身份不同,他在当代文坛只是一个重要的作家。乐于助人的老舍在朋友中口碑甚好,大家评价他"幽默""风趣""大方""古道侠肠""善于交际"。理智是他多元化性格中的"主旋律"。纵观他一生的文学活动和生命活动,称他为"理智型"作家应该不会引起人们异议。对此,老舍戏称自己的埋想是"中年人的理想",他说:"我自幼贫穷,作事又很早,我的理想永远不和目前的事实相距很远。"[①]因生活贫困而务实,就收敛了青年人的冲动;既然理想与事实贴得很近,关注的对象和题材就显得集中而单一。纯粹从

---

① 老舍:《我怎样写〈赵子曰〉》,《宇宙风》第2期,1935年10月1日。

文学角度看，这是老舍的局限，也可以说就是他的长处。

"人民艺术家"真像是天赐之誉。自北京市政府顶住各方面压力慷慨地授予老舍这一光荣称号后，他1949年后的创作就锁定在这座城市，与茅盾的"全国性眼光"形成对比。1949年后，老舍由小说转向戏剧，并专以北京为描写对象，大概是出于这两点考虑：一是出于对故乡北京报恩的思想。爱国主义是老舍思想世界的基石，而爱国在他具体行为实践中就是爱故乡、爱母亲，爱这座给了他生命、做人原则和艺术灵感的古城。他要急于展现它1949年后的新变化，而戏剧恰恰是比小说更适宜展现的艺术形式。戏剧就像天桥相声演员的说、学、逗、唱，它的直观性通俗性使其比小说更容易与群众心灵交流。二是因为戏剧比小说更容易产生宣传的效果。宣传工作类似一座大舞台，社会动员通过这种喜闻乐见的民间形式形象地传达政府的指令，由此剧作家、导演、演员和观众形成一个联盟，这是一个从认同到社会重构的成功工程。1949年后，党和政府给了他很高荣誉，周恩来专门为他配了一部小汽车，北京市市长彭真更是洗耳恭听他关于城市建设的意见，对他颇为尊重。于是，那种"理想永远不和目前的事实相距很远"的思想开始支配他的思想和创作。既然中国知识分子本来具有"士为知己者死"的集体无意识，焉有不为现实而宣传的道理，而戏剧的夸张性效果则把这种互动关系屡屡推向高潮。从这个角度看，老舍在建国初期十年连放文艺卫星，创作数量不仅超过了自己前期创作，更令茅盾、巴金和曹禺等人黯然失色，并不令人奇怪。我们更愿意相信这并非作家一时心血来潮，而实在是理智选择的结果。

老舍是这群作家中比较少见的平民子弟。他的实践来自原来阶层的教养。北京城中蜿蜒交叉的胡同深处，寄养着千百万个平凡踏实的传统市民，老舍正是从那里的京腔京韵和浓厚习俗中走出来的现代作家。他虽然被认为具有和茅盾、曹禺相类似的文学贵族精神，但是他的出身和创作的题材，仍然向读者暗示了他在社会生活中敦厚务实的取向。他是那种知恩图报的老北京人，也是绵里藏针而实际耿直的老北京人。当他在生活中一帆风顺时，社会权力对其创作有着巨大的推动

第五章　茅盾、老舍的问题

力;而一旦遭受挫折,这种生活状态就会全线崩溃,这就为老舍后来的自杀埋下了看不见的伏笔。茅盾的人生选择是弹性的,同时又是以独立自足的精神世界为支撑的,所以在时代和个人生活的突变面前,他对现实便有着比老舍更为坚韧的抗击力。由此可见,老舍的理智,是那种穷人式的、平民社会的知恩图报的理智,茅盾的理智是那种大家庭式的迎合与怀疑相并存相矛盾的理智;老舍的理智是刚性的北方文化的体现,茅盾的理智乃是柔性的南方文化的传承。1999 年,围绕"老舍之死"这个话题,众多学者集中讨论了现实与历史问题,而对家庭与文化遗传这个命题有所忽略。① 虽然文化背景在不同作家那里的反映千差万别,但相互矛盾和交叉的现象经常发生,我们的推论未必就言之凿凿。不过,当我们把观察视角推向作家精神世界的深处,对其文化血脉传承做比较分析,某种规律性的东西依然存在,这个事实也无需避讳。由此可见老舍之死,是那种刚直不阿的死,是北方方式的死,是那种壮烈状态的死。轻轻掩上文学史的书页,那里壮烈的一页确实令人无法平静。

　　从一般角度看,人们都认为中国传统文化的积累和传播,是依赖传统的士绅阶层也即大家庭阶层来进行的。士绅阶层具有历史叙事能力,其他阶层往往是口口相传,最后的记录者仍然还是前者。虽然其他阶层中依旧有优秀的历史叙述者,例如老舍,不过与庞大的来自大家庭家族的现代作家群相比,像他这样的优等文学人才真是凤毛麟角。五四时期的思想先驱者如陈独秀、胡适、鲁迅、周作人、刘半农和钱玄同,五四以后的文坛大家如郭沫若、茅盾、巴金、曹禺、艾青、穆旦等,无一不来自大家庭阶层,他们对传统文化的批判与审视正是在深厚的文化积累基础上进行的。出身大家庭,最终又是大家庭文化的反叛者和思考者,这是贯穿于整个中国现代文学的一条主线和普遍规律。这种文化背景是反叛贵族社会和创造新贵族精神的历史温床,而中国现代文学

---

① 参见傅光明:《老舍之死采访实录》中严家炎、钱理群等撰写的文章,中国广播电视出版社,1999。

事实上就是呈现着人道主义精神的新贵族文学。① 茅盾的曾祖父在汉口和家乡乌镇都开有商行，祖父虽未考中举人，但"书法工整圆润"，"善吹洞箫"。外祖父则是"杭、嘉、湖、苏一带的名医"，为当地望族。② 他的童年教育是在四书五经、诗词典籍的传统文化的体系中进行的，虽家道中落，历经时代动乱和各种社会思潮的冲击，但大家庭的文化血脉和人文精神早就奠定了其人生底色，构筑了茅盾思想行为的基本格局。前面所说茅盾对领导职务的请辞，我们猜想除了担心影响创作等理由外，应该还有清高和自律的文化基因在起着某种作用。又例如他对当代文学中非艺术倾向的抵抗，对继承文学遗产的强调，对青年作家创作的热情鼓励和保护，也都说明茅盾虽是革命文学中人，但他并不反对把维护传统文学和人文精神视为自己的信念。在中国，创立了革命文学的多是大家庭的子弟，有意思的是他们的传统文化教养并没有在这一过程中被完全摒除。在茅盾身上，就集中凸现着传统理念与革命文学的实际抵触，这是革命文学在其历史发展过程中无法克服的悖论。

老舍的"母亲生在农家"，母亲娘家在"北平德胜门外"的"一个小村子里"。父亲出身旗人下层，战死在庚子年。老舍勉强读完师范后就业，后来去英国伦敦游学，当作家，变成他那个社会阶层的"逆子"。③ 宋永毅认为老舍的创作尽管有精神贵族的取向，但满族社会的民间文化和价值观，却深深积淀在他的情感世界中，决定着他的价值趋向和审美追求。这位学者指出："老舍是自小便在民间文艺的包围中成长起来的——这是属于他自己的人生。中国民间文艺特有的容纳百川的活力与扬善惩恶的人民性，不仅影响着他日后与西方文化接触时的开放与大胆，还导引着他未来创作所取的现实主义方法"，使他"与鲁迅、郭沫若等人不同"。④ 由此可知，老舍与茅盾固然同属新文化阵营，但他

---

① 以鲁迅为代表的中国现代文学，主要读者对象一直是城市文学青年和知识分子，而非城市普通市民和农民，这一点足以说明它的贵族气质和文学的价值取向。
② 茅盾：《我走过的道路》（上）第1—23页，人民文学出版社，1981。
③ 《老舍生活与创作自述》第289—294页，人民文学出版社，1982。
④ 宋永毅：《老舍与中国文化观念》第8、9页，学林出版社，1988。

第五章　茅盾、老舍的问题

本质上是平民社会的一个代表。所以不难看到，当茅盾秉持文学的严肃性甘愿牺牲小说的写作时，老舍显示出了对创作很高的热情；当茅盾辗转于为官与文学之间，困难地寻求某种平衡的时候，老舍却是社会活动与文学创作相得益彰，至少没有过多障碍。可以想象，倘若没发生"文革"之变，老舍也许会一帆风顺地走完人生最后的里程。老舍的价值观与新中国的社会价值是没有本质矛盾的，由于新中国文化对大家庭价值系统和文化传统的排斥，于是老舍某种程度上就得到了豁免。他的平民出身在血统论当道的社会，是一个安全的避风港。

　　在出于理性接受社会主义的文艺理念，以此来协调自己写作的问题上，茅盾、老舍的做法大同小异；不过，在如何接受和接受的方式上，两人却存在明显差异。文学创作毕竟要建立在文化的基础上，文学价值最终体现为一个作家对文化的基本取向。作为中国现代文学中的第一流作家，茅盾、老舍不可能不在关键点上显露出自己的文化态度。今天可以看出，那个年代的社会主义不是建立在中国传统文化的基石上的，而是确立在西方现代文化也即马克思主义学说的基础上的，或者说即使与中国传统文化有关，也不是与其积极方面有关而是与其消极的方面有关。这就决定了新中国对中国传统文化的根本态度。他们的文化理想是要部分地、直至彻底地放弃中国传统文化，在传统文化的废墟上建立崭新的社会主义文化。这样，它就必然要遭到作为传统文化承传者的茅盾的抵抗，而为民间文化承传者的老舍在某种前提下部分地接受，而且他能够很自然地用自己的戏剧创作去呈现那种崭新文化的景观。老舍的文化根基是民间传统，只要不动这个根基，那么这种文化革命对他就不是根本的威胁。我们在茅盾这里看到的可能有所不同。从这个角度看，茅盾与老舍的问题不简单是个人文学创作的问题，而涉及他们所属文化族群的问题，它说到底是一个文化的问题。但是这种剧烈的文化改造在1950—1970年代还没有展现出它的全部历史面貌，没有展现出它的绝对和彻底，当"文革"风暴全面袭来并且不可阻挡的时候，老舍的文化根基就难免被裹挟其中。因为这是一场"史无前例"的文化革命。

第六章　巴金和曹禺的激情

一　"我是来学习的"

激情是巴金和曹禺文学作品名世的重要因素之一。但他们对社会政治所知甚少,当大转折来临时,过分相信激情就书生气十足,还难免闹出些笑话。众所周知,巴金以塑造俄国民粹派式英雄的《灭亡》和《新生》登上文坛,又以长篇小说《家》参与了中国现代文学的寓言化叙事——如果说五四小说最先表露出对中国传统大家族理想生活的怀疑,《家》则可以说是对家族礼仪文化最彻底的摧毁。《家》以最极端的方式鼓动了众多新青年对家庭的背叛,很多人晚年对此还津津乐道。曹禺的话剧《雷雨》是现代反家族文学的另一个重要作品,它对几代读者的煽动直接触及其心灵世界。《雷雨》与其是在演绎命运的大悲剧,毋宁说它携带着暴风雨般的激情宣告了那代人与传统生活联系的终结。1936年,病中的鲁迅在与徐懋庸激战时仍不忘评价巴金说:他是一个"安那其主义者",然而还"是一个有热情的有进步思想的作家,在屈指可数的好作家之列的作家"。① 鲁迅指出了巴金性格及精神世界的基本特征:"热情"。换言之,"热情"(或曰激情)构筑了巴金和曹禺大多数的作品,也预设了他们的人生结局。但激情极容易发展出另一种气质——天真。天真与激情有所区别,混杂着激情的天真确实不擅长应付复杂的社会环境。在大转折之际,天真有如一座不设防的城堡。

---

①　鲁迅:《答徐懋庸并关于抗日统一战线问题》,《作家》月刊第1卷第5期,1936年8月。

第六章 巴金和曹禺的激情

1949年7月,巴金写了一篇题为《我是来学习的》文章。通过这篇文章,人们感觉老作家小心地走进全国第一次文代会会场,仿佛刚入学堂的紧张学童。这个夏天使巴金有了要"变"的预感。来自国统区和解放区的作家们齐刷刷坐在中南海怀仁堂的台下,其中不少是面孔熟悉的老朋友,但解放区作家们意气风发的神情仍令他有些陌生:"我看见人怎样把艺术跟生活揉在一块儿,把文字和血汗调在一块儿,创造出一些美丽、健康而且有力量的作品,新中国的灵魂就从它们中间放射出光芒来。"他恍然记起,在应周恩来之约来北京前,上海人从未见过的腰鼓队涌上街头,这些队伍来自工厂、学校,先是自发、零星的,从南京路到静安寺路,从爱多亚路到霞飞路,再发展成为有组织的大规模的游行。红旗、口号和腰鼓,显示了上海民众空前未有的欢腾。它更显示出了天下的变局。他处在某种不安和昂奋之中,该文初露胆怯自卑和跃跃欲试相混合的心态:

> 好些年来我一直是用笔写文章,我常常叹息我的作品软弱无力,我不断地诉苦说,我要放下我的笔。现在我却发现确实有不少的人,他们不仅用笔,并且用行动,用血,用生命完成他们的作品。那些作品鼓舞过无数的人,唤起他们去参加革命的事业。它们教育着而且还要不断地教育更多的年轻的灵魂。①

曹禺小巴金5岁,天真浪漫之青年心态比巴金更甚。他属于那种极其敏感多疑的男人,这种气质从事文学创作固然可贵,在生活中就失去了优势。他好像是为戏剧而生的,探寻命运的秘密,抨击影响人性发展的黑暗势力,相信命运是一口走不出来的"残忍"的"陷阱"。但他渴望生活,留恋生活。童年不幸的家庭生活使他过早懂得"挣扎"的意义,因而他具有周冲式逃避恐惧与渴望玫瑰色世界相混杂的本能。这就使他比巴金还要纠结,他对自己思想活动的剖析堪称幼稚,虽然这会令今天的读者面露羞色:

---

① 巴金:《我是来学习的》,1949年7月20日《人民日报》。

> 我是一个小资产阶级出身的知识分子,"阶级"这两个字的涵义直到最近才稍稍明了。原来"是非之心","正义感"种种观念,常因出身不同而大有差异。你若想做一个人民的作家,你就要遵从人民心目中的是非。你若以小资产阶级的是非观点写作,你就未必能表现人民心目中的是非。人民便会鄙弃你、冷淡你。……
>
> 毛主席说:"中国的革命的文学家艺术家,有出息的文学家艺术家,必须到群众中去,必须长期地无条件地全心全意地到工农兵群众中去,到火热的斗争中去,到唯一的最广大最丰富的源泉中去,观察、体验、研究、分析一切人,一切阶级,一切群众,一切生动的生活形式和斗争形式,一切文学和艺术的原始材料,然后才有可能进入创作过程。"
>
> 每当读到这一段话,就念起以往走的那段长长的弯路,就不觉热泪盈眶,又是兴奋,又是感激。我真能做这样一个好学生么?无论如何,现在该学习走第一步了。①

虽然读书人通过自贬来谋求自保,但我们不能对他们轻易失去信心。借助这条路径来研究那个年代,相信这是展现作家转折期心灵历程的两个重要文本。他们看到,相比较于国民党政府后期的全面腐败,新政权不仅廉洁而且朝气蓬勃。况且为国家做出某种牺牲,这也是中国知识分子的美德。他们可能幻想,通过自疑和自轻使自己跨越思想改造门槛,不失为拥抱新社会的必要前提。说不定这只是暂时性的历史疼痛,翻开这一页道路就会无比宽阔和光明。那时候很多从旧社会走过来的读书人都是这样想问题的,他们不知道苏俄式的政治斗争竟像俄罗斯的冬天一样曲折漫长。这是单纯的一代人,他们对复杂社会的到来完全缺少准备。

巴金解放后不拿国家薪水,却担任社会公职,这种混搭身份在大牌文人中确实罕见。但这不表明他要游离于社会。实际情形正好相反。

---

① 曹禺:《我对今后创作的初步认识》,《文艺报》第3卷第1期,1950。

第六章　巴金和曹禺的激情

1949年7月,巴金当选为全国文联常委,又任中华人民共和国政务院文化教育委员会委员;1950年10月,他随代表团赴华沙参加"第二届保卫世界和平大会";次年7、8月间,参加老根据地华东访问团沂蒙山区分团,到潍坊、莒县、沂水一带访问。"巴金一到莒县,就和靳以、方令孺他们一起住在一个小学的校舍里,自己挂蚊帐,自己扫地,自己洒洗。他们冒着炎暑步行,走到沂水专署,分批接待烈属和军属,然后和大家一起座谈。当这些烈属和军属老人来到时,巴金看到他们满身汗水,就亲自给他们倒洗脸水,还为他们点火敬烟。"[1]1952年和1953年,巴金响应号召,两次去朝鲜战场访问,前后七八个月之久。访问归来,他开始尝试用"新华体"来创作散文《我们会见了彭德怀司令员》、小说《黄文元同志》和《团圆》等。他用激动的文字记述彭德怀这位共和国元勋给自己心灵的撞击:"他的态度是那么坚定。他忽然发出了快乐的笑声。这时候我觉得他就是胜利的化身了。我们真可以放心地把一切都交给他,甚至自己的生命",而且说:"我相信别的同志也有这样的感觉。"[2]1954年,他在上海组织文艺界对老友胡风进行批判,在《人民日报》和《人民文学》上发表批判文章。他本已将肯定路翎小说的文章《谈路翎小说〈洼地上的战役〉》给《人民文学》编辑,感觉"风声突变",临时把题目改为《谈〈洼地上的"战役"〉的反动性》,但该刊8月号发表时,又被编辑改作《谈别有用心的〈洼地上的战役〉》。1956年,受到"大鸣大放"的鼓舞,他先后发表《鸣起来吧!》《"独立思考"》《重视全国人民的精神食粮》《笔下留情》《"恰到好处"》和《秋夜杂感》等批评时政的文章,对开始走红的年轻评论家姚文元提出尖锐批评。两年后,在张春桥支持下,姚文元发表《论巴金小说"灭亡"中的无政府主义思想》《论巴金小说〈家〉在历史上的积极作用和它的消极作用——并谈

---

[1] 徐开垒:《巴金传·续卷》第38、39页,上海文艺出版社,1994。
[2] 巴金:《我们会见了彭德怀司令员》,1952年4月9日《人民日报》。

怎样认识觉慧这个人物》等批判文章①。这位重要作家建国十年一直顺风顺水,年轻人的蛮横叫阵虽令他不快,但还远未到伤筋动骨的地步。他敛气冷观,不作答复,这是保持尊严的最好办法。

我们得记住这位作家阅世不深,他在报端读到被描画的沸腾的建设场面,而他的所谓采访不过是走马观花,很难看到社会真相。住在上海的花园豪宅的作家,深信这就是"人民创造的历史",他的无政府主义对现代中国的乌托邦想象,忽然与劳民伤财的"大跃进运动"发生了奇怪重叠。他1959年发表的许多赞美现实生活的文章,可以证明这种推论不是误判。1958年,上海作家协会陷入不理智的亢奋之中。水稻亩产超万斤的特大新闻接踵而来,作协大厅里日夜赛诗赛歌,鼓声配以锣声喧天动地,就连巴金也拆掉自家大铁门拿去"炼铁"。受到现实鼓惑,巴金曾兴致勃勃地到宝山县彭浦公社参观,还曾与柯灵、唐弢、王辛笛、魏金枝、萧珊一行到新安江水电站工地实地考察。在彭浦公社奶牛场,他看见挤牛奶的农村老少,他们坐在矮凳上,两只手勤奋灵巧,高大且毛色光滑的荷兰奶牛在他们的指挥调度下显得非常配合和服帖,此情此景,仿佛是一幅天上人间的动人图画。听公社干部介绍,他们有五处牛奶棚,养牛297头,每天分三次将牛奶送到食品厂加工。巴金看到年轻的农民骑着自行车送奶进城,车子跑得飞一样地快,他不禁联想到在苏联和东德集体农庄参观时的情形——报上天天宣传的共产主义"远景",好像一下子拉到了眼前——这对身居大上海,每天只知喝牛奶却不知牛奶来处的作家来说,将是一种何等新鲜的刺激!而它对作家储蓄在精神世界的无政府主义信仰,又是怎样一种热烈的指认和响

---

① 巴金这一时期的"鸣放文章"分别见于:《"鸣"起来吧!》,1956年7月24日《人民日报》;《"独立思考"》,1956年7月28日《人民日报》;《重视全国人民的精神粮食》,1956年8月8日《人民日报》;《笔下留情》,1956年9月15日《文艺月刊》(九月号);《恰到好处》,1956年9月20日上海《解放日报》;《秋夜杂感》,1956年10月3日上海《文汇报》,等等。值得注意的是,巴金的这些文章均用的是"余一"的署名,而非用巴金这个文艺界熟悉的名字。需要追问的是:他为什么在1956年之际恢复了使用"笔名"的历史习惯,是什么原因促使作者采取了匿名的发表方式? 而这,又在多大程度上接近了巴金的内心世界,它将促使我们思考什么一些问题?

应！连他都无法相信,早年的梦想居然在新安江的偏僻一隅变成了现实。虽然读者今天已明白,这些都是地方政府的刻意安排。巴金还听说,一位来自东北的管子工人,在新安江安了家。但他不久又要离开,因为管子工人总是比设备先到工地,厂房建好后,他们又要到其他地方做同样的开辟工作。这位工人去过河北的官厅,到过四川的狮子滩,他对巴金说:"我跑的地方越多,我越高兴,这说明我们祖国的建设事业越来越兴旺了。"巴金把自己对现实中国的观察,写进了《一九五九年元旦试笔》。他认为大跃进是"震惊了全世界"的壮举,因为:"人们踊跃地参加义务劳动,好像去吃喜酒一样;公社里吃饭不要钱;在很短的时间里,基本上扫除了全国的文盲;千百万首诗,几千万幅画在各地方出现;技术革新的花在每个角落都开得鲜艳异常。"他还借意大利无政府主义领袖凡宰地"每个家庭都有住宅,每张嘴都有面包,每个心都受教育,每个智慧都得到光明"的话,为这种观察判断找来理论根据,他预计,未来的中国将会是"每个脑筋都在开动,每双手都不休息,每一样东西都发生作用,每个人的精力都取得成绩,每一颗心都充满力量,每个人的前途都充满光明。"①这一年,巴金连续写了《我又到了这个地方》《最大的幸福》《无上的光荣》《我们要在地上建立天堂》《星光灿烂的新安江》《迎接新的光明》和《我们伟大的祖国》等七篇文章,发表在《收获》《解放日报》《文汇报》《人民日报》《新闻日报》《上海文学》和《萌芽》等报刊。作家觉得他献出的大铁门已不足以表达对大跃进运动的敬意,他决定走出书斋,投身到时代的激流之中……读者知道,"时代激流"曾经是巴金文学创作的认知结构,他此时可能已认为两个年代的"时代激流"应该连接在一起。

如果关注曹禺的转折,我们要读他1953年的《要深入生活》一文。面对台下参加中国文学艺术工作者第二次代表大会的作家艺术家们,他说:

---

① 巴金:《一九五九年元旦试笔》,1959年1月1日《解放日报》。发表时题为《新年试笔》。曹禺《要深入生活》,引自《迎春集》,北京出版社,1958。

同志们,在走上这个讲台以前,我想过,我用什么和我的朋友,我的前辈,我的领导见面呢?四年来,在创作上我没有写出一样东西。我的祖国在前进,人民的生活同政治觉悟都是有史以来从没有过的提高、丰富、活跃。四年来,我所受的教育是多方面的,我经过土地改革、文艺整风、三反、五反和抗美援朝的伟大运动,但是我还没有写出一点东西。应该说,我是一个没有完成任务的人。同志们,祖国的建设像海水一样地沸腾,无论哪一条生产战线上都出现了很多英雄,在这种时候,一个人如若不能完成任务,他是多么突出,多么不光彩。所以要我来讲话,我就迟迟不敢上来。①

曹禺的思想在发生悄悄的变化,经过"土地改革""文艺整风"和"三反五反"等一系列震撼全社会的运动,作者开始学习着建立这样一套思维方式和关系模式:我/你们/、我/领导、个人/人民、自我/英雄、创作/任务。这一来自延安整风运动的思想模式正在箍入他内心之中,他模糊地感到,自己过去那套传统文人的举止做派已经不合时宜。刚才台上的一席话,是这种隐秘心态的真实表白,尽管刚入道的作家运用得还结结巴巴,不那么流利顺畅。这套劳模和领导式的表白,显然与内心活动无关,它更像是广场街头职业演员的演出。它起源于战争年代,里面有铿锵掷地的声音,有誓死的宣言,有严肃的主题,当然它的形式可能大于内容。从 1950 年代起,这种演说形式开始蔓延到社会的各个角落,从军营到学校、从工厂到机关、从农村到街区,从作家的社会活动到他的书斋。人们会感觉表白有渗透一切的功能,它像水银缓慢地渗透社会的所有细胞当中。这篇文章假如不署名曹禺,没人敢相信它出自《雷雨》《日出》的作者。

与曹禺有交往的北京人民剧院资深编剧梁秉堃回忆,他那个时候的言行举止和精神世界,与这篇文章有千丝万缕的联系。梁秉堃说:曹禺"参加了土地改革运动,并且跑到安徽省农村和治理淮河大工地上,与工人农民在一起生活、劳动,虚心学习,接受教育。在这个过程中,他

---

① 梁秉堃:《在曹禺身边》第 11 页,中国戏剧出版社,1999。

产生了一种自责的心理,而且越来越重。大约,在从国统区来的作家当中,他是在自己的创作上第一位进行真诚的自我批判的人。他明确而又痛苦地提出,要把自己过去的所有作品都放在工农兵方向的 X 光线下照一照,从而挖出创作思想的脓疮。甚至,他为自己过去的作品里'没有能够写出过一个无产阶级的典型人物'而羞愧万分,而无地自容"①。从这个材料中可以看出,曹禺不仅比巴金天真,当然还更为紧张。这种过分敏感紧张的性格,在暴风骤雨式的政治年代,使得他承受着比一般人更大更可怕的压力。他们对社会的反应,会愈加夸张和戏剧化。但必须指出,曹禺对人性问题的洞察力远胜于巴金,因此当他意识到那套思维方式和关系模式的真正含义时,他的想法发生了转变。

　　曹禺明白,使自己成为新时代的"主人翁",要先把自己融入"你们""人民"这些具有新时代特征的复数中,而融入的前提是,像各条战线上的英雄那样,在创作上完成"任务"。文学创作就这样进入了被量化的过程。抱着急于加入的心理,曹禺打算创作解放后第一部表现知识分子思想改造的剧本《明朗的天》。像他当年写作《日出》前所做的社会调查一样,作家要寻找一个生活基地,这个基地不是天津的底层社会,如花街柳巷、阴暗胡同。它是新社会的单位,这个新单位的名字叫北京协和医学院。有三个月的时间,曹禺都在协和医学院参加思想改造运动,他与教授和其他人交朋友,认真搜集创作素材,光笔记就有二十多本。他从 1954 年 4 月开始动笔,每天工作十二三个小时,连星期天也不休息,他先口授,女秘书吴世良记录,再由他本人润色。他们用了三个月的时间,才把剧本最终完成。在曹禺文学生涯中,这次作品创作的时间不算长,却非常艰苦,而且写起来始终有一种生疏感和力不从心感。以前写《雷雨》《日出》,往往是先形成整个结构和故事,酝酿成熟后便一挥而就。写《明朗的天》明显不同,他找不到那种写戏的感觉。他感到很难适应社会主义现实主义的创作方法。这种方法是用一个规定好的政治概念做主题,它的题材也是先在的,作者根据这种创作

---

① 张光年:《曹禺的创作生活的新进展》,《剧本》1955 年 3 月号。

意图量身订做出作品的人物,然后再设计情节和编写台词。就是说,先有主题,作者接着把这个概念形象化和文学化。例如,在塑造党组织领导董观山这个人物时他遇到了困难。他对这种人不熟悉,更说不上了解。但是这种人物经常出现于报纸之中,他们和蔼可亲而且能言善辩,各种矛盾经他们做做工作就得以化解。这对曹禺的创作是一个启发。他可以把报纸上的人物搬到话剧中来。但戏剧创作的规律是冲突,而且是那种紧张、尖锐和复杂的冲突。为避免与强调歌颂的创作原则发生矛盾,曹禺不写董观山与被批判人物江道宗的正面交锋。他把人物原型协和医院党委书记的原话照抄到剧本中,他理解这样就忠实了生活。剧本显然符合"社会主义现实主义"的创作方法,12月18日在北京人艺公演后,"天天客满,受到群众的热烈欢迎",而且得到同行的好评。张光年指出:这部戏对"曹禺的创作生活有着重要意义",它"写出了作者对工人阶级的热爱,对共产党的高度敬爱和信任;满怀热情地歌颂了具有高尚品质的新英雄人物;以喜悦的心情描写了资产阶级知识分子经过曲折的、痛苦的道路而走到人民立场上来"。他认为"这不是一般的抽象的爱和恨,而是经过锻炼,上升为阶级感情、政治感情了","以此为基础,《明朗的天》的现实主义,就显然有别于批判的现实主义,而是属于社会主义现实主义的范畴了"。但他敏锐地注意到作者与作品之间出现了不和谐:作者对董观山这种党员干部不够熟悉,他"没有被投入剧情冲突之内,没有展示他的心灵活动的机会"。另外,凌士湘的思想转变也写得不够自然,而是"过分强调了压力,过分强调了外力推动的作用"等。① 光未然是想指出,来自旧时代的作家对新时代的人物还是隔膜的。他们只是完成了艺术形式的转型,但还没有找到完成内容转型的办法。观察家由此发现,"形式"与"内容"像是一对闹离婚的夫妻,虽然同住一室但事实上是貌合神离,在建国十年很多老作家创作的作品中,这种现象普遍存在着。

---

① 在曹禺身上,我们发现了五六十年代中国知识分子中一个比较普遍的"现象"——借批判别人来"洗刷"自己的"错误",并力图证明自己站到了"人民"的立场上。

这不是曹禺一个人的问题。因为那时有一个"我们"与"你们"的阶级分野,一个由历史所叙述的两个阵营。很多读书人为求自保,或主动转为积极,都要强调自己已经是"我们"的这种身份。为什么那时不少人不惜撰写背叛老朋友的批判文章? 这是深刻的历史原因。所谓的"思想改造"就包含着这种意思。创作新作品《胆剑篇》之后,曹禺投身到文艺界的批判运动之中。① 他在《吴祖光向我们摸出刀来了》和《质问吴祖光》等文章中借题发挥说:"我曾经写过一个歌颂党对高级知识分子团结改造的剧本《明朗的天》。在《明朗的天》里,我没有说过一句言不由衷的话。而在我这一生仅仅写过很少的几本戏剧创作过程中,我最恨的也就是把写作当做虚伪宣传的工具。但是今天,我要说,在《明朗的天》中,我把那些坏的高级知识分子还是写得太好了。在那段思想改造时期,有些高级知识分子(今天看,有些果然成了右派分子!)暴露出来的丑恶思想和行为,实在太龌龊、太可耻……"② 曹禺显然记得光未然在评论中对他善意的忠告,他知道"内容"的改造远远要比形式的变化调整困难得多。在这篇文章中,他先是严厉地批评剧作家吴祖光,然后借着批评吴祖光来反省自己过去年代的创作,这种混杂的文体进一步证明了曹禺希望被"我们"的阵营所接纳的愿望。他把这些理解成了自我改造的必要阶段和必要的形式,因为思想改造是在宣布一种新的社会筛选,他知道只有刻不容缓地进入这一过程,才能缔造出一个新我。

二 巴金水平的滑坡

巴金小说创作的高峰期出现在上世纪三四十年代。《寒夜》(1946)之后,他的状态就不再饱满,微露衰弱迹象。人们会把五六十年代巴金创作呈现的滑坡归咎于文学制度的束缚,可很少注意这种滑坡在1940年代中期前后就已开始。一个作家的创作有高潮必有落潮,

---

① 转引自张耀杰:《政治风浪中的曹禺其人》,《黄河》1999 年第 5 期。
② 巴金:《友谊集·后记》,作家出版社,1959。

这是每个人无法摆脱的生命规律。相类似的现象也同样发生在茅盾、老舍和曹禺等人身上,例如《霜叶红似二月花》(1942)、《惶惑》(《四世同堂》第一部,1944)和《北京人》(1940)显然是他们文学生涯的尾声而非转机。那时候,巴金已处在高峰期的末端,只是批评家都不愿意指出这个问题。

  散文是他解放后写得最多的一种文学体裁。文学生态的剧变,加速了巴金创作的衰微过程。不过作品的数量并没骤减,他的勤奋一如既往,《慰问信及其他》《华沙城的节日》《生活在英雄们的中间》《保卫和平的人们》《谈契可夫》《大欢乐的日子》《友谊集》《新声集》《赞歌集》《倾吐不尽的感情》《贤良桥畔》《爝火集》《谈自己的创作》等作品的结集出版,足以印证这种情况。社会不容许作家再关注内心生活,它沸腾的场面急切地等在那里。于是巴金对国内外重大事件萌生出浓厚兴趣,"抗美援朝""世界和平""反帝斗争""三反五反""大跃进""总路线"等纷纷进入他的创作世界。这些主题都有功利目的,它们成为小说题材也许要花费不少精力,这是作家突然大量写作散文的主要原因。它们还是巴金发言、表态、声明等文体的临时素材。对于熟悉巴金过去作品的中老年读者,这些作品可能使他们大失所望,因为那里没有文学价值,更与作者的内心世界无关。不过,当这种文学作品充斥各种报刊,占据人们的主要阅读空间时,人们已经变得麻木,这是习惯成自然的历史法则。

  既然通向欧美的路被堵死,就把眼光投向苏东和亚非拉,中国那时成为一个孤岛,但对这些国家的外交却开展得有声有色,如火如荼,热火朝天。这是国际题材在"十七年"文学中成为热门话题,许多老作家纷纷转向随笔散文创作的一个原因。巴金这时期频繁出国访问,声讨帝国主义、强调中苏合作、欢迎世界和平大会召开、展现塔什干友情的羊肉串和大碗茶、富士山和樱花、越南的贤良桥、镰仓的一张照片,乃至环形酒瓶、乌克兰陶器、盐和辣椒面、木质烟嘴和烟盘等都能入诗,被作者拥抱入怀。巴金像一个和平使者,一个风尘仆仆的外交官,他对宣传反帝爱国的方针政策充满了严肃的社会责任感。……在一个闭关锁国的国家,这些令人发笑的往事,今天却具有复杂深厚的历史内容。它们被锁进各种图书馆的馆藏书库,书页已经干裂发黄,可能很久都没有读者触碰,不过几十年、上百年后,人们也许会发现那是一座被埋葬的丰富矿藏。那里极其丰富的历史信息仍然活跃,几代中国人的思想和活动踪迹都蕴藏其中。这些东西已很难称得上是"文学作品",但它们却是无可替代的历史档案,它们本身就是历史的见证。所以,今天研读这些散文作品,我仿佛有了福柯那种看待历史遗址的心境。我的心情难免不随之微微起伏。1951年春,为感谢陪同访问的苏联汉学家,巴金热情洋溢地写下了《给苏合作同志》,他对这次匆促旅行的观感是:"你们的一切对我都是非常亲切的。连西伯利亚的雪,贝加尔湖的水,莫斯科的'红场'……都像是跟我常见面的老友","中苏友好合作已经是铁一般的事实了"。在一出中国古戏《灰阑记》的翻译中,他发现了波兰人民对新中国的"敬爱"(《灰阑记》)。在一场"救火"的现实细节里,他提炼出中朝团结的主题(《金刚山上发生的事情》)。只见过两三次面,他就对中日两国作家之间"深厚的友情"难以忘记(《忆青野季吉先生》)。通过《越南画报》上的一张照片,他联想到"香江上的月光",想到正是"刽子手们、野兽们用刀、用枪、用火毁了一切"(《致江南同志》)。解放后十余年间,巴金将很大精力都花在这种马拉松式的国际和国内旅行中。对这些浮光掠影的"参观""考察""交往",作者并没有认真思考,而是按照社会流行的观点附和颂扬,有时到了穿凿附会、生硬联系的地步。不过对这些"粗制"的作品,巴金还有几分清醒:它们"并非可以传世的佳作",①很多作品已经"没有重印的必要,我也不想花功夫去搜集它们","其实保留在这个集子里的二十二篇文章也不是值得一读再读的佳作"。对为何总是匆忙地动笔,他的解释是:"时代在向前飞奔,中国人民继续在全面大跃进。我也得奋勇向前,哪怕是跑得气咻咻的",而"绝不愿意落在后面。"②

可能想仿照古代戍边创作边塞诗的将领,巴金觉得他的生活基地

---

① 巴金:《赞歌集·后记》,上海文艺出版社,1960。
② 巴金:《生活在英雄们的中间·后记》,人民文学出版社,1953。

是战火纷飞的朝鲜战场。他两度入朝,与前线将士朝夕相处,结下了友谊。他在一本书的《后记》中写道:"我对着面前这十一篇旧稿,离别的念头折磨着我。在英雄们的中间生活了两百天,这是多么大的幸福!""他们真是我的'良师益友',从他们那里我感染了深厚的爱和深切的恨",应是这种心态的映照。① 并非都故做姿态,在抗美援朝的大背景下,渐渐地被感染也入情入理。不过老作家应当懂得现实不等于文学创作,每天琐事未必都是文学的素材。例如巴金在上海居住多年,却几乎没有写过这座城市。况且对擅长塑造知识者形象的他而言,马上摇身一变为军旅作家恐怕也勉为其难。而"任务"仿佛就摆在书桌上,他们又无法无动于衷,这是很多进入新社会的老作家都曾有过的难堪。其情形有如勉强一个经验丰富的木匠改做泥瓦匠,让一个钳工去种麦子。巴金取之朝鲜的作品就像记者的战地速写,并非文学作品,它们与报纸上的英雄人物事迹报道实乃大同小异。刊行于《人民文学》1953年7、8月号的24000字的《黄文元同志》名之曰"小说",实际是一篇"人物采访"。这是一篇志愿军战士的故事:黄文元出身农家,父亲从前为地主种田,现在好多了;有个妹妹在乡里上学,他去年5月报名参军的时候,故乡正在减租退押;他们全家都感谢共产党,他自己做梦都想见到毛主席;他每隔三个星期给父母写一封信,但双亲都不识字,于是只好请人代笔回信,鼓励他为人民立功;他在一次对无名高地的突击战中,与副班长一起抓俘虏立功,以后就再没有这种机会;又一次反击战开始,他随着所在部队深夜出发到了潜伏地点。为防备敌人察觉,他们从头到脚插满野草把自己伪装起来,但第二天敌人的一颗燃烧弹突然落在黄文元身边,而总攻击令还未发出。他身上着火,在地上打个滚即可扑灭,可他纹丝不动,直至壮烈牺牲。读者心知,这是对英雄战士邱少云素材的改写。类似故事在你死我活的战争环境中也许并非少见。仿照这种"真人真事"的叙事模式,他还写了《明珠和玉姬》《我们

---

① 此文曾于1926年4月刊印单行本,后经修改,发表于1929年5月《平等》月刊第2卷第4、5期合刊。署名黑浪。

第六章　巴金和曹禺的激情

会见了彭德怀司令员》《坚强战士》《平壤，英雄的城市》《起雷英雄的故事》等数十篇散文。后来，为使作品有一种"生活在英雄们中间"的"现场感"，他放弃了小说和散文的创作手法，而采用与战士直接"对话"的书信体形式。比如，他这么写给在铁原阻击战中坚守233点2高地的英雄："徐申同志：这四个月来我常常想到你，想到你脸上的笑容，想到你的响亮的声音。你谈到去年国庆节你归国观礼在天安门看见的景象，谈到在北京意外地见到母亲的情景，那时你多么地兴奋。"又如，他写给一位副连长说："李平同志：我们分别不过一个月，可是你的面貌常常出现在我的跟前。功臣榜上没有你的名字，然而称你做'一个最可爱的人'，你应该毫无愧色。在做人和处理事情两方面，我都得向你好好地学习。"再比如，他致信一位独胆英雄："陈超同志：孩子们的歌声一定会给你唤起不少痛苦的回忆，但也会给你带来温暖"，因为"旧社会使你跟你的孩子分开。新社会让你给你的孩子带来光荣"，"你已经在新社会中为祖国为人民立了功勋"。联想起作者曾经讥笑路翎朝鲜战争的小说"违背真实"，历史研究者读此不知该作何感想。如果巴金是初出茅庐的年轻战地记者，这种记述也未必违背真实，虽然其中增加了不少艺术想象的成分。然而巴金的著名作家形象已在人们心里固定，这可能才是令他们不知所措的原因。1950年代初，一篇题为《谁是最可爱的人》的散文曾引起很大轰动，于是"谁是最可爱的人"的创作模式甚至语气在那时文坛广为流行。《寒夜》之后，巴金已经七八年没有像样的文学作品。可他也没必要去模仿"最可爱的人"的文体。他有点急于投入新的年代，这使他的写作变得手生，他显然没有找到文学创作的感觉。到1953年4月号至1957年11月号《人民文学》刊出他《斯大林的名字将活在万代人的幸福生活中》《衷心的祝贺》《跟志愿军一起欢度国庆节》《谈"洼地上的战役"的反动性》《"学问"和"才华"》《伟大的革命，伟大的文学》等作品时，这种印象便愈发深刻。

现代文学史上的巴金是一个悲剧诗人。他擅长写年轻人悲剧性的结局，也认为这是人生的最终结果，他们（她们）不是患上肺结核，就是无端地早死，这种情景性结构在《寒夜》中得到最充分的展示。1949年后,管理方似乎不乐意"悲剧"进入它的文学谱系,他们更乐得看到作家去展现社会那些明朗欢乐轻松的方面。生在那个年代,巴金和他的文学界朋友们明白,不去适应现实而是逆水而上只能做一个被人遗忘的孤独英雄。但是,他的大尺度变化也确实令人不安。在上世纪五六十年代,巴金越来越愿意用一种"欢乐颂"的修辞为自己的书和单篇作品命名,例如《倾吐不尽的感情》《创造奇迹的时代》《赞歌集》《新声集》《大欢乐的日子》《华沙城的节日》《让每一个人的青春都开放美丽的花朵》《无上的光荣》《星光灿烂的新安江》《空前的春天》《变化万千的今天》《"上海,美丽的土地,我们的!"》等等。按照今天观点,它们已失去文学的真诚,因为这些标准的报纸媒体修辞并非来自作者的内心。读者应该记得,在过去创作生涯中,巴金曾经对为人为文都有严格的要求和界定。他平生厌恶的是对读者的虚伪和言不由衷,推崇作者精神世界的"自由"和"真诚",它们在诸多的"序""跋"中被反复强调。1926年,他在题为《五一运动史》的文章中援引斐失尔的话说:"我是一个无政府主义者,因为爱自由平等的缘故,那么,我就并不抗议。假若死是我们爱自由爱人类的刑罚,那我便公开的说我已供献了我的生命了。"①1934年,他声称:"我未进过舞场,又未曾到轮盘赌窟巡礼,故不明白都会主义。我生性愚蠢,既不知宇宙之大,又不知苍蝇之微,故不懂幽默","我所写的不过一些平凡人的平凡的悲哀而已",因为把创作看得如生命一样严肃,所以"每逢清夜,我只感到良心的痛悔。"②1940年代中期,在回答读者关于"怎样做人及其它"的问题时,他表示:"现在不仅有不少的人爱读'怎样写作',还有更多的'著作家'喜欢教训人'怎样做人'",但"我不解为什么别人让它们毫无顾忌地传播"。他认为,对一个作家最起码的要求应该是,"人对他的同胞必须真诚","要说'教育',这才是真正的'处世教育';要说'秘诀',这才是真正的'处

---

① 巴金:《我的中年的悲哀》,参见《我与文学》,生活书店,1934。署名黄树辉。
② 巴金:《怎样做人及其它》,《人世间》第2卷第1期,1944年5月1日。

第六章 巴金和曹禺的激情

世秘诀'。"①……以后人的"政治正确性"来评判前人的艰难时世和苟安表现,并非历史研究者应取的态度。不过这不妨碍研究者把前后历史材料串连起来,通过比较来揭示历史活动对具体人物的影响。因此我要指出,"自由"被提升到可以与"死"相交换的位置,这种内容确曾存在于巴金的文学世界之中。而"真诚"被看作文学创作的前提,被看作做人的前提,是他的作品赢得三四十年代众多青年读者的重要原因。按照作家的标准观察他1950年代以后的文学创作,我们得对他这时期的作品表示失望。他这时期的文学作品或许将不会有一篇留存世间,这种评价过于苛刻和峻急也未可知。

"文革"结束后,巴金对那个年代的创作做过反省,他说自己是在"瞒"与"骗"的社会生活中,"仿佛受了催眠一样变得多么幼稚,多么愚蠢,甚至把残酷、荒唐当做严肃、正确","当时中国的作家却很少有一个逃掉,每一个人都作了表演","这是一笔心灵上的欠债"。② 这段话应该非常坦率,它在当时影响很大的作品《随想录》里得到证实。不过,并不是所有的老作家都敢这么剖析自己的灵魂,例如丁玲、曹禺等即非如此,一些作家还在继续说着言不由衷的话,可能是乍暖还寒,心有余悸。虽然王德威在论及巴金1930年代的小说时,认为他的创作中有"滥情及自恋的倾向",说他安那其式的理想境界是"浪漫浮浅"的,③但这不妨碍读者对巴金自我反省的真诚表达敬意。从1949年到1979年,差不多有30年的时间这位作家都不能随心所欲地写作,尽管他一直笔耕不辍,然而事后他也明白,这不过是在白白浪费生命。在笔者看来,对这一段创作史的历史清理,不应仅仅在文学/政治的维度上开展,同时也应该回到本节的开头,将之与他1940年代文学的落潮联系起来,做出完整的估价。

---

① 巴金:《我和文学》,《巴金选集》第10卷第404页,四川人民出版社,1982。
② 王德威:《想象中国的方法》第149—160页,生活·读书·新知三联书店。
③ 曹禺:《我们心中的周总理》,《曹禺全集》第6卷第370页,花山文艺出版社,1996。

三 "人艺"的舞台

让我们把历史场景转向曹禺,它仿佛是一个"戏中戏"的话题。曹禺供职的"人艺"是今天北京人民艺术剧院的简称。久居北京的人虽不知这个剧院的行政隶属,却都知道大名鼎鼎的"人艺"。它是由新中国首任北京市市长彭真亲自参与,由"人艺四巨头"曹禺、焦菊隐、欧阳山尊和赵起扬共同创建的一个举世闻名的话剧院。曹禺的后半生,与这家位于王府井大街中段的剧院有着特殊姻缘。

1952年6月12日,曹禺由中央戏剧学院副院长转任北京人民艺术剧院副院长,后升院长。该院第一任院长为红军时代的剧作家李伯钊,党委书记赵起扬,焦菊隐副院长兼总导演,欧阳山尊也为副院长。曹禺分管剧院业务,他的主要角色仍是职业编剧。曹禺少爷出身,一向养尊处优,在南开、清华等名校读书,后成为名剧作家,他恐怕从未参与过社会管理。好在1950年代初期这类文化、教育界名人境遇尚佳,所以我们说他过的仍然是名士生活。再说开国之初万象更新,朝气蓬勃,文化政策大气典雅,具有一定包容性。从他创作、排戏、听戏活动中摘取一两个镜头,大略可知他与剧院的关系:1953年1月11日,上级领导对剧本《两面虎》有意见,曹禺与焦菊隐、赵起扬到作者老舍家中会商,谈了两天初步拟出修改的框架;1954年4月至7月,《明朗的天》经一年构思后进入创作,这是曹禺1949年后的第一部剧作;不久,"人艺"排演《雷雨》,他观看彩排后提出修改意见;7月底,"人艺"演出《雷雨》,招待中央军委和驻京部队指战员,庆祝"八一"建军节。演出结束后,军委向剧组赠送花篮一只。次日,剧组公推李乃忱为代表,复将军委的花篮赠送曹禺,并附剧组全体人员信札一封。曹禺即日复信,对诸位同仁排演《雷雨》时付出的辛勤劳动表示感谢;除创作、指导排戏外,曹禺陪周恩来看戏是另一项工作。周恩来为一国总理,对话剧却有浓厚的兴趣。他早年在南开中学念书,曾登台表演话剧,这是那所著名中学的传统。后来政治、军事活动繁忙,但与国统区和解放后的戏剧界一直有密切关系。曹禺与周是前后届"南开同学",与一般人相比应有更密切关系。况且他们在1940年代的重庆早有交往,这就使1950年代的看戏顺理成章。"平日总理常到首都剧场看戏,每次几乎都是我陪着他,总理看戏,只要两个座位,他自己坐一个,我在旁边坐一个,周围都是群众。"①在曹禺眼里,周恩来与其是大官,其实更像是剧作家、演员的长辈和友人。他记得,一次看完戏已到深夜,"总理忽然提出要去看我们的宿舍。大伙听了别提多么激动了。最使人感动的是,周总理步行从首都剧场到史家胡同——我们剧团的宿舍。同志们簇拥着他,边走边说,就像一家人簇拥着自己亲爱的长辈"②……此类文章1980年代初见于各种报端,多为周恩来文艺界朋友或子女的追述,读者得以了解当时社会状况,也不必事事当真。

工作单位曾是当代社会成员的安身立命之地。它是新旧社会人际关系的一个重要分界岭。对过去被失业困扰的文化人来说,有固定工作和薪金保障自然求之不得。然而这些发薪金的单位既提供薪金,也要渗透你的生活,又令人心中隐隐不安。从旧时代走过来的文人们逐渐感觉到,单位是一个全知全能的视角,一切生活都将在那里面暴露无遗。私下早有文人窃窃私语,近年来的图书对此并不避讳。单位开始变成通向社会的唯一的桥梁,所以我们可以说,"人艺"不仅是曹禺隶属的单位,也是他融入新社会的一个中介。他虽然担着"职业编剧"的声名,但已经不能自组导演、演员班子,随便往返北京、上海、天津巡回演出,像过去随心所欲的艺人,他只能借助单位这个渠道把剧本推向社会。对于自由撰稿人曹禺来说,这真是一个惊天动地的大变化。曹禺在"人艺"完成了他最后的三部剧本,它们是:作于1954年的三幕六场话剧《明朗的天》,作于1960年的五幕话剧《胆剑篇》和作于1978年的《王昭君》。从三部作品的"创作动机"看,它们都是"领导出题目、作家写作品"的成果。例如,《明朗的天》和《王昭君》是周恩来敦促写成的,

---

① 曹禺:《亲切的关怀巨大的鞭策》,《人民戏剧》1977年第1期。
② 《我们心中的总理》,《曹禺全集》第6卷第370页,花山文艺出版社,1999。

《胆剑篇》则在陈毅的直接关怀下动笔。据作者回忆,在"大跃进"时代,"那时我住在颐和园中的谐趣园养病。一天,我正在走廊上散步,眼看陈毅同志迎面走来。陈毅操着他的四川口音说:'我正要找你!'上来拉着我的手。我把他请到屋里,拿出烟来,我说我只有前门牌的烟招待你,没有好烟,他说:'一样一样。'紧接着他像放连珠炮似的,也不容得别人插进去,就摆起龙门阵来:'你得出去看一看啊!十三陵水库工地去转一转嘛!''你要写嘛!呆在这里咋个写啊!你得出去!'一口气讲了一个钟头。'讲完了,走啊!'说走就走。我一直送他到大门口,他对我说:'曹禺啊!记住,我是专门来看你的呦!'"有人也说:"陈毅的动员催促使曹禺老师很感激,很感动,也真想动笔,然而,还是写不出剧本来,硬是连一个字都写不出来。他,完全陷入在十分苦闷,十分困惑之中。"①"领导出题目,作家写作品"在那年代并非一个笑话,而包含着严正的内容,它其实源发于中国历史文化的积淀。它很容易令人联想到"遵命文学"之类,当代史自然是它另一时空中的先在约定。曹禺刚开始未必认同"人艺"这个所谓的"单位",他还不习惯服从和效忠。发生在颐和园的一幕,却具有匪夷所思的同化效果,在半推半就之间,或者在恍惚摇摆之间,一切变得顺理成章。这就是文人墨客的当代处境。几十年后遥望当年的曹禺,我想单位可能是他与新社会结合的衔接点。

在最高领导层中,周恩来和陈毅喜欢文艺,懂文艺,是文艺圈子最可亲近的两位领导人。他们同时又是资深的革命者,是中共文化政策忠实的追随者、制定者和体现者。所以,无论对"人艺"还是对曹禺他们都会自然地采用双重标准:作品主题和题材的政治化,艺术上的审美化。也即是说,他们看重曹禺对现代话剧高超的驾驭技巧和艺术创造力,但又希望他成为表现新中国的新型的话剧大师。正因为这种分裂的双重标准,他们在评价曹禺的作品时经常会出现不很确定、左右摇摆的矛盾现象。1945年,周恩来在《延安的文艺运动》一文中指出:"许多

---

① 张葆莘:《曹禺同志谈创作》,《剧本》1957年7月号。

作家过去对于城市生活人物比较有把握去表现,憎爱也极分明。所以对旧社会的认识很深,产生了许多优秀的作品,如曹禺先生的《日出》、《北京人》这样的作品。"①显然,他欣赏的不光是作者对"旧社会"的"认识",还包括这些作品高超娴熟的话剧艺术。1950年代中期,毛泽东的《关于红楼梦研究问题的信》在日益严峻的社会气氛中发表,周恩来对曹禺的思想重新发表了评论,他说:"你脑子里有没有资产阶级思想啊?我看,还是有的。你做一个检查。通知我,我来听。"②1962年,有人对曹禺《雷雨》《日出》的"时代精神"提出质疑,又是周恩来做了辩解:"你们送来的简报上提到'时代精神',提得好。演现代剧可以表现时代精神,演历史剧也可以表现时代精神。不会因为我们今天又是集体所有制又是全民所有制,到将来全部是全民所有制了,就把现在写的剧本否定了。曹禺同志的《雷雨》写于'九·一八'之后,那个时代是国民党统治时期,民国时代","写的是封建买办的家庭,作品反映的生活合乎那个时代,这作品保留下来了。这样的戏,现在站得住,将来也站得住。"他用讽刺的语气说:"有人问:为什么鲁大海不领导工人革命?《日出》中为什么工人只在后面打夯,为什么不把小东西救出去?让他去说吧,这意见是很可笑的,因为当时工人只有那样的觉悟程度,作家只有那样的认识水平。那时还有左翼作家的更革命的作品,但带有宣传味道,成为艺术品的很少。"③他补充说:"话剧要写出艺术的语言。既不是《人民日报》的社论的语言,严谨的政治语言,又不是日常生活的语言,而是要提炼成真正的舞台的语言,银幕的语言。曹禺同志剧本中的语言,有些好的台词,我们能背出来。鲁妈对周萍说的一句话:'我就是你——你打的那个人的妈。'这是名句,被新导演删去的。

---

① 《我们心中的周总理》,《曹禺全集》第6卷第370页,花山文艺出版社,1999。
② 张葆莘:《曹禺同志谈创作》,《剧本》1957年7月号。
③ 《对在京的话剧、歌剧、儿童剧作家的讲话》(1962年2月17日于紫光阁),见《周恩来论文艺》第112—114页,人民文学出版社,1979。

邓颖超同志发现的,向导演提出以后,才又恢复。好台词是百读不厌的。"①鉴于这种独特的艺术眼光,周恩来批评新作《胆剑篇》裹足不前,认为这是由于"新的迷信把我们的思想束缚起来了,于是作家们不敢写了,帽子很多,写得很少,但求无过,不求有功。曹禺同志是有勇气的作家,是有自信心的作家,大家很尊重他。但他写《胆剑篇》也很苦恼。他入了党,应该更大胆,但反而胆小了"。他说:"过去和曹禺同志在重庆谈问题的时候,他拘束少,现在好像拘束多了。生怕这个错,那个错,没有主见,没有把握。这样就写不出好东西来。"他表示,几次看《明朗的天》都受了感动,对《胆剑篇》却怎么也感动不起来。②

曹禺对自己的创作仍然充满着期待。他熟读过莎士比亚、契诃夫、古希腊悲剧和奥尼尔的作品,对话剧艺术有相当清醒的认识。"他有一套莫斯科艺术剧院演出的《三姊妹》的读词唱片。在一个落雨天的下午,他和我一直在旅社里听其中的一段。他对我低声地讲解着。这是《三姊妹》的第四幕,这时威尔什宁要走了,屠森巴赫男爵决斗死了,远处响起军乐的声音,剩下奥尔加拥抱她的两个妹妹玛莎与伊里娜。'我们要活下去! 音乐多么高兴,多么愉快呀! 叫人觉得仿佛再稍稍等一会,我们就会懂得了,我们为什么活着,我们为什么痛苦似的……'莫斯科艺术剧院的艺术家们确实读得好,他们仿佛把契可夫的魂灵都召回来了。我们共同感到这个伟大的艺术给人的不可言喻的喜悦。曹禺同志说,契可夫对生活理解得很深。我们今天当然不必再写他所写过的那种生活,但我们要像他那样深地理解我们今天的生活。"③他有一次对人说:"'列文有句话,说得太好了,他说:'我所谈的,不是我想出来的,而是我感到的'。这个'感到的'在创作上非常重要。有时候,我被一个人或一件事所震动,在心里激起一种想写的欲望,这大概就是所说的灵感吧",相反,"如果写作时,不是从哪个具体

---

① 《在文艺工作座谈会和故事片创作会议上的讲话》(1962年6月19日),见《周恩来论文艺》第102页。
② 《周恩来论文艺》第106—107页,人民文学出版社,1979。
③ 颜振奋:《曹禺创作生活片断》,《剧本》1957年7月号。

第六章 巴金和曹禺的激情

的个别的人出发,而只是从某一类的人出发,首先想到的是那概括了的共同的东西,立志要从这些抽象的概念创造出一个什么典型来,那就比较容易走上'简单化'的道路。有时不但写不出典型,甚至也写不出活的人物来"。① 偶尔露真言,恐怕不是曹禺一个人所为。他们这些具有深厚文化素养的读书人,怎么不知道什么是"真正的艺术",还需要别人手把手地教?像他这样的大作家,却要唯唯诺诺地面对那些文学的习作者、业余爱好者,这才是这些作家们的苦闷之所在罢。在这些听戏、说戏的故事里,真正令他心灵不安的,恐怕还是不能放手去写自己崇敬的契诃夫所写的"那种生活",也难以做到像后者"那样深"地理解"我们今天的生活"的不确定感罢。我们必须指出的是,他 1949 年后的三部剧本,水平远远低于他 1949 年前的作品。原因在于,作者对这些人们要他创作的生活是不熟悉的,它们"不是我想出来的,而是我感到的"的那种产生灵感的状态。《明朗的天》要求反映知识分子思想改造,《胆剑篇》目的是再现三年困难时期"人定胜天"的时代号召,《王昭君》要表现"民族大团结"的主题,这些报纸上的东西,与曹禺的思想和艺术世界毫无关系。它类似于要一个农民去陌生的远海打渔,要一个艺人拿起种地的锄镐。这样的张冠李戴,在那个年代竟然都是那样的无可置疑。带着难以"攻破"的创作难题,在创作《胆剑篇》时,他与合作者梅阡、于是之等人从正史到野史,从民间传说到古典戏曲剧本,凡是能找到的,他们都找来阅读。甚至,连春秋战国时代的风俗、教化、陈设、饮食、服饰等等,都一一做了研究。他发誓要写出勾践、夫差、范蠡和伍子胥的人物性格来,做到"以人带史,以人代史"。但是这些努力,最后又被认为是"写英雄就贬低了群众的作用,写群众就显不出领导来",是"英雄与群众常常结合得不好"的例子。②

前面已经讨论到《明朗的天》创作的前前后后,我觉得仍需要对作

---

① 张葆莘:《曹禺同志谈创作》,《文艺报》1957 年第 2 期。
② 《对在京的话剧、歌剧、儿童剧作家的讲话》(1962 年 2 月 17 日于紫光阁),见《周恩来论文艺》第 115 页,人民文学出版社,1979。

者的心路历程做进一步考察。有一次,我偶尔翻到1955年8月文艺报记者采写的一篇5000余字的《曹禺谈〈明朗的天〉的创作》,它对我有诸多的启示。这使我想到,在"材料"与"真实"之间,我们必须有一个态度,否则这些材料的真实性,将很难为以后的人所理解。在这篇"采访记"中,曹禺告诉记者,全国解放后,"我们的社会面貌日新月异,使他经常处在一种强烈地激动中,他非常希望自己能用创作歌颂今天新的社会,歌颂领导这个社会向前发展的共产党","一直到一九五二年初在他和党的一位领导同志谈话以后,他才决定要写一个以知识分子思想改造为主题的剧本"。这番表白透露了作者创作的动机:他想通过知识分子思想改造来歌颂社会的新变化;但在如何塑造知识分子人物形象,怎样给其准确的"定位"时,他却感到非常棘手。话剧上演后,受到观众的欢迎,但大家反映对主要人物凌士湘的"思想本质"挖得不够。曹禺发表意见说:"如果把凌士湘、尤晓峰写得'太坏',把现实生活中旧的丑的事实揭露得太多太露骨,到后来要写出他们思想转变的令人信服的过程就会感到非常棘手","虽然他也清楚地知道:作为一个现实主义的作家,应该大胆地揭示生活中的尖锐矛盾,对于丑恶的事物应该无情地加以揭露和抨击,只有充分地揭露了这些人物在旧社会里的丑恶,一旦当他们在新社会里在党的教育下得到思想转变,这才能更有力地说明新旧社会的不同,说明党的英明伟大"。[①] "采访记"披露了一个重要信息:曹禺思想虽已转变,要他揭示凌士湘的"思想本质",则会令他反感。作为知识者的一员,曹禺非常清楚知识者群体实际负载着社会的良知。他们来自"旧社会",却有着自觉的爱国精神,有强烈的忧国忧民意识,所以不应该把他们视作"新社会"的"异类"。曹禺觉得自己就是凌士湘。他非常理解凌士湘们在迈入新社会的门槛时精神上的挣扎,他们的既欢欣又紧张的思想世界。作为作家,他曾说过:"我被一个人或一件事所震动,在心里激起一种想写的欲望,这大概就是所说的灵感吧。"他怎么会昧着良知往凌士湘们脸上抹黑?他这个

---

① 《曹禺谈〈明朗的天〉的创作》,《文艺报》1955年第17号。

心灵底线是无论如何也迈不过去的。在这个意义上,塑造凌士湘的过程,实际是一个精神挣扎的过程,是一个痛苦的过程。对为什么在创作凌士湘这个人物时自己会如此犹豫不决,再三摇摆,曹禺后来透露了当时的真实情况。他说,解放后,他和许多知识分子一样,是努力工作的。虽说组织上入了党,但是,"资产阶级知识分子"这个帽子,实际上也是背着的,实在叫人抬不起头来,透不过气来。这个帽子压得人怎么能畅所欲言地为社会主义而创作呢? 在这种悖论式的人生情景中,曹禺感到新社会给了自己较高的地位荣誉,政治上却得不到信任。它让你放手歌颂欣欣向荣的新事物,但是却没有完全的写作的权利,这种权利是一种被赋予的权利,这种情景是从事文学创作二十几年的曹禺所不能理解的。所以"凌士湘的问题",就是曹禺自己的"问题"。

四 小说《团圆》叙事的艰难

1949 年,巴金 45 岁。这是一个不甘心的年纪,一个日益成熟的年纪,对一个早就成名的作家来说尤其如此。他发奋写作,几乎笔耕不辍。因各种原因,作为《激流三部曲》之续篇的长篇小说《群》未能完成。他的朝鲜战争题材小说却新作不断,《活命草》《明珠与玉姬》《团圆》《军长的心》《无畏战士李大海》《副指导员》《回家》等 7 个短篇小说和中篇小说《三同志》接连发表。1962 年,它们结集为小说集《李大海》出版。《团圆》也改编成电影《英雄儿女》搬上银幕,这是那个年代轰动一时的事件。

《团圆》的素材来自他的采访,显然加进了文学虚构的成分。当然现实比文学更具有戏剧性,这是人们本就知道的常识。小说采取倒叙笔法,叙述了两个革命家庭悲欢离合的人生故事:在一次坚守某高地的激烈战斗中,官兵壮烈牺牲,只剩下身负重伤的战士王成抵御敌人一轮轮疯狂的进攻。在弹尽粮绝、志愿军即将发起总攻之际,英雄王成用步话机向总部呼叫:"我是王成,我是王成,请向我开炮! 请向我开炮!"最后,他挺立在硝烟弥漫的天空下,拿着拉响的火箭筒与敌人同归于尽。在根据小说原作改编的电影中，这组"英雄特写"被反复强调渲染，是影片令人难忘的抒情基调。哥哥牺牲后，妹妹王芳（该军政治部文工团团员）把根据英雄故事改编的大合唱带上了前线，借以激励奋勇杀敌的将士。她含泪演唱的场面感动了许多观众，但王芳令人眼熟的音容状貌，却引起军政治部主任王东的特别留意。不久，通过祖国慰问团的一个工人代表王复标的"辨认"，这个悬念才得以解开。原来，在白色恐怖的1930年代，王芳是王东的亲生女儿。王东被捕前夕，将年幼的女儿托付给邻居王复标，于是王芳与王复标的儿子王成成了兄妹。父女俩从此人隔天涯，生死未知。王东与王复标数十年后在朝鲜战场上的相遇，揭开了王芳的"生存秘密"，两个革命家庭在悲喜交集的气氛中终于"团圆"。至此，作品在大团圆的结局中结束。人们发现，作品吸引读者的不仅仅是关于朝鲜战争的描写，还有人生无常、悲欢离合的传统文学的套路。象征着国际地缘政治的朝鲜战争，因家庭伦理的引入而生发出动人心魄的艺术魅力。或者说爱国主义这个抽象内涵，由于一个特殊生活细节的支撑，而获得了崇高和庄严相交织的悲情性的舞台效果。

"巧合"与"用情"是巴金小说惯用的手法之一。他最受读者喜爱的作品，往往都是表现离散聚合的家庭剧，例如《家》《春》《秋》《寒夜》等。五四一代为宣誓与旧家庭的决裂，甚至会故意强化大家庭子弟们在父母长辈面前的不适感，把延绵两千年的礼仪之教说成万恶之源。今天看来有些离奇，但在那个年代，一切似乎又合情合理。在《家》中，所有年轻人的生活悲剧都被编织在看似巧合的叙述套路中，梅表姐因父母之命与相爱的觉新失之交臂，觉新得到了贤惠的瑞珏，瑞珏却因难产死于荒郊野外。觉慧有救鸣凤的机会，就在鸣凤向他发出求救信号的当夜，他偏偏要赶写闹学潮的文章而忽视了鸣凤的这一异样行为，导致了她最后的跳湖。这些故事是那么阴差阳错，令人痛惜，而它造成的不可弥补的悲剧，最终激起了读者强烈的感情共鸣。夏志清对此颇感不满，他说："巴金一点都不顾忌读者"，"一个又一个地，追溯了这些懦弱男女的悲剧。每一个媒妁之言的婚姻，最后都一败涂地，而每一个忧郁的年轻人的爱情总是毫无结果,不是自杀,便是染上痨病,令人心悸地死去"。① 作者阅世的简单,是塑造这些故事的内因。《寒夜》中的汪文宣夫妇是自由恋爱结合的一对,但他们总生不逢时、运气欠佳。曾树生热爱生活也热爱丈夫,可无法解决的婆媳矛盾逼她走向了堕落。度过八年抗战的难关,汪文宣本来是要重振生活的勇气的,战后的腐败和他的疾病扼断了这一脆弱的梦想。利用巧合推导人生困境,再从对人生困境的渲染出发来谴责社会,构成了巴金小说独特的叙事方式和抒情风格。出于对巴金叙述套路的深入观察,美国学者内森·K.茅坚定地认为:"树生启程去兰州(第23章)和汪文宣的母亲在儿子病床前的守夜(第30章),这两个场面都是极其感人的。首先要提到的是从曾树生即将离开的那个晚上,汪文宣焦急地盼望她赴宴归来,到曾树生回来整理行装,最后他们诀别的那段,对人一举一动和每一闪念的细致描写,可以说是中国现代文学史上最难忘,最哀婉动人的篇章之一。"②

这种倾向巧合的故事模式被作者移植到《团圆》中,又成为小说最感人的一场"高潮戏"——父女离别二十年后团圆。人生的困境终于冲破,对困境的欣赏与唤起同情,是小说成功的主要秘诀。小说有一段人物对话值得注意:

> "爸爸,"王芳两只手拉住王主任的右手亲热地唤道。她停了半晌,才接下去说:"你一定要跟我讲你过去的事,我知道你吃了不少的苦。这些年你一直是一个人——"她的声音变了,她讲不下去了。
>
> 王主任把左手压在王芳的手上,感动地说:"孩子,我一定讲给你听。这些年我一直等着你。我并没有白等啊!不过我想不到复标同志会来这一手。他怎么可以说他不是你的父亲呢?不管他

---

① 夏志清:《中国现代文学史》第10章,台湾传记文学出版社,1971。
② 〔美〕内森·K.茅:《巴金和他的〈寒夜〉》,参见英译本《〈寒夜〉序》,香港中文大学出版社,1978。

怎么说,你对他可不能改变称呼。至于我,你叫我五号,叫我爸爸,都是一样。你本来就是我的女儿。"

"爸爸,你放心,我一向都听你的话。你,你还是我的上级啊!"她说到这里忽然高兴地笑了。

在父女对话中,民间日常逻辑被巴金巧妙地植入革命的题材中,经过两套话语之间的调整互动,它们相互建构了这么一个合法性的前提。王芳父女的离散是国民党的迫害造成的,革命之胜利又使他们噙泪重逢。万一王东主任不小心违反了这种互动的承诺,比如死于狱中而不是释放出狱,他就很可能越出了叙事圈套的规定。于是就不会有两家团圆这个故事,不会有它的政治意义。熟读红色经典小说的读者,对此早已心知肚明。他们会认为,国民党迫害王主任的反伦理行为是极端的。王芳之失去亲生父亲,撕裂的正是普通社会的伦理秩序,这使社会的血缘亲缘机制受到了威胁。国民党对民间社会秩序的冒犯令人忍无可忍,按照小说逻辑,它反而成为推动悲情发展的主要动力。由此可见,只有当王芳父女和王成父子的民间身份得到修复时,他们的政治身份才被读者最终确认。也就是说,经过作者对悲情戏的不断强化,志愿军所代表的政治成为民间伦理秩序的支持者,只有当这种政治充分显示出它的正确性时,王成的献身行为才更具有正当性。由此可以推出一个结论:《团圆》在广大读者那里获得成功,首先是民间与革命两种运作程序最终达到某种妥协的结果,它或者是两套话语紧密结合的一个成功范例。

读者不愿意放弃好奇心:在经历诸多的不顺之后,巴金为什么会重新利用他过去的创作资源?他为什么不想仅为政治宣传帮腔,而表现出对人性之复杂的强烈认同?这与当时文学的"回潮"有直接关系。1960年代初,因大跃进失败而出现的经济政策调整,直接催生了对于人的呼唤,文学创作中"人性论"的禁区随之被打破。在1962年春的《对在京的话剧、歌剧、儿童剧作家的讲话》和《关于知识分子问题的报告》的两次讲话中,周恩来直言不讳地批评了"一个阶级只能有一个典型"的观点,认为所谓时代精神不等于就把党的决议搬上舞台,也不应

第六章 巴金和曹禺的激情

把时代精神直接解释为党的政策及相关内容。他指出，提倡作品的战斗性，并不是要取消作品题材的多样性。这种对"阶级性"狭隘庸俗的理解和滥用，势必将"人性论"、"人情"与"温情主义"、"人道"与"人道主义"混为一谈。而"我们无产阶级有无产阶级的人性"，有无产阶级的"友爱和人道主义"，"革命者是有人情的，是革命者的人情"。张光年在引起文艺界广泛反响的《题材问题》中，援引陆定一《百花齐放、百家争鸣》报告中关于题材的话说："题材问题，党从未加以限制，只许写工农兵题材"，"文艺题材应该非常宽广。在文艺作品里出现的，不但可以有世界上存在着的和历史上存在过的东西，也可以有天上的仙人、会说话的禽兽等等世界上所没有的东西"，"没有旧社会就难以衬托出新社会，没有反面人物也难以衬托出正面人物"。作者为此发挥说："我们提倡描写重大题材，同时提倡题材多样化"，不但允许作家有选择题材的充分自由，而且怎样处理题材也要由作家根据各自不同的经历和创作个性来决定。他还尖锐批评了把表现重大主题同家庭生活、爱情生活的描写对立起来，把现代题材同历史题材对立起来等片面观点。①《文艺报》1961年第10期开展的关于电影《达吉和她的父亲》的讨论也获得重要突破。双方在激烈论战后逐步取得了共识，认为把"社会戏剧"与"个人命运戏剧"分割对立起来是不正确的，"不能抛开人物的思想感情活动直接用'社会因素'来构成冲突，发展冲突，解决冲突"，所以，"只有充分地描写出典型环境，才能真实地刻画出典型性格"，等等。②国内文化政策的调整，在巴金面前打开了一个豁亮的天窗。巴金乘兴写道："我当初写文章，喜欢说个痛快，本来用两句话便说得明白的，我往往写上四五句。稍后我懂得了一点'惜墨'的道理，话也渐渐地少起来。可是积习难改，我还会重犯唠叨的旧病。"③对创作资源的重新利用，增加了小说《团圆》展现民间社会伦理的空间。它

---

① 张光年：《题材问题》，《文艺报》1961年第3期。
② 谢晋：《怎样更上一层楼》，《文艺报》1961年第12期；又见谭沛生：《性格冲突，思想意义及其它》，《文艺报》1961年第11期。
③ 巴金：《谈〈第四病室〉》，《巴金选集》第10卷第228页。

恢复了作家过去作品圆润和抒情的风格。但读者明显感到,这是烽烟四起的朝鲜战场,而不再是传统社会的大户老宅,作家艺术周旋的余地实际不大。时势之变,令这位抒情诗人在革命主题与人间感情之间左右为难。

五 《雷雨》的修改

曹禺在一篇题为《推荐"时事"戏》的文章中说:"今天我们剧作家为直接服务于现实,单刀直入地宣传政治,写出了以'时事'为题材的成功的剧作,这是大可以高兴的事。""它继续了我们剧作家多年来为了革命斗争,对当前现实,对于时事,采取迅速、强烈的手段来反映的传统。"在他看来,"古往今来,为了改革现实,写时事剧,从阿里斯多芬到马雅可夫斯基,有无数光辉的先例"。① 文章虽文不对题,但透露出创作与现实之间紧张的关系。解放后,缺少现实性题材的作品,显然是沉淀在曹禺心头的隐忧。为使创作向着现实靠拢,曹禺决定修改过去的一些剧作,于是坊间对《雷雨》的修改一时议论纷纷。

《雷雨》的剧本1934年在《文学季刊》第3期发表。1936年由文化生活正式出版。从剧本到单行本,作者略微做过一些修改。1951年至1978年间,剧本《雷雨》以"曹禺选集""曹禺剧作选"等名目出版,大约有六个版本,它们是:开明书店版的《曹禺选集》(1951)、人民文学版的《曹禺剧作选》(1955)、中国戏剧出版社版的《雷雨》(1957、1959)、人民文学版的《曹禺选集》(1961、1978)等。我将收藏于中国人民大学图书馆馆藏部的这些版本全部复印,拿回家来仔细比较订正,发现它们每出版一次,都被作者修改,一些地方改动还比较大。如果算上演出的过程,曹禺本人和导演对剧本的修改,那就更难以统计——由于很多修改都是临场发挥和以草稿的形式进行的,这些弥足珍贵的材料现在已很难找到——但无疑,它已经构成了《雷雨》在1949年后的一部"修改

---

① 参见曹禺:《迎春集》,北京出版社,1958。

史"。据钱理群考察,1955年就有人因《戏剧报》"对名作家的作品赞扬太过"(不指名地批评了曹禺)表示不满。作者在检讨1950年代中期话剧舞台之所以会出现"曹禺热""五四以来剧目热"的原因时,将其归之于"片面强调剧场化",因而丢掉了"在党的领导下密切地服务于当前革命运动"的"中国话剧的传统"。① 在当时的舆论氛围中,批评文章对曹禺的"修改"形成了无形压力。值得注意的是,1962、1963年,围绕《雷雨》的"人物"和"命运"的评价问题虽出现分歧,人们对它的阶级定性却相当一致。钱谷融指出:周朴园"受着资产阶级的教养,同封建地主阶级的思想感情有着深厚的血缘关系。他不但冷酷、自私,具有专横的统治心理,而且还十分的虚伪、假道德"②。沈明德认为,鲁大海与周朴园的斗争,"显示的不是血缘关系纽结起来的'不可知的命运',而是血淋淋冷冰冰的阶级的敌对关系。任何父子兄弟的血缘关系都没有将这种敌对性调和起来",因为阶级性"超然一切其他关系(包括血缘关系)之上"。③ 曹禺承认:"在写作中,我把一些离奇的亲子关系纠缠一道,串上我从书本上得来的命运观念,于是悲天悯人的思想歪曲了真实,使一个可能有些社会意义的戏变了质。……《雷雨》的宿命观点,它模糊了周朴园所代表的阶级的必然毁灭。"④

在话剧中,幕前"提示"往往是对时代气氛、人物冲突和剧情发展的交代,它是对人物登场亮相的必要铺垫。"提示"极其鲜明地反映出作者当时的思想评价尺度和审美意识。1955年版《雷雨》第一幕"提示"的第二段对周朴园客厅的描写是:"所有的帷幔都是崭新的",1961年版改成"帷幔的颜色都是古色古香的",1978年版维持不变。对四凤的描写有如下文字:她"走起路来,过于发育的乳房很显明地在衣服底下颤动着","经过两年在周家的训练","她的一双大而有长睫毛的水凌凌的眼睛能够很灵敏地转动,也能敛一敛眉头,很庄严地注视着。她

---

① 钱理群:《大小舞台之间——曹禺戏剧新论》第315、318页,浙江文艺出版社,1994。
② 钱谷融:《〈雷雨〉人物谈》,《文学评论》1962年第1期。
③ 沈明德:《谈谈〈雷雨〉的几个场面》,《安徽文学》1962年第3期。
④ 曹禺:《我对今后创作的初步认识》,《文艺报》第3卷第1期,1950。

的大嘴,嘴唇自然红艳艳的,很宽,很厚……嘴旁也显着一对笑窝","她的面色不十分白","但是她现在皱着眉头"。这些文字,被1961年版全部删去,1978年版没有恢复;第二幕的提示只字没动;第三幕的提示较长,改动因此也较大。在1955年版,作者对鲁贵家"杏花巷十号"的周边环境和家里陈设有这类叙述,如"从租界区域吹来","天空黑漆漆地布满了恶相的黑云,人们都像晒在太阳下的小草,虽然半夜里沾了点露水","屋子很小,穷人的房子","已经破烂许多地方","靠着鲁贵坐的唯一的一张圆椅旁","那大概就是四凤的梳装台了。在左墙有一条板凳,在中间圆桌旁孤零零地立着一个圆凳子","在暗淡的灯影里,零碎的小东西虽看不清楚,却依然令人觉得这大概是一个女人的住房";又如,"右边有一个破旧的木门","那外间屋就通着池塘边泥泞的小道。这里间与外间相通的木门","半咒骂式的"家庭训话,"沉闷中听得出池塘边唱着淫荡的春曲,掺杂着乘凉人们的谈话。各人在想各人的心思,低着头不做声。鲁贵满身是汗,因为喝酒喝得太多,说话也过于卖了力气,嘴里流着涎水,脸红得吓人"。这些叙述,意在说明杏花巷十号主人的社会阶层和生存处境。1961、1978年版或是删去,或在措辞、表达和色彩上做了修饰,不排除有些修改是为了让文字更加顺当、简洁,不过却改变了鲁贵、四凤和侍萍生活的原生状态和性格类型。

  再看对人物的修改。1950年,曹禺在一篇检讨自己创作的文章中,对《雷雨》人物的塑造做过如下交代:"我是一个小资产阶级出身的知识分子,'阶级'这两个字的涵义直到最近才稍为明了。原来'是非之心','正义感'种种观念,常因出身不同而大有差异。你若想作一个人民的作家,你就要遵从人民心目中的是非,你若以小资产阶级的是非观点写作,你就未必能表现人民心目中的是非。"他说:"我在《雷雨》里就卖了一次狗皮膏药,很得意地抬出一个叫鲁大海的工人。那是可怕的失败,僵硬,不真实,自不必说。我把他放在一串怪诞的穿插中,我以小资产阶级的情感,为着故事,使他跳进跳出,丧失了他应有的工人阶级的品质。"①这段表白,贯穿着一条以人民的是非为是非的思想红线,它对《雷雨》人物的修改起到非常关键的作用。在剧本修改中,鲁大海的形象日益重要,周萍、繁漪、侍萍则有程度不同的删节和弱化。修改稿中,"阶级意识"压倒"命运意识"而成为作品的叙述主线,成为推动剧情发展的主要动力。据统计,有关鲁大海的修改多达27处,是所有人物中改动最多的一位。而这些改动,又多出现在剧情最为紧张、各种矛盾充分展开的第四幕中。当时评论家认为,第二幕鲁大海与周朴园的斗争反映了1930年代无产阶级意识的觉醒,鲁大海是作为这一阶层的杰出代表出现于舞台的。在原作中,鲁、周冲突是通常所说的"劳资矛盾",提升到"阶级意识"层面当然就显得勉强。但剧本要实现向阶级意识的转型,于是第四幕通过对鲁大海宿命意识的弱化和隐匿处理,大大淡化了《雷雨》浓厚的"小资产阶级的感情"色彩,由此,他身上的"怪诞"被"工人阶级的品质"所替代,从而完成了与"人民心目中的是非"观的对接。

  我们看剧情的改动。在1955年版《雷雨》的142到154页,鲁大海曾反对妹妹四凤与周萍恋爱,对周进行过生命威胁。后因周萍表示要对四凤负责,母亲鲁侍萍同意两人相恋,态度随之发生转变,主动出去为两人的逃走找车。在结尾,鲁大海对周朴园的态度也显得有些暧昧。这种由硬到软的"转变",真实反映了那种植根于市民阶层深处的认命观念,以及以"婚姻美满"为轴心的日常社会伦理,应该不让人感到奇怪。到1961年版,鲁大海这一思想过程被删节,在结尾处,通过鲁侍萍之口又增加了他仇恨周朴园的内容。这种戏剧性变化,可以在两个版本鲁大海与周萍一段对话的对照中看出:

  萍 (激昂地)我所说的话不是推托,我也用不着跟你推托。我现在看你是四凤的哥哥,我才这样说。我爱四凤,她也爱我。我们都年轻,我们都是人。两个人天天在一起,结果免不了有点荒唐。然而我相信我以后会对得起她,我会娶她做我的太太,我

---

① 曹禺:《我对今后创作的初步认识》,《文艺报》第3卷第1期,1950。

没有一点亏心的地方。

大　这么,你反而很有理了。可是,董事长大少爷,谁相信你会爱上一个工人的妹妹,一个当老妈子的穷女儿?

萍　(想了想)那,那——那我也可以告诉你。有一个女人逼着我,激成我这样的。

大　什么,还有一个女人?

萍　嗯,就是你刚才见过的那位太太。

大　她?

萍　(苦恼地)她是我的后母!——哦,我压在心里多少年,我当谁也不敢说。——她念过书,她受了很好的教育。她——她看见我就跟我发生感情,她要我——(突停)——那自然我也要负一部分责任。

大　四凤知道么?

萍　她知道,我知道她知道。(含着眼泪)那时我太糊涂,以后我越过越怕,越恨,越厌恶。我恨这种不自然的关系,你懂么?我要离开她,然而她不放松我。她拉着我,不放我。她是个鬼,她什么都不顾忌。我真活厌了,你明白么?我只要离开她,我死都愿意。过后我见着四凤,四凤叫我明白,叫我又活了一年。

大　哦。

——引自《雷雨》1955年版第四幕

周萍　我没有这么想过,我看你是四凤的哥哥,我才这样说。我爱四凤,她也爱我。我们都年轻,我们都是人。两个人天天在一起,结果免不了有点荒唐。然而我相信我以后会对得起她,我会娶她做我的太太,我没有一点亏心的地方。

鲁大海　这么说,你反而有理了。可是董事长大少爷,谁相信你会爱上一个工人的妹妹,一个当老妈子的穷女儿?

周萍　我跟你说的是真话,你要相信我,我没有一点骗她。

鲁大海　(厉声)不要说了,你把我妹妹叫出来。

周萍　(奇怪)什么?

第六章　巴金和曹禺的激情

  鲁大海　　四凤,她自然在你这儿。

  周萍　　　没有,没有,我还以为她在你们家里呢。

  鲁大海　　(厌恶地)我没这么大工夫跟你扯,我们跟你们有的是没了的账!你以为矿上那笔血债我们就算完了吗?……跟你说这些也是废话,你先把我妹妹交出来,我还有要紧的事情呢。

  周萍　　　她,她不在这儿。

  鲁大海　　(切齿地)你是真的不想活了!(掏出手枪对着周萍。)

——引自《雷雨》1961年版第四幕

  由此看出,"阶级意识"在修改本中明显增幅、扩充话语空间的同时,以"命运说"为背景的"小资产阶级意识"被进一步压缩削减,直到模糊和弱化。我们再比较两个版本中繁漪出场的描写:

  四凤端着药碗向饭厅门走,至门前,周繁漪进。她一望就知道是个果敢阴鸷的女人。她的脸色苍白,只有嘴唇微红,她的大而灰暗的眼睛同高高的鼻梁令人觉得很美,但是有些可怕。在眉目间,在那静静的长的睫毛下面,看出来她是忧郁的。有时为心中的郁积的火燃烧着,她的眼光会充满了一个年轻妇人失望后的痛苦与怨望。她的嘴角向后略弯,显出一个受压抑制的女人在管制着自己。她那雪白细长的手,时常在她轻轻咳嗽的时候,按着自己瘦弱的胸。直等自己喘出一口气来,她才摸摸自己胀得红红的面颊。她是一个中国旧式女人,有她的文弱,她的哀静,她的明慧,——她对诗文的爱好,但她也有更原始的一点野性:在她的心里,她的胆量里,她的狂热的思想里,在她莫名其妙的决断时忽然来的力量里。整个地来看她,她似乎是一个水晶,只能给男人精神的安慰,她的明亮的前额表现出深沉的理解;但是当她陷于情感的冥想中,忽然愉快地笑着;当她见着她所爱的,快乐的红晕散布在脸上,两颊的笑涡也显露出来的时节,你才觉得出她是能被人爱的,应当被人爱的,你才知道她到底是一个女人,跟一切年轻的女人一样。她爱起你来像一团火,那样热烈,恨起你来也会像一团火,把你烧毁的。然而她的外形是沉静的,忧烦的,她像秋天傍晚的树叶轻轻落在你的身旁,她觉得自己的夏天已经过去,生命的晚霞早暗下来了。

她通身是黑色。旗袍镶着银灰色的花边。她拿着一把团扇,挂在手指下,走进来,很自然地望着四凤。

——引自1955年版《雷雨》第二幕

四凤端着向饭厅门走,周繁漪迎面走进,面部轮廓很美,眉目间看出来她是忧郁的。郁积的火燃烧着她,她的眼光时常充满了一个年轻的妇人失望后的痛苦与怨望。她经常抑制着自己。她是一个受过一点新的教育的旧式的女人,有她的文弱,她的明慧,——她有诗文的爱好,但也有一股按捺不住的热情和力量在她的心里翻腾着。她的性格中有一股不可抑制的"蛮劲",使她能够忽然做出不顾一切的决定。她爱起人来像一团火那样热烈,恨起人来也会像一团火,把人烧毁。然而她的外形是沉静的,她像秋天傍晚的树叶轻轻落在你的身旁。她觉得自己的夏天已经过去,生命的晚霞就要暗下来了。

她的通身是黑色。旗袍镶着银灰色的花边。她拿着一把团扇,挂在手指上,走进来,很自然地望着四凤。

——引自1961年版《雷雨》第二幕

对周繁漪肖像和心理气质的描写,在修改本中从500字缩减成300字,虽不致"伤筋动骨",但可以说已经神消形散。众所周知,曹禺是首先想到第一幕周繁漪"喝药"那段戏,再扩大为作品的整个结构和故事的,而繁漪就是《雷雨》舞台上最具光彩和吸引力的中心。繁漪是剧作家曹禺魂牵梦绕、深情眷顾的所在,没有了繁漪就等于没有了《雷雨》,没有了作为杰出戏剧家的曹禺。这么"拿"走了繁漪,等于是拿走了作者的心灵之痛,拿走了这部戏的灵魂。在《〈雷雨〉序》里,曹禺说:"繁漪是最动人怜悯的女人","我喜欢看周繁漪这样的女人","对于繁漪我仿佛是个很熟的朋友,我惭愧不能画出她一幅真实的像","也许蘩漪吸住人的地方是她的尖锐,她是一柄犀利的刀,她愈爱的,她愈要划着深深的创痕。她满蓄着受着抑压的'力',这阴鸷性的"。他声称,《雷雨》并非人们所说是要"暴露大家庭的罪恶","我并没有显明地意识着我是要匡正、讽刺或攻击什么",相反,"与《雷雨》俱来的情绪蕴成我对于宇宙间许多神秘的事物一种不可言喻的憧憬"。① 刘西渭当时评价说:"在《雷雨》里最成功的性格,最深刻而完整的心理分析,不属于男子,而属于妇女",而比较起来,"正是那位周太太,一个'母亲不是母亲,情妇不是情妇'的女性","材料原本出自通常的人生,因而也就更能撼动一般的同情"。② 郭沫若情不自禁地称赞道,作品最引人注目的是它的"精神病理学、精神分析术"。他说,"以我们学过医的人看来,就是用心地要吹毛求疵,也找不出什么破绽。在这些地方,作者在中国作家中应该是杰出的一个"。③

今天可以看到,《雷雨》的修改并非只是希望作品的完美,而是现实对作者的心灵挤压所造成的扭曲——从上述修改中,我们足以发现当时作家生存的困厄矛盾。在1980年代,画家黄永玉曾批评曹禺说:"你是我极尊敬的前辈,所以对你要严!我不喜欢你解放后的戏。一个也不喜欢。你心不在戏里,你失去伟大的通灵宝玉,你为势位所误,从一个海洋萎缩为一条小溪流,你泥淖在不情愿的艺术创作中,像傍晚喝上浓茶清醒于混沌之中。"④当然我们应该进一步理解,在历史的低气压中,曹禺如此去做或许是出于自保,当然他也有主动的行动。这种自我分裂的现象,并非仅仅发生在曹禺一个作家的身上。

---

① 曹禺《〈雷雨〉序》,选自《雷雨》,文化生活出版社,1936。
② 刘西渭:《〈雷雨〉——曹禺先生作》,1935年8月31日天津《大公报》。
③ 郭沫若:《关于曹禺的〈雷雨〉》,《东流》月刊第2卷第4期,1936年4月1日日本东京出版。
④ 梁秉堃:《在曹禺身边》第30、31页,中国戏剧出版社,1999。

六 文学内外的现实

1937年,年轻的周扬发表了一篇颇具洞见的文章《论〈雷雨〉和〈日出〉》:

> 在民族解放斗争急切要求文学上的表现的时候,迅速地反映这个斗争的作品,不论是一篇速写,一篇通信,一首政治诗,一篇尖锐的政论,都是很好的国防文学,是我们所需要的。但是如果有一个作家,他和实际斗争保持着距离,却有他的巨大的才能,卓拔的技巧,对于现实也并没有逃避,他用自己的方式去接近了它,把握了它,在他对现实的忠实的描写中,达到了有利于革命的结论。这样的作家,我们难道不应当拍手欢迎吗?①

在民国,如此的文学清议是一种潇洒,它没料到日后天下之变局,落实到一个作家的创作将会何其艰难。它竟像一个魔咒,20年后,当代作家这种走钢丝式的"创作公式"终于再现于历史舞台——作家既要"忠实"于"现实描写",又要"有利于革命的结论";"革命的结论"具有自恋自足的超验性质,但是它要重构作家所描写的日常生活。这样,"现实"的定义就具有了二重性,一个是生活的现实,另一个是被改造的现实——作家的问题是,他究竟是要忠实于第一个"现实",还是忠实于第二个"现实"? 如果是前者,会使他的创作不利于"革命的结论";如果是后者,则使他无法发挥自己"巨大的才能,卓拔的技巧"。

巴金在谈到自己的文学创作道路时说:"我不是一个冷静的作者。我在生活里有过爱和恨,悲哀和渴望;我在写作的时候也有我的爱和恨,悲哀和渴望的。倘使没有这些我就不会写小说。我并非为了要做作家才拿起笔来的。"他说自己是在为青年人不公平的命运"喊冤"。②

---

① 原载《光明》第2卷第8期,1937年。
② 巴金:《关于〈家〉(十版代序)》,《巴金全集》第1卷441—445页,人民文学出版社,2000。

1948年,他的《〈寒夜〉再版后记》对这种文学理念有进一步发挥:"我从来不是一个伟大的作家,我连做梦也不敢妄想写史诗","我只写了一个渺小的读书人的生与死。但是我并没有撒谎。我亲眼看见那些血痰,它们至今还深深印在我的脑际,它们逼着我拿起笔替那些吐尽了血痰死去了的人和那些还没有吐尽血痰的人讲话"。① 有生活体验于是想到要做作家,是作家们大同小异的文学道路。可巴金身上有小布尔乔亚的夸张和矫情,这是性格使然,我们也不必过于苛责。但我相信巴金是一定要看到生活真相才拿起笔来的作家,这种作家类型虽然局限性很大,他的诚恳却值得人们尊敬。由此出发,无论是他早期为一代"无名的牺牲者""喊冤",说出"我控诉",还是抗议制造了读书人"血痰"的社会,他都执着于心灵对现实的感受。也由此可以说,巴金的小说大多是他个人生活的"传记",那里面娇弱的文人、无端致死的少女,都留着他生活过的家庭里人们的影子。巴金虽然写得不够好,可他为后代读者留下了民国年代世家子弟生活的陈迹,留下了民国的鲜活的文学文献,是这位作家最大的功绩。

  因古希腊戏剧观与童年挫折记忆的深刻契合,曹禺的创作对人的"命运"自始至终表现出探索的热情。他笔下的人物无一不在命运这口残酷的"井"中挣扎,繁漪、周萍、陈白露、金子、愫方们都曾有过徒劳的反抗,各种各样的"井"最终将他们的生命窒息。23岁的曹禺就写出了那么多人间的悲剧,这种奇迹在中国现代文学史上并不多见。他在《〈雷雨〉序》中说:"写《雷雨》是一种情感的需要。我念起人类是怎样可怜的动物,带着踌躇满志的心情,仿佛自己来主宰自己的命运,而时常不能自己来主宰着。受着自己——情感的或理解——的捉弄,一种不可知的力量的——机遇的,或者环境的——捉弄;生活在狭窄的笼里而洋洋地骄傲着,以为是徜徉在自由的天地里,称为万物之灵的人物不是做着最愚蠢的事么?我用一种悲悯的眼来写剧中人物的争执。我诚

---

① 巴金:《序跋集》第347页,花城出版社,1982。

恳地祈望着看戏的人们也以一种悲悯的眼来俯视这群地上的人们。"①虽然是在说戏,诸多文献已证明作者童年时也曾有过地狱般的生活经验。显赫的万公馆,因为父亲的暴虐而令人窒息,受到宠爱的曹禺目睹受虐的大哥,精神几近崩溃,那种心灵折磨竟让他终生难忘。曹禺研究者告诉我们,没有这种生活也不会有日后的杰出戏剧家曹禺,不会有《雷雨》,不会让他与古希腊悲剧及其戏剧观念如此惺惺相惜。曹禺的戏剧观是他人生观和世界观的形象反映,又铺设着这么一个链条:反抗"井"的桎梏——然而人注定会失败——由此提炼出了一个"悲悯"的戏剧主题。在我看来,正是在这种生活与艺术的轨道上,曹禺才所以成其为"曹禺"。

　　文学史研究不等于感叹。可有感叹的文学史研究是有历史感的。像巴金和曹禺这种忠于生活感受的作家,要让他们违背自己的感受去从事背书式的文学创作,才是令人感叹的。在图书馆中,我在那里枯坐良久,一直想不明白它的缘由。我踏访过曹禺在天津的故居,细心去猜测宠爱他的专横的父亲和仁慈的继母,如果知道儿子那坐卧不安的遭遇,将会是什么心境?说老实话,我没有答案。治史的人,治文学史的人,大概都难以对历史做出自己的答案罢。所以这是我从心底深处感叹的理由。

　　按照韦勒克《文学理论》的解释,文学研究有内部研究与外部研究之区别,它们是各有所长的。然而,理论都预测不到现实的复杂与深刻。他恐怕从未预想过,在当代,在中国,文人墨客竟还要在非常识的文学内外的现实之间苦恼和挣扎罢。还有周扬,他是当代中国文学政策和制度的制定者、执行者、解释者,但他1980年代后,也回到了当年巴金、曹禺的文学困境里。他最后成为自己所制定的文学制度的受害者,这是大大出于死于1990年代的这位马列文论家自己之意料的。所以,我说巴金、曹禺的问题,不是他们一个人的问题,而是时代的问题,是左翼文学的问题,世界性左翼思想思潮的问题。

---

①　曹禺:《〈雷雨〉序》,《雷雨》,文化生活出版社,1936。

第六章　巴金和曹禺的激情

带着历史的感叹,让我们抄录一下这些文件:

> 一九五六年三月间,作协的创作委员会发来一份公函,内容如下:"茅盾同志:去年十一月间中国作家协会所制订的关于少年儿童文学创作计划中规定,您应在一九五六年六月以前,写出或翻译出一篇(部)少年儿童文学作品(或一九五六年底前至少写出一篇有关少年儿童的有研究性的文章)。不知这项工作您完成的怎样,如果已经完成,请您告诉我们,您在哪些报刊上发表了哪些作品,如果没有完成,您准备在什么时候完成什么作品,如果有困难,也请告诉我们。"

被文学内外现实所困扰的茅盾,也禁不住失去了理智。他以带点挖苦意味的口气在原公函上写道:

> 复创作委员会:我确有困难。自去年四月后,我有过大小两计划,大的计划是写长篇,小的计划是写短篇及短文,两者拟同时进行(本来是只有一个大的计划,可是后来鉴于有些短文非写不可,逃不了的,故又加上一个小的计划。)不料至今将一年,自己一检查,大、小计划都未贯彻。原因不在我懒,——而是临时杂差(这些杂差包括计划以外的写作),打乱了我的计划。我每天伏案(或看公文,或看书,或写作,或开会——全都伏案)在十个小时以上,星期天也从不出去游山观水,从不逛公园,然而还是忙乱,真是天晓得!这些杂差少则三五天可毕,多则须半个月一个月。这是我的困难所在,我自己无法克服,不知你们有无办法帮助我克服它?如能帮忙,不胜感激。①

作家协会也给老舍、曹禺布置了"创作计划":

> 1957年春天,依照中国作协的布置,作协会员递交了个人的创作规划。……(老舍)为自己提出了近期的写作计划:"每年写

---

① 韦韬、陈小曼:《父亲茅盾的晚年》第132页,上海书店出版社,1998。

一个话剧,改编一个京剧或曲剧;一两年内写成长篇小说《正红旗下》。……有趣的是,曹禺上交的创作规划涉及今后十年,想表现的题材占了全了新社会的主体结构或时兴领域:"写资本家改造的剧本,57年、58年;写农民生活的剧本,60年至62年;写大学生或高级知识分子,63年;写工人生活,64年至66年;想写关于岳飞和杜甫的历史剧。"(摘自中国作协1957年会员创作规划手稿)①

曹禺塑造了内外交困中的蘩漪的形象。这真是一种宿命。因为许多年后,这个剧本中的幽灵又附着在作者的身上。可以说他就是蘩漪。他就是那个在生与死之间无望挣扎的蘩漪。我们不妨说,蘩漪是对当代曹禺的注释,这个注释又可以延伸到对当代文学前三十年的观察。"一个作家和他的年代"这个命题就在这里产生了它的意义。或者说,当代文学前三十年的意义,是在巴金、曹禺的身上获得的,被认识到的,是在一种长长的历史感叹的间隙里被发现的。"前三十年"正是历史的幽灵。这个幽灵才真正是中国当代文学史的灵魂。没有这个幽灵,对当代研究者也好,对海外汉学家也好,中国当代文学史几乎是无从理解和解释的。在一篇回忆文章中,曹禺说:"在我个人光怪陆离的境遇中,我看见过、听到过多少使我思考的人物和世态。无法无天的魔鬼使我愤怒,满腹冤仇的不幸者使我同情,使我流下痛心的眼泪。我有无数的人像要刻画,不少罪状要诉说。我才明白我正浮沉在无边惨痛的人海里,我要攀上高山之巅,仔仔细细地望穿、判断这些叫作'人'的东西是美是丑,究竟是怎样复杂的个性和灵魂","我觉得这是我一生的道路"。②从1934年登上文学的舞台,到曹禺说出这番话,20世纪中国文学已经走过几十年坎坷不平的道路。现代文学到当代文学的转型,一定意义上说是发生在曹禺身上,出现在他创作的盛年,抚之念之,不禁感慨万千。这是我所说文学史研究需要有感叹的地方。

当然如何评价"当代",已是一个困难的问题。"左右之争"的社会

---

① 转引自陈徒手:《人有病,天知否》第77页,人民文学出版社,2000。
② 《曹禺全集》第6卷第334页,花山文艺出版社,1996。

思潮显然介入了我们对曹禺转型过程的"当代史"的认识。客观丰富地评价中国左翼社会思潮，现在看来将是一个长时段的历史的工作。而离开对左翼社会思潮的认识，我们就无法在曹禺现象中找到真正的历史支撑点，这是本书的写作尤感艰难之处。不过，由小见大的文学史研究就显得非常必要，只有将一个个历史节点串联起来，才能完成文学史的一个章节，一章一章地这么串联起来，对左翼社会思潮的彻底反思才不至于永远被推迟。这是本书的一个立足点。看到上面作家们的"创作计划"，笔者颇有走过重重群山，终于洞见一线晴天的欣喜感觉，这个历史个案，足以令人触摸到当时作家们幽暗的心境，发现他们的历史位置，从而为下一步的工作调好焦距。

第七章 "文革"与晚年的双重变奏

　　1966年是不平凡的年度。在170多年以来的中国近现代史上,它的醒目可与1840、1912、1919、1937、1949相提并论,但具体历史样貌,却又相当地独特。5月4日至30日,在政坛上层发生了许多对中国民众生活影响甚巨,也将深刻改变20世纪后半叶历史走向的震撼人心的大事件:4—6日,中共中央政治局扩大会议在北京举行。会议批判了彭真、罗瑞卿、陆定一、杨尚昆的"反党错误",停止并撤销他们的职务;讨论通过《中国共产党中央委员会通知》(即《五一六通知》);撤销以彭真为组长的"文化革命五人小组"及其办事机构,重新设立中央文化革命小组;10日,《解放日报》《文汇报》同时发表姚文元的文章《评"三家村"——〈燕山夜话〉、〈三家村札记〉的反动本质》;18日,中共北京市委书记,《燕山夜话》作者邓拓自杀;25日,北京大学聂元梓等七人在校内贴出题为《宋硕、陆平、彭珮云在文化大革命中究竟干了什么?》的大字报,毛泽东誉之为"全国第一张马列主义的大字报",并批准6月1日向全国广播,6月2日《人民日报》全文转载;28日中共中央发出关于中央"文革"小组名单的通知。通知说,"文革"小组直接受政治局常委领导,名单为:组长陈伯达,顾问康生,副组长江青、王任重、刘志坚、张春桥,组员谢镗忠、尹达、王力、关锋、戚本禹、穆欣、姚文元;8月2日,决定陶铸兼任顾问(这个名单后来又有变动);29日,清华附中学生成立类似于苏联卫国战争年代的青年组织青年近卫军那样的组织,红卫兵组织由此诞生;30日,刘少奇、周恩来、邓小平就派临时工作组问题写信向毛泽东请示,批示同意后,陈伯达率工作组进驻人民日报社……之后是刘少奇、邓小平倒台,林彪、江青集团取而代之……当代史在相对平静了17年之后,终于迎来了它的大破坏、大重组的时期。

第七章 "文革"与晚年的双重变奏

中国虽然是有两千多年之漫长历史的政治社会,很长一个时期里,皇朝与民间事实上建立的是一种暧昧"分治"的历史关联。皇朝用税赋、布告宣称它对民间社会的稳固统治,然而"村社自治"却一直展示出它的游离姿态,这种超稳定性的社会结构直到20世纪中叶的政权更迭才告结束。当代社会沿袭学习苏俄社会结构,国家意志借助意识形态之手,把统治力量伸向社会各个阶层。因为"村社自治"的社会结构在1950年代初惊天动地的土改运动中被彻底瓦解,所以当代作为一个苏俄式的"单位",一种社会结构的历史完整性,是史无前例的。由此,我们有理由把观察视角从北京往下延伸,考察介于国家与民间之间的知识者这个族群。从这个族群的反应中既可以反观国家历史的大体走向,也可以以这个大体走向来评估文化存在之基础,一个年代的文化存在,恰恰是这个年代社会总体命运的评价指数。尤其是当人们都认为"文革"是百年中国现代史中的一个低气压年代的时候,这种观察的重大意义才能够显现出来。

在一种趋于静谧的心境中,我仔细翻看巴金同年5月16日的日记:"十六日(晴)八点半起。市政协来电话要我到政协参加座谈会,讨论中、阿两国联合声明。看文件。十点半安珍来收集读戚本禹文章的体会和对'三家村'的批判。午饭后午睡半小时。两点前动身去金公家送还《参考资料》,去作协通知花匠傍晚来取回昙花,然后去政协开会,五点半散会,坐三轮车到作协取了昙花回家。晚饭后同生来访,接着蔡公给萧珊送票来,谈了好一会(一个多小时)。同生先走。九点后蔡公也走了。上楼看报。金公来,谈到十点一刻。看书。听广播。洗澡。零点五十分后睡。文栋来信。复栋臣信。"[①]这则日记有隔世之感,这是因为它有某种太平无事的感觉。除郭沫若宣布"烧书"的举动令人吃惊外,茅、老和曹等公都没有异样的迹象。茅盾对罢免自己文化部长的职务还很坦然,"爸爸的确很沉得住气,一切照旧——宴会、看戏等外事应酬照样参加,每周一次的政协国际问题座谈会也照去不

---

① 《巴金全集》第26卷第59页,人民文学出版社,2000。

误","从外表上看,爸爸对报刊上那些批判文章的关注程度远不及他对孙女小钢的关心",他亲自为孙女制定了一套古文教材,是一副"不管风吹浪打,胜似闲庭信步"的姿态。① 由于比较热衷社会活动,老舍离开医院后,便参加到"闹不清是咋回事"的"文化大革命"中,"他信任共产党,共产党让他参加,让他感受,他就来了"②。像普通老百姓一样,他们已经习惯在中共的领导下过太平日子,依据常识,他们以为大概像历次政治运动一样,刮几阵风,揪几个异己分子,又会恢复到风平浪静、雨过天晴的状态。多年被信任,应该是书生们在风暴将至之际未引起警觉的深层原因。1966年7月,陪同亚非作家会议代表在武汉观看毛泽东畅游长江的曹禺的心态,也许是值得留心的例子:"当曹禺老师站在游艇上用望远镜看到毛主席在风浪中,胜似闲庭信步地畅游长江时,心里有说不出的惊喜和欣慰,有说不出的激动和感动,真想也跳下水去和领袖一起游上一回。特别是听到周围许多群众不断欢呼着'毛主席万岁! 万万岁!'的时候,他由于自己在政治上被信任而含着热泪也大声欢呼起来。他在暗暗想着——只要有毛主席他老人家健在掌舵,中国不管发生什么事情都一定会是顺顺当当、平平安安的。"③

一 边缘与闲居

就在历史的交叉错位中,我们走进了老作家们的生活世界。

郭沫若恐怕是最先感受到自己将在这场崭新的革命中被"边缘化"的一个人。这个最接近上层的文人,一向嗅觉颇为灵敏。他发现5月16日的《中国共产党中央委员会通知》明确写道:"我们必须遵照毛泽东同志的指示,高举无产阶级文化大革命的大旗,彻底揭露那批反党

---

① 韦韬、陈小曼:《父亲茅盾的晚年》第8—11页,上海书店出版社,1998。
② 曹菲亚:《老舍当时为什么不躲开,现在也觉得是个谜》,参见傅光明编:《老舍之死采访实录》第63—65页,中国广播电视出版社,1999。
③ 梁秉堃:《在曹禺身边》第36、37页,中国戏剧出版社,1999。

第七章 "文革"与晚年的双重变奏

反社会主义的所谓'学术权威'的资产阶级反动立场,彻底批判学术界、教育界、新闻界、文艺界、出版界的资产阶级反动思想,夺取在这些文化领域中的领导权。而要做到这一点,必须同时批判混进党里、政府里、军队里和文化领域的各界里的资产阶级代表人物,清洗这些人,有些则要调动他们的工作。"8月8日发表的《关于无产阶级文化大革命的决定》进一步指出:"当前开展的无产阶级文化大革命,是一场触及人们灵魂的大革命,是我国社会主义革命发展的一个更深入、更广阔的新阶段","资产阶级虽然已经被推翻,但是,他们企图用剥削阶级的旧思想,旧文化,旧风俗,旧习惯,来腐蚀群众,征服人心,力求达到他们复辟的目的。无产阶级恰恰相反,必须迎头痛击资产阶级在意识形态领域里的一切挑战,用无产阶级自己的新思想,新文化,新风俗,新习惯,来改变整个社会的精神面貌。在当前,我们的目的是斗垮走资本主义道路的当权派,批判资产阶级的反动学术'权威',批判资产阶级和一切剥削阶级的意识形态,改革教育,改革文艺,改革一切不适应社会主义经济基础的上层建筑,以利于巩固和发展社会主义制度"。这些论点被概括成"无产阶级专政下继续革命的理论",而"继续革命"的重要组成部分,则是"在上层建筑其中包括在文化领域中对资产阶级实行全面的专政"。他终于明白,这场史无前例的"文化革命",是把1920年代以来的中国知识分子,也包括他这样的拥护革命的左翼知识分子,整个排除在文化革命的主流之外了。他这个曾经被"结合"在里面的老作家,大概就在这个新的历史布局之中。这是历史对于他的重新安排。观察家敏锐地注意到,在刚刚公布的"文化革命小组"的名单中,既没有郭沫若也没有他那些文化界朋友们的名字;而解放后社会主义的文化工作,一直都是在与郭沫若等人商量着而且也是愿意吸引他们参与领导的。这对1930年代以来就一直直接和间接地领导着中国左翼进步文化界的这位老人来说,此类处境确实有几分的尴尬,几分的意外,也有几分的不适应。郭沫若的人生道路再一次出现了岔路口,这是1927年大革命失败之后最为重要和艰难的一个岔路口。从上面的"通知""决定"等文件中透露出的信息是,"文化革命"已经不需要再与郭沫若等商量,也不愿意吸引他来参与领导了,而且这些文件的字里行间严厉指出的这份不公开的"所谓'学术权威'"的名单中,不见得就没有他郭沫若的某种"影子"。这个已经74岁,比毛泽东年长一岁的老人,在淡定冷漠的公众表情的下面,心灵的恐慌是可想而知的。

但我们可以想象,自1921年成立创造社起,郭沫若就希望赢得中国新文化格局中的领导性地位。在1930年代以来的漫长时间里,郭沫若对新文化的发展有着显著的影响力。左翼文学从新文化运动中分化出来后,鲁迅是它的领导者。而鲁迅去世后,郭沫若接过左翼文学的帅印,他是很愿意被人这样看待的。所以在这种视野中,我不认为郭沫若"文革"初的"焚书"完全是自贬行为,是一种彻底的自弃,我觉得这中间可能有某种渴望吸引"中心"注意力的隐秘的动机:"在一般的朋友、同志们看来,我是一个文化人,甚至于好些人都说我是一个作家,还是一个诗人,又是一个什么历史家。几十年来,一直拿着笔杆子在写东西,也翻译了一些东西。按字数来讲,恐怕有几百万字了。但是,拿今天的标准来讲,我以前所写的东西,严格地讲,应该全部把它烧掉,没有一点价值。"[①]这番表白,显然对文化界起到了垂范作用,是上边人想做而不好去做的。康生嘱人把发言记录下来交郭氏审定,然后迅速上报毛泽东,并在《光明日报》上全文发表。自贬得到了某种豁免权,这是懂历史的人知道的双赢局面。于是乎,自觉的边缘化引起了中心的好感,边缘人物虽然暂时退出了社会中心,却可以不近不远地跟在中心的旁边——郭沫若"文革"时期的边缘状态,实际上和大多数列入"打倒"之列的所谓学术权威们性质上是不一样的——他是点缀中心的"边缘",因此可以说是中心散漫的同路人。郭沫若研究者冯锡刚指出,在整个"文革"时期,中心从未有过抛弃郭沫若的意思,1966年3月,传来毛泽东在杭州中央政治局常委会议上所作的指示:"以前对知识分子包下来的政策,有利也有弊,现在许多文化部门被资产阶级知识分子掌握着实权。许多文化部门要问到底掌握在哪些人手中?吴晗、翦伯赞

[①] 郭沫若:《向工农兵群众学习为工农兵群众服务》,1966年4月28日《光明日报》。

第七章 "文革"与晚年的双重变奏

是党员,也反共,实际上是国民党。对这些资产阶级学术权威,要进行切实的批判。"冯锡刚认为:"毛泽东说'对这些资产阶级学术权威,要进行切实的批判',似乎不是指'学术批判',因'吴晗、翦伯赞是党员,也反共,实际上是国民党'这样的断语已完全超出了学术批判的范畴,这不能不使也是中共党员而实际处境已迹近民主人士的郭沫若怵目惊心",但"出乎郭沫若意外的是,也是在这次会议上,毛泽东明确表示要保护郭沫若。论声望和权威,无论在文坛和史界,郭沫若都是首屈一指的头面人物。作为政治家的毛泽东,深知郭沫若的影响之所在。即使是在后来的批林批孔直斥'十批(指郭沫若的《十批判书》)不是好文章'时,仍然没有改变保护郭沫若的初衷"。他认为这是因为,"郭沫若在文坛有着无人可以替代的作用——这种作用并不是像周扬那样直接掌管文坛,而在于他继鲁迅之后所处的历史地位。无论是扩大'文化大革命'的声势,还是从体现对知识分子的'无产阶级政策'考虑,毛泽东之保护郭沫若显然是政治家的英明之举"。①

"文革"的重点,是要解决中国走什么道路的问题。它的主要矛盾,于是由党外转向了党内。郭沫若写于这一时期的诗词,顿然失去1950年代的那种光彩。但它们对了解郭沫若特殊年代的心路历程,仍有重要的指认作用。就在《五一六通知》通过的次日,《解放军报》头版刊登了郭沫若的《水调歌头·读〈欧阳海之歌〉》。作品写道:"伟大熔炉威力,好铁炼成钢。阶级感情充沛,主席思想澎湃,滚滚似长江。"作品告知人们,作者与社会真实隔膜已久,它的发表也并非为了一般读者。它的风格类似古代大臣上呈的奏折,不是要解决社会问题,而纯粹是流通于官场的结交文字。熟悉中国古代政治结构的人们,大概读到此处会哑然失笑,虽然在治当代文学史的学者看来,它实际充满了严肃的内容。1966年7月15日,郭氏率亚非作家会议代表到武汉晋见毛泽东,看到他在两岸群众的欢呼中畅游长江的情形,于是作《水调歌头·看武汉第11届横渡长江比赛》:"战歌壮,晴光烈,大桥横。豪情

---

① 冯锡刚:《郭沫若在1966》,参见丁东编《反思郭沫若》一书,作家出版社,1998。

奔放,万岁欢呼天地惊。回看人群岸上,挥动彩花乱舞,鼍鼓压雷霆。长江横渡毕,领袖笑容生。"后来,末句被改为"杲日笑容生",作者解释说:"杲日,就是红太阳嘛。"9月,闻知《炮打司令部》一文发表,深为震动之余,以《水调歌头》词牌作诗表达感怀:"一总分为二,司令部成双。右者必须炮打,哪怕是铜墙!首要分清敌友,不许鱼龙混杂,长箭射天狼。"又曰:"触灵魂,革思想,换武装。光芒万丈,纲领堂堂十六章。"比起1950年代国家处于蒸蒸日上状态时作者创作的那些颂歌,两首诗词更加干巴勉强。声势虽大,但露出临时拼凑的味道,毕竟心情和处境已经大异。古代大臣都把临危受命视作一种人生境界,因为为国家受点委屈仍然不失为高风亮节,是要被记入历史的。我们观察作者本时期的著述,难以唤起尊敬的心情。相反,还会替这位一流的文人扼腕叹息。然而想到世事残酷扭曲到这种地步,我们只能对作者的委屈和自保表示同情。这就可以理解,他1970年代为迎合领袖喜好,花费很大心血写成的专著《李白与杜甫》在人民文学出版社出版后,并未得到学界好评,但依然具有丰富的史鉴价值。"李杜"研究为后代学者留下难能可贵的文史互证的对象,它以其鲜活的生命,弥补了官史的造作。不过,到了1976年5月12日作者创作的《水调歌头·庆祝无产阶级文化大革命十周年》,人们已经感到当代颂歌体走到了穷途末路,因为一个新的时代即将来临:"走资派,奋螳臂,邓小平,妄图倒退,奈'翻案不得人心'。'三项为纲'批透,复辟罪行怒讨。"……然而由此反观作者万千丰富的心迹,我们又只能说,庆幸历史在这里翻过一页,让年逾八十的老诗人终于能够看清自己真实的内心。

"文革"时代的大多数岁月,茅盾都处在闲居的状态。已故茅盾研究者叶子铭教授记述的情景是:"我首先看到的是耳房里几张散乱陈旧的桌椅和一辆积满灰尘的摩托车,四周弥漫着一种冷清寂静的气氛。一种'门庭冷落车马稀'的直感,油然而生","等候了片刻,我见到茅盾先生由他大孙女沈迈衡搀扶着,踏着碎步,从后院走了出来,身体显得

第七章 "文革"与晚年的双重变奏

很衰弱"。① 2001年深秋,当笔者踏访北京交道口南三条13号茅盾故居,在这座秋风萧瑟的四合院落徜徉良久,凝视良久,找回的正是叶先生所描述的30年前的历史感觉。这种感觉帮助我走进"文革"中的研究对象,容我对之略作展开。

1965年初春,报纸上公布了免去茅盾文化部长职务,改任全国政协副主席的消息。这一变动事出有因。1964年春夏之交,可能想为即将启动的"文革"投石问路,毛泽东对文艺工作有两个批示,指责文联各协会15年来,基本上不执行党的政策,不接近工农兵,不反映社会主义的革命和建设;批评文化部是帝王将相部,才子佳人部和外国死人部。批示主要针对周扬,但对茅盾也有所怪罪。1966年8月底,茅盾家经历了两场被"人大三红"的红卫兵"抄家"的风波。"上午来了几个红卫兵(后来知道是冒充的),在楼道里高喊:'打倒沈雁冰!'她吓得两腿发软,赶紧把门拴上。不一会儿听见他们来敲门,敲不开就用脚踹,阿姨怕门被踹破,只好打开。他们冲进来,在屋里巡视了一番,指着家里的瓶瓶罐罐说:这些都是四旧,一律砸烂。"②之后对著名民主人士的抄家被"明令禁止",茅盾开始了他赋闲的岁月。现存材料中浮现出几个镜头,它们提供了观察茅盾"文革"时期心态的视角:一是观望。茅盾当时住在东四头条五号文化部宿舍大院内,该院原是美国修女的华文学校。大院内礼堂以西有三栋西式小楼,新中国成立后,一号楼分给茅盾,二号楼给了阳翰笙,三号楼住着周扬。这三栋楼自南向北并排而建,每家都有一独立小院。大串连开始后,这里便成了串连者的落脚之地,众多来人川流不息地随便进出,宁静的小院骤然变得人声鼎沸。茅盾时常在自家楼上的窗口观察这些行色匆匆的不速之客。其中有神情肃然的红卫兵,有行动诡秘的可疑人物,也有借"文革"游山玩水的男男女女,甚至还有人在此架锅做饭,一时雾气蒸腾。阳翰笙全家被赶

---

① 叶子铭:《梦回星移——茅盾晚年生活见闻》第73、74页,南京大学出版社,1991。作者虽然表示"拜访"的时间是"1977年3月初",但在中国那个"乍暖还寒"的特殊时期,其"语境"与"文革"时并无本质差别(茅盾1949年后一直住文化部大院内,1974年始搬到交道口)。

② 韦韬、陈小曼:《父亲茅盾的晚年》,第21—24页。

出,小楼的窗户千疮百孔,茅盾听说,里面破坏得不像样子,连洗澡缸和抽水马桶也被人翻过来扣在地上。据茅盾儿子韦韬和媳妇陈小曼回忆,父亲虽然偶尔出现在天安门城楼上,但形同"陪衬"的道具:"爸爸那时深居简出,除了去医院,已足不出户,没有可能上街看大字报,也没有可能亲身去体验社会上那狂热的气氛。他只能通过观察。几十年的文学生涯,使他养成了冷静、锐敏地观察社会的习惯。他仔细阅读我们买回来的各种小报,他从卧室的窗口观察隔壁情报所大院内游斗戴着大帽子的'走资派'的情景,他通过高音喇叭了解前院文化部两派组织的夺权斗争,他细心地分析我们带回来的各种互相矛盾的小道消息,他也注意研读两报一刊上的社论和新发表的'最高指示'。"①二是消沉。在茅盾一生中,有两次思想上的波动和消沉。第一次是1927年大革命失败后,他当时很悲观,看不清中国革命的道路该怎样走。第二次发生在1970年前后,"文革"的发展眼看正失去控制,夫人突然病情加重,直至去世。夫人死后,茅盾大病了一场,他在病中致信亲友说:"德沚去世后,有一个时期精神消沉,自念恐亦不久于人世。"4月17日又是他母亲逝世30周年忌辰,国事、家事、天下事的纷扰与无常,此时深深触动了茅盾对先母的思念之情,他在旧体诗中写道:"乡党群称女丈夫,含辛茹苦抚双雏。力排众议遵遗嘱,敢犯家规走险途。午夜短檠忧国是,秋风落叶哭黄垆。平生意气多自许,不教儿曹作陋儒。"前面感念母亲在父亲死后独自承担家庭重任、抚育教养一对儿女的辛苦,后两句反衬出作者当下极端茫然和沮丧的心绪。随着消沉心态的进一步加深,导致了"焚稿"一事的发生。据说,被焚的手稿中包括1958年未写完的一部长篇小说和一部电影剧本。韦韬对焚稿原因做过如下分析:"为何在'文革'初期的急风暴雨中没有把它们烧毁,却要等到一九七〇年呢?这只能从妈妈的去世给爸爸精神上的打击来解释。爸爸好像有点看破了一切,他大概不相信自己再有机会来圆创作梦了,他决心毁

---

① 韦韬、陈小曼:《父亲茅盾的晚年》第40页。

掉这两部解放后写的书稿,也许就是出于这样的心理。"[①]三是写旧体诗。1971 年 9 月,林彪摔死在蒙古的温都尔汗,社会气氛有转为宽松的积极迹象,茅盾萌发了作旧体诗的兴致;1972 年冬,随着他与胡愈之、叶圣陶、臧克家、黎丁等老朋友逐渐恢复联系,写诗的热情和数量突然大增。臧克家证实:"他每有新作,我略能得读一二。有时派人送到我处,希望我转到《诗刊》'占一小角',还加上一句:'如果你以为可以的话。'""他对朋友们的诗,喜欢看,希望我把看到的诗多抄给他欣赏。"[②]茅盾两年间一共写了 12 首旧体诗词。这些诗词中,感怀诗占了一半,如《读〈稼轩集〉》《一剪梅·感怀》《感事》《读〈临川集〉》等。也有与友人唱和的,如《菩萨蛮》《寿瑜清表弟》等。"文革"期间,"四害"肆虐,文网密织,大家见面都心照不宣,不谈政治,于是诗词成为抒发块垒、转移郁闷的一种绝好形式。一次朋友来访,茅盾以五言诗记道:"惊喜故人来,风霜添劳疾。何以报赤心?亦惟无战栗。"短短四句,表白了在与世隔绝之后同友人相逢的喜悦之情。作者抒发"文革"以来郁结在胸的愤懑和焦虑,集中表现在七律《读〈稼轩集〉》里。全诗如下:

> 浮沉湖海词千首,老去牢骚岂偶然。
> 漫忆纵横穿敌垒,剧怜容与过江船。
> 美芹荩谋空传世,京口壮猷仅匝年。
> 扰扰鱼虾豪杰尽,放翁同甫共婵娟。

诗中有看破尘世的牢骚,有对词人壮怀激烈境界的钦佩,也隐藏着作者无法寄托的心灵的不安。这些诗作反衬出"文革"时代极端疯狂的状态,和作者在大动乱年代无法把握自我命运的处境。与此同时,也揭示出当时一批高层文化人士开始疏离现实政治的真实心理。所以,无论观望也好,消沉也罢,借诗词抒发心中块垒也罢,都透射出这代老作家

---

① 韦韬、陈小曼:《父亲茅盾的晚年》,第 137 页。
② 臧克家:《往事忆来多》,见万树玉、李柚编《茅盾与我》第 220 页,中国广播电视出版社,1996。

在"文革"十年复杂曲折的心路历程:目睹"文革"的盛极而衰,他们由有限的赞同到怀疑,再由怀疑发展到一种比较彻底的精神上的遗弃。对像茅盾这种关心现实政治,把国家民族前途当作文学创作的前提的作家来说,这种遗弃就更令人为之心痛。"浮沉湖海词千首,老去牢骚岂偶然",失望乃至绝望,它不是一朝一夕的结果,冰冻三尺也非一日之寒。在我看来,"文革"对茅盾的精神打击,其程度、其范围和性质都远远超过了1927年的大革命失败。大革命失败,可以看作是中国历史现代性进程中的一个可预知的挫折,茅盾正是通过对大革命失败的重新反思写出了《蚀》三部曲,用小说的形式总结了革命中国的复杂的情形。而在"文革"中,茅盾被逼入了命运的死角,他的赋闲,等于是从政治上判了无期徒刑。"文革"以"革命"名义对革命中国作出了双重的否定。它否定了五四以来以理性为基础的启蒙传统,抛弃了自由、民主和科学这些现代性的目标。"文革"除留下"无产阶级专政条件下继续革命"这个空洞的口号外,它失去了所有合法的思想资源。茅盾之闲居,是"文革史"研究中的一个不应被忽略的风景。

二 "大字报"与"牛棚"

"文革"初,一种被称作"大字报"和"牛棚"的形式,开始流行于全国城乡。它们与1950年代知识分子思想改造的"洗澡"可能不同,杨绛对"洗澡"的形象比喻是:"洗掉与否,究竟谁有谁无,都不得而知。"①可大字报的创新性已有惊人进步,它当众揭发家族历史和个人隐私,将之暴露在光天化日之下。这还不够,大字报"揭丑"后,又把被揭发者关入"牛棚",将他们置于与亲属圈子、与世隔绝的孤立无援状态,再通过"学习班"的形式解除思想武装,直到人们在精神尊严上彻底投降。"整个学校成了大字报的海洋。学校还专门开辟了大字报专栏,但根本不够用。墙壁、走廊贴满了大字报,最后只能在食堂里牵上

---

① 杨绛:《洗澡·前言》,《洗澡》,(北京)三联书店,1988。

绳子"①。如想了解和研究1966年前后中国作家的精神状态,查阅各种各样的大小字报是其中必要的功课之一。可惜这只是一厢情愿。因为现在已经很难确定当年全国大字报的数量和流传范围,更何况这些珍贵文献恐早就遗失殆尽。历史也许已经失传,除非人们利用人生所剩的余年,遍走民间广泛收集,集数年之功反复查勘,然其中的劳苦甚至徒劳无功恐无法评估。

我们再把研究焦点收拢在巴金和曹禺这里。据徐开垒考证,批判巴金的大字报,最早见于1966年8月7日上海作家协会的西大厅。查巴金8月7日到15日的"日记",却语焉不详,仅出现了"整天头昏""人不舒服""天气仍热""又发恶心"等字样。16日,这种情况发生了变化,可以读到以下记述:"十六日(晴)六点半起。八点动身搭二十六路电车到陕西路去作协。到后时间还早,到西厅看大字报,看到几张关于我的(要我交代和孔、叶他们的关系)";"十七日(晴)六点半起。八点动身去作协,看到安珍、郭卓等一张揭萧珊的大字报";"十九日(阴、雨)六点半起,听广播。八点动身去作协,看到一张批判资产阶级'权威'的大字报,里面也有我的名字,心里不大好受";"二十二日(阴)","黄宗英、菡子、费礼文、唐克新相继对我提意见,要我交代和孔罗荪的关系","三点后起来写材料和检查";"二十四日(晴)","又看见一张向我'猛烈开火'的大字报。回家休息,给支部和代表小组写了一封信,表示愿意接受批评";在这之后一直到月底,日记中皆写"检查"和交代"材料"的记述。……在这些日记中,还有趣地夹杂着诸如此类的叙述:例如,"看到毛主席两次畅游长江,非常兴奋","找小组长峻青谈话约十分钟,说明我对大字报的态度,愿意听党的话,在'文化大革命'中改造自己","给作协党支部写信表示态度,并写材料","读《毛选》","继续学习'老三篇'","在东厅写材料,帮助孙怀荣挂天马厂转

---

① 徐友渔:《我在一九六六》,《1966——我们那一代人的回忆》第24、25页,中国文联出版公司,1998。

来的揭黄宗英的大字报","续写关于以群的材料",等等①——以上可作研究"文革""受迫害"叙述的另一条辅线,即"参与性"的叙述。它是一种参照性的叙述,具有某种互文性。应该注意的是,在大字报这一群众运动的强大压力下,巴金的精神开始出现崩溃的迹象。他的行为,呈现出过去很少有的矛盾和慌乱。他开始通过学习一遍又一遍"查找"自己的"罪行",借写莫须有的"材料"自我揭发,与老朋友叶以群、孔罗荪划清界限(遗憾的是,这些"检查"和"材料"《巴金全集》没有收入,它对研究作者的思想状态构成了障碍)。从日记文本的蛛丝马迹中,我们还能看到大字报与巴金的历史关系。对巴金这些来自民国的作家,这是前所未有的经历。

同年7、8月,北京"人艺"和外单位的红卫兵对曹禺的构陷日益激烈。"人艺"三楼的"大排练厅,铺天盖地地贴满了大字报,不但墙壁上有,而且墙壁之间几道铁丝上也有。在这里他看见有几张大字报,把他作为'反动学术权威'点了名,画上了红叉叉,要他老老实实地向革命群众交待自己的'反革命修正主义罪行',并彻底揭发剧院党委书记、'党内走资本主义道路的当权派'赵起扬等一小撮人的'反革命修正主义罪行'"。北京师范学院革命委员会主办的刊物《文艺革命》上的一篇文章(实际是大字报)声色俱厉地写道:

> 长期盘踞在文艺界的大大小小的牛鬼蛇神,国民党的残渣余孽,一个个被冲刷了出来。广大革命群众撕下了披在老舍身上的画皮,现在又把反动作家曹禺送上了历史的审判台,这是毛泽东思想的伟大胜利,是毛主席无产阶级革命路线的伟大胜利!
>
> 曹禺是什么东西?
>
> 早在1930年代就抛出了《雷雨》《日出》等大毒草,极力宣扬阶级调和、阶级投降,鼓吹资产阶级人性论,大肆诬蔑中国共产党领导下的工人运动——他是一个老反革命。

---

① 《巴金全集》第26卷第59页,人民文学出版社,"上海日记——一九六六部分",第107—117页。

第七章 "文革"与晚年的双重变奏

>   抗战期间,曹禺又炮制过大毒草《全民总动员》、《蜕变》,吹捧蒋该死"德高望重","廉洁奉公",——他是蒋家门楼的叭儿狗。
>   解放以后,他又炮制了《明朗的天》、《胆剑篇》等大毒草,疯狂地反党反社会主义。尤其是《胆剑篇》恶毒已极,它攻击以毛主席为首的党中央和我们伟大的领袖毛主席,为右倾机会主义分子鸣不平,猖狂地叫喊……他是刘、邓黑司令部的御用文人。①

在曹禺居住的北京东四北大街铁狮子胡同3号,大门口贴着刺目的标语——"反动学术权威曹禺在此",犹如当众羞辱。可以想象看客们兴奋围观的情景——鲁迅的小说曾描述过相同的场面,这位观察敏锐的作家早在史籍上读过这种记载,他预想的过去、今天和未来大概都会如此。这是鲁迅的深刻之处。曹禺是一个极其敏感紧张的人,读者在《雷雨》的字里行间应该可以觉察作者的这种气质。他还天生胆小怕事,目睹院子里、大街上都在斗争"走资派"和"牛鬼蛇神",外面是一片震天动地的喊杀声,他的紧张恐惧状态已然可想而知。一个没有安全感的人,会用另一种方式进行自我防卫。曹禺房间里挂着毛主席像,贴着"革命不是请客吃饭"的语录,他整天心惊肉跳,惶惶不安,随时准备被揪出去挨斗。他把窗帘紧紧拉上,天天足不出户,一个电话都会令他惊恐;他天天吃大量安眠药,但仍然不能入睡。有次他被人拖下床抓走,但所幸因人干预才被放回。他的心理防线已经到了崩溃的边缘,甚至跪在地上求夫人方瑞:"你帮助我死了吧!用电电死我吧!"其情景,令人一瞬间蓦然联想到《雷雨》中那惊心动魄的一幕:四凤和周萍欲生不得,欲死不能,最后,四凤在花园中无意触电而亡……

"牛棚"现象在古代中国,大概已有先例。"文革"将牛棚文化发扬光大,恐怕创造了很多项的第一。很多年后,在杨绛《干校六记》"小引"中,钱锺书还心有余悸地记述道:"学部在干校的一个重要任务是搞运动,清查'五一六分子'。干校两年多的生活是在这个批判斗争的气氛中度过的;按照农活、造房、搬家等等需要,搞运动的节奏一会子加

---

① 梁秉堃:《在曹禺身边》第36、37页,中国戏剧出版社,1999。

紧,一会子放松,但仿佛间歇疟,疾病始终缠住身体。"①韦君宜说得也很有意思:"所谓'干校',实系永无毕业期限的学校,只有'干活'一门课的学校","一开始大家都还以为是下去革命的,也不知道此去的前途是不准回来,等于流放"。② 今天终于能够看清,"文革"中遍布全国的牛棚无奇不有,比如"学习班""隔离审查""单独监管",或是形式上的在"家"监管,但这个"家"不经允许,也是不准随便出入的。确如韦君宜所说,在那个年代,"锻炼就是折磨"。

曹禺的"牛棚"在灯市口北京"人艺"的舞台美术制作厂,后院有一间破旧和终日不见太阳的十多平方米的仓库。沿着又湿又潮的墙壁铺一层稻草,剧院院长、党委书记、党委委员、艺委委员们每天都在那里学习、写检查和睡觉。门天天锁着,由造反派负责看管。"牛鬼蛇神"们坐在地上,用膝盖当桌子写交待材料,而且不准说话。据说,一天只放一次风,一般约10分钟,可以借此方便一下。买饭的任务轮流担任,派两个人到附近的首都剧场食堂购回,内容是窝头和白菜汤之类。再说吸烟,在这里实行的是"配给"制。所有的吸烟者事先自己买一盒香烟上交造反派,每天早晨放在一块洗衣用的搓板上,搓板的每一道沟里写着"牛鬼蛇神"的名字,让他们对号认领。表现好的放两支烟,一般的放一支,不好的不放烟。戏剧化的"惩罚"还有一个节目:"有一个在剧院当工人的'造反派',每逢他值夜班的时候,为了自己不打瞌睡,总要叫起来几个'牛鬼蛇神'站在大厅里训斥,一训就是几个小时。训斥的内容无非是'坦白从宽、抗拒从严'、'敌人不投降就让他灭亡'、'谁反对毛主席就砸烂谁的狗头'之类","曹禺老师一直患有严重的神经衰弱症,不吃大量的安眠药是睡不着觉的。常常是曹禺老师刚刚吃了安眠药,就被工人'造反派'从被窝里叫起来,不得不向着墙边靠。于是,工人'造反派'一拍桌子,大声喊着:'曹禺,你干什么呢?!你敢不老实!'曹禺老师一害怕,又赶快站直了。然而,要不了多久,曹禺老师又

---

① 钱锺书:《干校六记·小引》,(北京)三联书店,1986。
② 韦君宜:《思痛录》第104、105页,北京十月文艺出版社,1998。

支持不住了,工人'造反派'就再拍桌子,再吼。如此反反复复,一直要搞到天亮为止。"①著名导演焦菊隐先生也在这里,与曹禺同为"棚友"。他们两人习惯在舞台上掌握人物的命运,却没想到,命运此刻却落在别人手中。戏里戏外的无常,在这里又被印证。1985年,他在一篇追忆死于"文革"的这位老朋友的文章中抑制不住感情地写道:"昨夜醒来,想到焦菊隐先生,是那个沉默的,几乎不说话的上了年纪的人。那时他和我都在'牛棚',铺挨着铺。"②

押人游街,在1968年达到了高潮。这年秋天,巴金摆脱游斗的劫难,被关进了牛棚。他先到郊县松江辰山公社参加三秋劳动,在工宣队的监管下,巴金每天干的是最重的活,吃难以下咽的"忆苦饭",还是"田头批斗会"的主要对象。"每当大家流着汗努力挑泥挖土的时候,忽然一阵哨声,大家便放下铁锸,集中起来,在男女社员们的围观中听贫下中农对旧社会控诉,然后就由造反派或工宣队员出来向'牛鬼蛇神'训话。"1970年,他被遣送到地处东海之滨的奉贤文化系统"五七"干校——有人描述过当时的景象:干校设在"塘外",在海堤之外,是一处漫无边际没有开垦的荒凉的盐碱地。"他们住的是新建的芦苇棚,棚顶盖稻草。海边风大,吹得棚子整夜格格响。泥地潮湿,逢到下雨天,路上泥泞没膝,室内更加潮湿,床铺棉被全还潮,真是苦不堪言。"③巴金做不好农活,又上了年纪,一听造反派厉声吆喝,不免心惊肉跳,他在劳动中经常摔跤,一次滑到沟里,连眼镜也找不到了。更大的打击来自妻子萧珊的病逝。萧珊上中学时爱上巴金,直到大学毕业后两人才走到一块儿,这是1940年代的浪漫爱情。萧珊生于乱世,死于忧患,更使巴金增添了一层对她的内疚。多年后,他还清楚地记得:"六年前的光景还非常鲜明地出现在我的眼前。那一天我从火葬场回到家中,一切都是乱糟糟的,过了两三天我渐渐地安静下来了,一个人坐在书桌

---

① 梁秉堃:《在曹禺身边》第45页。
② 曹禺:《这样的戏剧艺术家——纪念焦菊隐诞辰八十周年、逝世十周年》,1985年12月14日《北京日报》。
③ 徐开垒:《巴金传·续卷》第223、227页,上海文艺出版社,1994。

前,想写一篇纪念她的文章。在五十多年前我就有了这样一种习惯:有感情无处倾吐时我经常求助于纸笔。可是一九七二年八月里那几天,我每天坐三四个小时望着面前摊开的稿纸,却写不出一句话",他感到,加害他和觉新的是同一道无形的"牢笼":"我记起了《家》里面觉新说过的一句话:'好像珏死了,也是一个不祥的鬼。'四十七年前我写这句话的时候,怎么想到我是在写自己!"①

三 投湖与苟活

1966年8月24日午夜,老舍在北京北郊的太平湖公园独坐一天后投湖自杀。在混乱的北京,这个消息持续发酵,在政界和文化界引起了极大的恐慌。

关于死,老舍生前没有留下只言片语。所有的真相,只有依赖于人们事后的叙述。老舍夫人胡絜青说:"二十几号他又去了,正赶上文联有坏分子挑拨说,把牛鬼蛇神都戴上牌子,上国子监去烧戏行头。因为他是算陪绑的,他在紧后面这一排,前一排是戏剧武把子这一班,正在后院住,他们整个出来,就拿十八般武器呀,把人打了,紧后头一个女孩拿了一把宝剑在后面,把老舍脑袋劈了,就流血了","那天老舍被打得皮开肉绽之后,已经站不起来,有人怕当场被打死,就把他拖到附近一个派出所。几个红卫兵听说他是'反革命',马上又冲进屋内你踢上一脚,他踹几下。"老舍儿子舒乙回忆说:"我走到父亲尸体旁看一看,他是躺在湖边的小路上,这里杂草丛生,中间踏出来一条小路。他的头在西,脚在东,仰面躺着,制服已经比较凌乱","父亲的脸是虚肿的,脸上、颈上、胸上都有很多伤痕,都是淤血,也有很多地方是破的,整个看来绝对是遍体鳞伤的。"当时在场的北京市文联干部王松声、葛献挺认为,"文革"开始本来没有老舍的事,他被"揪出来"完全是事出偶然。当时,揪斗的主要是萧军等人,因场面失控,又有人挑拨,就把老舍卷了

---

① 巴金:《怀念萧珊》,1979年2月2日至5日香港《大公报·大公园》。

进去。那天,打他的是中山公园附近女八中的一群女学生,用的是带铜扣的皮带。这是老舍致死的主要原因。但老舍自始至终都感到茫然,他被拉上车之后,"问我:'松声,这怎么回事?'我说,'你别问了。'从这话里证明他对这个突然来的事情没有准备。所有人都没有准备。文联、文化局的领导,包括群众都没有准备。老作家林斤澜告诉读者一个细节:

> 他从一天的委锁里挣扎出来,他奋不顾身了,"我有话说"、"我没有说完"、"我有话说"……
>
> 有人发现他胸前没挂牌子,大逆不道。立刻有块牌子递到女红卫兵手中,女红卫兵往老人头上套,那牌子只吊着根细铁丝,又短,匆忙中,勒在耳朵上,下不去,就使劲勒。老舍双手往上托铁丝,托出头顶,犹有余力,不知是收不住,还是没有收,反正连手带牌子碰着了红卫兵的脸面。
>
> 院子里一片哗然,只听见叫"打""打""打"了。人群中间,一位大个子作家,平日认真,几天来沉默观察,这时义愤爆发,气冲声门:
>
> "他打红卫兵,他反革命……"①

"叙事"自然是按照当代人的愿望重新叙述历史,但永远无法将它复原。我们至今都不能了解,老舍是在用死抵抗"文革"的荒唐吗?刚才他奋力举起牌子,是有意识的,还是无意识的行为?在恐怖面前,他的个人意识是否还保持着一丝清醒?他意识到面前发生的一切对于人究竟具有什么意义了吗?这些询问,实在是软弱无力。20世纪末,一些人文知识分子对老舍之死的现象展开了讨论,发表了不同意见,它虽然针对的是老舍之死这一事件,却可能涉及更大范围的一些问题。而且我们会时常觉得,对这些问题的思考,似乎还在许多思想者那里进行着。冰心相信,老舍选择死跟他的性格和解放后一直比较顺有关。她

---

① 参见傅光明编:《老舍之死采访实录》第4、10、15、16、55、111、112页。

说:"我觉得(老舍自杀)很可能,因为他这个人脾气很硬。我总觉得他一定会跳水死,他的小说死的人差不多都是跳水。我想,他这个人受不了多少委屈,他受欢迎时,听的全是称赞的话,他也惯了,他被人打是受不了的。"曹禺认为老舍不是自尽,是被逼死的,"他是真正的抗议呀,抗议四人帮,抗议文化大革命对知识分子的压迫、迫害"。萧乾、端木蕻良、柯灵等老作家都持相同看法,认为他的死是一个作家人格的体现,完全在意料之中。与大多数人在"控诉文革"和"受迫害"的知识谱系中审视老舍明显不同,王元化希望人们不要仅仅局限于"文革",而要从更大的历史范畴来认识,比如"十七年"、20世纪的革命等等。他指出:"假设他活到今天,再回过头来,他会对自己一生有个非常清醒的认识。我觉得我们对一个中国知识分子走过的这条路,如不从整个时代,尤其中国所渴望所要求所追求什么东西"去看的话,就不可能有真正的"发现"。王元化还以鲁迅为例,说明即使像他这样的人也有受制于时代氛围和偏见而作出错误判断的问题,老舍自然无法超越个人和时代的局限。沿着这一思路,王蒙、苏叔阳、严家炎和钱理群等对老舍进行的是更复杂而深远的思考。这些思考,涉及老舍与社会体制、老舍与中国传统文化、老舍与中国知识分子的历史处境等多方面的课题。王蒙认为,不应该把老舍解放后创作的作品当"纯文学"看,它们的意义主要是"代表了中国的知识分子和革命、共和国、共产党的关系的历程。从老舍本人来说是很深沉,也很认真的"。所以他提醒在考察老舍时,不要只注意他被迫害致死这一面,还要注意他自觉与历史互动的另一面。他指出:"觉得他属于上层人物中的一员,我看到他和外国友人一起饮酒赏花的报道,写的诗文,听到他挥洒自如地批评苏联,觉得他政治上也有一套了","说明他已经习惯于做党的座上客,做党的积极分子了"。苏叔阳说,老舍之死是中国文化之死,但这不是他个人的问题,因为这关乎中国知识分子对文化问题的认识:"'文革'把中国文化一切精华全部说成是坏的,一概打倒,而老舍是靠这吃饭的,不仅是他活命的根源,而且是他唯一的信仰",对老舍而言,"最大的刺激是在头一天当着他的面烧了那些戏装、古书等,他精神上受了很大打击,觉

第七章 "文革"与晚年的双重变奏

得以后没法活了"。正是怀着这种极其复杂和矛盾的心理,他认为老舍写于死前的"遗书"是值得研究的,"他在太平湖徘徊了很久,可能有一整天,一整夜,黎明时分才去世。那么他究竟写了些什么,碎纸片洒在湖面上很多,后人只能去猜测"。但他相信,"那些纸片很可能是他最后的杰作,但是我们见不到了"。严家炎不同意拔高老舍之死的精神境界,认为不应该把它绝对化:"在一定意义上说激愤可以体现他的骨气,但我相信他不会对整个政权表示一刀两断。他对'文革'是无法理解",而怎么认识老舍的晚年,关键是怎么认识文化政治的问题。他明确指出:"我不主张一概笼统地拒绝排斥政治。政治如果确实符合广大人民群众的利益,我们当然应该支持,也应当采取一定的行动。如果违反广大人民的愿望,我们应当站出来表示自己的态度,尽管可能有种种情况限制这种'表达'"。因此,他不主张把老舍之死及相关研究"这种行为普遍化",而应该赋予更理性的认知。钱理群指出:"如果要对老舍之死作出一个科学、合理的解释,我觉得要追溯到他在1940年代的思想转变,从中可找出它的内在逻辑",而其中的焦点是他《国家至上》这个剧本。通过这个剧本我们发现,老舍的思想线索大致有两条:一条就是他始终是一个爱国主义者,有很强的民族情绪;另外是他有国家至上那样的观念,像大多数知识分子一样,为了国家他可以牺牲自己,忍受委屈。这决定了他解放后和国家合作的思想基础,同时也因为这一点,导致了他的毁灭。钱理群更倾向于从"哈姆雷特现象"这一角度来认识,他认为从个人存在的总体历史语境看,老舍之死存在着多种可能性。他的死不是必然的,因为他有可能选择不死。他表示:"我是比较相信合力的作用,有时一个人稍微错过一点就不会死","假如说他有汪曾祺那样的经历,被江青看中了,他肯定会写","这正是中国知识分子软弱的一面"。①

这些叙述从不同程度牵涉到老舍之死,包括郭沫若、茅盾、巴金和

---

① 参见傅光明编:《老舍之死采访实录》第139、146、191—192、200、202—203、236、273—275、278—288页。

曹禺在"文革"期间思想活动的一个尖锐的问题:"投湖"还是"苟活",哪一个更具有历史的合理性?哪一个更能引起人们"历史的同情"?怎样通过它们来重新度量现代中国知识分子面对黑暗和残暴的态度?在前些年出版的周海婴的《鲁迅与我七十年》一书中,人们的担忧得到了进一步的印证:"事实上,在'文革'中,我们住在景山东前街7号,与李初梨隔壁相邻,得知李家遭到抄、砸、破坏严重,她(笔者按:这里指作者母亲许广平)思想上怎么也想不通,同时也开始为自身的安全担心,和我商量怎样避免红卫兵闯进我家来造反。按当时的风气,唯一的办法就是高挂、多挂毛主席像和语录。因此一时间,我们家里的镜框都覆盖了毛主席语录","每逢母亲要外出,我们怕她年老遗忘,总要检查她胸前的毛主席像章是否佩带端正,'红宝书'是否放在随身小拎包里。这是家里人谁都有责任做的检验工作"。① 回忆告诉人们,连鲁迅妻子许广平都为自身的安全感到莫名的恐惧,那么,郭、茅、巴、曹等人还有安全的"边界"吗?在席卷而来的"文革"风浪中,广袤的天下,哪里还有存身之地?进一步说,在中国,"投湖"还是"苟活"不是自己能够决定的,它某种程度上是由历史规定的。在那个年代,历史也许才是个人最后的裁判。而这个历史,就是1949年后中华民族建立现代民族的强烈愿望,是全民总动员这一现代化的目标和冲动。著名毛泽东思想研究专家S. R. 施拉姆曾指出:"1957年秋天的反右运动决不仅仅构成一般意义上的中国政治的一个巨大转折点,而且也构成了毛泽东思想发展的巨大转折点。那时所发生的所有变化本身都围绕着毛的理论兴趣和他所关心的政治事物,其中包括从经济学到哲学,从中国国内问题到与苏联的关系等内容。但是,从客观上讲,毛泽东思想的这些新倾向和核心以及导致这些新倾向出现的动力,都能在毛泽东的'建设社会主义'思想中找到。"②即使毛泽东本人,也是这历史活动的一部分。

---

① 周海婴:《鲁迅与我七十年》第308—309页,南海出版公司,2001。
② 〔美〕S. R. 施拉姆:《毛对"中国道路"的探索》,参见李君如、张勇伟编:《海外学者论"中国道路"与毛泽东》第252页,上海社会科学院出版社,1993。

第七章 "文革"与晚年的双重变奏

他思想的起源,来自这一历史幽暗的深处。从这个角度看,叙述者都认为作为在这一历史时段中活动的作家,郭沫若、茅盾、巴金和曹禺是无法超越这一历史状态的;同时,作为社会主义国家的重要文臣,他们又不能像处于社会边缘的隐士游侠那样游离于主流文化之外,这就加大了他们精神世界中比普通老百姓更为强烈而持久的悲剧性。因此,对"苟活"现象的考察,一定意义上可以说是对当代中国作家精神史的考察,也可以说是对当代中国社会精神生活的调查取样——也许在这里,一些被文学史长期遮蔽的问题被凸现了出来。

据龚济民、方仁念记述,1968年4月19日,在"中央文革小组"成员王力、关锋、戚本禹的授意下,郭沫若的三子郭世英被中国农业大学的红卫兵绑架。郭世英喜欢文学,他身上较多继承了父亲的诗人气质,因此特别为郭沫若所欣赏和关爱。郭氏夫妇闻讯万分焦急,立即设法营救。但当时社会已完全处于无序状态,连一些国家领导人和著名人士都不能自保,郭沫若的个人能力和处境可想而知。在夫人于立群的敦促下,郭沫若决定向周恩来求援。一次,郭有机会陪周恩来接见外宾,看到周日理万机、万般憔悴的模样,他欲言又止,终于失去了最后一次挽救儿子的机会。四天后,当郭沫若秘书王廷芳和女儿郭平英找到羁押之处,才得知郭世英已死(当夜即被草草火化),而且一直到死都没有松绑,粗粗的麻绳嵌进肉里。郭沫若承受着晚年丧子的痛苦,也承受着家庭的巨大压力,他显然清楚,世英之死绝不是空穴来风,其中有更大的背景。里里外外的复杂因素使得他无所作为,"从这一天起,沫若经常伏在案头,用他那颤抖的手执着毛笔,工工整整地在抄写儿子世英留下的日记。这是与儿子交谈的最好方式,也是寄托自己哀思的最好方式。不管泪眼昏花,不论手腕无力,他总是不停地抄写",他还"时时手抚那些厚厚的抄本,想借此告慰儿子的亡灵"。[①] 在武斗风浪中,一帮造反派拿着带铜扣的皮带冲进上海作家协会,巴金闻讯立即逃到楼下的机关食堂,穿上大师傅的白大褂、戴上白帽,才躲过一劫——这

[①] 龚济民、方仁念:《郭沫若传》第450—453页,北京十月文艺出版社,1988。

件事,后来一直被他视为平生的"奇耻大辱"。巴金在一篇文章中为读者描述了自己是如何在革命专政的压力下一步步从抵抗到屈从的心路历程的:

> 我第一次接受全市"革命群众"批斗的时候,两个参加我的专案组的复旦大学学生把我从江湾(当时我给揪到复旦大学去了)押赴斗场,进场前其中一个再三警告我:不准在台上替自己辩护,而且对强加给我的任何罪名都必须承认。我本来就很紧张,现在又背上这样一个包袱,只想做出好的表现,又怕承认了罪名将来洗刷不清。埋着头给拖进斗场,我头昏眼花,思想混乱,一片"打倒巴金"的喊声叫人胆战心惊。我站在那里,心想这两三个小时的确很难过去,但我下定决心要重新作人,按照批判我的论点改造自己。……
>
> 杂技场的舞台是圆形的,人站在那里挨斗,好像四面八方高举的拳头都对着你,你找不到一个藏身的地方,相当可怕。每次我给揪出场之前,主持人宣布大会开始,场内奏起了《东方红》乐曲。这乐曲是我听惯了的,而且是我喜欢的。可是在那些时候我听见它就浑身战栗,乐曲奏完,我总是让几名大汉拖进会场,一连几年都是如此。……①

在历史的复杂性面前,用老舍的"刚烈"来对照郭沫若和巴金的"屈从",这样的思维方式显然是无力和无效的。我们必须承认,"文革"的残酷和迷惑程度远远超出了这些作家一生中经历的任何事件。"真理""革命""群众"这个复数,是对个人存在的最有力的压制与克服。十余年来一直紧抓不放的知识分子思想改造,使得这个群体的自我认同感和精神价值的修复能力已大大下降,一种被历史虚构的"知识原罪感"战胜了他们的思想自觉。问题之复杂,显然已溢出讨论者的认识范畴。读者当记住年迈的郭沫若手握颤抖的毛笔抄录儿子世英

---

① 巴金:《解剖自己》,1982年5月5日香港《大公报·大公园》。

日记时的情形,连这位久经风浪的左翼人士也选择了放弃的方式,可见时代之残酷。当父亲把无助的思念以这种方式给予儿子,我们的历史生活仿佛出现了真正的停摆,但它之动人心魄也长久凝聚在这个细节里。

四 "复出"之后又怎样?

1976年10月6日,"四人帮"集团被粉碎。一大批文学艺术家被解除长达十年的精神禁锢,先后"复出"于文坛。许多人风尘仆仆从流放地回到京畿和各个城市,他们的样貌颇有点像中国传统社会官复原职的文人。他们难免赋诗畅怀,互诉离别重逢的情思,但夸张之词也时常溢于言表。曹禺在题为《走向春天》的文章里写道:"'四人帮'倒了,我们真正做了主人!"他形容说,"现在,我在街上大步地行走,明晃晃的城市迎着我展开它的眉目。我越走越暖,仿佛已经从冬日走到了春天。"①1979年,经历二十余年逆境磨难的丁玲前去探望叶圣陶。85岁的叶老长长的寿眉不住颤抖,握着丁玲的手,一时竟然失语。还是丁玲先说:"叶老,说句实话,我真想不到还能见到你。"连一向沉稳持重、为人内敛的叶圣陶也忽然诗兴大发,在送走丁玲后写了一首"六幺令":"启关狂喜,难记何年别。相看旧时容态,执手无言说。塞北山西久旅,所患惟消渴。不须愁绝。兔毫在握,赓续前书尚心热。回思越半纪,一语弥深切。那日文字因缘,注定今生辙……"②有些旧文人感喟牛死无常的酸腐之气,确又是人生百般况味的真实流露,是当时许多落难文人重返人间后曲折心态的形象写照。

与叶圣陶、丁玲等人相比,郭沫若的文臣心态可能更为典型。据冯锡刚说,郭沫若1976年到1978年去世之前的心态,还一直处于犹疑之中。1976年10月12日,在病中听了粉碎"四人帮"的讲话,心中终于

---

① 原载1977年11月26日《北京日报》。
② 以上引自宗诚:《丁玲传》第281—282页,中国文联出版公司,1998。

踏实,让秘书记下如下感想:

> 我衷心拥护中共中央关于华国锋同志任党中央主席、中央军委主席的决议;衷心拥护以华主席为首的党中央对王洪文、张春桥、江青、姚文元篡党夺权"四人帮"采取的英明果断措施……

对郭的这篇"口述",冯锡刚分析说:"字里行间充满着对毛泽东的崇拜,对毛泽东选定的接班人华国锋的信赖,对'四人帮'的极度憎恨。这种憎恨不独在于毛泽东生前的'揭露'和'三令五申',还在于自己的切身感受。"失子之痛,当然让他对"四人帮"深怀恶感。1949年后郭沫若给自己规定了紧跟的步伐,这种政治正确能使家庭免受突然之灾。10月21日,他奋然写出名噪一时的《水调歌头·粉碎四人帮》:"大快人心事,揪出四人帮。政治流氓文痞,狗头军师张。还有精生白骨,自比则天武后,铁帚扫而光。篡党夺权者,一枕梦黄粱。野心大,阴谋毒,诡计狂。真是罪该万死,迫害红太阳!接班人是俊杰,遗志继承果断,功绩何辉煌。拥护华主席,拥护党中央。"从"四人帮"倒台到1978年12月中共十一届三中全会召开的两年间,国家处于动乱结束后的徘徊期。重病缠身的郭沫若,在人生最后时日以极大的政治热情为科学文化事业竭尽了心力。1978年3月31日,他在全国科学大会上作题为《科学的春天》的书面讲话,以浪漫诗人的口吻称这次大会为科学的"春天"。5月27日,又在中国文联扩大会议上作题为《衷心的祝愿》的发言。在这些讲话中,"郭沫若一方面衷心期望科技工作者和文化界人士'打破陈规,披荆斩棘','敢想敢说,大胆创造';另一方面对毛泽东的评价依然在惯行的轨道上滑行"①。

从1976年秋到1981年3月,茅盾"复出"四年多就离开了人世。这位步履蹒跚的老人,在短暂的人生瞬间,社会和著述活动却不失活跃频繁。"四人帮"倒台后,他欣然作杂诗二首。《粉碎反党集团"四人帮"》作于10月底,《过河卒》作于第二年2月,诗句虽是当时流行的标

---

① 冯锡刚:《郭沫若在"文革"后期》,参见《泪雨集》,(北京)三联书店,1979。

第七章 "文革"与晚年的双重变奏

语口号,毕竟释放出作者长期沉闷的心绪。一年多后,他官复原职,开始回到过去的生活轨道,一切还是那么热闹兴奋,他再一次成为文坛中心。据万树玉的《茅盾年谱》,四年间,大约作反映时事的旧体诗、新诗四十余首,包括怀念周恩来、庆祝毛泽东选集五卷出版、欢迎王昆、郭兰英重登舞台、欢呼十一大胜利召开等等;写文学评论、贺词、发言、序文六十余篇,兼有数量可观的"手迹""条幅""手书"等,1978年以前的文章以"怀念"和"表态"为主,之后则与文学关系密切,都是"作序"和概括性的"评论";另外,参加各种"庆祝""拨乱反正""开幕""闭幕"的会议也不可计数。① 因心情大好,作者对这些官场和文坛应酬之作并不厌烦,相反他有了一种迎来文艺春天的感受。同样是影响文学创作的迎来送往,茅盾也不再像"十七年"那样寝食不安。如同传统文人,茅盾的潜意识中,有一种"功德圆满"的心理诉求,有对"善终"的人格向往。参加第四次文代会已向世人表明他重返文坛,并最终以文坛领袖身份为一生画上一个圆满的句号。这种充实且隐秘的心态,在1979年2月16日致林默涵的信中有一定程度的披露:

> 默涵同志:
> 您好! 近来我常想:第四次文代会今春就要召开了,这次相隔二十年的会议,将是文艺界空前盛大的一次会议。这次会议应是一次大团结的会议,一次心情舒畅的会议,一次非常生动活泼的会议,一次真正百花齐放、百家争鸣的会议,一次文艺界向二十一世纪跃进的会议!
> 我认为代表的产生,可以采取选举的办法,但也应辅之以特邀,使所有的老作家、老艺人不漏掉一个,都能参加。这些同志中间,由于错案、冤案、假案的桎梏,有的已经沉默了二十多年了!……

信中呼吁为老作家黄源、陈学昭等"平反",代"向中组部反映","请他

---

① 万树玉:《茅盾年谱》第451—478页,浙江文艺出版社,1986。

们催促各省市抓紧此事"云云。①

因恐不久于人世,茅盾开始在家人协助下用录音方式写"回忆录"。②他在《我走过的道路·序》中说道:"人到了老年,自知来日无多,回忆过去,凡所见所闻所亲身经历,一时都如断烂影片,呈现脑海","于是便有把有生以来所见所闻所亲身经历写出来的意念"。他声称,"所记事物,务求真实。言语对答,或偶添藻饰,但切不因华失真"③,尽管他所留的"信史"未必被所有人认可,例如胡风等人。茅盾的儿子和媳妇韦韬、陈小曼的叙述,为我们勾勒了茅盾当时认真撰写的情景:一是派媳妇陈小曼到北京图书馆、历史博物馆借过去的旧杂志,"以资确定事件发生的年月日,参与其事的人的姓名";二是命韦韬去上海广收资料,为此,在上海图书馆徐家汇书库中找到了大量旧书、旧刊。他"为了核实一九四六年秋和阳翰笙、洪深、凤子等同游杭州西湖的细节,写信给上海的女作家赵清阁请教。专门派车把罗章龙接到家中,向他了解建党初期的某些人和事。与廖沫沙核对从香港撤退的情况。请四川的胡锡培介绍抗战时重庆街道的名称。向赵明和陈培生询问一九三九年盛世才统治下的新疆的某些内幕"④。茅盾俨然那些索引派的学者,在书房正襟危坐皱眉思索。因年迈无法事事亲为,所以很多工作只能待家人又搜求到新的资料后才有所推进。

1976年以后,曹禺一时间特别热衷以"春天"为主题表达欢欣鼓舞的心情。有如许多刚刚被解除囚禁的人,由于长久地被隔离在正常社

---

① 韦韬、陈小曼:《父亲茅盾的晚年》第264—265页,上海书店出版社,1998。
② 据万树玉《茅盾年谱》第446页所述:"开始口述回忆录(录音待后整理),至一九七七年初止。那时,一九七五年所看到的希望,又渺茫起来。他觉得,自己大概看不到江青这一伙人的覆亡了。他要写出自己的回忆录,留下历史的见证,让家人将来公之于世。"(徐民和、胡颖:《巨匠的遗愿——茅盾在最后的日子里》)1978年第四季度,《新文学史料》创刊,茅盾正式撰写回忆录,自1916年进商务印书馆工作以后的部分开始,在该刊连载。1981年2月18日后,因病辍笔,已写到1934年。抗日战争前夕、八年抗战和三年解放战争时期的部分,也已经大部分录了音,由其家属整理,续完。这说明,"1934年"以前的"回忆录"乃茅盾亲撰,之后的回忆录则是家属根据"录音"整理加工而成的。
③ 该书1981年10月由人民文学出版社初版。
④ 韦韬、陈小曼:《父亲茅盾的晚年》,上海书店出版社,1998。

第七章 "文革"与晚年的双重变奏

会之外,经常会词不达意,还有点欲言又止,这是他们与人交流的显著特点。1978年2月,他在观看《龙须沟》后著文说:"我们常常说,度过严冬,才更喜爱春天。当我们看到《龙须沟》中的程疯子、娘子、小英子和他们所生活的小院子中的苦难生活,我们是多么地压抑,悲愤。人不禁要发问:这样的世道难道还能继续吗? 只能有一个回答:不能了!"① 在评论轰动一时的话剧《于无声处》时,这位久不思索的剧作家,已经习惯用流行的报刊词汇来看待作品:"《于无声处》,正是写了一九七六年的中国人民与'四人帮'的搏斗。以天安门事件为背景,集中在两个家庭,集中在一个场景,集中在一天之内。情节紧凑,发展急剧,引人入胜。《于无声处》这个名字也起得好。好,于无声处听惊雷!"② 时间在他这里陷入停滞,"文革"中的磨难也在新时代面前逐渐淡去,也许人到老年已不再怨恨。在《怀念老舍先生》一文中,曹禺似乎不愿深究"老舍之死"的历史成因并加以批判谴责,他对两人交往的旧事反倒表现出浓厚的兴趣;在《戏剧工作者的良师益友——怀念田汉同志》里,作者对叙述对象的个人嗜好、行为举止、来往唱酬有刻意的渲染;焦菊隐是曹禺人艺的同事,他对焦在"文革"中被"迫害致死"有比别人更直接的观察和深切体验,但《忆菊隐》一文,依然泛泛而谈,回避切中问题利害。当然不能责怪曾经敏锐深邃的曹禺一去而不复返,即使盖世英雄,在几十年的思想改造面前也难免心寒气短。重回原来生活轨道的曹禺,继续在全国文联和剧协任重要职务,还频繁飞往欧美国家出席各种活动,在各大报纸上都有这些活动的记述。这种情况下他不再有茅盾为自己做史的野心,也不认为个人就能够改变历史的这种状况。

五 迟到的《随想录》

此前已在香港问世,1987年8月再由北京三联书店重版的巴金50

---

① 曹禺:《重看〈龙须沟〉》,《人民戏剧》1978年第2—3期。
② 曹禺:《一声惊雷——赞话剧〈于无声处〉》,1978年11月16日《人民日报》。

万言的"文革忏悔录"《随想录》(合订本),甫一露面,立即引起了极大轰动。

作者在出版过程坎坷的《随想录·合订本新记》中说:"千言万语,不知从何说起。一百五十篇长短文章全是小人物的喜怒哀乐,自己说是'无力的叫喊',其实大都是不曾愈合的伤口出来的脓血。我挤出它们,不是为了消磨时间,我想减轻自己的痛苦",但他坦然承认,"在头一次把'随想'收集成书的时候,我才明白就因为我要人们牢牢记住'文革'"。① 这本书的写作是由两篇写日本电影《望乡》的短文引起,最后完成用了七八年时间。该书有一条主线,即由个人的精神忏悔引出民族的忏悔,对"文革"进行整体性的彻底否定。藉此作者发出了"建立文革博物馆""不让子孙后代再遭灾受难"的强烈呼吁,可惜有关方面至今一直未予回应。

彼时,"民族文化反思"正在大陆如火如荼地展开,经由思想界领袖人物的串通鼓动,逐渐成为显学。而由巴金这样的老一辈文化人出马公开声援,在文化反思中则极罕见。这是《随想录》之所以在知识界一呼百应的特殊背景。在五卷本的《随想录》中,《探索集》和《真话集》两卷是巴金思想探索的聚焦点。在1980年代,"探索"和"真话"是中国思想文化界最耀眼的表达形式,它直截了当地面对历史问题,往往被证明为作者过人的勇气和胆识。不少人都模仿这种泼辣文风一夜成名。巴金年轻时就曾表述大胆,解放后一度扭曲自卑,跟随思想解放的劲风,这时他仿佛茅塞顿开,更像一位重披盔甲的年老斗士。他说:"年轻时我喜欢引用资产阶级革命家乔治·丹东的话:'大胆,大胆,永远大胆。'现在我又想起了它。这十几年中间我看见的胆小怕事的人太多了!有一个时期我也诚心诚意地想让自己'脱胎换骨、重新做人',改造成为没有自己意志的机器人。我为什么对《未来世界》影片中的机器人感到兴趣、几次在文章里谈起'它'呢?只是因为我在'牛棚'里当过地地道道的机器人,而且不以为耻地、卖力气地做着机器

---

① 《巴金全集》第16卷,人民文学出版社,2000。

人",但"后来我发现了这是一场大骗局"。① 他尖锐指出,自己走上文学道路,"不可能是'长官'培养出来的","我拿起笔写小说,只是为了探索,只是在找寻一条救人、救世、也救自己的道路",但他痛心地表示,五十多年来"也有放弃探索的时候","有时我走上人云亦云的大道",写出来的"都是只感动自己不感动别人的'豪言壮语'"②。在《探索之三》《探索之四》中,巴金认真思索"个人创作"与"长官意志"之间的矛盾,探讨文艺创作与体制关系的敏感问题。比照郭沫若、茅盾和曹禺本时期的言论,巴金显然已经走得很远。但应该知道这确实是事出有因。1979年发起的"思想解放运动",意图是清除桎梏人们思想的"两个凡是"的极"左"余毒,客观上却触发和推动了全国思想文化界思想解放的潮流,巴金之所以站出来,与这一深入广泛的时代氛围有很大关系。然而1980年代并不像人们想象的自由的思想可以畅行无阻,没有边界,所以巴金仍然谨慎持重,他采取那时常见的"曲线救国"形式——先在香港《大公报》上开辟"专栏",再观察国内的反应,最后在大陆结集出版。1980年代,大量标示为"译著""新学"的思想"偏激"的西方书籍涌入中国,在思想文化界和读书界显然扮演了普罗米修斯的重要角色。《随想录》重蹈覆辙,率性冲击社会禁锢的闸门,这表明思想解放确实出现了一线曙光。

探索不是巴金写《随想录》的目的,他要推导出一种说真话的风气。在一个特殊时期里,真话被看作对社会的威胁,它拥有怀疑和叛逆的性质。即使在1980年代,不少人仍然把它与异端相联系。在《说真话》中,他认为社会上所以说假话成风,是因为"说谎的艺术发展到了登峰造极的地步,谎言变成了真理,所以真话倒犯了大罪"。他还认为,"真话"要不仅针对"文革"和极"左"路线,而且还应该勇于"解剖"自己精神的怯懦,通过真诚反省自己达到反省整个历史的目的。③ 他

---

① 巴金:《探索》,1980年1月29日、31日香港《大公报·大公园》。
② 巴金:《再谈探索》,1980年3月5日香港《大公报·大公园》。
③ 巴金:《说真话》,1980年9月28日香港《大公报·大公园》。

在《写真话》中,记述了同在"牛棚"中的作家王西彦对现实的清醒和自己的迷信说:"十年浩劫绝不是黄粱一梦。这个大灾难同全世界人民都有很大的关系,我们要是不搞得一清二楚,作一个能说服人的总结,如何向别国人民交代!"虽然目前中国"没有但丁",但他相信"总有一天会有人写出新的《神曲》"。① 在《三论说真话》里,他提出了"人只有讲真话,才能够认真地活下去"这个在当时非常尖锐的命题。他指出:"我不想多提十年的浩劫,但是在那段黑暗的时期中我们染上了不少的坏习惯,'不讲真话'就是其中之一。在当时谁敢说这是'坏习惯'?!人们理直气壮地打着'维护真理'的招牌贩卖谎言。我经常有这样的感觉:在街上,在单位里,在会场内,人们全戴着假面具,我也一样。"为此他指出,在中国,首先应该是认真地"做人"。他明确表示:"我思考的不是作品,不是文学,而是生活。"②他接着对"说真话"的意义做了进一步发挥:"我所谓真话不是指真理,也不是指正确的话。自己想什么就讲什么;自己怎么想就怎么说——这就是说真话。"③但巴金清醒地意识到,要让所有伤害过别人和被人伤害的人都站出来说真话,是不现实的。他说:"翻看了大部分的旧作,使我感到惊奇的是从一九五〇年到一九六六年十六年中间,我也写了那么多的豪言壮语,我也绘了那么多的美丽图画,可是它们却迎来十年的浩劫,弄得我遍体鳞伤"——这种情况下,要让大多数人不再"惊惶不安""心有余悸",在精神上摆脱历史噩梦,真正战胜自己,该是多么艰难。"给蛇咬伤的人看见绳子会心惊肉跳。难道我就没有恐惧?"④由于巴金对自己的"精神拷问"异常坦率,他的自我解剖如此地热烈和真诚,他的"随想录体"文章在广大读者中不胫而走,有些篇什如《怀念萧珊》《小狗包弟》甚至成了一时名文。

近于苛刻的后代史学家也许会问:巴金对中国社会的"随想"为什

---

① 巴金:《写真话》,1980年10月15日香港《大公报·大公园》。
② 巴金:《三论说真话》,1982年3月20日至22日香港《大公报·大公园》。
③ 巴金:《说真话之四》,1982年4月10日香港《大公报·大公园》。
④ 巴金:《未来〈说真话之五〉》,1982年4月22日香港《大公报·大公园》。

第七章 "文革"与晚年的双重变奏

么迟到了28年？在四分之一的世纪中，难道巴金这一代知识者的思想探索就一直处在冷冻期？究竟是什么力量造成了当代知识界思想钟摆的停滞？为什么从五四时期就一直张扬着的"人"的旗帜消失了，以"发现人"和"重新塑造人"为主旨的五四精神，出现了难以理解的中断？人们有理由对思想的犬儒现象发起猛烈的抨击。然而明智的研究者认为更需要的，是如何借助知识考古学的方式，重新整理那代知识者的思想踪迹，以恢复历史的真相。真相永远可以教育人，即使是一片残存的思想废墟也有保存的理由。

《随想录》不是一部弥可珍贵的思想史巨著，它的叙述风格可能接近于巴金早年那些伤感浅显的小说。它对中国当代史的观察也不是高屋建瓴，能够启人心智的，即使在当年，也有不少人这么认为。《随想录》的价值，是作者以追忆的方式留下了老一代作家的思想活动。它的真率不仅为当时所少有，即使今天也很难做到。它的力量来自于一种心灵的真诚，这实际是巴金这代作家在当代社会的一部微型的心灵史。巴金在该书的《合订本新记》里开宗明义地说："五十年代我不会写《随想录》，六十年代我写不出它们。只有在经历了接连不断的大大小小政治运动之后，只有在被剥夺了人权，在'牛棚'里住了十年之后，我才想起自己是一个'人'，我才明白我也应当像一个人一样用自己的脑子思考。"为此，他把剥夺了人的思考能力，将人异化为非人的力量称之为"大骗局"。在巴金的观察里，"群众专政"是这种剥夺力量中克敌制胜的法宝之一。《十年一梦》写道："我是六六年八月进'牛棚'，九月十日被抄家的，在那几个月里我受了多大的折磨，听见捶门声就浑身发抖。"①他说："回想起那些日子，那些学习会，我今天还感到不寒而栗。我明明觉得罩在我四周的网越收越紧，一个星期比一个星期厉害。"②那么，是什么因素使精神个体最终完全丧失，走向崩溃的呢？作者在《解剖自己》中对自己心态做了颇具说服力的解释："杂技场的舞

---
① 文见1981年7月30日、31日香港《大公报·大公园》。
② 巴金：《三论说真话》，1982年3月20日至22日香港《大公报·大公园》。

台是圆形的,人站在那里挨斗,好像四面八方高举的拳头都对着你","批斗大会召开时,为了造舆论,造声势,从作家协会上海分会到杂技场,沿途贴了不少很大的大字标语,我看见那么多的'打倒'字样,我的心凉了"。① 1949 年后,对人口总数百分比的掌握,变成了压倒一切的思维方式——而"广大群众",就是这一绝对多数百分比的体现者。正是在这种历史的惯性中,个人存在的合法性受到了质疑,承受着巨大压力,一步步失去了独立思考的权利。另外,办"学习班"和"思想检查"的方式也渗透到社会所有细胞之中。在 1950 年代,这一方式曾长期运用于对全社会,尤其对知识分子的控制上。表面上,它是以"惩前毖后、治病救人"和帮助犯错误的人的面目出现的,可是它造成的却是人人自危的结果。对此,巴金有过惨痛的体验:"我写过不少的'认罪书',承认挨斗一次,就'受到一次深刻的教育'。我究竟想说些什么?今天分析起来,也无非想把自己表现得无耻可笑,争取早日过关而已。"②在山崩地裂般的压力下,他曾经幻想:"一个会接一个会地开下去,我终于感觉到必须甩掉'独立思考'这个包袱,才能'轻装前进'",但终于明白,"我们都在网里",于是"这样地安慰自己:'听天由命吧,即使是孙悟空,也逃不出如来佛的手掌心。'"③在"多"与"寡"、"强"与"弱"的悬殊对比中,知识者最终完成了由人到非人的精神的蜕变过程。1984 年,巴金借《"紧箍咒"》一文分析自己的思想"转变"——1957 年反右期间,"我的心情十分复杂","我一方面感谢'领导'终于没有把我列为右派",还"让我参加各种'反右'活动"。但他沉痛地说:

> 这以后我就有了一种恐惧,总疑心知识是罪恶,因为"知识分子"已经成为不光彩的名称了。我的思想感情越来越复杂,有时候我甚至无法了解自己。我越来越小心谨慎,人变得更加内向,不愿意让别人看到真心。我下定决心用个人崇拜来消除一切的杂

---

① 文见 1982 年 5 月 5 日香港《大公报·大公园》。
② 巴金:《"深刻的教育"》,1984 年 3 月 13 日香港《大公报·大公园》。
③ 巴金:《三论说真话》,1982 年 3 月 20 日至 22 日香港《大公报·大公园》。

第七章 "文革"与晚年的双重变奏

念,这样的一座塔就是建筑在恐惧、疑惑与自我保护上面,我有时清夜自思,会轻视自己的愚蠢无知,不能用自己的脑子思考,哪里有什么"知识"?有时受到批判、遇到挫折,又埋怨自我改造成绩不大……我就这样地走着、爬着,走着、爬着……一直到"文化大革命",我给戴上了"资产阶级反动学术权威"的帽子,成为审查对象。①

当代史研究之困难,就在于我们今天还生活在当代史的知识范畴和叙述当中。关于当代史真伪和意义的争论,还在知识界如火如荼地进行,人们各自为阵,道德主义仍然是自己把守的据点。思想混乱的年代,也许正是学术研究的起点。此时是躲进书斋的最好时机,象牙塔因此拥有了瞭望的角度。我有理由相信,《随想录》给研究者留下了一部详尽的个人传记。尽管它有替自己辩解的动机,但使人们有机会充分地了解到当时思想界的苦闷。没有这些材料,我们也许无法揣测到这苦闷和彷徨的深度——"文革"年代文化人的生活和思想,因为巴金的著作,使我们得到从另一个角度观察当代中国的机会。关于如何思考历史,黄仁宇的《万历十五年》已经有过精辟的论述:"生命的真意义,要在历史上获得,而历史的规律性,有时在短时间尚不能看清","中国的革命,好像一个长隧道,须要一百零一年才可以通过。我们的生命纵长也难过九十九岁。以短制长,只是我们个人对历史的反应,不足为大历史。将历史的基点推后三五百年才能摄入大历史的轮廓"。②

六 对辞世仪式的解读

在20世纪七八十年代之交的中国,大规模的政治生活已是夕阳西下,但最后一列火车还在惯性的状态下缓慢运行。中国走到了另一个时代的十字路口,人们在迎接新时代的车站上,不免还怀着重温过去历史的淡然心情。对报纸电台上追悼会的关注,大概就是一种历史的回

---

① 文见1985年1月25日至27日香港《大公报·大公园》。
② 黄仁宇:《万历十五年》第263页,中华书局,1995。

光返照。追悼会规模的大小,仍然在顽强证实着辞世者的社会地位和政治荣誉。追悼会与其是对逝者的追念,莫如说是对他(她)声望和荣誉的最终确认。文化界进入这一行列的人士可以说凤毛麟角,能够进入如此规格者更是寥寥无几,因此,郭沫若和茅盾的追悼会给当时人们留下了极深的印象。

1978年春,在改革派邓小平、胡耀邦的大力推动下,一场关于"实践是检验真理的唯一标准"的大讨论在全国拉开序幕。这是一场思想解放运动。旧时代的秩序已经不能适应现代化的要求,走向世界这时成为全社会的共识。来自旧时代的既得利益者感到沮丧茫然,但年轻的知识精英们都激动万分,这是他们的舞台,三十年后,他们跻身到这个国家的中心位置。6月12日16时50分,郭沫若在思想解放的曙光初露地平线的前夕离开了人世。对郭沫若来说,这多少有些遗憾。但历史对他评价极高,这就把遗憾减少到了最低限度。两天后新华社发出"讣告",宣称:"我国伟大的无产阶级文化战士、中国共产党中央委员会委员、全国人民代表大会常务委员会副委员长、政协全国委员会副主席、中国科学院院长、中国文学艺术界联合会主席郭沫若同志,因病长期医治无效,于一九七八年六月十二日在北京逝世,终年八十六岁。"同时,公布了"治丧委员会名单",有叶剑英、邓小平、李先念、宋庆龄、赵紫阳、陈云、邓颖超、沈雁冰、胡耀邦、成仿吾、周培源、周扬、巴金、夏衍、侯外庐等74人。据各大媒体的消息,17日,党和国家领导人以及首都各界代表"怀着沉痛的心情",步入北京医院向"安详地"躺在长青松柏和鲜花丛中的郭沫若的遗体告别,并向他的夫人于立群和子女表示"亲切慰问"。当天,他的遗体由方毅、许德珩、沈雁冰等和治丧委员会工作人员护送,到八宝山火化。18日,天安门广场、新华门、外交部下半旗致哀。下午,"郭沫若同志追悼大会"在人民大会堂隆重举行。新闻媒体按照惯例报道说,庄严肃穆的会场内悬挂着郭沫若同志的遗像,安放着他的骨灰盒,骨灰盒上覆盖着中国共产党党旗。中共中央主席、副主席,国务院总理、副总理,人大常委会副委员长,政协全国委员会副主席,中共中央军委负责人,党、政、军各部门负责人,各界知

名人士以及首都群众近两千人参加了追悼会。大会由叶剑英主持,邓小平致悼词。悼词指出:

> 郭沫若同志是我国杰出的作家、诗人和戏剧家,又是马克思主义的历史学家和古文字学家。早在"五四"运动时期,他就以充满革命激情的诗歌创作,歌颂人民革命,歌颂社会主义和共产主义,开一代诗风,成为我国新诗歌运动的奠基者。他创作的历史剧,是教育人民、打击敌人的有力武器。他是我国运用马克思主义观点研究中国历史的开拓者。他创造性地把古文字学和古代史的研究结合起来,开辟了史学研究的新天地。他在哲学社会科学的许多领域,包括文学、艺术、哲学、历史学、考古学、金文甲骨文研究,以及马克思主义理论著作和外国进步文艺的翻译介绍等方面,都有重要建树。他长期从事科学文化教育事业的组织领导工作,扶持和帮助了成千上万的科学、文化、教育工作者的成长,对发展我国科学文化教育事业作出了不可磨灭的贡献。他和鲁迅一样,是我国现代文化史上一位学识渊博、才华卓具的著名学者。他是继鲁迅之后,在中国共产党领导下,我国文化战线上又一面光辉的旗帜。……

悼词号召"全国人民""特别是科学文化教育工作者和广大知识分子"向他"学习","化悲痛为力量",把自己的本职工作做好。① 20日晨,遵照郭沫若"遗愿",在家人和身边工作人员的陪送下,飞机把他的骨灰撒到山西昔阳大寨的土地上。

国内外观察家注意到,尽管国家给予郭沫若"伟大的"和"下半旗"等对当代中国人来说最高的评价和政治礼遇,但对他的"历史定位"却是"作家、诗人和戏剧家""历史学家和古文字学家"。有意思的是,虽然他模仿已故领导人的做法,把骨灰撒向"大海"或者"大地",可他仍然没有走出文人的边界——在世人眼里,他还是当代文人集团中的一员。这说明,自他投身政治运动之日起,现实就为他规划了思想和文学

---

① 参见1978年6月18日《人民日报》。

的活动范畴:"歌颂人民革命""歌颂社会主义和共产主义"。按照盖棺论定的习惯,评价对郭沫若一生极其广泛而复杂的思想文化活动作了"剪辑"性的处理,通过剪辑,广泛性和复杂性被大大简化了。同样,"剪辑"也是1970和1980年代之交出现的一种崭新的叙述方式,它要求社会对历史人物的"评价"符合"团结一致向前看"和"改革开放"的总目标,要求人们"忘记过去、面向未来",于是,对"文革"的全民族反思一直没有,实际也不可能真正地展开。1990年代,历史就这样在自我遗忘中一步跨进了"市场经济时代"。通过郭沫若的追悼活动,"历史"的一页在人们没有觉察之间被翻了过去。

郭沫若去世三年后,茅盾也离开了人世。

1949年后,"恢复党籍"一直是困扰茅盾精神世界的一个问题。上世纪20年代的"脱党"是当时与党组织失去联系造成的,在党外为党工作,是地下党也是他亲近的朋友周恩来对他提出的要求。随着中共成为执政党,过去很多脱党的老党员经过严格的组织甄别,纷纷恢复党籍,当然也有一些人因历史复杂,被排斥在外。与党的关系如何,是确定一个人在当代社会位置的重要标准之一,某种程度上也是他是否受到组织上信任的微妙的晴雨表。这种情况下,端正衣冠地回到党内来,曾经是茅盾多年的愿望,他也多次向有关方面提出要求,但不知道是因为忙,还是其他原因,始终没有落实。如此背景下重读茅盾的"遗书",笔者的感觉可以用"感慨万端"来形容,自然也难将这感觉付诸普通文字。1981年3月14日,由儿子韦韬笔录,他口述了两份"遗书"。一份曰:

> 耀邦同志暨中共中央:
>
> 亲爱的同志们,我自知病将不起,在这最后的时刻,我的心向着你们。为了共产主义的理想我追求和奋斗了一生,我请求中央在我死后,以党员的标准严格审查我一生的所作所为,功过是非。如蒙追认为光荣的中国共产党员,这将是我一生的最大荣耀。
>
> 沈雁冰　1981年3月14日①

---

① 该信同时刊于1981年3月13日的《人民日报》和《光明日报》。

第七章 "文革"与晚年的双重变奏

另一份写给中国作家协会,表示将捐出稿费25万元,设立"长篇小说创作奖"。17天后,中共中央以"追认"的形式对茅盾的请求做了答复,"决定"称:

> 我国伟大的革命作家沈雁冰(茅盾)同志,青年时代就接受马克思主义,一九二一年就在上海先后参加共产主义小组和中国共产党,是党的最早的一批党员之一。一九二八年以后,他同党虽失去了组织上的关系,仍然一直在党的领导下从事革命的文化工作,为中国人民的解放和社会主义建设事业奋斗一生,在中国现代文学运动中作出了卓越贡献。他临终以前恳切地向党提出,要求在他逝世后追认他为光荣的中国共产党党员。中央根据沈雁冰同志的请求和他一生的表现,决定恢复他的中国共产党党籍,党龄从一九二一年算起。①

四天前的凌晨5点55分,茅盾已经与世长辞,他显然没有亲眼看到这份"决定"。但他死后的追悼大会,几乎与三年前郭沫若的追悼会一样隆重。中共中央副主席邓小平亲自主持,中共中央主席胡耀邦致悼词。悼词中,对他的评价虽然略逊于郭沫若,但语调的热情和亲切却超过了后者:

> 一九八一年三月二十七日五时五十五分,中国文坛陨落了一颗巨星。我国现代进步文化的先驱者、伟大的革命文学家和中国共产党最早的党员之一沈雁冰(茅盾)同志和我们永别了。
>
> 我们怀着十分沉痛的心情,深切悼念这位为中国革命事业、中国新兴的革命文学奋斗了一生的卓越的无产阶级文化战士!……②

自1948年从香港北上以来的33年间,出现在各种会议和外交场合的沈雁冰(茅盾),都是冠之以"民主人士""无党派人士"和"作家"

---

① 韦韬、陈小曼:《父亲茅盾的晚年》第353页,上海书店出版社,1998。
② 参见1981年4月11日《人民日报》。

的称谓的。这种称谓,指出了他在当时社会中的"民间身份"。它们的言外之意是:这不是我们"自己人",而是"团结"和"教育"的对象。他显然清楚,在长期的政治生活中,"党内"与"党外"一直是内外有别的,处在不真正通气的状态。需要探讨的是,茅盾内心是否真正安于这种"现状"?据韦韬、陈小曼证实,1931年茅盾曾向瞿秋白提出过恢复党籍的要求,但没有得到答复。1940年他在延安再次向张闻天提出恢复党的组织生活的申请,党中央研究以后,认为他留在党外,对革命对人民更为有利。1950年代,郭沫若、李四光、钱学森等高级知识分子纷纷恢复党籍或者入党,张琴秋、杨之华等曾力劝他"解决"党籍问题。但他令人奇怪地告知于人:"张部长她们来劝我入党,我没有同意。在共产党打天下的时候我不是党员,不过我一直是以一个共产主义者的标准来要求自己的;现在共产党得了天下,我不想再来分享共产党的荣誉。"①这种回答显然不符合茅盾一生的思想逻辑。如前所述,他是中国现代作家中政治意识比较突出的一位,又是"最早的一批党员之一",虽说在政治与文学的关系上经常表现出较大的矛盾,但总体上他是以极高政治热情投入社会实践的。按理说,中共成了执政党后,"入党光荣"一直是新社会评价人的一条重要标准,他的"重新入党"应该在情理和逻辑之中。从这些现象看,茅盾的"表白"是缺乏说服力的。如果联系前前后后的各种现象,我们只能说,"矛盾"确实是茅盾思想世界中的一种潜在的色调。

值得探究的还有"沈雁冰"和"茅盾"之间的微妙差别。沈雁冰是他的姓名,而茅盾是他从1927年起开始使用并保持终生的笔名。笔者注意到,他1949年后发表的所有与文艺有关的文章、文集和发言,署的都是"茅盾"二字。他在公众场合(包括工作证、病历证和各种填表)中,则一律都署上"沈雁冰"三个字。前者表明他是一个作家,后者是他社会身份的证明。如果说,请求"恢复党籍"与"追认"之间存在着一个社会惯例上的、合理的时间差的话,那么,"姓名"与"笔名"之间显而

---

① 韦韬、陈小曼:《父亲茅盾的晚年》第342—343页,上海书店出版社,1998。

第七章 "文革"与晚年的双重变奏

易见的"命名差"也是值得关注的。因为,姓名代表的是一个现实的世界,笔名象征的是一个文学的世界,现实世界是茅盾的"现实存在",文学世界却具有较大的虚拟性和不确定性。因此,一个需要面对的问题是,两个人称或说两重世界在茅盾身上的交叉与叠合,仅仅是出于"偶然"还是"巧合"呢？我们的故事只好在这里沮丧地结束。

"鲁郭茅巴老曹"的故事也在这里结束了。在1980年代以后的岁月里,他们虽然还会出现在各种不同的叙述中,但历史已经翻过了这漫长的一页。漫长的革命,已成人们追忆的往事。

参考文献

一、书籍类

1. 〔英〕柯林武德:《历史的观念》,何兆武、张文杰译,商务印书馆,2007。
2. 〔美〕韦勒克、沃伦:《文学理论》,刘象愚等译,三联书店,1984。
3. 〔荷兰〕佛克马、蚁布思:《文学研究与文化参与》,俞国强译,北京大学出版社,1996。
4. 〔加拿大〕斯蒂文·托托西:《文学研究的合法化》,马瑞琦译,北京大学出版社,1997。
5. 安托万·普罗斯特:《历史学十二讲》,王春华译,北京大学出版社,2012。
6. 〔德〕德罗伊森:《历史知识理论》,胡昌智译,北京大学出版社,2006。
7. 〔法〕弗朗索瓦·多斯:《碎片化的历史学——从"年鉴"到"新史学"》,马胜利译,北京大学出版社,2008。
8. 〔英〕彼得·伯克:《法国史学革命:年鉴学派,1929—1989》,刘永华译,北京大学出版社,2006。
9. 〔法〕孟德拉斯:《农民的终结》,李培林译,社会科学文献出版社,2010。
10. 〔英〕E.P.汤普森:《英国工人阶级的兴起》(上、下),钱乘旦等译,译林出版社,2001。
11. 林志浩:《鲁迅传》,北京十月文艺出版社,1991。
12. 龚济民、方仁念:《郭沫若传》,北京十月文艺出版社,1988。
13. 《郭沫若自传》,江苏文艺出版社,1996。
14. 夏衍:《懒寻旧梦录》,三联书店,1985。
15. 《周恩来书信选》,中央文献出版社,1988。
16. 陈早春、万家骥:《冯雪峰评传》,重庆出版社,1993。
17. 陈晋:《毛泽东与文艺传统》,中央文献出版社,1992。
18. 王蒙、袁鹰编:《忆周扬》,内蒙古人民出版社,1998。
19. 孙玉石、钱理群等编:《王瑶和他的世界》,河北教育出版社,2000。

20. 仲呈祥编:《新中国文学纪事和重要著作年表》,四川省社会科学院出版社,1984。
21. 涂光群:《五十年文坛亲历记》(上、下),辽宁教育出版社,2005。
22. 徐庆全:《革命吞噬它的儿女——丁玲、陈企霞"反党集团"案纪实》,香港中文大学出版社,2008。
23. 梁启超:《中国历史研究法补编》,中华书局,2010。
24. 闻黎明:《闻一多传》,人民出版社,1992。
25. 《毛泽东选集》第四卷,人民出版社,1991。
26. 蔡仪:《中国新文学讲话》,新文艺出版社,1952。
27. 张毕来:《新文学史纲》第1卷,作家出版社,1955。
28. 丁易:《中国现代文学史略》,作家出版社,1956。
29. 刘绶松:《中国新文学史初稿》,作家出版社,1956。
30. 李辉:《胡风集团冤案始末》,人民日报出版社,1989。
31. 丁东编:《反思郭沫若》,作家出版社,1998。
32. 韦韬、陈小曼:《父亲茅盾的晚年》,上海书店出版社,1998。
33. 于劲:《上海:1949大崩溃》(上),解放出版社,1993。
34. 施惠群:《中国学生运动史:1945—1949》,上海人民出版社,1992。
35. 文洁若:《我与萧乾》(上部),广西教育出版社,1992。
36. 王惠云、苏庆昌:《老舍评传》,花山文艺出版社,1985。
37. 甘海岚编:《老舍年谱》,书目文献出版社,1989。
38. 舒乙《我的思念——关于老舍先生》,中国广播电视出版社,1990。
39. 《老舍自传》,江苏文艺出版社,1995。
40. 巴金:《序跋集》,花城出版社,1982。
41. 《巴金书信集》,人民文学出版社,1991。
42. 徐开垒:《巴金传》(续卷),上海文艺出版社,1994。
43. 曹禺:《雷雨》,文化生活出版社,1936。
44. 梁秉坤:《在曹禺身边》,中国戏剧出版社,1999。
45. 田本相:《曹禺传》,北京十月文艺出版社,1988。
46. 傅光明:《老舍之死采访实录》,中国广播电视出版社,1999。
47. 胡明:《胡适传论》,人民文学出版社,1996。
48. 鲁西奇:《梁实秋传》,中央民族大学出版社,1996。

49. 中共中央文献研究室编:《周恩来年谱》,中央文献出版社,1989。

50. 查国华编:《茅盾年谱》,长江文艺出版社,1985。

51. 茅盾:《我走过的道路》(下),人民文学出版社,1997。

52. 王水照主编:《宋代文学通论》,河南大学出版社,1997。

53. 陈祖武:《清初学术思辨录》,中国社会科学出版社,1992。

54. 唐德刚:《胡适杂忆》,华文出版社,1992。

55. 巴金:《随想录》,三联书店,1987。

56. 中共中央文献研究室编:《中华人民共和国开国文选》,中央文献出版社,1999。

57. 余英时:《内在超越之路》,中国广播电视出版社,1993。

58. 李辉:《沧桑看云》,花城出版社,1998。

59. 《悼念郭老》,三联书店,1979。

60. 余杰:《铁屋中的呐喊》,中华工商联合出版社,1998。

61. 陈徒手:《人有病 天知否——一九四九年后中国文坛纪实》,人民文学出版社,2000。

62. 《鲁迅全集》第11卷,人民文学出版社,1991。

63. 吴世勇编:《沈从文年谱——1902—1988》,天津人民出版社,2006。

64. 王丽丽:《在文艺与意识形态之间——胡风研究》,中国人民大学出版社,2003。

65. 许广平:《十年携手共艰危——许广平忆鲁迅》,河北教育出版社,2001。

66. 许广平:《鲁迅回忆录》第1卷,上海文艺出版社,1979。

67. 许广平:《胡今虚〈鲁迅作品及其他〉读后感》,上海泥土出版社,1950。

68. 黄开发编:《知堂书信》,华夏出版社,1994。

69. 许钦文:《鲁迅小说助读》,上海四联出版社,1954。

70. 袁良骏:《当代鲁迅研究史》,陕西人民教育出版社,1992。

71. 王富仁:《中国鲁迅研究的历史和现状》,浙江人民出版社,1999。

72. 钱理群:《走进当代的鲁迅》,北京大学出版社,1999。

73. 汪晖:《反抗绝望》,河北教育出版社,2000。

74. 李欧梵:《铁屋中的呐喊》,岳麓书社,1999。

75. 《许广平文集》第2卷,江苏文艺出版社,1998。

76. 倪墨炎、陈九英:《鲁迅与许广平》,上海书店出版社,2001。

77. 朱正:《鲁迅回忆录正误》,浙江人民出版社,1999。

78. 钱理群:《周作人传》,北京十月文艺出版社,1990。

79. 止庵编：《关于鲁迅》，乌鲁木齐，新疆人民出版社，1997。

80. 舒芜：《周作人的是非功过》(增订本)，辽宁教育出版社，2000。

81. 李长之：《鲁迅批判》，北新书局，1936。

82. 房向东：《鲁迅:最受诬蔑的人》，上海书店出版社，2000。

83. 郭沫若：《屈原研究》，群益出版社，1941。

84. 罗点点：《红色家族档案》，南海出版社，1999。

85. 郭沫若：《蔡文姬》，文物出版社，1959。

86. 《郭沫若自传》，江苏文艺出版社，1996。

87. 韦君宜：《思痛录》，北京十月文艺出版社，1988。

88. 苏晓康等：《"乌扎邦"祭》，中国新闻出版社，1988。

89. 赵超构：《延安一月》，中国国际广播出版社，2013。

90. 黄仁宇：《黄河青山》，三联书店，2001。

91. 郭沫若：《文艺论集》，上海光华书局，1925。

92. 黄淳浩编《郭沫若书信集》(下)，中国社会科学出版社，1992。

93. 郭沫若：《百花齐放》，人民日报出版社，1958。

94. 洪子诚、刘登翰：《中国当代新诗史》，人民文学出版社，1993。

95. 《郭沫若全集》第12、13卷，人民文学出版社，1992。

96. 杨晓明、周翼虎：《中国单位制度》，中国经济出版社，1999。

97. 《歌德自传》，刘思慕译，人民文学出版社，1983。

98. 《郭沫若总论》，香港商务印书馆，1980。

99. 冯锡刚：《泪雨集》，三联书店，1979。

100. 李泽厚、刘再复：《告别革命——二十世纪中国对谈录》，台北：麦田出版股份有限公司，1999。

101. 黄俊杰访问记录：《台湾"土改"的前前后后》，九州出版社，2011。

102. 查国华、查汪宏编：《茅盾日记》，山西教育出版社，1997。

103. 万树玉、李由编：《茅盾与我》，中国广播电视出版社，1996。

104. 《茅盾书信集》，北京文化艺术出版社，1988。

105. 舒济编：《老舍书信集》，百花文艺出版社，1992。

106. 黄侯兴：《"人生派"大师——茅盾》第285页，山东人民出版社，1996。

107. 茅盾：《鼓吹集》，作家出版社，1959。

108. 宋永毅：《老舍与中国文化观念》，学林出版社，1988。

109.《茅盾眉批本文库》,中国国际广播出版社,1996。

110.《老舍生活与创作自述》,人民文学出版社,1982。

111.曹禺:《迎春集》,北京出版社,1958。

112.巴金:《友谊集》,作家出版社,1959。

113.巴金:《赞歌集》,上海文艺出版社,1960。

114.巴金:《生活在英雄们的中间》,人民文学出版社,1953。

115.《曹禺全集》第6卷,花山文艺出版社,1996。

116.《周恩来论文艺》,人民文学出版社,1979。

117.钱理群:《大小舞台之间——曹禺戏剧新论》,浙江文艺出版社,1994。

118.叶子铭:《梦回星移——茅盾晚年生活见闻》,南京大学出版社,1991。

119.杨绛:《洗澡》,三联书店,1988。

120.徐友渔:《我在一九六六》,《1966——我们那一代人的回忆》,中国文联出版公司,1998。

121.杨绛:《干校六记》,三联书店,1986。

122.周海婴:《鲁迅与我七十年》,南海出版公司,2001。

123.宗诚:《丁玲传》,中国文联出版公司,1998。

124.周雨:《大公报史》,江苏古籍出版社,1993。

125.晓风主编:《我与胡风——胡风事件三十七人回忆》,宁夏人民出版社,1993。

126.王亚蓉编:《沈从文晚年口述》,陕西师范大学出版社,2003。

127.朱鸿召编选:《王实味文存》,上海三联书店,1998。

128.陈坚、陈抗:《夏衍传》,北京十月文艺出版社,1998。

129.吴亮:《我的罗陀斯——上海七十年代》,人民文学出版社,2011。

130.萧军:《侧面:从临汾到延安》,中国国际广播出版社,2013。

131.温济泽等:《王实味冤案平反纪实》,群众出版社,1993。

132.陈徒手:《故国人民有所思——1949年后知识分子思想改造侧影》,三联书店,2013。

133.余英时:《文史传统与文化重建》,三联书店,2012。

134.斯炎伟:《全国第一次文代会与新中国文学体制的建构》,人民文学出版社,2008。

135.田建民编著:《中国当代文艺论争史》,大众文艺出版社,2005。

136.冯林编:《重新认识百年中国——近代史热点问题的研究与争鸣》上册,改革出版社,1998。

137. 席宣、金春明:《"文化大革命"简史》,中共党史出版社,1996。

138. 高皋、严家其:《"文化大革命"十年史》,天津人民出版社,1986。

139. 李锐:《毛泽东的早年与晚年》,贵州人民出版社,1992。

140. 叶永烈:《姚文元传》,时代文艺出版社,1993。

141. 邵荃麟:《文学十年》,作家出版社,1960。

142. 朱正:《1957年的夏季:从百家争鸣到两家争鸣》,河南人民出版社,1998。

143. 《中华全国文学艺术工作者代表大会纪念文集》,新华书店,1949。

144. 北岛、李陀主编:《七十年代》,牛津大学出版社,2008。

145. 曹聚仁:《我与我的世界》,人民文学出版社,1983。

146. 曹聚仁:《鲁迅评传》,香港:世界出版社,1956。

147. 曹聚仁:《文坛五十年》,香港:新文化出版社,1954。

148. 周作人:《知堂回想录》,香港:三育图书文具公司出版,1974。

149. 周遐寿:《鲁迅的故家》,上海出版公司,1953。

150. 周遐寿:《鲁迅小说里的人物》,上海出版公司,1954。

151. 周启明:《鲁迅的青年时代》,中国青年出版社,1957。

二、报刊类

1. 1921—1922年《小说月报》(上海)

2. 1936年《文学》(上海)

3. 1935—1937年,《宇宙风》(上海)

4. 1947年《观察》(上海)

5. 1948年《大公报》(天津)

6. 1948年《华商报》(香港)

7. 1949年《东北日报》(沈阳)

8. 1949—1976年《人民日报》(北京)

9. 1949—1980年《人民文学》(北京)

10. 1949—1980年《文艺报》(北京)

后 记

　　这是《文化的转轨——"鲁郭茅巴老曹"在中国(1949—1981)》一书的修订本。前些时,从书柜里翻出本书的光明日报出版社 2004 年版,只见"后记"上写道:1999 年,与几位朋友合作完成《中国现代文学史》之后,就有转向从事中国当代文学史研究的念头。但诸事纠缠,直到 2001 年初才开始动手,在教书之余,抽空到图书馆查阅资料文献,并购买了数十册相关历史书籍,以备参考。

　　对本书最初的定位是"问题史",打算以现代文学史上有代表性的作家鲁迅、郭沫若、茅盾、巴金、老舍和曹禺等为对象,考察他们 1949 年后的人生际遇、文学活动和创作的事迹,并研究他们与"当代史"之间的关联(因鲁迅已过世,则主要研究解放后对他的宣传、定位等经典化过程)。1990 年代末到 21 世纪初这几年,新时期文学的"进化论史观",仍然对文学史研究有笼罩性的影响,而我的学术准备也显然不够,只简单以为,只要将当代文学制度如何影响、干扰了这些作家的创作才情的问题说清楚了,所谓"问题史"即完成了自身使命。因此,待本书 2004 年 1 月出版后,就没再管它,等于束之高阁了。

　　2010 年秋冬,澳门大学人文学院副院长徐杰和中文系主任朱寿桐两位教授邀我到该系做客座教授。澳门属于典型的海洋性气候,9 至 12 月,虽是它一年当中最好的季节,但对于我这个久居北方的人来说,仍然感觉闷热。中文系派我两门半的课,一门是"中国现当代文学专题",另一门是"八十年代文学与批评",分别为中文系二年级和教育系四年级的学生讲授。另外"半门",实出于寿桐教授好心,名之曰辅导研究生,实际是为照顾我,顶替点学分而已。于是上课之余,我这个澳门的闲人经常无事可做,除太太和孩子 11 月来观光 20 天,基本都是我一个人往返于老澳门大学山坡上的寓所和教室之间。有时下午 3 点多

后　记

下课,太阳已经西落,教职员在各自办公室闭门不出,不住校的澳门学生则纷纷或乘车回澳门本岛,或散步回氹仔的家,学校很有点门可罗雀的凄凉感觉。这时候,我就选择先不回宿舍(因为回宿舍等于是关自己禁闭,面对电视空屋,不知道该做些什么。这大概是"海外访学"和"任教于海外大学"的学人们都曾经历过的尴尬时刻罢——而且回国还不好与人谈起——免得徒生"占了便宜还卖乖"的嫌疑),而是穿过大学校门,沿着陡峭坡路往氹仔闹市区踱步而去,经孙逸仙博士大马路,再穿过几个街区,到当地人称为"新苗超市"附近的小馆子,先填饱肚子,然后到一家书店翻各种内地看不到的奇异书籍。如此循环,日久也觉无聊无趣。同学期担任澳门大学讲座教授的中国社科院文学所的杨义先生,住寓所十一层,我住九层,两人经常在电梯里碰面,早餐偶尔也会在教工餐厅相遇,但从未见过他有无聊表情,每天兴致勃勃,甚觉诧异和不解。

　　澳门大学原属私立大学,虽然后来改为公立,仍可看出当地信奉天主教和佛教的历史传统留下来的痕迹。比如从图书馆出来,散乱放在大厅一侧书桌上的,是让教职员和学生随意取走的书籍,精英和通俗兼有,其中天主教和佛家入门书也还不少。我从这里路过,会随手拿走几本,内容并不深奥,大多是劝人向善和强调行为自律的东西。我想生活在这种社会环境的人,大概少有激烈的性格罢,即使心有郁愤,也能在这些书籍中找到减轻转移的管道。来澳门之前,我也有数次访问台湾、香港的经历,总觉得有哪里与内地不同,除了大陆丢掉了传统文化外,主要还与缺乏宗教氛围有关。总在那里奋争算计,勿说做什么谦谦君子,恐怕距最起码的谦卑自制也相当遥远。不是人不愿意如此,而是环境没法让你如此。不过,这也许只是我隔雾看花,这社会内部的实质内容究竟怎样,不是我们这种临时过客所能了解的。

　　澳门孤悬海外,虽然与珠海毗邻,但完全是两种不同的制度。居住久了,始才察觉,两地人民的风俗性情,原来竟因历史和文化阻隔而大相径庭(虽然澳门本地氏族大多从附近珠海、中山和江门迁徙而来,也有亲朋散居这些地方)。这种"孤悬"的处境,与我与生俱来的"中原"

处境,也差异甚大。在港台澳这个多元视角里重审广袤深远的中原,与身处中原检验自身,大概是一种迥然不同的经验,这是第一次这么久地离开中原、孤居澳门的我,从未经历、也实在从内心深处感到吃惊的人生际遇。于是我慢慢想到,在"内地",研究发生在"内地"历史大幕和社会环境中的"当代文学史",包括它的延伸部分"鲁郭茅巴老曹在中国",与从台港澳这个角度来研究,或许会非常不同。但两岸四地究竟有什么不同,问题又出在哪里?依我那时的知识储备、知识结构和眼光,其实也一片茫然。但久而久之,那种新时期热血沸腾的进化史观,却渐渐地冷却下来。我自觉与那个相距很近的《文化的转轨》的研究题目之间,有了一种说不出来的"距离感",以致产生了某种"陌生感"。

就在这种寂寞的生活,以及在与研究对象拉开一点距离的日渐透明的心境中,我对初版的《文化的转轨》感到了不满。我感觉到那种所谓"历史之同情和理解"的东西,慢慢涌回到了我暂住的寓所兼书房之中。我忽然对这几位著名作家,产生了带有历史怜惜意味的感情。遥想他们从晚清、或从民国走过来的崎岖长途,品味他们人生际遇的每一个细节,包括各种"选集""全集"和报刊里蕴含着作者生命体温的文字,恍然觉得这也是"我的故事"。生活在当代史中的我,其实不过是他们文学作品所记录的历史之一部分而已。过去严厉的眼光,因此换上了柔和和谦卑的注视,当然也有一闪即逝的讥讽自嘲,这是我从来没有过的文字的感觉。

由于心境的变化,我开始每天多则一千多字,少则几百个字,逐章逐节地修改起这本旧书稿来。不过,等年末离开澳门回北京时,才发现也只修改了三分之一不到的篇幅。等回到北京,又陷在各种杂事中,这个工作便停顿了下来。于是,不曾认真计划过的修改任务,一拖就是四年,直到 2014 年才最后交稿。一本薄书,从最初写作到修改,再到出版社出版这部修订本,前后竟花去了十四五年的时间,这在我,是很少经历过的事情。及再审阅全书,发觉不仅修改幅度很大,有些部分还可以说是推倒重写,但不管怎样,其中仍然灌注了我这些年思想上的变化,思考和写作的谨慎迟滞,却是日益明显的。

　　最后,我要感谢责编张雅秋博士,由于她的耐心和专业精神,使这本书才得以与读者重新见面。

程光炜
2015 年暑假于北京